MAEVE BINCHY

Maeve Binchy est décédée le 30 juillet 2012, à l'âge de 72 ans. Née dans la banlieue de Dublin, à Dalkey, où elle vécut la plus grande partie de sa vie, Maeve Binchy a été professeur, journaliste et correspondante à Londres de l'*Irish Times*. Depuis son premier roman, *C'était pourtant l'été*, elle a connu un succès qui a placé ses titres en tête des classements des livres irlandais les plus vendus de ce siècle. Traduite en 37 langues, son œuvre retranscrit l'atmosphère particulière de l'Irlande provinciale à travers le quotidien et l'intimité de ses personnages, qu'elle dévoile avec humour, naturel et tendresse. Maeve Binchy était une auteur de la condition féminine et ses romans abordent avec finesse et intelligence les difficultés auxquelles les femmes modernes sont confrontées, les tensions entre tradition et modernité et les épreuves de la vie.

Retrouvez le site de l'auteur :
www.maevebinchy.com

LES SECRETS DE SHANCARRIG

DU MÊME AUTEUR
CHEZ POCKET

NOCES IRLANDAISES
LES SECRETS DE SHANCARRIG
SUR LA ROUTE DE TARA
COURS DU SOIR
EN DÎNANT CHEZ QUENTIN
DANSE D'UNE NUIT D'ÉTÉ

TOUT CHANGERA CETTE ANNÉE *suivi de*
HISTOIRES DE RENCONTRES

MAEVE BINCHY

LES SECRETS DE SHANCARRIG

POCKET

Titre original :
THE COPPER BEECH

Traduit de l'anglais
par Martine Céleste Desoille

FSC
www.fsc.org
MIXTE
Papier issu de
sources responsables
FSC® C003309

Pocket, une marque d'Univers Poche,
est un éditeur qui s'engage pour la
préservation de son environnement et
qui utilise du papier fabriqué à partir
de bois provenant de forêts gérées de
manière responsable.

ISBN 978-2-266-23948-6

A Gordon qui m'a rendu la vie si belle et si heureuse,
avec tout mon amour et ma gratitude.

L'ÉCOLE DE SHANCARRIG

Le père Gunn savait bien que sa gouvernante, Mme Kennedy, s'en serait sortie mille fois mieux que lui. A dire vrai, Mme Kennedy s'en serait sortie mille fois mieux que lui à tous les points de vue : écouter les confessions, donner l'absolution, chanter le *Tantum Ergo* au moment de la bénédiction, enterrer les morts. Au demeurant, Mme Kennedy avait exactement le physique de l'emploi : elle était grande et anguleuse comme l'évêque, et non pas petite et replète comme le père Gunn. Et puis Mme Kennedy avait un regard profond qui semblait refléter toute la tristesse du monde.

Dans l'ensemble, on pouvait dire que le père Gunn coulait des jours heureux à Shancarrig. C'était un petit village paisible des Midlands dont l'attraction principale était un énorme rocher qui surplombait la colline des bois de Barna. Jadis, le rocher avait fait l'objet de nombreuses spéculations. Était-ce un fragment de quelque chose de plus vaste ? Était-ce un spécimen intéressant, géologiquement parlant ? Quoi qu'il en soit, les experts qui s'étaient rendus sur place déclarèrent qu'autrefois le rocher avait peut-être servi de support à un habitat, mais qu'au fil des siècles la pluie et le vent en avaient effacé toute trace. Le rocher n'avait jamais été mentionné dans aucun livre d'histoire. Il n'y avait là, somme toute, rien de plus qu'un gros caillou. Et, étant donné que *carrig* signifie « rocher » en gaélique, l'endroit avait tout naturellement été baptisé Shancarrig — le Vieux Rocher.

La vie était douce à l'église du Saint-Sauveur de Shancarrig. Le curé O'Toole était un homme affable et de constitution frêle qui laissait au prêtre le soin d'administrer comme il l'entendait les affaires de la paroisse. Le père Gunn aurait tellement voulu pouvoir faire davantage pour les habitants du village, afin de ne plus les voir agiter leurs mouchoirs sur le quai de la gare lorsque leurs fils et leurs filles émigraient vers l'Amérique ou l'Angleterre. Il aurait tellement voulu qu'il y ait moins d'humidité dans les chaumières où fleurissait la tuberculose, remplissant le cimetière de gens trop jeunes pour mourir. Il aurait tellement voulu que les femmes épuisées portent moins d'enfants, des enfants pour qui il n'y avait pas toujours assez à manger. Mais il savait que tous les jeunes prêtres avec lesquels il était allé au séminaire jadis officiaient aujourd'hui dans des paroisses semblables et qu'ils souhaitaient la même chose que lui. Il savait aussi qu'à lui seul il ne pourrait pas changer le monde. Et d'ailleurs il n'avait pas le physique d'un homme qui peut changer le monde. Les yeux du père Gunn étaient comme deux raisins secs sur la face d'un petit pain.

Il y avait eu un M. Kennedy, naguère, bien avant la venue du père Gunn, mais la pneumonie l'avait emporté. Chaque année, le jour de sa mort, on disait une messe à sa mémoire, et chaque année, chose qui semblait impossible, le visage déjà très long de Mme Kennedy s'allongeait encore un peu plus. Mais bien qu'on ne fût nullement à l'époque de l'anniversaire de la mort de son mari, Mme Kennedy avait l'air chagrin : la raison de son tourment était l'école de Shancarrig.

Dès l'instant que la paroisse s'apprêtait à recevoir la visite d'un évêque, n'était-il pas naturel que Mme Kennedy, la gouvernante du presbytère, se charge elle-même de tous les préparatifs ? Elle ne voulait nullement s'imposer, et d'ailleurs elle ne cessait de le répéter, mais le père Gunn était-il absolument certain de pouvoir se passer d'elle ? Était-il convenable de laisser à des laïques, des professeurs et leurs élèves, le soin de préparer la cérémonie ?

— Ils n'ont pas l'habitude des évêques, répétait Mme Kennedy, comme si elle avait pris tous les jours son petit déjeuner en compagnie des ordres supérieurs.

Mais le père Gunn ne voulait rien entendre. L'évêque venait pour bénir l'école, une cérémonie qui venait s'ajouter aux dizaines d'autres cérémonies qui ponctuaient l'Année

Sainte, mais qui, en l'occurrence, concernait au premier chef les élèves et leurs professeurs. Il n'incombait pas au presbytère de s'en charger.

— Mais c'est au curé O'Toole de décider, protestait Mme Kennedy.

Le vieux curé chétif ne jouait cependant qu'un tout petit rôle dans les affaires de la paroisse, c'était le père Gunn, débordant d'énergie, qui se chargeait de tout à sa place.

Certes, à bien des égards, il eût été plus facile de s'en remettre totalement à Mme Kennedy, de lui donner le feu vert pour mettre la machine en branle et confectionner elle-même les génoises bourratives, les petits fours indigestes et les énormes pichets de thé qui caractérisent ce genre de manifestations. Mais le père Gunn n'avait pas cédé. L'évêque venait pour l'école, il était donc normal que l'école le reçoive.

En repensant à Mme Kennedy, chapeautée et gantée, et au regard plein de ressentiment qu'elle lui avait décoché, le père Gunn pria le bon Dieu pour que tout se passe sans encombre et pour que Jim et Nora Kelly, les instituteurs, ainsi que la horde de jeunes sauvages placés sous leur houlette, reçoivent l'inspiration divine.

Après tout, Dieu n'avait-il pas son mot à dire dans tout cela? N'était-il pas important de célébrer dignement l'Année Sainte au sein de la paroisse? Dieu tenait très certainement à ce que ce fût un succès, pas seulement pour impressionner l'évêque mais aussi pour que les enfants se souviennent de leur école et des valeurs qu'on leur y avait enseignées. Le père Gunn était très attaché à l'école, petite bâtisse de granit à l'ombre de l'immense hêtre pourpre. Il s'y rendait de temps à autre et observait les petites têtes penchées sur les cahiers.

« La paresse est la mère de tous les vices », copiaient-ils consciencieusement.

— Qu'est-ce que cela veut dire, à votre avis? avait-il demandé, un jour.

— Nous ne savons pas, mon père. On nous a juste demandé de le recopier, expliqua l'un des gosses.

Ils n'étaient pas méchants, les enfants de Shancarrig — ils venaient régulièrement à confesse. Leur péché le plus grave, celui qui méritait une sanction exemplaire, était de faire la course aux camions. L'opération consistait, d'après ce que le père Gunn avait pu comprendre, à s'accrocher à l'arrière d'un camion en marche à l'insu du conducteur. La chose déclenchait chaque fois, non sans raison, un tollé de protestations de la part des parents et des passants. Afin de méditer sur la gravité d'un tel acte, le fautif était censé réciter une dizaine sur son chapelet, pénitence d'une rare sévérité pour un enfant. Cependant, mis à part la course aux camions, tous ces gosses étaient de braves petits. Ils ne manqueraient certainement pas de faire honneur à leur école et à Shancarrig lors de la visite de l'évêque.

Tout au long du trimestre les enfants ne parlèrent pour ainsi dire que de cela. Les instituteurs ne cessaient de leur répéter que c'était un grand honneur. Ils avaient beaucoup de chance, car il était rare qu'un évêque rendît visite à de petites écoles comme la leur. Il allait venir les voir à domicile, alors que tant d'enfants étaient obligés d'attendre la confirmation pour aller le voir à la ville.

Ils avaient passé des journées entières à briquer leur école. Ils avaient repeint les fenêtres et la porte. Le hangar à vélos avait fait l'objet d'une toilette minutieuse qui le rendait méconnaissable. Les salles de classe, astiquées, luisaient comme des miroirs. Peut-être Sa Grâce voudrait-elle passer entièrement l'école en revue? Cela n'était pas certain, mais mieux valait parer à toutes les éventualités.

On allait disposer de longues tables sur des tréteaux tout autour du hêtre pourpre qui dominait la cour de l'école. On les recouvrirait ensuite avec des draps blancs tout propres auxquels Mme Barton, la couturière du village, avait ajouté un bel ourlet brodé pour leur donner l'aspect de vraies nappes. Puis on disposerait des grands vases pleins de fleurs, des branches de lilas et des brassées de ces merveilleuses orchidées mauves qui poussaient dans les bois de Barna, au mois de juin.

Sur une table à part, recouverte d'une vraie nappe cette fois, on allait disposer l'eau bénite et le goupillon d'argent pour que Sa Grâce puisse asperger l'école et la consacrer à Dieu. Ensuite, les enfants entonneraient « La foi de nos pères » et comme on approchait de la Fête-Dieu ils chanteraient aussi « Le sacrement divin ». Ils avaient répété tous les jours, et maintenant ils connaissaient les deux hymnes sur le bout des doigts.

Quant à savoir si les enfants seraient autorisés à prendre part aux festivités, la question était restée en suspens. Quelques-uns parmi les plus audacieux s'étaient aventurés à interroger les maîtres, mais en vain.

— Nous verrons, avait dit Mme Kelly.

— Vous ne pensez donc qu'à vous empiffrer, avait ajouté M. Kelly.

Tout ceci n'était guère encourageant.

Bien que toute la cérémonie dût se tenir à l'école même, les enfants savaient qu'ils n'étaient pas directement concernés. Il s'agissait d'une fête pour la paroisse tout entière.

Il y aurait un petit quelque chose pour eux, naturellement, il le savaient. Mais seulement après que les adultes auraient été servis. Ce ne serait peut-être que des tartines de pain beurré, ou quelques biscuits secs, une fois que tous les biscuits au chocolat auraient disparu.

Tout le village de Shancarrig avait été mis à contribution, et rares étaient les familles qui ne participaient pas d'une façon ou d'une autre aux préparatifs. C'est ainsi que, chacun de son côté, les enfants avaient pu glaner ça et là des bribes d'information.

— Il va y avoir des coupes de *jelly** avec de la crème fouettée et des fraises sur le dessus, affirma Nessa Ryan.

— Ça sera pour les grands! grommela Eddie Barton.

— En tout cas, c'est ma mère qui fait les *jellies* et qui fournit la crème. Mme Kelly a dit qu'on la fouetterait à l'école et qu'on ferait la décoration au dernier moment pour ne pas qu'elle s'abîme.

— Et des gâteaux au chocolat. Il y en aura deux gros, dit Leo Murphy.

Que tous ces délices soient exclusivement destinés à un évêque, à des prêtres et à une foule de gens hétéroclites devant qui on leur avait dit et redit de se tenir convenablement, était profondément injuste.

Le sergent Keane serait présent, leur avait-on dit, comme si au moindre mot de travers il avait eu ordre de tous les emmener menottes aux poings à la prison de la ville.

— Il faudra bien qu'ils nous en donnent un peu, dit Maura Brennan. Ça ne serait pas juste, sinon.

Le père Gunn qui l'avait entendue ne put s'empêcher de

* Entremets à base de gélatine parfumée aux fruits. (*N.d.T.*)

méditer sur l'innocence des enfants. Il y avait quelque chose de poignant à entendre le mot *justice* dans la bouche d'une petite fille dont le père buvait tout l'argent du ménage jusqu'au dernier penny.

— Il restera certainement quelque chose pour toi et tes petits camarades, Maura, dit-il, pour leur mettre du baume au cœur.

Mais Maura rougit jusqu'aux oreilles, honteuse de s'être laissée surprendre à parler de nourriture à l'occasion d'une fête religieuse. Elle recula d'un pas, baissant la tête pour cacher son visage derrière ses cheveux.

Mais le père Gunn avait d'autres soucis en tête.

L'évêque était un homme svelte et taciturne. Lorsqu'il se rendait quelque part, il donnait l'impression de patiner plutôt que de marcher. Il semblait monté sur roulettes sous sa longue soutane ou ses vêtements d'apparat. Il avait annoncé qu'il avait l'intention de se rendre à pied de la gare à l'école plutôt que de prendre une voiture. Tout ceci était très bien lorsqu'on était monté sur roulettes et que la température s'y prêtait, mais pas par temps de canicule. Et puis, à pied, l'évêque aurait tôt fait de remarquer toutes les imperfections du village.

Comme le pub de Johnny Finn, par exemple, qui, par déférence pour la procession, avait déclaré qu'il voulait bien fermer la porte de son établissement, mais qu'il était hors de question qu'il déloge ses clients.

— Mais ils vont se mettre à chanter. Ils vont proférer des insanités, protesta le père Gunn.

— Imaginez ce qu'ils feraient si on les lâchait dans la rue, mon père, rétorqua le patron du pub qui ne voulait pas en démordre.

On parla tant et tant de la fête et de la foule de gens qui allaient s'y presser que les enfants étaient fous d'impatience.

— Qu'est-ce qui nous prouve qu'ils vont nous donner des *jellies* et de la crème? dit Niall Hayes.

— Je n'ai entendu parler ni de bols, ni d'assiettes, ni de fourchettes spéciales.

— Et puis, s'ils laissent quelqu'un comme Nellie Dunne s'approcher du buffet, vous pouvez être sûrs qu'il ne restera rien pour les autres, ajouta Nessa Ryan en se mordant la lèvre avec anxiété.

— Dans ce cas, on va se servir nous-mêmes, dit Foxy Dunne.

Tous le regardèrent, les yeux écarquillés. Les gâteaux avaient été comptés et recomptés, Foxy était complètement fou, ils allaient se faire tordre le cou, à coup sûr.

— Je trouverai bien un moyen, le jour venu, dit-il.

Durant les derniers jours qui précédèrent la cérémonie, le père Gunn eut du mal à trouver le sommeil. Fort heureusement pour lui, cependant, il ne connaissait rien des intentions de Foxy.

Mme Kennedy déclara qu'il y aurait quelques provisions de bouche supplémentaires dans la cuisine du presbytère, au cas où. Au cas où. Elle l'avait répété à plusieurs reprises.

Mais le père Gunn ne lui donna pas la satisfaction de lui demander au cas où *quoi*. Car il ne le savait que trop bien. Au cas où il aurait commis une bévue en laissant un groupe de laïques se charger d'organiser une grande fête religieuse au sein d'une petite école de village. Avec un hochement de tête entendu, elle se vêtit de noir des pieds à la tête en l'honneur de la fête à venir.

Trois jours durant, une équipe de bénévoles s'efforça de redonner un coup de jeune à la gare du village. Aucune subvention n'avait été accordée par la compagnie des chemins de fer pour refaire la peinture. Et Jack Kerr, le chef de gare, n'avait aucune envie de voir une équipe de peintres amateurs se faire la main sur les biens de la compagnie en barbouillant la gare aux couleurs de l'arc-en-ciel.

— Mais nous allons la peindre en gris, avait plaidé le père Gunn.

Pas question. Jack Kerr ne voulait pas en entendre parler, et fut, au demeurant, profondément choqué de voir disparaître les mauvaises herbes et les pissenlits qui envahissaient ses plates-bandes.

— L'évêque aime les fleurs, dit le père Gunn, tristement.

— Dans ce cas il n'a qu'à amener son propre bouquet, assorti à sa soutane, dit Mattie, le facteur, le seul homme de Shancarrig suffisamment téméraire pour avouer publiquement qu'il ne croyait pas en Dieu et pour ne jamais se rendre à la messe ni aux autres services religieux.

— Mattie, pourrions-nous reprendre cette discussion théologique une autre fois? implora le père Gunn.

— Mais bien entendu, mon père, dès que vous irez mieux.

Mattie était trop courtois et trop paternaliste au goût du père Gunn. Cependant c'était un brave homme. Et il s'en fut chercher des fleurs dans les bois de Barna, qu'il repiqua lui-même dans les plates-bandes de la gare.

— Vous n'aurez qu'à dire à Jack qu'elles ont poussé spontanément lorsqu'on a retourné la terre, conseilla Mattie qui savait pertinement que le chef de gare ne comprenait rien aux choses de la nature ni au jardinage.

L'évêque émergea du train avec élégance. Sa silhouette svelte avait la forme d'un S, pensa tristement le père Gunn. Il se penchait et se redressait avec distinction pour parler aux uns et aux autres. Il évoluait avec infiniment de grâce, sans maladresse et sans faire de manières, et il se souvenait du nom de chacun, contrairement au père Gunn qui avait déjà oublié le nom des deux clercs pleins de suffisance qui accompagnaient Sa Grâce.

Quelques garçons, parmi les plus jeunes, avaient revêtu le surplis blanc des enfants de chœur, prêts à mener la procession par les rues du village.

Le soleil dardait ses rayons sans pitié. Le père Gunn avait prié en vain pour qu'ils aient un peu de pluie comme ils en avaient eu récemment. Car même une averse eût été préférable à cette chaleur oppressante.

L'évêque semblait s'intéresser à tout ce qu'il voyait. Ils quittèrent la gare et suivirent la petite route étroite qui menait à ce qui se serait appelé le centre ville si Shancarrig avait été plus important. Ils firent une halte à l'église du Saint-Sauveur pour que Sa Grâce puisse se recueillir un instant au pied de l'autel. Après quoi ils passèrent devant l'arrêt de l'autobus, puis devant la petite enfilade de boutiques, l'hôtel du Commerce, et la Terrasse où vivaient le médecin, le notaire et quelques autres notables.

Tour à tour l'évêque hochait la tête ou faisait la moue selon qu'il passait devant un lieu convenable ou une humble masure. Ou était-ce le père Gunn qui se faisait des idées? Peut-être Sa Grâce était-elle indifférente aux choses qui l'entouraient, trop absorbée par la prière. Tandis qu'ils approchaient de la rivière Grane, le père Gunn fut frappé par l'odeur nauséabonde qui se dégageait de son lit fangeux et peu profond. Puis, lorsqu'ils traversèrent le pont, il aperçut du coin de l'œil les visages goguenards derrière la vitrine de Johnny Finn réputé-pour-ses-boissons-de-qualité. Il pria le ciel pour qu'il ne leur vienne pas soudain l'idée saugrenue d'ouvrir la fenêtre.

Mattie, le facteur, assis tranquillement sur un tonneau retourné, était l'un des rares spectateurs de la procession, car la plupart des habitants de Shancarrig étaient déjà à l'école, en train d'attendre.

L'évêque tendit la main, très légèrement, comme pour donner sa bague à baiser.

Très légèrement, Mattie inclina la tête et effleura sa casquette, geste qui, s'il n'était pas blessant en soi, n'en était pas pour autant respectueux. Mais si l'évêque le remarqua, il n'en laissa rien paraître. Son visage délicat et aristocratique souriait à droite et à gauche, insensible à la chaleur. Le visage rebondi du père Gunn, quant à lui, était une mare écarlate de transpiration.

La première chose que l'on apercevait de l'école était l'immense hêtre pourpre qui ombrageait la cour de récréation. Puis on voyait apparaître la petite bâtisse en moellons du début du siècle. Le discours de consécration avait été soigneusement rédigé à l'avance et soumis à l'approbation des clercs qui grouillaient littéralement autour de l'évêque. Ils en avaient vérifié chaque mot, au cas où quelque énorme hérésie s'y serait glissée à l'insu du père Gunn. Il ne s'agissait, soit dit en passant, que de la consécration religieuse d'une école et de l'avenir des enfants qui franchiraient ses portes. Le père Gunn ne voyait pas comment l'opération eût pu comporter un quelconque risque doctrinal. Son but était de réunir tous les paroissiens et de leur faire comprendre qu'ils devaient placer tous leurs espoirs dans l'avenir de leurs enfants.

Pendant près de trois mois il les avait préparés à l'événement depuis la chaire de l'église. Il avait exprimé le vœu pieux de voir tout le village réuni pour la consécration. Les prières, les hymnes, ainsi que le petit discours ne dureraient que quarante-cinq minutes, après quoi il y aurait la collation qui durerait une heure.

A mesure qu'ils gravissaient la colline, le père Gunn remarqua que tout était en ordre.

Une foule de près de deux cents personnes se tenait devant les portes de l'école. Quelques hommes étaient adossés au mur, tandis que les femmes, debout, bavardaient entre elles. Tous portaient leurs habits du dimanche. Le groupe se scinda en deux pour laisser passer la procession, puis l'évêque aperçut les enfants de Shancarrig.

Tous propres et tirés à quatre épingles — le père Gunn avait fait son tour d'inspection le matin même. Il n'y avait pas une mèche folle, pas un nez morveux, pas un pied nu. Même les petits Brennan et les petits Dunne affichaient un air de respectabilité. Ils étaient là, tous les quarante-huit, à l'extérieur de l'école, en six rangs de huit, les derniers grimpés sur des bancs pour être visibles. On aurait dit des chérubins, pensa le père Gunn. C'était fou ce qu'on pouvait faire avec un peu de savon et une brosse!

Le père Gunn commençait à se détendre, ils y étaient presque. Encore quelques minutes et la cérémonie allait commencer. Tout marchait comme sur des roulettes.

L'école était splendide. Même Mme Kennedy n'aurait pu trouver à redire, pensa le père Gunn. Et les tables étaient disposées comme prévu à l'ombre du grand hêtre pourpre.

Le maître et la maîtresse d'école avaient fait des miracles. Ils avaient bien eu raison d'insister sur la propreté et sur l'élégance auprès des enfants. Le père Gunn se sentait plus détendu. L'évêque n'aurait pas pu trouver meilleur accueil dans tout le diocèse.

La cérémonie se passa sans encombre. On ajouta discrètement une chaise pour le vieux curé O'Toole. Et malgré quelques fausses notes, le chœur s'en sortit honorablement.

L'heure de la collation était presque arrivée — la collation la plus somptueuse jamais servie à Shancarrig. Tous les vivres étaient dans le préau, au frais et à l'abri des mouches. Lorsque les dernières notes du dernier hymne se furent envolées, M. et Mme Kelly s'éclipsèrent à l'intérieur.

Quelque chose dans l'expression figée du visage de Mme Kennedy incita le père Gunn à voler à leur secours. L'idée qu'un plateau de sandwichs ou qu'une coupe de crème fouettée ait pu se renverser lui était insupportable. Discrètement, il pénétra à l'intérieur du bâtiment, pour y trouver la confusion la plus totale. M. et Mme Kelly et Mme Barton, qui s'étaient proposés pour apporter les plateaux sur les tables, étaient figés en un tableau pathétique, un masque d'horreur sur le visage.

— Que se passe-t-il? parvint-il tant bien que mal à articuler.

— Ils n'en ont pas épargné un seul!

Mme Kelly lui mit sous le nez un gâteau recouvert de sucre glace et parfaitement normal en apparence. Cependant sous le gâteau des marques de dents indiquait que ce dernier avait été entièrement grignoté de l'intérieur.

— Et le gâteau au chocolat! gémit Una Barton, blanche comme un linge.

De face, l'énorme gâteau avait l'air tout à fait délectable, mais de dos il tenait debout grâce à une attelle en bois, un bon tiers du gâteau ayant été dévoré.

— Et les tartes aux pommes! dit Mme Kelly dont les larmes coulaient à présent sans retenue. Ce sont les gosses, à coup sûr.

— Ce Foxy Dunne et sa bande! J'aurais dû m'en douter. J'aurais dû m'en douter, nom d'un chien! rugit Jim Kelly, le visage déformé par la colère.

— Comment est-il entré?

— Le petit saligaud a dit qu'il allait nous aider à disposer les chaises, et il a amené toute une bande avec lui. Je lui ai dit : « Tous les gâteaux ont été comptés un à un. » Et le pire, nom d'une pipe, c'est que je les ai recomptés quand ils sont ressortis.

— Arrête de dire « saligaud » et « nom d'une pipe » devant le père Gunn, intervint Nora Kelly.

— Il y a de quoi, franchement, dit le père Gunn, l'air abattu.

— Si seulement ils s'étaient contentés de deux ou trois gâteaux. Mais ils ont saccagé tout le buffet.

— Je n'aurais jamais dû leur dire que je les avais comptés, dit Jim Kelly dont la large face trahissait les remords.

— Notre buffet est fichu, dit Mme Barton, complètement fichu, avec une pointe d'hystérie dans la voix qui ramena aussitôt le père Gunn à la raison.

— Mais non, il n'est pas fichu. Mme Barton, allez chercher la boisson, et demandez à Mme Kennedy de vous aider. Elle n'a pas sa pareille pour servir le thé, de plus elle meurt d'envie de vous donner un coup de main. Demandez à Conor Ryan, de l'hôtel, de commencer à servir la limonade et allez me chercher le Dr Jims, vite.

Il avait parlé d'une voix si ferme qu'en un éclair Mme Barton était à la porte. A travers la petite fenêtre il l'aperçut en train de servir le thé, tandis que Conor Ryan, heureux de faire une chose qu'il avait l'habitude de faire, servait la limonade. Le médecin arriva sans délai, croyant que quelqu'un s'était trouvé mal.

— C'est de vos talents de chirurgien dont j'ai besoin, docteur. Prenez ce couteau, moi je prends celui-ci et nous allons découper tous les gâteaux et faire de petits échantillons.

— Au nom du ciel, mon père, mais pourquoi voulez-vous faire une chose pareille? demanda le médecin.

— Parce que ces chers bambins, à qui l'on donnerait le bon Dieu sans confession et qui ne sont en fait que des suppôts du diable, ont planté leurs crocs dans la plupart des gâteaux, expliqua Gunn.

L'air triomphant ils parurent avec les plateaux chargés d'échantillons de gâteaux.

— Il y en aura pour tout le monde! déclara le père Gunn avec un grand sourire tout en distribuant les assiettes à la ronde.

La plupart des gens qui, s'ils avaient dû se servir tout seuls, n'auraient probablement pas osé goûter à toutes les spécialités étaient tout compte fait ravis de voir un assortiment de friandises aussi copieux dans leurs assiettes.

Du coin de la bouche le père Gunn ne cessait d'interroger M. Kelly sur l'identité des présumés fautifs. Il se les répétait en lui-même, comme s'il s'était agi des chefs d'une tribu adverse ayant amené la ruine et la destruction sur son peuple. Sans cesser de sourire, tandis qu'il allait de l'un à l'autre en passant les plats, il répétait les noms comme une incantation — Leo Murphy, Eddie Barton, Niall Hayes, Maura Brennan, Nessa Ryan, et ce petit saligaud de Foxy Dunne.

Il remarqua que Mattie, le facteur, avait consenti à se

joindre à eux et qu'il se trouvait dangereusement près de l'évêque.

— Alors, on ne dit pas non à l'opium du peuple lorsqu'il s'agit de s'en mettre plein la lampe, pas vrai? marmonna-t-il entre ses dents.

— Comme vous avez la dent dure, mon père, dit Mattie qui avait déjà mangé la moitié des gâteaux qui se trouvaient sur son assiette.

— Un seul mot à l'évêque sur quelque sujet que ce soit et ma parole que tu ne distribues plus une seule lettre dans cette paroisse, menaça le père Gunn.

La cérémonie touchait à sa fin. L'heure était presque venue de s'en retourner à la gare.

Cette fois, on allait faire le trajet en voiture. Le Dr Jims et M. Hayes, le notaire, allaient raccompagner Sa Grâce et les deux clercs dont personne n'avait retenu les noms.

Le père Gunn rassembla les criminels dans le préau de l'école.

— Sauf erreur de ma part, j'ai réuni ici quelques individus parmi les plus retors qu'il m'ait jamais été donné de rencontrer, lança-t-il d'une voix terrible.

Leurs visages lui indiquèrent que dans l'ensemble il ne se trompait pas.

— Eh bien? rugit-il.

— Niall n'en était pas, dit Leo Murphy, une petite rouquine maigrelette de dix ans.

Elle venait du Glen, la grande maison sur la colline, et aurait pu manger des gâteaux au goûter tous les jours de la semaine si elle l'avait voulu.

— J'en ai quand même mangé un petit peu, avoua Niall Hayes.

— M. Kelly a de grosses mains. Il m'a confié qu'il avait l'intention de s'en servir pour vous tordre le cou l'un après l'autre. Je lui ai dit que j'allais contacter le Vatican pour m'assurer qu'il recevrait l'absolution. Peut-être même se verra-t-il décerner une médaille, rugit à nouveau le père Gunn, d'une voix qui les fit tressaillir. Cependant, j'ai dit à M. Kelly qu'il était préférable de ne pas déranger le Saint-Père pour obtenir des dispenses et des absolutions et que je me chargerais moi-même de l'affaire. Il a donc été décidé que vous vous porteriez volontaires pour laver toute la vaisselle sale jusqu'au dernier verre. Ce sera votre punition. Et que vous ramasseriez tous les papiers gras jusqu'au dernier. Et enfin, lorsque vous aurez terminé, vous irez faire des excuses à M. et Mme Kelly.

Les enfants se regardèrent, consternés. C'était une fameuse corvée. Une corvée qui, en temps normal, aurait dû incomber aux dames de la paroisse.

— Mais, et Mme Kennedy? Est-ce qu'elle ne voudrait pas...

— Non, elle ne voudrait pas. De plus, Mme Kennedy sera ravie d'apprendre que vous vous êtes portés volontaires pour tout remettre en ordre. Parce que Mme Kennedy ne soupçonne même pas la noirceur qui se cache tout au fond de votre âme.

Il y eut un moment de silence.

— Ce jour restera à jamais gravé dans les mémoires. Je veux que vous le sachiez. Alors que les autres péchés tombent dans l'oubli, celui-ci n'est pas près d'être oublié. Voici un jour du mois de juin 1950 qui restera à jamais dans nos cœurs. (Les visages d'Eddie Barton et de Maura Brennan commençaient à pâlir. Il ne voulait tout de même pas les voir tourner de l'œil.) Bien, à présent, vous qui avez tout fait pour saboter la visite de l'évêque, allez vous joindre à la haie d'honneur pour dire au revoir à Sa Grâce et la saluer du fond de vos cœurs hypocrites. Et maintenant, ouste! lança-t-il en les regardant au fond des yeux. Dehors, tout le monde!

L'évêque et sa suite s'apprêtaient à s'en retourner. Gracieusement, il saluait un à un les participants, les remerciait, les félicitait, se répandait en éloges sur la belle contrée reculée qui était la leur, en déclarant que cela faisait chaud au cœur de quitter le palais épiscopal de temps à autre pour voir la belle nature que Dieu avait créée.

— Quel arbre magnifique, et quelle agréable fraîcheur il nous a procurée aujourd'hui.

Il contemplait le hêtre pourpre d'un œil reconnaissant, bien qu'il fût de cette race d'homme qui pouvait passer des heures au milieu du Sahara sans trouver quoi que ce soit à redire au climat. C'était le père Gunn, littéralement liquéfié, qui aurait dû remercier l'arbre pour son ombre bienfaisante.

— Et quelles sont toutes ces inscriptions sur le tronc?

Il s'approcha un instant, plein d'intérêt et de saine curiosité. Le père Gunn entendit les Kelly qui retenaient leur souffle. C'était le tronc sur lequel les enfants gravaient leurs initiales, au grand complet, avec des petits cœurs et des messages indiquant qui avait le béguin pour qui. Tout ceci était beaucoup trop séculier, trop osé, trop sexué pour être digne d'un évêque. Il s'en dégageait même un parfum de vandalisme.

Mais non.

Par quelque heureux miracle l'évêque sembla tomber en admiration.

— C'est bon de voir que les enfants ont laissé la marque de leur passage en ces lieux, dit-il en s'adressant au groupe qui se pressait autour de lui pour boire ses dernières paroles. Tout comme cet arbre qui se tient ici depuis des années, voire des siècles, il y aura toujours une école à Shancarrig pour ouvrir l'esprit des enfants et les préparer à se lancer à la découverte du monde.

Il tourna la tête pour contempler une dernière fois la petite école de granit et l'énorme hêtre tandis que la voiture dévalait la colline pour l'emporter vers la gare.

Et tandis que le père Gunn prenait place à bord du second véhicule pour escorter Sa Grâce jusqu'à la gare et lui faire ses adieux, il jeta un coup d'œil en direction des hors-la-loi. Et, comme il avait un cœur d'or et que la journée n'avait pas été totalement gâchée, il leur sourit à demi. Les enfants n'osaient pas y croire.

MADDY

Le jour où Madeleine Ross fut amenée sur les fonts baptismaux de l'église de Shancarrig, elle portait la robe de baptême qui avait appartenu à sa grand-mère. Il était rare de voir une aussi belle dentelle à l'église du Saint-Sauveur — elle eût été plus à sa place à Saint-Mattieu, l'église protestante recouverte de vigne vierge qui se trouvait à vingt kilomètres de là. Mais en 1932, l'année du Congrès eucharistique en Irlande, la ferveur catholique était à son comble et personne n'aurait trouvé à redire parce qu'un bébé portait du beau linge le jour de son baptême.

Le vieux curé confia à quelqu'un que la petite ne manquerait probablement jamais de rien, compte tenu de la famille dans laquelle elle était née.

Mais il arrive que les curés se trompent.

Le père de Madeleine mourut à la guerre lorsqu'elle avait huit ans. Quant à son seul et unique frère, il partit vivre en Rodhésie avec un oncle qui possédait une ferme de la taille de Munster.

Si bien que lorsque Maddy Ross fêta ses dix-huit ans, en 1950, il y avait une quantité de choses qui lui faisaient défaut — comme des projets d'avenir, comme la liberté de partir pour pouvoir les réaliser.

Sa mère avait besoin de quelqu'un à la maison, et dès lors que son frère était parti il était évident que Maddy resterait à ses côtés.

Il arrivait parfois à Maddy de se dire qu'elle aurait bien aimé rencontrer un amoureux, mais elle savait qu'à Shancarrig elle ne rencontrerait jamais personne.

Ça n'était pas une question de standing, notez bien. Les Ross n'étaient pas de riches propriétaires terriens — ni des aristocrates distingués. S'ils l'avaient été, il eût été facile à Maddy de fréquenter la bonne société et de partir à la pêche au mari.

Mais les choses étaient infiniment plus compliquées.

Maddy et sa mère étaient à la fois trop et pas assez fortunées pour s'intégrer pleinement à la vie de leur petite ville. Par nature, Maddy était quelqu'un qui savait se suffire à elle-même, ce qui n'était pas plus mal étant donné le peu de compagnie qui lui était offert.

A moins qu'elle n'ait appris à s'en contenter pour se plier aux circonstances.

Quoi qu'il en soit, depuis toute petite elle avait l'habitude de se rendre seule dans les bois de Barna pour cueillir de pleines brassées de jacinthes ou ramasser des cailloux aux formes insolites autour du grand rocher de Shancarrig.

Les Ross habitaient une petite maison en bordure de la rivière Grane, non pas dans le quartier des chaumières délabrées mais plus haut en allant vers les bois de Barna. Tous les chemins qui menaient à la maison de Maddy Ross étaient dignes d'intérêt, que ce soit le sentier escarpé qui menait à l'école, ou la route qui traversait le pont en direction du centre ville où se trouvaient la Terrasse, l'hôtel du Commerce et l'enfilade de magasins. Mais ce qu'elle aimait par-dessus tout, c'était se promener dans la forêt. Celle-ci changeait à chaque saison de façon si spectaculaire qu'on se serait cru dans une autre forêt. Elle aimait particulièrement l'automne quand les arbres s'habillaient d'or, et que le sol se couvrait d'un immense tapis de feuilles.

On pouvait s'imaginer alors que les arbres étaient des personnes, de grandes personnes chaleureuses qui tendaient vers vous leurs branches pour vous embrasser, et qu'un peuple de petits lutins vivait caché sous les racines, des lutins si petits que les humains ne pouvaient pas les voir.

Elle aimait raconter des histoires à la fois pour se rendre intéressante et pour se faire plaisir — des histoires de branches d'or et de vermeil qu'elle découvrait à l'automne, ou des histoires de vieilles femmes qui l'épiaient à travers les branchages, ou encore des histoires d'enfants courant pieds nus autour du grand rocher et qui prenaient la fuite dès que quelqu'un approchait.

C'était des histoires inoffensives, pleines d'amis imaginaires comme en inventent tous les enfants. Et personne n'y prêtait attention, d'autant plus qu'elle emporta ses histoires avec elle le jour où elle partit au pensionnat, à l'âge de onze ans. L'école de Shancarrig n'était pas assez bien pour la petite Madeleine Ross. Il fut donc décidé qu'elle irait au couvent dans un autre comté.

Puis les gens la virent grandir, avec ses deux longues tresses d'or pâle qui lui tombaient dans le dos et qui, lorsqu'elle eut dix-sept ans, furent ramenées autour de sa tête.

Elle était mince et élancée comme sa mère, mais elle avait des yeux étrangement pâles. Si Maddy avait eu des yeux plus colorés, de n'importe quelle couleur, elle eût été belle. Mais la pâleur de ses yeux lui conférait une certaine fadeur, un aspect inconsistant, comme si elle n'existait pas vraiment.

Et quiconque à Shancarrig eût pris le temps de songer un tant soit peu à elle aurait déclaré qu'elle manquait de caractère et n'avait d'opinion sur rien.

Une jeune femme plus ambitieuse se serait sans doute mise en quête de travail ou d'amis. Car, indépendamment de la complexité du tissu social de Shancarrig, Maddy Ross aurait dû avoir des amis.

Il y avait les cousins, bien sûrs, les oncles et les tantes qui venaient en visite. Du côté de sa mère, Maddy avait de la famille dans quatre comtés différents. Du côté de son père, ils habitaient tous en Angleterre.

Mais Maddy ne se mêlait jamais aux habitants du village. Ainsi le jour où l'évêque était venu pour la consécration de l'école.

Maddy Ross se tenait un peu à l'écart, avec son chapeau de paille pour protéger sa peau délicate des rayons du soleil. Elle avait suivi des yeux le père Gunn qui gravissait péniblement la colline en direction de l'école. Elle avait regardé le vieux curé O'Toole dans son fauteuil roulant. Mais elle s'était tenue à l'écart des habitants de Shancarrig venus voir la procession.

Les Kelly et leur petite nièce Maria s'étaient tous mis sur

leur trente et un. Nora Kelly aurait dû porter un chapeau de paille comme celui de Maddy et non pas cette vilaine mantille qui déparait complètement dans le paysage irlandais.

N'empêche, Maddy aurait bien aimé avoir sa place ici, comme les Kelly. Ils étaient venus à l'école et en avaient totalement pris possession. Ils étaient le centre de la communauté à présent, alors qu'elle, qui avait toujours vécu ici, était presque une étrangère.

Elle avait accepté l'assiette de gâteaux, coupés en petits morceaux pour quelque étrange raison, qu'on leur avait servie d'office plutôt que de les laisser se servir eux-mêmes.

Mme Kelly la considérait, l'air songeur.

— Je crois que le temps est venu d'augmenter les effectifs, dit-elle soudain.

Maddy la regarda, stupéfaite.

— Vous trouvez qu'il n'y a pas assez de monde ? demanda-t-elle, sans lever les yeux de son assiette.

— Je voulais dire que nous devrions engager une suppléante, expliqua Mme Kelly comme si elle s'était adressée à une fillette de cinq ans.

— Ah, oui.

— Croyez-vous que nous devrions en parler à votre mère ?

Maddy se demanda si la chaleur n'était pas en train de leur monter à la tête.

— Je... vous savez, elle a ses petites habitudes... et puis je ne sais pas si elle serait capable de faire la classe, expliqua-t-elle gentiment.

— C'est à vous que je pensais, mademoiselle Ross.

— Oh. Bien sûr. Oui, et bien... dit Maddy

Réponse qui démontrait clairement que cette dernière n'avait aucun projet d'avenir proche ou lointain.

Il avait été question d'un voyage à Rome. C'était l'Année Sainte. Une année très spéciale. Tante Peggy y était allée et en avait ramené quantités de photos et d'anecdotes qu'elle ne se lassait pas de leur répéter, au sujet, notamment, du manque de thé convenable.

Mais comment Mère, qui à l'heure du thé était incapable de choisir entre la confiture de fraises et la confiture de groseilles, aurait-elle pu prendre une décision aussi importante : entreprendre un voyage à Rome ? Puis l'automne arriva, les soirées fraîchirent, et tout le monde tomba d'accord pour dire que les risques étaient trop grands d'attraper du mal.

Du coup, elles se félicitèrent de n'avoir pas fait toutes les démarches pour obtenir les passeports et acheter les billets. Et puis, comme disait Mère, il n'était pas indispensable de se rendre en Italie pour adorer le Seigneur, on pouvait tout aussi bien le faire depuis Shancarrig.

D'abord Maddy Ross fut déçue de voir un projet longtemps caressé tomber à l'eau. Puis elle finit par oublier. Elle avait appris à surmonter les déceptions, elle en avait tant connu depuis dix-huit ans.

Sa meilleure amie d'école, Kathleen White, ne lui avait pas dit qu'elle avait décidé de rentrer au couvent pour devenir religieuse. Tout le monde à l'école l'avait su avant elle. Maddy avait été prise de tremblements nerveux lorsqu'elle avait essayé d'aborder le sujet avec Kathleen.

Brusquement, Kathleen était devenue anormalement calme, exagérément sereine.

— Je ne t'en ai rien dit parce que tu as tendance à prendre les choses trop à cœur. Tu m'aurais dit que tu voulais venir avec moi, ou bien tu te serais mise dans tous tes états. J'ai pris la décision de renter dans les ordres. Voilà tout.

Après quelque temps Maddy décida de pardonner à Kathleen. Après tout, la vocation était une chose sérieuse. Kathleen avait sans doute beaucoup trop de choses en tête pour songer en plus à ménager la susceptiblité de son amie. Maddy lui écrivit de longues lettres dans lesquelles elle lui dit qu'elle lui pardonnait et lui parlait de la vie monastique. Kathleen lui écrivit une seule fois, un tout petit mot. Dans deux mois elle allait entrer au couvent et ne pourrait plus ni écrire ni recevoir de lettres. Aussi était-il plus sage de s'y préparer dès maintenant et de ne pas se lancer dans une correspondance trop intense.

D'autres déceptions avaient suivi cet été-là. Au bal du Tennis Club, Maddy avait cru qu'un jeune homme l'avait remarquée. Il avait dansé avec elle plus souvent qu'avec aucune autre. Il s'était montré attentionné et lui avait servi plusieurs verres de punch. Ensuite ils s'étaient assis sur une balancelle pour bavarder de choses et d'autres. Mais rien ne s'était passé. Elle avait fait des pieds et des mains pour lui faire comprendre où elle habitait, et avait trouvé à deux reprises l'occasion d'aller sonner chez lui. Mais c'était comme si elle n'avait jamais existé.

Parfois, au cours de ses promenades solitaires sur la colline boisée où se dressait le vieux rocher qui montait la garde au-dessus de Shancarrig, il lui arrivait de penser que tout ce qu'elle entreprenait se soldait toujours par un échec. Sa vie était tellement différente de celle des jeunes filles qu'on voyait au cinéma.

Maddy avait compris depuis longtemps qu'il n'y aurait jamais assez d'argent à la maison pour l'envoyer à l'université, et dans un sens c'était une bonne chose qu'elle n'ait jamais brûlé d'envie de devenir un jour professeur, médecin ou avocat. Mais il n'existait rien d'autre qui la motivât par ailleurs. Les autres jeunes filles suivaient des cours pour devenir infirmières ou secrétaires, ou espéraient entrer dans une banque ou une grosse compagnie d'assurances.

Maddy, la jeune fille aux longs cheveux d'or pâle et au sourire timide qui lui mangeait la figure lorsqu'il apparaissait, était convaincue que tôt ou tard quelque chose allait se produire.

Probablement à la fin des vacances.

Mme Kelly n'avait pas parlé à la légère, le jour de la procession, et dès la première semaine de septembre M. et Mme Kelly, les maîtres d'école, vinrent rendre visite à Mère.

La petite école de Shancarrig se trouvait un peu à l'écart du village. C'était, disait-on, pour simplifier la vie des enfants d'agriculteurs. Tout jeunes mariés M. et Mme Kelly étaient venus s'y installer pour répondre à l'appel du père Gunn. Les derniers maîtres d'école les avaient quittés en catastrophe. Maddy avait entendu parler de boisson et de renvoi, mais comme toujours, sa mère lui avait donné une version des faits très personnelle. Mère semblait ne pas avoir de prise sur le réel.

Les Kelly formaient un couple étrange. Lui était un grand gaillard avec un air innocent de garçon de ferme. Elle était petite et tendue, la bouche mince, figée en une ligne amère.

Maddy Ross l'avait observée plus d'une fois, en se demandant ce qui, en Mme Kelly, avait pu attirer ce grand et brave gaillard de mari. Ils ne devaient guère avoir plus de dix ans de plus qu'elle.

Elle se demandait si c'était faute d'avoir pu trouver mieux que Mme Kelly avait songé à elle pour pourvoir le poste de suppléante. Quoi qu'il en soit, quelque chose semblait lui déplaire. Et lorsqu'ils étaient venus trouver Mère sans y être invités, on aurait dit qu'ils étaient venus spécialement pour porter plainte.

Maddy ne trouva rien d'étrange à ce qu'ils s'adressent à sa mère plutôt qu'à elle. Après tout, il s'agissait d'un sujet sur lequel sa mère avait son mot à dire. Peut-être jugerait-elle qu'un poste de suppléante à l'école de Shancarrig était indigne de sa fille Madeleine? Auquel cas, mieux valait le dire tout de suite, il était inutile d'entrer dans le vif du sujet.

Cependant, Mère trouva l'idée excellente.

— On peut dire que ça lui est tombé tout cuit dans le bec, dit-elle aux cousins, le lendemain, lorsqu'ils vinrent dîner à la maison.

— Mais Madeleine ne devrait-elle pas apprendre le métier d'institutrice? s'enquérirent les cousins.

— Pensez-vous, répondit Mère. A-t-on besoin d'une formation pour enseigner les bonnes manières à de pauvres gosses comme les Brennan ou les Dunne?

Ils tombèrent d'accord. Il ne s'agissait pas d'un véritable métier, pas comme celui des cousines : l'une était entrée dans une banque, l'autre suivait un cours de secrétariat de direction, et des cours de français commercial par-dessus le marché, ce qui devrait lui permettre de trouver du travail à peu près n'importe où dans le monde.

A son grand étonnement, Maddy était enchantée de son nouvel emploi.

Elle n'avait ni la voix de stentor de M. Kelly ni le ton ferme et assuré de sa femme. Elle parlait doucement et de façon hésitante, et pourtant elle arrivait à se faire obéir. Même les petits Brennan dont le père, Paudie Brennan, était un ivrogne et un cossard invétéré, lui semblaient assez dociles. Quant aux Dunne, dont la figure était toujours barbouillée de confiture, ils se laissaient essuyer le museau sans trop protester avant d'entrer en classe.

La petite école comprenait trois salles de classe, celle de Mme Kelly, celle de M. Kelly, et la plus grande des trois, celle de Maddy Ross. Celle-ci s'occupait du cours préparatoire. C'est dans cette classe que les têtes blondes de Shancarrig recevaient ce qu'il est convenu d'appeler les premiers rudiments d'un bagage éducatif limité. Bien sûr, il y en aurait parmi eux qui pousseraient les études plus loin que Maddy elle-même. Les sœurs Hayes, dont le père était notaire, embrasseraient probablement un jour une carrière libérale, de même que la petite Nuala Ryan, la fille de l'hôtelier. Mais pour les petits Dunne ou les petits Brennan, une fois l'école terminée, tout espoir de continuer des études était exclu. A quatorze ans, ils s'embarqueraient probablement pour l'étranger ou pour quelque grande ville, prêts à prendre n'importe quel travail qu'on voudrait bien leur donner.

A cinq ans, cependant, rien ne les différenciait encore. Si ce n'est leurs vêtements qui indiquaient clairement qui avait ou n'avait pas assez d'argent pour pouvoir poursuivre ses études.

Autrefois, lorsqu'elle n'enseignait pas encore à l'école de Shancarrig, Maddy Ross se désintéressait complètement des enfants de son village. Mais à présent elle savait tout les concernant. Elle connaissait les pleurnichards, les émotifs, les fortes têtes, ceux qui avaient des sandwichs plein leur musette pour le déjeuner et ceux qui n'avaient rien. Il y avait les gosses qui étaient tout le temps suspendus à ses basques et qui lui racontaient leur vie, et ceux qui ne disaient jamais rien.

Elle n'aurait jamais imaginé la joie que peut vous procurer un enfant qui parvient à déchiffrer toutes les lettres qui composent une phrase simple pour la lire à haute voix, ou une petite fille qui mordille son crayon jusqu'à la mine et qui découvre soudain comment on fait une addition ou une soustraction à plusieurs chiffres. Chaque jour, c'était un plaisir de saisir la longue baguette de bois pour pointer sur la carte d'Irlande et les entendre réciter les noms des villes d'une voix chantante.

— Quelles sont les villes principales du comté de Cavan? Bon. Tous ensemble.

— Cavan, Cootehill, Virginia... chantaient-ils à l'unisson.

Il y avait deux vestiaires, un pour les filles et un pour les garçons. Les deux pièces sentaient le désinfectant que le directeur répandait généreusement le soir venu, quand les enfants avaient quitté l'école.

La petite école aurait eu l'air sinistre sans l'énorme hêtre pourpre qui étendait sur elle ses bras protecteurs et la faisait paraître minuscule. De même qu'elle se sentait en sécurité au milieu des bois de Barna quand elle était enfant, Maddy se sentait en sécurité à l'ombre de cet arbre dont les feuilles aux couleurs changeantes marquaient les saisons.

Les jours s'écoulaient, paisibles, chacun semblable à la veille. Madeleine Ross réalisait de grands panneaux en carton pour les enfants. Elle y collait des photos de fleurs comme celles qu'elle cueillait dans les bois, et parfois elle y ajoutait une fleur séchée sous laquelle elle écrivait un nom. Chaque jour, les enfants de Shancarrig prenaient place derrière leurs petits pupitres et récitaient les noms des fougères, des digitales, des coucous, des primevères et de la vigne vierge. Ensuite, ils regardaient les photos de saint Patrick, de sainte Brigide et de sainte Colmcille dont ils chantaient aussi le nom.

Maddy voulait s'assurer qu'ils retenaient les noms des saints aussi bien que ceux des fleurs.

Les saints arrivaient en tête de liste des priorités du père Gunn. Le père Gunn était un très brave homme. Il avait des lunettes aux verres épais comme des culs de bouteille. Et maintenant qu'il avait été consacré officiellement père spirituel de l'école, il leur rendait fréquemment visite — il avait à cœur d'entretenir la foi des futurs paroissiens de Shancarrig. Mais le père Gunn, qui aimait lui aussi les fleurs et les arbres, se montrait toujours plein de mansuétude pour la jeune suppléante.

Maddy s'était toujours demandé quel âge il pouvait avoir. Avec les prêtres, comme avec les sœurs, il était toujours difficile de savoir. Cependant, un jour, alors qu'elle ne s'y attendait pas, il lui révéla son âge. Il lui dit qu'il était né le jour de la signature du traité de 1921*.

— Je suis aussi vieux que l'Etat, annonça-t-il fièrement. J'espère que nous allons vivre très vieux, lui et moi.

---

* Le traité de Londres, en 1921, donne naissance à l'Etat libre d'Irlande, l'Eire.

— Cela fait plaisir d'entendre ces mots-là dans votre bouche, mon père, dit Maddy qui était en train de disposer un arrangement floral près de la fenêtre. Cela montre que vous êtes attaché à la vie. Mère n'arrête pas de dire qu'elle a hâte de gagner ses ailes.

— Ses ailes ! s'étonna le prêtre.

— C'est sa façon à elle de dire qu'elle aimerait aller au paradis, avec Dieu. Elle n'arrête pas d'en parler.

Un instant, le père Gunn sembla pris de court.

— Il y a quelque chose d'admirable, bien sûr, à ne considérer ce monde-ci que comme le pâle reflet de la vie de bonheur éternel que notre Père nous réserve, mais...

— Mais Mère vient seulement de fêter ses cinquante ans. C'est un peu tôt pour y songer, vous ne trouvez pas ? continua Maddy pour lui venir en aide.

Il eut un petit hochement de tête reconnaissant.

— Bien sûr. Je vieillis, moi aussi. Peut-être qu'un jour viendra où je penserai comme elle. Mais en attendant j'ai tellement à faire que je ne me sens pas vieillir.

— Vous devriez avoir quelqu'un pour vous seconder.

Maddy n'avait fait que répéter ce que tout le monde disait à Shancarrig. Le vieux curé commençait à être gâteux. Et le père Gunn était obligé de mener la barque à lui tout seul. Il leur fallait absolument un second prêtre.

Quant à la gouvernante du presbytère, ce n'était pas le genre de personne à vous remonter le moral. Mme Kennedy tirait en toute circonstance une tête de six pieds de long. Elle s'habillait de noir la plupart du temps, en souvenir de son défunt mari, décédé il y avait si longtemps que plus personne à Shancarrig ne se souvenait de lui. Non, une bonne gouvernante aurait dû épauler le curé et se montrer compréhensive, elle aurait dû tenir tout à la fois le rôle de mère, de sœur et de confidente.

Cependant, il était clair que Mme Kennedy ne tenait aucun de ces rôles. Rongée par l'amertume, elle était visiblement frustrée de ne pouvoir diriger elle-même la paroisse à la place du curé. Chaque fois qu'un paroissien lui proposait de l'aider dans telle ou telle tâche, il n'avait droit de sa part qu'à un ricanement méprisant. C'était par reconnaissance pour le père Gunn que les gens étaient si nombreux à vouloir résoudre les problèmes occasionnés par la présence inexistante du curé O'Toole et celle trop envahissante de Mme Kennedy.

Puis la nouvelle arriva qu'un nouveau prêtre allait venir à Shancarrig. Quelqu'un tenait la nouvelle d'une personne de Dublin qui la tenait elle-même de source sûre. Le nouveau prêtre était, paraît-il, tout à fait charmant.

Lorsque le père Barry célébrait la messe, c'était comme si un rayon de soleil pénétrait dans l'église pour effleurer son visage pâle et angélique. Les gens de Shancarrig vouaient au père Barry une véritable adoration, mais tout au fond de son cœur, Maddy Ross éprouvait du chagrin pour le père Gunn qui, du jour au lendemain, s'était retrouvé sur la touche.

Ce n'était pas sa faute s'il était un peu rondelet. Ça ne l'empêchait pas de se montrer charitable et attentionné envers les infirmes et les vieillards, compréhensif et dévoué avec les enfants. Cependant, elle était bien obligée de reconnaître que le père Barry exhalait une sorte de charisme dont l'autre abbé était totalement dénué.

Lorsque le père Barry venait leur rendre visite à l'école, il ne parlait pas en termes vagues des missions et de la nécessité de faire la collecte des timbres ou du papier d'argent pour les missionnaires. Il parlait des petits villages de montagne du Pérou, dont les habitants avaient soif d'entendre le nom de Dieu, et où ne coulait qu'une seule toute petite rivière, à sec la plupart du temps, obligeant les villageois à aller chercher l'eau à des kilomètres de là.

Et c'est ainsi qu'assis derrière leurs pupitres, dans la petite école humide de Shancarrig, Maddy et le cours préparatoire étaient transportés à des milliers de kilomètres de là, sur un autre continent. Les petits Brennan qui portaient des souliers éculés et de vieux habits déchirés, et parfois même la marque du poing de leur ivrogne de père, se sentaient riches comme des rois en comparaison des habitants de Vieja Piedra, à des milliers de kilomètres.

Le nom même du village ressemblait comme deux gouttes d'eau au leur. Il signifiait « vieux rocher ». Les gens de ce petit village étaient en train de les appeler à l'aide depuis l'autre bout du monde.

Le père Barry communiquait un enthousiasme sans précédant aux enfants de l'école. Et pas seulement dans la classe de Maddy Ross. Même sous l'œil courroucé de Mme Kelly, qui jugeait probablement préférable de balayer devant sa porte avant de voler au secours des autres, la collecte allait grandissant. Et dans la classe de M. Kelly, la voix de stentor se faisait l'écho, à sa manière, des paroles du jeune prêtre.

— Allons, Jeremiah O'Connor. Tu as intérêt à trouver un shilling pour les habitants de Vieja Piedra si tu ne veux pas recevoir un coup de pied aux fesses qui va t'expédier jusqu'au Vieux Rocher.

Lorsqu'il prononçait son sermon du dimanche, le père Barry fermait souvent ses yeux d'un bleu troublant pour dire à la congrégation des fidèles combien ils avaient de chance d'être nés sur la terre fertile de Shancarrig. L'église avait beau être pleine de fidèles qui toussaient et crachaient, et dont les manteaux étaient trempés après cinq kilomètres de marche à travers champs, le père Barry leur laissait entendre qu'ils vivaient au paradis en comparaison des malheureux villageois péruviens.

Certains d'entre eux commençaient à se demander comment un Dieu aussi miséricordieux avait pu se montrer aussi injuste envers de braves gens qui auraient fait n'importe quoi pour avoir une église et des prêtres parmi eux.

Le père Barry avait une réponse toute prête lorsque le sujet venait à être discuté. Il déclarait que Dieu entendait ainsi mettre la bonté des hommes à l'épreuve. Il était facile d'aimer Dieu, leur assura le père Barry. Personne n'avait de mal à adorer notre Père Tout-Puissant. Mais le problème était d'apprendre à aimer comme des frères et des sœurs les habitants d'un petit village oublié qui se trouvait à des milliers de kilomètres de chez vous.

Maddy et sa mère parlaient souvent du père Barry et de son charisme. C'était une des rares choses sur laquelle elles tombaient d'accord, si bien qu'elles en parlaient de plus en plus souvent. Car la plupart du temps elles n'étaient d'accord sur rien.

Maddy se demandait si elles iraient jamais en Rhodésie pour le mariage de Joseph. Son frère s'apprêtait à épouser la fille d'une famille écossaise de Bulawayo. Il n'y aurait aucun représentant de la famille Ross. Il leur avait envoyé l'argent du voyage, et la cérémonie devait avoir lieu pendant les vacances scolaires, mais Mme Ross avait décrété qu'elle n'était pas apte à se déplacer. Pourtant le Dr Jims l'avait trouvée en parfaite santé et tout à fait capable de supporter le voyage. Il avait même ajouté qu'une croisière en mer n'aurait pu lui faire que du bien.

Le père Gunn avait déclaré pour sa part que c'était l'occasion ou jamais de resserrer les liens familiaux et qu'elle aurait dû faire l'effort d'y aller. Le major et Mme Murphy qui vivaient au manoir de Glen, la grande maison avec le portail en fer et les serres magnifiques, affirmèrent que c'était la chance de sa vie. Quant à M. Hayes, le notaire, il dit que si ç'avait été lui il n'aurait pas hésité une seule seconde.

Mais Mère ne voulait rien savoir. C'était du gaspillage, à son âge, de dépenser tout cet argent pour partir en voyage. Elle allait bientôt se voir octroyer ses ailes. Elle aurait bien le temps de tout voir et de tout découvrir là-haut.

Maddy supportait de plus en plus mal l'attitude de sa mère. La théorie des ailes semblait s'appliquer à toute chose. Si Maddy voulait un manteau neuf, ou se rendre à Dublin, ou se faire faire une permanente, sa mère se mettait à soupirer en déclarant qu'elle aurait tout le temps et l'argent nécessaire une fois que sa mère aurait quitté ce monde.

Mère entrait tout juste dans la cinquantaine et sa santé ne laissait nullement à désirer, mais elle prétendait le contraire. C'était Maddy qui faisait le ménage, parce que, jusqu'à ce que sa mère ait obtenu ses ailes, il n'était pas question de se payer le luxe d'une femme de ménage. Quant au salaire de maîtresse suppléante que recevait Maddy, il était si mince qu'il en était insignifiant.

A vingt-trois ans, Maddy Ross rongeait son frein.

A Shancarrig, la seule personne qui la comprenait était le père Barry. Agé de trente-trois ans, ce dernier rongeait lui aussi son frein. Son excès de zèle concernant Vieja Piedra lui avait valu un rappel à l'ordre de l'évêque en personne. Une telle injustice le faisait bouillir de rage. Le curé O'Toole était complètement gâteux et le pauvre homme eût été bien incapable de dire sur quoi portaient ses sermons. Non, c'était probablement le père Gunn qui était allé rapporter derrière son dos. Mais le père Gunn était un simple abbé, comme lui, et n'avait à ce titre aucune autorité sur lui.

Le père Brian Barry sillonnait les bois de Barna, en écartant furieusement les branches qui se trouvaient sur son passage. Comment les hommes les plus vils et les plus envieux osaient-ils entraver le travail du Seigneur lorsque celui-ci tentait de venir en aide à un peuple affamé?

Si sa santé le lui avait permis, le père Brian Barry n'aurait pas hésité à se faire missionnaire. A l'heure qu'il était, il serait parmi les gens de Vieja Piedra, comme son ami du séminaire, le père Flynn Cormac. Celui-ci lui écrivait. C'était de Cormac qu'il tenait son information de première main concernant la progression des travaux à Vieja Piedra.

Dans l'église du Saint-Sauveur, il y avait un vitrail à la mémoire de tous les membres de la famille Hayes que le Seigneur avait rappelés à lui. La famille comptait de nombreux prêtres. Sur le vitrail, on pouvait lire : « La moisson est grande, mais rares sont les laboureurs. » C'était écrit ici, en toutes lettres, dans leur propre église, mais naturellement le curé de la paroisse, complètement gâteux, et le père Gunn, aveuglé par son égoïsme et sa suffisance, n'avaient rien vu.

C'est au cours d'un de ces accès de rage que le père Barry s'était retrouvé nez à nez avec Mlle Ross, de l'école. Elle était assise sur une souche, en train de méditer sur une lettre. Il s'efforça de recouvrer son calme avant de lui adresser la parole. C'était une jeune fille affable et il ne voulait pas lui montrer la colère et le ressentiment que cette bataille pour les âmes et les obstacles qu'on mettait en travers de sa route avaient fait naître dans son cœur.

Elle leva sur lui un regard étonné, mais se poussa néanmoins un petit peu pour lui permettre de prendre place à côté d'elle sur la souche.

— Ce bois n'est-il pas merveilleux? On finit toujours par trouver une solution à ses problèmes quand on vient ici.

Le prêtre glissa une main dans la poche de sa soutane, à la recherche de ses cigarettes, puis s'assit à côté d'elle sans rien dire.

Elle semblait avoir compris qu'il avait besoin de silence.

Elle resta assise sans rien dire, les bras passés autour des genoux, en regardant droit devant elle, tandis que le soleil de cet après-midi d'été répandait des taches de lumière à travers les sorbiers et les hêtres. Un écureuil s'approcha d'eux et les observa un moment l'un après l'autre avant de s'enfuir en sautillant.

Ils rirent. La tension et le silence une fois brisés, ils purent entamer la conversation.

— Lorsque j'étais petit, je n'avais jamais vu d'écureuil, dit le père Barry. Sauf en image, dans un livre. Il y avait aussi une girafe sur la même page, et j'ai toujours pensé qu'ils étaient de la même taille. J'étais absolument terrifié à l'idée d'en rencontrer un.

— Et quand avez-vous rencontré un écureuil pour la première fois?

— Quand j'étais au séminaire. L'un de nous a dit qu'il avait aperçu un écureuil, et quand j'ai crié « Sauve qui peut »... ils m'ont tous pris pour un fou.

— Bah, ça n'est pas bien grave, lui dit-elle, encourageante. Moi je croyais que faire la guérilla consistait à remplacer les soldats par des gorilles.

— Vous dites cela pour me faire plaisir, la taquina-t-il.

— Mais non, je vous assure. Ils se sont tous moqués de vous? Il n'y en avait donc pas un qui vous comprenait?

— Si, j'avais un ami, Cormac. Il me comprenait, lui. Il comprenait tout.

— C'est le père Cormac qui habite au Pérou?

— Oui. Il comprenait tout. Mais comment pourrais-je lui expliquer ce qui se passe ici, en ce moment?

Et, tandis que les ombres s'allongeaient dans la forêt, ils continuèrent à bavarder. Brian Barry lui fit part de ses angoisses concernant le travail qui restait à faire à Vieja Piedra et la responsabilité qui reposait sur ses épaules depuis que ces gens l'avaient appelé au secours. Mais ne devait-il pas obéissance à ses supérieurs? Maddy Ross lui parla de son frère Joseph qui avait envoyé de l'argent pour que sa mère et elle viennent assister au plus beau jour de sa vie.

— Comment vais-je le lui annoncer? demanda-t-elle.

— Comment vais-je annoncer à Cormac qu'il ne doit plus compter sur le soutien de Shancarrig? demanda le père Barry.

Ce jour marqua le début d'une dépendance mutuelle — chacun était devenu le témoin des souffrances et des incertitudes de l'autre. Et le simple fait de savoir qu'ils avaient au moins un allié leur donnait du courage.

C'est ainsi que Maddy Ross trouva le courage d'écrire à son frère Joseph pour lui annoncer qu'elle serait ravie de venir à son mariage, mais que leur mère ne se sentait pas la force de faire le voyage. Décision qui engendra pas mal de tensions et de silences à la maison, mais que Maddy parvint à tempérer. Elle rassembla une petite garde-robe et acheta son billet.

Sa mère finit par se résigner et par manifester quelque enthousiasme. Non pas au point d'accepter de faire le voyage avec sa fille, mais suffisamment pour briser le silence de mort qui rendait l'atmosphère irrespirable.

De son côté, le père Barry fit, lui aussi, preuve de courage. Il alla parler ouvertement au père Gunn, déclarant qu'il acceptait de se plier à la règle du diocèse. Il ne mettrait plus l'accent sur les missions en général ni sur telle ou telle mission en particulier pendant ses sermons. Il reconnaissait que d'autres thèmes, tels que la tolérance, la charité au village, ainsi que la dévotion à la Vierge Marie, la sainte patronne de l'Irlande, devaient être abordés.

Il lui dit en outre qu'il avait l'intention d'occuper ses loisirs à organiser des ventes de charité et à mettre sur pied des projets de soutien à Vieja Piedra. Il était sûr que le père Gunn n'y verrait pas d'inconvénient. Et le fait est que celui-ci accueillit sa proposition avec un soupir de soulagement.

Et c'est ainsi qu'au cours de l'été 1955, Maddy Ross et Brian Barry se souhaitèrent mutuellement bon courage, elle pour son voyage en Afrique et lui pour son projet de soutien au père Flynn Cormac. Lorsqu'ils se retrouveraient, à l'automne, ils se raconteraient tout.

— Rendez-vous dans les bois, au milieu des écureuils géants, dit le père Barry.

— Attention aux gorilles armés, répondit Maddy en riant.

Et, tandis qu'ils se faisaient leurs adieux, ils avaient déjà hâte de se retrouver.

Tous deux avaient considérablement changé lorsqu'ils se retrouvèrent. Ils s'en aperçurent au premier coup d'œil qu'ils échangèrent sous le porche de l'église, à la messe de dix heures. Le père Barry était en train de remettre de l'ordre parmi les revues catholiques destinées à la vente et qui, chaque fois qu'il passait devant le présentoir, étaient dérangées. Tout le monde voulait lire *Le Diable au bal du dimanche* et *La Bonne Compagnie*, mais personne ne voulait les acheter. Ces deux numéros étaient particulièrement écornés et toujours sens dessus dessous.

Il aperçut Madeleine qui entrait dans l'église en compagnie de sa mère. Mme Ross passa un long moment devant le bénitier, en se signant comme le pape lui-même lorsqu'il donne la bénédiction *urbi et orbi* depuis son balcon du Vatican.

— Bienvenue parmi nous, étrangère. Alors, ce voyage était-il réussi? lui dit-il en souriant.

— Pas vraiment. Rien, absolument rien ne s'est passé comme je l'avais prévu.

Ils se dévisagèrent un instant, surpris par l'intensité de leurs échanges. Le père Barry jeta un petit coup d'œil en direction de Mme Ross qui était encore trop éloignée pour entendre ce qu'ils disaient.

— Les bois de Barna, lui glissa-t-il, l'œil sombre et grand ouvert.

— A quatre heures, acquiesça Maddy.

Elle sentit soudain que la tête lui tournait, comme lorsqu'il y avait cours de gym à l'école et qu'elle se suspendait, tête en bas, à l'espalier.

Et lorsqu'elle se surprit en train de se demander quel chemisier elle allait porter, elle se semonça vertement. Il est prêtre, se dit-elle. Ce qui ne l'empêcha pas de passer son chemisier à rayures, celui qui lui donnait un peu de couleur aux joues et la faisait paraître moins fade.

Lorsque sa mère lui demanda où elle allait, elle lui répondit qu'elle allait dans les bois chercher des feuilles de hêtre. Elles pourraient les mettre dans la glycérine pour les conserver afin d'en décorer la maison cet hiver.

— Je vais ramasser les plus belles, dit-elle. Je ne serai pas de retour avant un bon moment.

Elle le trouva assis sur la vieille souche, la tête entre les mains. Il lui expliqua comment, cet été-là, tout son projet de soutien à Vieja Piedra avait échoué, pas seulement à cause du père Gunn qui était venu, comme de bien entendu, à la vente de charité, et qui avait participé au tournoi de devinettes, mais aussi parce que le cœur n'y était plus. Depuis qu'il avait cessé de prêcher en faveur de ces pauvres malheureux depuis la chaire de l'église, il n'arrivait plus à toucher le cœur des paroissiens. Son visage était tendu et Maddy sentait qu'il ne lui avait pas tout dit. Cependant elle ne le pressa pas. Il ne lui dirait que ce qu'il voudrait bien lui dire. Puis il l'interrogea à son tour : son frère Joseph avait-il été content de la revoir ?

Oui et non. La fiancée de son frère était protestante et n'avait accepté de se marier à l'église catholique que pour faire plaisir à Joseph. Lorsqu'il avait appris que sa mère ne viendrait pas, il avait préféré épargner un mariage catholique à Caitriona. Dès l'instant qu'il s'agissait d'un mariage chrétien, qu'importait qu'il fût célébré dans une église plutôt qu'une autre ?

Et c'est ainsi que Maddy s'était rendue en Afrique pour voir son frère commettre un péché mortel. Il y avait eu des discussions sans fin et des larmes amères de part et d'autre. Joseph avait déclaré qu'elle et lui se connaissaient à peine et que, dans ces conditions, ils n'étaient pas vraiment frère et sœur. Maddy lui avait alors demandé pourquoi il lui avait payé le voyage.

— Pour montrer aux gens d'ici que je ne suis pas seul au monde, avait-il répondu.

Et elle avait assisté à la cérémonie, en souriant à tous les invités, du début à la fin. Cependant, elle n'avait rien dit de tout cela à sa mère. Elle avait bien pris garde d'appeler « père McPherson » le pasteur qui les avait mariés sous un ciel sans nuage, dans une église surchauffée — une église sans véritable tabernacle ni véritable Dieu.

Ils marchaient côte à côte, à la recherche de feuilles pour Maddy. Elle lui expliqua qu'elle avait en quelque sorte caché à sa mère le véritable motif de sa promenade dans les bois. Puis elle s'en voulut de le lui avoir dit — il risquait de penser qu'elle cherchait à s'excuser pour une promenade parfaitement innocente en compagnie d'un ami.

Cependant, celui-ci lui fit un étrange aveu.

— J'ai menti, moi aussi, au père Gunn et à Mme Kennedy. Je leur ai dit que j'allais rendre visite à deux familles, les Dunne et les Brennan. Il est probable que j'aurais trouvé porte close, et que ni l'une ni l'autre n'aurait accepté de me recevoir de toute façon.

Ils se regardèrent un instant, avant de détourner les yeux. Il s'agissait là d'un aveu de taille. Très vite, elle se mit à lui expliquer comment on conservait les fleurs et les feuilles. Le truc consistait à en mettre très peu à la fois dans un vase au col étroit.

Sur un rythme tout aussi soutenu, il approuva ses paroles avec des petits hochements de tête, et lui dit que les visites à domicile étaient une corvée aussi bien pour les prêtres que pour les paroissiens, tout le monde en avait horreur, et il eût été mille fois plus agréable de passer sa vie au milieu de gens qui avaient véritablement besoin de vous, plutôt que de se préoccuper de savoir s'ils avaient une nappe propre et une tranche de cake à vous offrir. Son visage était amer et triste, tandis qu'il parlait, et Maddy éprouva soudain pour le prêtre une profonde compassion qui l'incita à lui effleurer doucement le bras.

— Vous nous faites beaucoup de bien, ici. Si seulement vous saviez tout le bien que vous nous faites.

A son grand étonnement, elle vit les yeux du prêtre se remplir de larmes.

— Oh, Madeleine, s'écria-t-il. Oh, mon Dieu, comme je me sens seul. Je n'ai pas d'amis, je n'ai personne. Personne à qui parler.

— Allons, allons, dit-elle comme lorsqu'elle consolait un enfant. Je suis votre amie. Vous pouvez me parler à moi.

Passant ses bras autour d'elle, il posa sa tête sur son épaule. Elle sentait ses bras autour de sa taille, et son corps tout contre le sien, tandis qu'il sanglotait comme un enfant.

— Je suis désolé. Je suis ridicule, sanglotait-il.

— Mais non, pas du tout. Vous êtes bon. Vous êtes sensible. Vous ne seriez pas vous-même si vous n'étiez pas aussi sensible, le rassura-t-elle.

Elle lui caressa la tête et la nuque. Elle sentit ses larmes couler sur sa joue lorsqu'il releva la tête pour s'excuser.

— Allons, allons, dit-elle à nouveau.

Elle le garda dans ses bras jusqu'à ce que les sanglots cessent. Puis elle saisit son mouchoir, un petit mouchoir blanc avec une fleur bleue brodée dans un coin, et le lui tendit.

Ils marchèrent en silence jusqu'à la vieille souche. Là, il se moucha énergiquement.

— Je me sens tellement ridicule. Je devrais être fort et courageux devant vous, Madeleine, je devrais essayer de vous consoler au sujet de votre frère, au lieu de pleurer comme un gosse.

— Mais avec vous je me sens forte et courageuse, vraiment, père Barry...

Il l'interrompit soudain.

— Non, écoutez. Je viens de me répandre en sanglots dans vos bras, la moindre des choses serait que vous m'appeliez Brian.

Elle accepta sans hésiter.

— D'accord, Brian, mais il faut me croire quand je vous dis que vous m'avez aidée. J'ignorais que je pouvais être utile à quelqu'un. J'ai toujours considéré que j'étais une déception pour ma mère, un fardeau pour mon frère...

— Vous avez sûrement des amis. Vous, si bonne, si généreuse. Vous qui n'êtes pas tenue d'obéir à des règles aussi strictes que les miennes.

— Pourtant je n'ai pas d'amis, avoua Madeleine Ross en toute simplicité.

Cet après-midi-là, ils ne trouvèrent pas assez de temps pour parler des millions de choses qui leur tenaient à cœur — comme la lettre que Brian avait reçue du Pérou et dans laquelle son ami Flynn Cormac l'exhortait à prendre un peu de distance vis-à-vis de Vieja Piedra. Après tout, il ne s'agissait que d'un village parmi tant d'autres. Le père Brian Barry n'était pas venu au monde avec la mission exprès de sauver à lui tout seul un village situé à des milliers de kilomètres de son pays natal.

La lettre de son ami avait blessé le père Barry au-delà de tout ce que l'on pouvait imaginer. Mais lorsqu'il s'en ouvrit à Maddy et que celle-ci lui confia que sa meilleure amie, Kathleen White, lui avait demandé de cesser toute correspondance avec elle, une fois encore ils se découvrirent des liens communs.

Il lui raconta son enfance — sa mère qui souhaitait depuis toujours voir son fils devenir prêtre, et qui était morte un mois avant son ordination et n'avait pu recevoir sa bénédiction.

Elle lui parla de sa vie aux côtés d'une mère qui devenait chaque jour un peu plus irrationnelle et qui se retranchait chaque jour un peu plus dans le rêve, vivant parmi des cousins fortunés et bourrés de principes qui attachaient beaucoup d'importance aux gants beurre frais, aux chevaux et aux cartes de visite. Rien de tout cela n'avait de rapport avec la réalité, mais le Dr Jims prétendait que c'était sans gravité. Il n'était pas rare qu'à son âge les femmes aient des rêves de grandeur, et ceux de Mme Ross n'étaient pas des plus délirants, tant s'en fallait.

Leurs rencontres ressemblaient de plus en plus à des réunions de conspirateurs. Maddy s'attardait à l'école plus qu'à l'ordinaire, sous prétexte de décorer les vitrines. Le père Barry rendait visite aux Kelly sous prétexte de leur transmettre quelque information, et il rencontrait Maddy qui, comme par hasard, se trouvait encore dans la classe. Ils laissaient la porte entrouverte et le père Barry s'asseyait sur le bureau, jambes pendantes. De sorte que, si d'aventure Mme Kelly avait jeté un coup d'œil anxieux par la porte entrebâillée, elle n'aurait rien découvert d'anormal.

Mais lorsqu'ils se promenaient ensemble dans les bois de Barna, ils marchaient tout près l'un de l'autre. Parfois ils s'y retrouvaient par hasard, et elle posait amicalement sa tête sur son épaule ou s'appuyait contre lui tandis qu'ils observaient un nid d'oiseau caché dans le feuillage.

La nuit venue, étendue sur son petit lit étroit, Maddy se souvenait du jour où il avait pleuré sur son épaule et où elle l'avait tenu dans ses bras. Elle se souvenait de son corps contre le sien, et des battements de son cœur contre son cœur. Elle se souvenait de son odeur, une odeur de boules de gomme, de tabac blond et de savonnette. Elle se souvenait de la caresse de ses cheveux dans son cou et de la tiédeur de ses larmes sur ses joues. C'était comme rejouer sans cesse la même scène d'un film.

Elle se demandait si le père Brian y pensait, lui aussi, quelquefois, mais c'était une pensée romanesque, parfaitement ridicule. Et pour le père Barry... pour Brian... c'était même un péché.

Maintenant que sa vie avait trouvé un sens, Maddy Ross se sentait la force de déplacer des montagnes. Elle avait presque totalement oublié l'époque où les journées lui semblaient pesantes et interminables. A présent, elle trouvait qu'il n'y avait pas assez de jours dans la semaine pour faire tout ce qu'elle avait à faire. Elle avait depuis longtemps embauché Maura Brennan, une petite du quartier des chaumières, à l'air grave, qui adorait cirer les meubles et qui s'acquittait admirablement du repassage. Un autre jour, c'était le jeune Eddie Barton qui venait lui faire son jardinage.

Eddie était un drôle de petit gars de quatorze ans, passionné de plantes et de nature. Il se lançait souvent dans de grandes discussions sur les différentes espèces de fleurs qui poussaient dans le jardin.

— Qu'est-ce que tu fais de l'argent que tu gagnes? lui demanda-t-elle un jour. (Il rougit.) Ça ne me regarde pas. Tu l'as gagné, tu peux bien le dépenser comme tu veux.

— C'est pour acheter des timbres, finit-il par dire.

— C'est une bonne idée. Tu en fais collection?

— Non, des timbres pour mettre sur les lettres. Le père Barry a dit qu'il fallait avoir un correspondant à l'étranger.

C'était merveilleux de penser à tout le bien que le père Barry faisait dans la paroisse. Imaginez, un petit gars ébouriffé comme Eddie, qui en temps normal aurait passé ses journées à jouer au ballon ou à écrire sur les murs, et qui avait un correspondant catholique à l'étranger. Ce jour-là, elle lui donna un peu plus d'argent qu'à l'ordinaire.

— Dis-lui bien que Shancarrig est un endroit merveilleux.

— C'est ce que je fais, répondit Eddie, simplement. Je lui raconte tout ce qui se passe ici.

Quand Eddie attrapa la grippe et que sa mère refusa de le laisser sortir, Foxy Dunne se proposa pour le remplacer.

— Je parie que vous payez bien, mademoiselle Ross, lança-t-il d'un air enjoué.

— Tu ne gagneras pas autant qu'Eddie, cependant. Tu ne

sais pas faire la différence entre les fleurs et les mauvaises herbes, lui répondit-elle sur le même ton enjoué.

— Oh, mais vous êtes maîtresse d'école, mademoiselle Ross. Vous allez m'apprendre ça en un clin d'œil.

— D'accord, mais seulement jusqu'à ce qu'Eddie soit rétabli, conclut-elle.

Lorsqu'il fut enfin de retour, Eddie pesta tout ce qu'il savait contre les prétendues atrocités commises par Foxy dans le jardin. Foxy, pour sa part, s'était fort bien acquitté de plusieurs petites tâches, comme de consolider une porte, ou de réparer les verrous de l'abri de jardin. La mère de Maddy n'était guère rassurée à l'idée d'avoir un Dunne à la maison, des fois qu'il lui viendrait l'idée de chaparder quelque chose.

— Oh, Mère! Vous avez tort de tous les mettre dans le même sac, s'écria Maddy.

— Ma fille, tu es presque aussi naïve que le père Barry, répliqua sa mère.

Il y avait eu jadis une troupe de théâtre amateur à Shancarrig, mais celle-ci avait cessé d'exister. Il y avait toutes sortes de bruits qui couraient à ce sujet, comme il en courait sur toute chose. On racontait que le maître d'école s'était soûlé, une fois, au cours d'une représentation, et qu'il avait déclenché un scandale. Nellie Dunne disait à qui voulait l'entendre qu'elle aurait pu en raconter de belles sur la troupe de théâtre amateur. Oui, de belles, en vérité. Elle ne mit cependant jamais sa menace à exécution, et personne ne sut jamais vraiment ce qui s'était passé du temps où le père Gunn n'était pas encore à Shancarrig. Quant au curé O'Toole, il eût été incapable de raconter quoi que ce soit.

Maddy, pour sa part, était convaincue que tout ceci était de l'histoire ancienne, et que la troupe aurait très bien pu repartir à zéro. C'est pourquoi elle sauta de joie en découvrant l'enthousiasme que suscitait sa suggestion — la mère d'Eddie Barton se proposa aussitôt pour faire les costumes; il leur fallait une professionnelle s'ils ne voulaient pas avoir l'air de gosses en train de jouer au portrait chinois. Biddy, la bonne du manoir de Glen, dit qu'elle serait ravie d'exécuter un pas de danse si l'occasion se présentait. C'était un talent que sa profession ne lui permettait guère d'exercer, et elle trouvait dommage de se rouiller faute d'exercice. Brian et Liam Dunne, de la quincaillerie, déclarèrent d'emblée qu'ils voulaient participer ; quant à Carrie, la nounou du petit dernier du Dr Jims, elle voulait bien s'essayer dans un petit rôle, à condition de ne pas avoir trop de texte à dire. Le sergent Keane et sa femme attendaient ce moment depuis toujours, et Maddy crut que le sergent ne lui lâcherait plus la main lorsqu'il la lui serra pour la remercier.

Et c'est ainsi que Maddy fonda la Société d'art dramatique de Shancarrig dont les membres étaient, en outre, flattés de l'intérêt que le père Barry daignait porter à leur petite troupe. Personne, en effet, ne s'étonna de voir le jeune prêtre au visage tourmenté se lancer à corps perdu dans une entreprise bénéfique pour la paroisse. Et, tout naturellement, les recettes de la Société allèrent grossir le fond de soutien aux missions d'Amérique latine. Il était préférable d'avoir affaire au père Barry, disait-on en se gaussant gentiment, qu'au père Gunn qui, en dépit de ses nombreuses qualités, ne savait pas faire la différence entre le côté cour et le côté jardin. Le père Barry, au contraire, avait tous les talents, il savait créer un décor, régler les éclairages, et, plus important encore, faire une mise en scène. Il encourageait les habitants de Shancarrig à explorer tout le répertoire depuis *Pygmalion* jusqu'à *Drame à Inish*, et les concerts de Noël étaient devenus légendaires.

Seule Maddy savait que le cœur n'y était pas.

Seule Maddy connaissait vraiment celui qui cachait ainsi son désespoir. Bientôt elle s'aperçut qu'elle n'arrêtait pas de penser à lui et d'imaginer quelle aurait été sa réaction pour les choses les plus insignifiantes. Lorsqu'elle racontait l'histoire de la fuite en Égypte aux enfants du cours préparatoire, elle l'imaginait adossé au chambranle de la porte en train de lui sourire gentiment. Parfois, il lui arrivait de sourire en retour, comme s'il avait été vraiment là. Les enfants tournaient alors la tête, croyant que quelqu'un était entré.

Et puis, à la maison, lorsqu'elle préparait le dîner de sa mère, elle ajoutait quelques rondelles de tomate, un œuf dur écrasé ou un brin de persil pour décorer son assiette. Sa mère ne semblait pas s'en rendre compte, mais Maddy imaginait Brian Barry en train de lui faire un compliment qu'elle se répétait à voix basse.

Elle vivait ainsi une relation qu'elle jugeait beaucoup plus satisfaisante que la plupart des relations qu'elle voyait autour d'elle. M. et Mme Kelly, par exemple, étaient complètement englués dans la routine du mariage. Cette pauvre Maura Brennan, du quartier des chaumières, avait épousé un diable de barman qui l'avait abandonnée avec son gamin mongolien. Le major Murphy, du manoir de Glen, et sa femme formaient un couple qui défiait l'imagination. Ils ne mettaient jamais le nez dehors. Partout ailleurs on les auraient considérés comme des sauvages, mais ici, parce qu'ils habitaient la maison la plus cossue du village, on admirait leur goût pour la solitude.

Madeleine Ross n'enviait décidément personne. Personne n'avait connu un amour aussi pur et aussi beau que le sien, un homme qui se reposait entièrement sur elle et qui, si elle n'avait pas été là, aurait probablement perdu sa vocation.

Et puis une nuit, alors qu'elle ne s'y attendait pas, il lui vint une étrange pensée. C'était une de ces nuits sans sommeil où la lune semble briller plus qu'à l'ordinaire à travers les rideaux, si bien qu'on ne prend même pas la peine de les tirer.

Maddy aperçut une silhouette qui se dirigeait vers les bois. Croyant tout d'abord qu'il s'agissait de Brian elle s'apprêtait à enfiler une robe pour le rejoindre lorsqu'elle réalisa qu'il s'agissait du major Murphy, sorti pour quelque mystérieuse promenade. On les confondait facilement, ces grands gaillards en habits foncés. Mais Brian était en train de dormir au presbytère, à moins que... A moins qu'il ne soit lui aussi en train de contempler la lune sans pouvoir trouver le sommeil.

C'est à ce moment précis que Maddy Ross comprit que le père Barry devait quitter Shancarrig.

Il n'était pas fait pour passer les assiettes de sandwichs, rafistoler les vieux rideaux, faire l'apologie d'un chœur plein de fausses notes, accueillir les évêques et autres dignitaires de l'église. On ne vivait qu'une fois, après tout. Il fallait qu'il parte, qu'il aille vivre sa vie parmi les habitants de Vieja Piedra si tel était son destin. L'idée qu'on ne vivait qu'une seule fois se mit à tourbillonner dans sa tête et ne la quitta pas de toute la nuit. Impossible de trouver le sommeil à présent. Assise devant sa tasse de thé, elle se mit à penser à Joseph, qui lui avait dit ces mêmes mots lorsqu'elle était allée en Rhodésie pour assister à son mariage. On ne vivait qu'une fois.

Et Joseph, qui avait reçu la même éducation et avait eu les mêmes parents qu'elle, avait su saisir la chance au vol. Joseph et Caitriona Ross avaient eu des enfants, là-bas, en Afrique. Parfois ils lui envoyaient des photos d'eux devant la grande maison blanche à colonnades. Maddy n'avait jamais dit à sa mère que ses petits-enfants n'étaient pas catholiques et qu'ils n'avaient peut-être même pas été baptisés. Brian et elle avaient jugé plus sage de ne pas le lui avouer afin de ne pas tourmenter davantage un esprit déjà tourmenté.

Si Joseph Ross ne vivait qu'une fois, il en allait de même pour Maddy Ross et pour Brian Barry. Pourquoi le père Brian ne partirait-il pas vivre en Amérique du Sud ? Après un laps de temps raisonnable, Maddy pourrait aller le rejoindre, elle aussi.

Tout en faisant les cent pas dans la maison endormie, elle se répétait qu'entre eux rien ne serait changé. Ils demeureraient, comme ils l'étaient ici, de bons amis se consacrant entièrement à la mission qui les appelait sur un autre continent, de l'autre côté de l'océan. Ainsi Brian n'aurait pas besoin de renoncer à la prêtrise. Lorsqu'on était prêtre c'était pour la vie. Il n'aurait pas besoin de renoncer à sa vocation, il ne ferait que modifier ses objectifs et élargir ses horizons.

Puis, lorsque le jour pointa enfin au-dessus des bois de Barna, Maddy Ross s'avoua ce qu'elle n'avait jamais voulu s'avouer. Elle aurait voulu faire de Brian Barry son amoureux, son mari. Elle aurait voulu qu'il renonce à sa vocation. Ah, si seulement Rome acceptait de le libérer de ses vœux ! Même si ce n'était pas possible, Maddy le désirerait tout de même. Elle était prête à le prendre à n'importe quel prix.

Elle se sentit soudain étrangement libérée.

Et en même temps qu'elle se sentait presque le cœur léger elle cessa de fantasmer. Elle apporta à sa mère le plateau du petit déjeuner sans se demander ce qu'aurait dit Brian s'il avait été à côté d'elles. Elle avait l'impression d'avoir brusquement émergé des ténèbres pour pénétrer dans le monde réel.

Elle avait hâte de revoir Brian. Jamais journée ne lui parut plus longue. Jamais Mme Kelly ne lui parut plus tatillonne ni plus suspicieuse.

Pourquoi avait-elle écrit bonjour en plusieurs langues sur le tableau ? En espagnol. Et en français, par-dessus le marché. Ne pensait-elle pas que le gaélique et l'anglais avaient déjà suffisamment de mal à entrer dans leurs petites têtes pour ne pas essayer de leur faire dire bonjour et au revoir dans des langues dont ils ne se serviraient probablement jamais ?

Maddy l'avait regardée droit dans les yeux. En temps normal elle aurait imaginé Brian debout devant le tableau, en train de la complimenter sur sa patience et sa ténacité, puis dans les bois de Barna en train de s'exercer : « *Buenos dias*, Vieja Piedra, nous sommes venus vous aider. »

Mais cette fois elle n'avait rien vu, si ce n'est la petite Mme Kelly, tremblant d'indignation dans sa robe rayée brun et jaune qui lui donnait des allures de guêpe.

Aujourd'hui, Maddy Ross était quelqu'un d'autre.

— Si j'ai écrit ces quelques phrases au tableau, Mme Kelly, c'est que, contrairement à ce que vous ou l'Education nationale semblez penser, ces enfants risquent un jour de se rendre dans des pays où on parle d'autres langues. Et je les écrirai chaque jour sur le tableau jusqu'à ce qu'ils se soient familiarisés avec elles et qu'ils aient compris qu'on pouvait saluer autrement qu'en anglais et en gaélique en soulevant humblement sa casquette.

A ces mots, Mme Kelly rougit puis pâlit tour à tour.

— Vous ne ferez rien de tel, mademoiselle Ross. Ceci n'entre pas dans l'emploi du temps qui vous est imparti.

— Je n'ai nullement l'intention de le faire pendant les heures de classe, Mme Kelly, dit Maddy avec un sourire mielleux. Il se trouve que j'ai la chance de devoir occuper les petits en dehors des heures de cours et pendant la récréation. Ils l'apprendront donc avant ou après la classe, naturellement.

Soudain, elle avait l'impression de mesurer cinq mètres de haut. Elle avait l'impression de s'élever au-dessus de la petite école de pierres et du village tout entier. Le lent tic-tac de la pendule lui était devenu insupportable. Elle avait hâte de partir rejoindre Brian pour lui faire part de sa nouvelle témérité, pour lui dire son espoir et sa foi dans cette vie qu'on ne vivait qu'une fois.

Elle le retrouva à la répétition, en présence de toutes les mauvaises langues du village.

— Comment va votre mère, mademoiselle Ross? demanda-t-il.

Il s'agissait d'un code secret. Ils ne s'étaient jamais exercés à le pratiquer, cela leur venait naturellement, comme beaucoup d'autres choses.

— Elle va bien, mon père, elle demande souvent de vos nouvelles.

— Vous pensez que cela lui ferait plaisir si je passais ce soir?

— Je crois qu'elle serait ravie. Je le lui dirai. Je ne serai pas là, mais elle sera enchantée de vous voir, comme toujours.

Ses yeux pétillaient de malice tandis qu'elle prononçait ces mots. Elle crut surprendre l'ombre d'un froncement de sourcils sur le visage de Brian, mais celui-ci s'évanouit aussitôt.

Mlle Ross quitta la répétition en se disant que les gens devaient s'imaginer qu'elle était une fille obéissante et attentionnée qui s'apprêtait à préparer un petit plateau pour le prêtre qui allait rendre visite à sa mère. Tandis qu'elle s'en retournait, les joues brûlantes, Maddy se dit qu'elle avait été une fille obéissante toute sa vie, depuis presque trente ans qu'elle vivait dans ce petit village. Et plus elle y pensait, plus elle avait le sentiment d'avoir été bonne avec le prêtre.

Qui aurait pu lui jeter la pierre parce qu'elle voulait saisir sa chance?

Elle s'assit sur la souche et l'attendit. Il arriva à pas feutrés par le sentier jonché de feuilles mortes. Il avait un sourire fatigué. Quelque chose s'était passé durant la journée. Elle le connaissait si bien qu'elle percevait le moindre changement, la moindre contrariété sur son visage.

— Je suis en retard. Je suis passé voir votre mère, dit-il.

— Mais pourquoi, grand Dieu? Je ne parlais pas sérieusement.

— Je sais, mais le père Gunn m'a dit ce matin même que nous devrions nous voir moins souvent.

— Comment?

Brian Barry était nerveux et tendu.

— Oh, il me l'a dit très gentiment, ce n'était pas une accusation, il n'a rien dit de blessant...

— Non, mais c'est terriblement blessant tout de même,

rugit Maddy. Comment ose-t-il insinuer qu'il s'est passé quoi que ce soit entre vous et moi ? Comment ose-t-il !

— Mais il ne l'a pas fait. Au contraire, il m'a fait comprendre qu'il n'insinuait rien.

Brian se mit à parler très vite, en marchant de long en large pour tenter d'expliquer ce que cachait la remarque anodine du père Gunn. Le père Gunn voulait les protéger contre la calomnie et les insinuations, voilà tout. Dans un petit village comme Shancarrig, où les vraies nouvelles étaient rares, les gens donnaient facilement libre cours à leur imagination. Mieux valait pour le père Barry et Mlle Ross qu'on ne les voie pas trop souvent ensemble, et qu'ils cherchent à se faire d'autres amis.

— Et qu'avez-vous répondu, Brian ?

Les yeux pâles de Maddy jetaient des étincelles, ce soir.

— Je lui ai dit qu'il avait une bien piètre opinion des gens s'il les croyait capables de calomnier une amitié aussi noble et aussi pure que la nôtre.

Cependant, il était évident que Brian Barry n'était pas satisfait de sa réponse. Il semblait confus et désorienté. Jamais elle ne l'avait autant aimé.

— Je suis navré, Maddy, je n'ai pas su que lui répondre.

C'était la première fois qu'il l'appelait Maddy. D'habitude il l'appelait Madeleine, comme sa mère.

Elle s'approcha de lui et lui passa les bras autour du cou. Il sentait la cigarette, mais il avait changé de savonnette et n'avait pas mangé de boules de gomme. Il sentait le gâteau au chocolat, celui que sa mère lui avait offert, pensa Maddy.

— Et vous avez bien fait, murmura-t-elle.

Il sembla très surpris et fit un mouvement comme pour se dégager.

— Bien fait quoi ? demanda-t-il en ouvrant tout grand des yeux affolés.

— Bien fait de répondre ce que vous avez répondu. C'est une amitié très pure, c'est un amour très pur...

— Oui... heu...

Il n'avait pas fait un geste pour la prendre dans ses bras. Elle se rapprocha et se serra tout contre lui.

— Brian, serrez-moi dans vos bras, je vous en supplie.

— Je ne peux pas Maddy. Je ne peux pas, je suis prêtre.

— Je vous ai pris dans mes bras, moi, il y a des années, quand vous étiez seul au monde. A votre tour de me prendre dans les vôtres ; maintenant que je suis seule au monde et qu'ils essayent de vous détacher de moi, dit-elle tandis que ses yeux se remplissaient de larmes.

— Non, non, non, dit-il en la prenant dans ses bras comme elle l'avait fait des années auparavant. Il appuya sa tête contre son épaule pour la consoler. Non, ils ne cherchent pas à me détacher de vous... c'est autre chose... vous savez très bien ce que c'est.

Elle se pelotonna tout contre lui et sentit à nouveau son cœur battre contre sa poitrine, comme cette première fois qu'elle n'avait jamais oubliée. Comme il s'apprêtait à la repousser, elle éclata à nouveau en sanglots. Il était à la fois mal à l'aise et tendre. Maddy comprit que cet homme était le sien et que le moment était venu de saisir la chance qui se présentait à elle.

— Je vous aime tant, Brian, murmura-t-elle.

Ses paroles restèrent sans réponse. Elle changea légèrement de tactique.

— Vous êtes la seule personne qui me comprenne, qui sache ce que j'attends de la vie, et je crois que je suis la seule personne qui sache ce qui est bon pour vous.

Elle parlait en sanglotant, pour qu'il se rende compte que l'orage n'était pas encore passé, qu'elle avait encore besoin d'être consolée. Depuis sept ans, la première fois qu'ils étaient tombés dans les bras l'un de l'autre, le monde avait changé. Le mouchoir qu'il lui tendait aujourd'hui était un mouchoir en papier, et quand il s'asseyait à côté d'elle, sur la souche, pour fumer une cigarette, ça n'était plus du tabac à rouler, mais une cigarette toute faite.

— Vous m'avez aidé plus que personne au monde. Je le pense vraiment.

La voix du père Barry était sincère. Et il était sincère. Elle se le représentait en train de dresser la liste de tous les gens qui avaient été bons avec lui, sa mère, quelque père supérieur du séminaire. Elle arrivait en tête de cette émouvante petite liste. Et c'était tout? Pourquoi n'était-elle pas l'amour de sa vie? Il lui fallait agir avec beaucoup de doigté.

— J'ai toujours souhaité qu'il ne vous arrive que du bien, depuis le premier jour, dit-elle simplement.

— Et moi de même. Vraiment.

C'était sans doute vrai, pensa Maddy. Tout comme, tout au fond de son cœur, il ne souhaitait que des bonnes choses pour Vieja Piedra, même s'il était incapable de faire quoi que ce soit de concret ou de durable pour le petit village.

— Il faut que vous y alliez, dit-elle.

— Où ça?

— Au Pérou. Avec le père Cormac.

Il la regarda comme si elle lui suggérait de partir sur la lune.

— Comment pourrais-je, partir, Maddy? Ils ne me laisseront jamais partir.

— Ne leur demandez pas la permission. Partez. Combien de fois ne m'avez-vous pas dit que Dieu ne se souciait pas des petites entorses au règlement? Notre Seigneur n'a demandé la permission à personne lorsqu'il a voulu accomplir des miracles.

Il continuait de la regarder sans comprendre. Maddy se leva et se mit à faire les cent pas. Elle usa de toute sa force de persuasion pour le convaincre de s'en aller. Elle lui répéta ses propres paroles concernant le petit village où les gens étaient morts à force d'attendre que quelqu'un leur vînt en aide, où les gens regardaient chaque jour la montagne en priant pour qu'un homme de Dieu vînt à leur rencontre, pas seulement pour leur rendre visite mais pour rester avec eux et leur donner les saints sacrement. Elle vit une étincelle jaillir dans ses yeux : la magie opérait.

— Mais où vais-je trouver l'argent nécessaire au voyage?

— Vous pourriez prendre l'argent de la quête.

Pour elle, la chose était évidente.

— C'est impossible. C'est pour Vieja Piedra.

— Mais n'est-ce pas précisément là-bas que vous voulez aller? N'est-ce pas précisément pour cela que nous faisons la quête, pour leur envoyer quelqu'un?

— Non, ça ne serait pas juste. Je n'ai jamais pensé que la fin justifiait les moyens... vous vous souvenez, nous en avons souvent parlé.

Et ils l'avaient fait, en effet, dans ces mêmes bois, à l'école, et pendant la pause-café, au cours des répétitions.

Elle se tourna vers lui. Il semblait inquiet, tourmenté par ce nouveau dilemme, mais aucunement ému par le fait qu'il venait de la serrer dans ses bras, qu'il venait de sentir son cœur contre le sien, sa joue contre la sienne, ses cils sur sa joue. Était-il un homme comme les autres, ou avait-il à jamais étouffé cette partie de lui-même à force de l'avoir refoulée trop longtemps? Elle voulait en avoir le cœur net.

— Et quand vous serez parti vous m'écrirez et vous me raconterez tout... jusqu'à ce que je vienne vous rejoindre.

Ses yeux écarquillés formaient deux cercles noirs à présent.

— Vous, me rejoindre là-bas, Maddy? Mais c'est impossible. Vous ne pourriez jamais aller si loin, pas pour me rejoindre. Je suis prêtre.

— On ne vit qu'une fois, dit-elle calmement.

— Oui, et moi j'ai choisi de mener la vie d'un prêtre. Vous savez bien que je ne peux rien y faire. Rien ne me fera jamais renoncer.

— Vous pouvez renoncer si vous le voulez. Tout comme vous pouvez partir.

Il y avait quelque chose d'inquiétant dans la façon directe avec laquelle elle s'était mise à lui parler. Ce n'était plus la Maddy Ross hyper-émotive qu'il connaissait, c'était une jeune femme sérieuse et déterminée.

— Asseyez-vous, Maddy. (Lui aussi était calme. Il s'accroupit en face d'elle et prit ses mains dans les siennes.) Si je vous ai jamais donné l'impression que j'allais renoncer à la prêtrise, eh bien je dois passer le restant de mes jours à réparer ce malentendu. (Son visage tourmenté cherchait une réponse dans le sien.) Maddy, je suis prêtre. C'est la seule chose qui ait véritablement un sens pour moi. Il m'arrive d'être égoïste, impatient, et dur aussi, vis-à-vis de mon entourage, et je reconnais que je n'ai pas la générosité et la bonté d'un père Gunn, mais j'ai la certitude que Dieu m'a choisi et qu'Il m'a appelé.

— De même que vous êtes sûr que les habitants de Vieja Piedra vous appellent au secours.

— Parfaitement. Et s'il y avait un moyen de partir là-bas *je n'hésiterais pas*. Mais je ne prendrai pas l'argent que les gens de Shancarrig ont donné à l'église. Ils ne l'ont pas donné pour qu'un prêtre se sauve avec.

La lune était montée dans le ciel tandis qu'ils parlaient. Ils aperçurent un blaireau à quelques pas, mais la chose n'était pas assez importante pour qu'ils aient idée de la commenter. Brian Barry annonça à Maddy Ross qu'il ne renoncerait jamais à son ministère. Il avait acquis quelques certitudes dans la vie. Et ceci en était une. En vain, Maddy essaya de lui expliquer que le célibat des prêtres avait été introduit longtemps après la vie de Notre Seigneur, qu'il s'agissait plus ou moins d'une règle administrative et non d'une véritable clause constitutionnelle. Les premiers apôtres n'avaient-ils pas des femmes et des enfants?

— Des enfants, dit-elle en lui caressant la main.

Il ôta ses deux mains et se leva brusquement. C'était une chose à laquelle il ne fallait pas songer. C'était un sacrifice qu'il avait consenti à Dieu, la seule chose que Dieu exigeât de ses prêtres: renoncer au bonheur de connaître l'amour charnel et de fonder une famille. Non pas que cela lui ait beaucoup manqué dans la mesure où c'était un bonheur qu'il n'avait jamais connu. Et maintenant qu'il approchait de la quarantaine il n'y aurait pas songé, même s'il n'avait pas été prêtre.

— Beaucoup d'hommes se marient autour de la quarantaine, dit Maddy.

— Pas les prêtres.

— Vous pouvez tout faire. Tout.

— Pas ça, je ne le ferai jamais.

— Mais vous m'aimez, Brian. Vous n'allez pas vous laisser intimider par les remontrances d'un père Gunn ou d'une Mme Kennedy, par une promesse que vous avez faite quand vous étiez enfant... quand vous ne saviez pas ce qu'était l'amour...

— Je ne le sais toujours pas.

— Mais si.

Il secoua la tête. Maddy n'y tenait plus, elle s'approcha de lui et l'embrassa sur la bouche. Elle se lova entre ses bras et entrouvrit les lèvres. Elle sentit ses bras qui se resserraient autour d'elle... Il lui caressa le dos, et lorsqu'elle se recula un petit peu, il se mit à lui caresser les seins. Elle entrouvrit les yeux et vit qu'il avait les yeux fermés, lui aussi.

Ils restèrent enlacés ainsi un certain temps. Puis il se dégagea.

Ils se regardèrent un moment en silence, puis il dit :

— Vous m'avez tout donné, Maddy Ross.

— Je ne vous ai encore rien donné, répondit-elle.

— Mais si, je vous assure. Vous m'avez donné le courage et la foi. Sans vous je ne serais rien. Vous m'avez donné le courage de partir. Mais maintenant il faut que vous me donniez une chose encore... la liberté.

Elle le regarda, stupéfaite.

— Comment pouvez-vous me tenir entre vos bras comme vous le faites, et me demander de ne plus jamais vous embrasser ?

— Je vous le demande, Maddy. Je vous en *supplie*. C'est ma seule raison d'être. Mon unique certitude... je suis le serviteur de Dieu. Ne me l'ôtez pas, ou toutes les autres choses que vous m'avez données s'effondreront comme un château de cartes.

Cet homme qui avait été son meilleur ami, son alter ego, cet homme lui demandait la permission de la quitter à jamais. Il lui demandait de l'encourager à quitter Shancarrig pour rejoindre le village auquel ils avaient rêvé ensemble, pour lequel ils avaient prié et mis de l'argent de côté pendant toutes ces années.

Un égoïsme aussi monstrueux ne pouvait faire partie des plans divins. Il ne s'accordait nullement avec son rêve de saisir sa chance. Maddy le regarda, totalement désorientée. Tout allait de travers, complètement de travers.

Il vit son émoi, cependant il ne chercha pas à fuir. Sa voix se fit plus douce.

— Depuis que je vis à Shancarrig, et même avant, j'ai compris que les femmes étaient plus fortes que les hommes. Elles sont nombreuses dans ce village. Et je les connais mieux que vous, car j'entends leurs confessions. Je suis là lorsqu'elles sont sur leur lit de mort et qu'elles s'inquiètent plus de l'avenir de leur mari ou de leur fils qui file un mauvais coton que de leur propre souffrance. Je suis à leurs côtés quand leur enfant est mort-né, quand elles enterrent un homme qui n'était pas seulement un mari mais aussi un moyen de subsistance. Les femmes sont très fortes. Montrez-vous forte, vous aussi, et laissez-moi partir avec votre bénédiction.

Elle le regardait, pétrifiée. Le torrent de paroles qu'elle sentait bouillonner à l'intérieur d'elle-même n'arrivait plus à sortir. Il fallait qu'elle trouve un moyen de lui expliquer qu'il devait passer outre ces vieilles règles éculées, ces vœux absurdes prononcés en un autre temps par une autre personne. Brian Barry était un autre homme à présent, il avait trouvé sa voie, il était capable de donner et de recevoir de l'amour. Mais elle ne lui dit rien de tout cela. Car lorsqu'il la regarda à nouveau le bleu foncé de son regard s'était durci.

— Voyez-vous, je vous demande votre bénédiction parce que je suis décidé à partir de toute façon.

Ils ne se revirent pas une seule fois en tête à tête à Shancarrig.

Il n'y eut plus de promenades dans les bois, plus de visites à l'école. Les répétitions se feraient désormais sans le généreux concours du père Barry, fut-il annoncé à la Société d'art dramatique de Shancarrig. D'une certaine façon, c'était là qu'il lui manquait le plus. Toutes ces pièces qu'ils avaient commencé à monter ensemble, allait-elle trouver le courage de les continuer ? Elle se demanda si toute l'entreprise n'allait pas tout bonnement s'effondrer.

Mais la Société d'art dramatique de Shancarrig survécut au départ du père Barry. Et, à bien des égards, ses membres se sentaient plus libres maintenant qu'il n'était plus là. Désormais ils allaient pouvoir jouer davantage de comédies. Du temps où il était parmi eux, ils ne s'étaient jamais risqués à proposer quelque chose de trop léger car il ne voulaient pas choquer le père Barry qui était si passionné et si pieux.

Au cours des semaines interminables qui suivirent, la troupe décida de participer au concours national des comédies en un acte.

— Pauvre père Barry, il aurait adoré ça, dit Biddy, la femme de ménage du manoir de Glen qui devait tenir le rôle d'une domestique dansante dans la pièce.

— Haut les cœurs, dit la femme du sergent Keane, nous serions en train de monter une tragédie si le père Barry était encore parmi nous. Notez bien, je ne lui veux aucun mal, et j'espère qu'il ira bientôt mieux.

La rumeur s'était répandue qu'il avait une tache au poumon. On hochait la tête. Oui, c'était vrai qu'il avait ce teint très pâle accompagné de rougeurs soudaines typique de la tuberculose. Mais quoi qu'il en soit le sanatorium faisait des merveilles, et puis la rumeur n'avait pas été confirmée.

Il ne cherchait pas à la fuir, réalisa Maddy. Il était en paix avec lui-même, et semblait lui être reconnaissant de l'avoir laissé partir sans un mot, avec juste un hochement de tête, cette nuit-là, dans les bois de Barna.

Il était sûr qu'elle avait compris qu'il avait fait le bon choix.

Les journées lui semblaient interminables, maintenant qu'elle attendait son départ. Il lui fallut attendre trois longs mois avant d'apprendre enfin la nouvelle. Un jour, au cours de sa visite à l'école, le père Gunn lui demanda gentiment si elle pouvait passer au presbytère le soir même. Rien dans son visage ne trahissait ce qu'il allait lui annoncer.

Lorsqu'elle se présenta au presbytère, elle fut surprise de trouver Brian assis dans un des fauteuils. Le père Gunn lui fit signe de s'asseoir dans l'autre.

— Maddy, vous savez sans doute que le père Barry part pour le Pérou?

— Je savais qu'il en avait envie, dit-elle prudemment, en souriant cependant. (Le visage de Brian rayonnait littéralement de bonheur.) Vous voulez dire que c'est arrangé? Que vous avez obtenu l'autorisation de partir?

— Je pars avec la bénédiction de tous, répondit Brian, le visage plein d'amour, d'amour et de gratitude.

— Notre évêque a les idées larges, et devant un tel zèle il n'a pu que s'incliner, dit le père Gunn.

On ne distinguait jamais nettement les yeux du père Gunn derrière ses gros verres de lunettes, mais ce jour-là ils lui semblèrent encore plus opaques qu'à l'ordinaire. Maddy se demanda si le père Gunn n'avait pas lui-même suggéré à l'évêque qu'une mission religieuse à Vieja Piedra serait infiniment souhaitable.

— J'espère que vous vous y plairez autant que vous et moi l'avons toujours espéré, dit-elle d'une voix légèrement étranglée.

— Je voulais vous remercier, Maddy, pour votre aide et vos encouragements. Le père Gunn s'est montré si avisé et compréhensif. Lorsque je lui ai dit que je voulais que vous soyez la première à apprendre la nouvelle, il a insisté pour que nous vous invitions ici, pour vous dire que tout était arrangé.

Maddy regarda le père Gunn. Elle savait exactement pourquoi il l'avait invitée à passer au presbytère, pour qu'il n'y ait pas de larmes, pas d'adieux déchirants dans les bois de Barna ou ailleurs, en tête à tête.

— C'est très gentil à vous, mon père, dit-elle d'une voix glaciale au petit prêtre corpulent.

— Pas du tout, pas du tout. J'ai quelques papiers à aller chercher. Je vous prie de m'excuser quelques minutes, dit-il en quittant la pièce.

Brian ne bougea pas de son fauteuil.

— C'est à vous que je le dois, Maddy.

— Vous m'écrirez? demanda-t-elle d'une voix blanche.

— J'écrirai à tout le monde, une lettre pour remercier la paroisse des efforts qu'elle voudra bien faire pour moi...

Il lui adressa un sourire désarmant comme il le faisait toujours. Comme il allait le faire avec les pauvres Péruviens qui l'avaient appelé à l'aide depuis leur vallée desséchée. Elle ne dit rien.

Et pour la première fois depuis sept ans, ils restèrent assis en silence. Ils avaient hâte que le temps passe et que le père Gunn revienne avec les lettres qu'il était allé chercher. La porte du parloir était restée entrouverte.

Il y eut des adieux interminables. Le père Barry ne voulait pas de cadeaux, il avait insisté. Il n'avait pas besoin de cadeaux d'adieu pour se souvenir de Shancarrig, de ses habitants si généreux, des années merveilleuses qu'il avait passées parmi eux. Il dit qu'il essayerait de leur décrire l'autre village, leur homonyme à l'autre bout du monde, le plus fidèlement possible.

Il pleura lorsqu'ils l'accompagnèrent à la gare. Maddy était la dernière du groupe. Elle voulait être sûre qu'il partait bien. Elle voulait le voir de ses yeux. D'une main il saluait la foule et de l'autre il s'essuyait les yeux. Maddy entendit le Dr Jims qui disait à M. Hayes que c'était un jeune homme très émotif et très sensible. Il espérait qu'il n'aurait pas trop à souffrir de la chaleur là-bas.

Et le temps passa, mais c'était comme un jardin d'été sans soleil. A quoi bon s'asseoir dehors quand le soleil ne paraît pas? Les enfants se succédèrent au cours préparatoire. Ils quittaient Mlle Ross pour monter dans la classe de Mme Kelly. Ils continuaient d'apprendre à dire *Bonjour* et *Buenos dias* à leurs moments perdus. Car Maddy Ross, qui avait remporté cette bataille de haute lutte, n'était pas près d'y renoncer.

La quête pour Vieja Piedra continuait, mais l'Irlande des années soixante avait changé. Il y avait la télévision, à présent... et les gens découvraient que Vieja Piedra n'était pas le seul endroit au monde où sévissaient la famine et les catastrophes. Soudain Vieja Piedra n'était plus le seul village à les appeler au secours. Parfois, un tout petit mandat était adressé au révérend père Brian Barry, au bureau de poste le plus proche de Vieja Piedra, à quelque cent kilomètres de là.

Mais ses lettres étaient toujours chaleureuses et pleines de reconnaissance. Il était question de la construction d'une église, toute petite. Elle ressemblait à une cabane avec une croix fixée sur le toit, mais le père Barry en était très fier. Il envoya des photos, mal cadrées, de l'église prise sous différents angles.

Et puis il parlait des Viatores Christi, un groupe de laïques bénévoles qui étaient venus pour les aider. Ils étaient formidables, et aussi dévoués que les missionnaires.

Maddy qui assistait à la lecture à haute voix des lettres de Brian Barry, se demandait pourquoi il n'était pas lui aussi un missionnaire laïque. Il aurait pu réaliser le même rêve, avec la même foi, sans être pour autant tenu par le terrible vœu du célibat.

Mais elle se consola en se disant que, s'il n'avait pas été ordonné prêtre, il ne serait jamais venu à Shancarrig et elle ne l'aurait sans doute jamais connu. Elle n'aurait jamais eu la chance de sa vie.

Il y eut cinq années de promenades solitaires dans les bois de Barna, cinq pièces de théâtre à la Société d'art dramatique de Shancarrig, cinq kermesses, cinq tournois de devinettes, cinq courses en sac, cinq chasses au trésor. Il y eut cinq années de tombola, de bingo*, de quête au porte à porte. Puis, un jour, Brian Barry appela Maddy Ross au téléphone.

— Je pensais bien vous trouver à la maison, à cette heure-ci, dit-il le plus naturellement du monde.

* Sorte de loto collectif. (*N.d.T.*).

Il ne l'appelait tout de même pas du Pérou!

— Je suis à Dublin, ajouta-t-il.

Le cœur de Maddy tressaillit légèrement. Quelque chose était arrivé. Pourquoi l'avait-il appelée directement, sans passer par le père Gunn?

— Il faut que je vous voie. Personne ne sait que je suis de retour.

— Brian, dit-elle dans un murmure.

— Ne le dites à personne. Venez me retrouver demain.

— Mais pourquoi? Que se passe-t-il?

— Je vous le dirai demain.

— Demain? Que je vienne à Dublin, comme ça, au pied levé?

— Je suis bien venu du Pérou.

— Quelque chose ne va pas? Vous avez des ennuis?

— Non, non. Oh, Maddy, comme c'est bon de vous entendre.

— Cela fait cinq ans que nous ne nous sommes pas vus, Brian. Dites-moi pourquoi vous êtes revenu. Avez-vous l'intention de vous défroquer?

— Je vous en prie, Maddy. Faites-moi confiance. Je voudrais vous parler en tête à tête. C'est pour cela que je suis revenu. Vous n'aurez qu'à prendre le premier train, d'accord? Je vous attendrai à la gare.

— Brian?

— Je serai sur le quai.

Il raccrocha.

Il fallait qu'elle aille à l'hôtel, chercher de l'argent liquide. Mme Ryan parut intriguée, comme toujours. Mais Maddy ne lui dit rien. Elle était trop bouleversée. Elle savait que cette nuit elle ne trouverait pas le sommeil.

Depuis cinq ans elle dormait sept heures par nuit. Mais ce soir elle savait qu'elle n'arriverait pas à fermer l'œil. Elle aurait l'air vieille et fatiguée demain matin, mais tant pis. Maddy savait qu'elle essayerait en vain de trouver le sommeil dans le petit lit qui était le sien depuis des années.

C'est pourquoi elle décida d'inspecter sa garde-robe.

Elle choisit un chemisier crème et une jupe bleue. Elle mettrait une écharpe bleue autour de son cou. Ça faisait jeune, sans plus. Elle aurait moins l'air d'une maîtresse d'école desséchée par son amour impossible pour un prêtre expatrié.

Maddy sourit. Au moins, elle avait gardé son sens de l'humour. Ça lui ferait plaisir, quoi qu'il arrive.

Il n'avait pas pris une seule ride. Il avait toujours son air enfantin, malgré ses quarante-cinq ans. Il avait remonté son col, si bien qu'elle ne put pas voir s'il portait toujours son col dur, même si cela ne voulait rien dire. Là-bas, dans les missions, les prêtres ne portaient pas la soutane, ce qui ne les empêchait pas d'être des prêtres purs et durs.

Lorsqu'il l'aperçut, il courut à sa rencontre. Ils tombèrent dans les bras l'un de l'autre, comme un frère et une sœur qui ne s'étaient pas vus depuis des années, comme de vieux amis séparés malgré eux, ce qu'ils étaient au fond. Elle voulut se reculer un peu pour mieux le voir, mais il la serra tout contre lui. On ne peut pas embrasser quelqu'un qui vous serre de toutes ses forces.

Sur le quai, la foule commençait à s'éparpiller. Il sembla reprendre un peu de prudence.

— Il n'y avait personne d'autre de chez nous, dans le train?

— Chez nous? s'esclaffa-t-elle. Dans toutes vos lettres vous ne cessiez de répéter que Vieja Piedra était votre village.

— Et c'est vrai.

Il sembla satisfait de voir que personne ne les avait suivis. Il passa son bras sous le sien et l'entraîna vers un hôtel tout proche. Le restaurant était petit et obscur, le café âpre et brûlant. Maddy Ross n'était pas près d'oublier comment sa langue était restée collée à son palais lorsque Brian Barry lui avait annoncé qu'il allait renoncer à ses vœux pour épouser Deirdre, une laïque bénévole. C'était comme d'avoir du goudron brûlant dans la bouche. Incapable de déglutir, elle l'écoutait en hochant la tête et en se forçant à sourire tandis qu'il lui parlait de maturité, d'évolution, d'amour, qu'il dénonçait l'absurdité de vœux prononcés alors qu'il n'était pas encore un homme, et qu'il déclarait que Dieu n'obligeait personne à tenir une promesse vide de sens.

Puis il lui raconta tout ce qui restait encore à décider. Deirdre et lui avaient réalisé que la renonciation était un travail douloureux et de longue haleine, et qui risquait de détruire leurs relations avec leur entourage.

Mais en Amérique du Sud les prêtres avaient compris les véritables valeurs. Ils allaient au cœur des choses. Ils savaient qu'il était possible de bénir une union que Dieu lui-même aurait vue d'un bon œil. Quelle était l'expression de Maddy déjà, celle qu'elle avait utilisée des années auparavant? Se conformer à la Constitution plutôt qu'à un règlement administratif mesquin.

Et tout cela, il le devait à Maddy. Combien de fois ne l'avait-il pas dit à Deirdre qui l'avait chargé de lui transmettre tous ses remerciements. Si Maddy n'avait pas été là pour lui donner le courage de s'ouvrir au monde et à l'amour, tout ceci ne serait peut-être jamais arrivé.

— M'avez-vous jamais aimée? lui demanda Maddy.

— Mais bien sûr que je vous aime. Je vous aime de tout mon cœur. Rien ne pourra jamais détruire cet amour, même pas mon mariage avec Deirdre, ni le vôtre si cela devait se produire un jour. Peut-être avez-vous un fiancé?

Voilà qu'il se mettait à plaisanter à présent. Elle aurait voulu lui casser la figure.

— Non, non, pas encore.

— Vous devriez, Maddy. (Envolé le plaisantin, il était redevenu sérieux, attentionné.) Toutes les femmes devraient se marier et avoir des enfants. Toutes les femmes, je vous assure.

— Et vous et Deirdre avez décidé d'avoir des enfants?

Elle essaya de remettre un peu de gaieté dans sa voix. Il eût été tellement facile d'insinuer quelque chose de déplaisant, de lui faire comprendre qu'elle avait deviné que Deirdre était déjà enceinte.

— En temps voulu, répondit-il, ce qui voulait dire à tout moment.

Il avait l'intention de quitter Vieja Piedra pour s'installer dans un village un peu plus bas sur la côte du Pérou. Il allait donner des cours dans une ville où on avait tout autant besoin de lui, mais ils avaient trouvé un prêtre autochtone, un vrai Péruvien, pour le remplacer à Vieja Piedra. Il parla encore, et encore. Le père Gunn n'en saurait rien. Il faudrait trouver une autre formule pour les donations. Il ne dirait rien à personne en fin de compte. Dans le monde d'aujourd'hui, il n'était pas nécessaire de tout expliquer ou d'aller au fond des choses.

Tout ce qui comptait, c'était de saisir les bonnes choses quand celles-ci s'offraient à vous de façon à faire encore plus de bien autour de vous. Il fallait saisir la chance au vol lorsque celle-ci se présentait.

Maddy était la seule personne à être au courant. C'était pour cela qu'il avait pris les économies de Deirdre, pour faire le voyage afin de le lui annoncer, et de la remercier mieux qu'il n'aurait pu le faire par lettre, de lui avoir montré le chemin du bonheur.

— Et Deirdre n'a pas eu peur qu'une fois en face de votre ancien amour vous soyez tenté de rester?

Maddy avait parlé d'un ton léger, mais sa question était on ne peut plus sérieuse.

Cependant Brian s'empressa de la rassurer.

— Mon Dieu, non. Deirdre sait qu'entre nous il n'y a jamais eu d'amour. Ce n'était qu'un flirt de jeunesse, des conversations profondes, destinées à nous aider à mûrir, et qui pour moi ont beaucoup compté.

Il voulait la rassurer.

Le train pour Shancarrig partait dans un quart d'heure. Maddy dit qu'elle allait le prendre.

— Mais vous n'allez pas repartir déjà. Vous êtes arrivée il y a une heure à peine.

Il était consterné.

— Mais vous m'avez tout dit.

— Non, je ne vous ai encore rien dit. Je n'ai fait qu'effleurer la surface.

— Il faut que je rentre, Brian. Il le faut, de toute façon, indépendamment de ce que vous avez à me dire. Ma mère est souffrante.

— Je ne savais pas.

— Bien sûr que non. Il y a des tas de choses que vous ne savez pas. Vous ne savez pas que Mme Murphy, du manoir de Glen, est décédée, ni que Maura Brennan emmène son pauvre petit garçon partout où elle fait des ménages, et que le petit reste assis sagement pendant qu'elle lave par terre et qu'elle fait la lessive. Il y a des quantités de choses que vous ne savez pas.

— C'est-à-dire qu'ils ne me l'ont jamais dit. *Vous* ne me l'avez jamais dit. Vous n'écrivez jamais.

— On m'a ordonné de ne pas le faire. Vous ne vous souvenez pas ?

— Pas ordonné, conseillé.

— Pour vous, c'était la même chose, à l'époque.

— Si vous aviez vraiment voulu m'écrire, vous l'auriez fait, dit-il en penchant la tête de côté, à nouveau d'humeur taquine.

Elle était décidée à prendre le prochain train, quoi qu'il arrive. Il s'était imaginé qu'elle allait passer la journée avec lui à Dublin, et peut-être même tout le week-end. Qu'allait-il faire, à présent ? Personne ne devait savoir qu'il était de retour.

— Ai-je mal fait de revenir pour vous annoncer la nouvelle ?

On aurait dit un petit garçon en proie au doute, hésitant.

Elle fit contre mauvaise fortune bon cœur. Elle pouvait se le permettre. Elle avait toute la vie devant elle pour méditer sur l'échec qu'elle avait essuyé la seule fois où elle avait tenté de saisir sa chance. Elle avança le bras et prit sa main dans la sienne.

— Non, vous avez bien fait, dit-elle. (C'était un pieux mensonge.) Dites à Deirdre que je vous souhaite à tous les deux beaucoup de bonheur. Dites-lui que, lorsque j'ai repris le train pour Shancarrig, j'étais folle de joie.

C'était l'unique cadeau de mariage qu'elle pouvait lui faire.

Et elle retint ses larmes jusqu'à ce que le train ait pris un virage et que la main qu'il agitait avec ferveur dans sa direction ait disparu à l'horizon.

MAURA

Lorsque le moment fut venu d'envoyer Maura à l'école, les Brennan n'avaient plus la moindre parcelle d'enthousiasme concernant la scolarité de leurs enfants. La mère de Maura, qui avait travaillé sans relâche à leur confectionner à tous des habits neufs pour la procession de mai et la visite de l'évêque, sans parler de la communion solennelle et des confirmations, était absolument exténuée. Mme Brennan avait paraît-il dit que l'école de Shancarrig se prenait pour un collège privé pour gosses de riches et non pour l'école communale qu'elle était censée être et que la nature voulait qu'elle soit.

Du côté paternel, la petite Maura ne recevait guère plus d'encouragements. Pour Paudie Brennan, la scolarité et toutes ces choses étaient des affaires de bonne femme dont les hommes n'avaient pas à se mêler. De plus, dans la mesure où Paudie Brennan ne travaillait qu'à intervalles irréguliers, mieux valait ne pas trop compter sur lui pour subvenir, financièrement ou autre, aux besoins de ses neuf rejetons dont Maura était une des plus jeunes. Paudie Brennan avait déjà bien assez de tracas comme ça avec le toit auquel il manquait une douzaine d'ardoises et qui s'était mis à fuir, sans parler de l'autre ardoise, celle qu'il avait là-bas, chez Johnny Finn réputé-pour-ses-boissons-de-qualité. On n'allait tout de même pas lui demander de s'occuper de Maura et de ses livres de classe par-dessus le marché !

Maura n'avait aucun goût particulier pour l'école. A l'école on étudiait, à la maison on se bagarrait. Ses frères et sœurs aînés étaient partis en Angleterre — les plus vieux d'entre eux tout au moins. Ils étaient partis dès l'âge de dix-sept ou dix-huit ans. Ils revenaient à la maison au moment des vacances, et c'était formidable pendant un jour ou deux, après quoi ça se gâtait, les masques tombaient et on recommençait à s'insulter comme si le frère ou la sœur était un membre de la famille comme les autres et non un hôte de passage.

Un jour viendrait où Maura serait la fille aînée de la maison — il ne restait plus qu'elle et Geraldine. Mais Maura n'irait pas en Angleterre, travailler dans une usine de chaussures comme Margaret, ou dans une poissonnerie comme Deirdre. Non, elle resterait ici, à Shancarrig. Elle ne se marierait pas, mais elle vivrait comme Mlle Ross, qui était très vieille et qui pouvait faire ce qui lui plaisait, comme rester debout toute la nuit si ça lui chantait, sans personne pour lui crier dessus. Evidemment, en tant que maîtresse d'école, Mlle Ross gagnait sûrement des tas d'argent, mais Maura allait mettre des sous de côté dès qu'elle commencerait à travailler, et elle les mettrait sur un livret d'épargne, à la poste, jusqu'à ce qu'elle en ait suffisamment pour pouvoir s'acheter une maison où elle serait libre de se coucher à deux heures du matin si l'envie lui en prenait.

Maura Brennan restait souvent à bavarder avec Mlle Ross, le soir, après la classe, afin d'en savoir un peu plus sur le fastueux train de vie que menait la maîtresse d'école dans sa petite maison fleurie de lilas et de roses trémières. Elle lui posait tout un tas de questions sur son chien et son chat. Elle connaissait leurs noms et leur âge, chose que personne d'autre ne savait à l'école. Chaque fois, elle espérait que Mlle Ross lui dévoilerait un peu plus de sa vie privée. Mlle Ross semblait s'étonner de sa curiosité. La fillette n'était pas ce qu'il était convenu d'appeler une bonne élève. Même en tenant compte du fait qu'elle avait un père ivrogne et une mère analphabète, la jeune Maura faisait partie des élèves les moins avancés de l'école. Même la plus jeune de la ribambelle des enfants Brennan, Geraldine, avec son rhume perpétuel et ses cheveux dans les yeux, était plus vive qu'elle. Mais Maura était celle qui s'attardait à l'école, qui trouvait mille excuses pour faire un brin de conversation.

Un jour, Mlle Ross laissa entendre qu'elle avait horreur du repassage.

— Moi, j'adore ça, dit Maura. J'adore ça. Je pourrais repasser des journées entières, mais notre fer est cassé, et mon papa, il veut pas le faire réparer parce que ça coûte trop cher.

— Mais qu'est-ce qui te plaît dans le repassage? demanda Mlle Ross intriguée.

— La façon dont la main passe et repasse... c'est comme de la musique, presque... et le linge qui devient beau et lisse, et qui sent bon et frais, répondit Maura.

— A t'entendre c'est un vrai plaisir. Si seulement tu pouvais faire mon repassage à ma place.

— Oh, mais je veux bien, dit Maura.

Elle avait onze ans alors. C'était une fillette râblée, avec des cheveux retenus par une barrette, un front immense et des yeux clairs. Peut-être que, dans une autre famille, dans un autre lieu, elle aurait eu sa chance, un meilleur départ qui lui aurait permis d'aller un peu plus loin dans la vie.

— Non, Maura, c'est impossible. Je ne veux pas que les autres enfants aillent raconter que tu n'es bonne qu'à faire mon repassage. Il est encore trop tôt pour t'abaisser à ce genre de besogne.

— Mais en quoi est-ce que je m'abaisse?

Sa question était sans malice aucune. Maura Brennan ne voyait rien de honteux à s'acquitter des corvées ménagères de la maîtresse d'école.

— Les autres... on n'a pas besoin de leur dire, Mlle Ross.

— Mais ils le sauront, tôt ou tard. Tu connais Shancarrig.

— Il y a des tas de choses qu'ils ne savent pas, comme ma sœur Margaret qui a eu un bébé à Northampton. Geraldine et moi, on est tantes, Mlle Ross. Vous vous rendez compte!

Maura lui avait révélé le secret de famille sans aucune hésitation, sachant qu'il n'y avait pas de danger que Mlle Ross aille le répéter. Elle le lui avait dit avec la même simplicité que lorsqu'elle avait parlé du repassage.

— Bon, tu viendras une fois par semaine, et tu seras payée correctement, dit Mlle Ross.

— Oh, merci, Mlle Ross, je mettrai les sous à la poste.

Pour Maura Brennan, c'était le début. Elle recommanda à Geraldine de ne rien dire à personne. C'était leur secret à toutes les deux.

— Pourquoi faut-il que ce soit un secret? s'étonna Geraldine.

— Je ne sais pas. (Maura était sincère.) Mais c'est important.

Si bien que, lorsque Mme Brennan demandait à Geraldine ce qui retenait Maura à l'école, celle-ci répondait qu'elle n'en savait rien. C'était ridicule, cette façon de lécher les bottes de Mlle Ross. Ça n'était pas comme si elle avait été bonne élève. Maura était lente, elle demandait toujours aux autres de l'aider, à Leo Murphy ou à Nessa Ryan, les filles de famille du village, celles qui vivaient dans les grandes maisons. Geraldine, elle, ne perdait pas son temps avec des gens comme ça. Mais le plus souvent Maura se conduisait comme une idiote.

Lorsque Maura commença à repasser pour Mlle Ross, celle-ci lui donna une poupée en plus de l'argent. Elle dit qu'elle avait vu Maura la dévorer des yeux, et même lui ôter sa robe rose qui était froissée pour lui donner un coup de fer. Quiconque admirait à ce point une poupée aurait dû la posséder. Maura avait dit à Geraldine que c'était un prêt. Mlle Ross la lui avait prêtée jusqu'au jour où elle se marierait et où elle aurait des enfants à elle.

— Mais Mlle Ross a au moins cent ans. Comment veux-tu qu'elle se marie et qu'elle ait des enfants ? s'écria Geraldine.

— Il n'y a pas d'âge pour avoir des enfants. Regarde maman, regarde sainte Elisabeth.

Geraldine n'était pas absolument sûre en ce qui concernait sainte Elisabeth, mais elle connaissait bien sa mère.

— Lorsque maman a commencé à avoir des enfants, elle n'a plus pu s'arrêter ensuite. C'est ce qu'elle a dit à Mme Barton. En tout cas, après moi, elle s'est arrêtée brusquement.

A neuf ans, Geraldine savait tout. Maura aurait aimé avoir ce genre de certitudes, elle aussi.

Elle mit la poupée sur une étagère, dans leur chambre. Sa tête et ses petites mains étaient en porcelaine. Lorsque Geraldine n'était pas là pour se moquer d'elle, Maura prenait la poupée dans ses bras pour la bercer et lui dire qu'elle l'aimait de tout son cœur. Parfois, Mlle Ross donnait des affaires à Maura, une jolie ceinture de couleur, un foulard avec un pompon.

— Je ne les ai jamais portés à l'école, Maura, personne ne saura qu'ils sont à moi.

— Et même s'ils le savaient, qu'est-ce que ça peut faire?

Une fois encore, sa remarque était si sincère et si ingénue que Mlle Ross en fut émue.

— J'aimerais pouvoir t'aider à faire tes devoirs, Maura. J'aimerais bien, mais tu ne fais pas vraiment l'effort de te concentrer.

Maura la rassura aussitôt.

— Ne vous inquiétez pas pour moi, Mlle Ross. A quoi bon essayer de me faire entrer toutes ces choses dans le crâne, toutes ces additions et tous ces poèmes? Ça ne me servirait à rien de toute façon.

— Mais que vas-tu faire dans la vie, Maura... émigrer en Angleterre, comme Deirdre et Margaret, qui n'ont pas de métier?

— Non, je vais rester ici. Je vais m'acheter une maison comme celle-ci, bien entretenue, propre et belle et bien astiquée, avec un joli service en porcelaine sur le vaisselier et une bonne odeur d'encaustique à la lavande.

— Il aura bien de la chance, ton mari.

— Mais je ne veux pas me marier, Mlle Ross.

C'était une des rares choses qu'elle disait avec conviction.

Sa sœur Geraldine en était convaincue, elle aussi.

— Et pourquoi tu ne te ferais pas bonne sœur, pendant que tu y es? demanda Geraldine. Si tu es certaine de ne pas vouloir de mari, tu ferais aussi bien d'entrer au couvent, comme ça tu pourrais chanter des hymnes et avoir trois repas par jour.

— Je pourrais tout aussi bien prier chez moi. Je mettrais une lampe du Sacré-Cœur sur une étagère, et une image de Notre-Dame sur un petit guéridon recouvert d'une nappe bleue, avec un vase rempli de fleurs devant.

Cependant, elle ne dit pas qu'elle avait aussi l'intention d'acheter une petite chaise pour la poupée.

Geraldine haussa les épaules. Elle avait douze ans, maintenant, et était beaucoup plus dégourdie que sa sœur qui en avait quatorze. Elle allait bientôt faire sa confirmation, et à force de cajoleries et de jérémiades, sa mère et elle avaient réussi à obtenir de Paudie Brennan les fonds nécessaires pour une belle robe de confirmation. C'était la première fois qu'un des neuf gosses de Paudie Brennan avait un vêtement neuf pour sa confirmation. La robe, qui avait été essayée une bonne dizaine de fois, était pendue derrière la porte de la chambre à coucher. Maura essayait de convaincre Geraldine d'ôter ses cheveux de devant ses yeux.

Geraldine allait être belle comme une reine pour sa confirmation. Elle avait écrit à ses frères et sœurs, en Angleterre, pour leur annoncer la nouvelle. Saisissant la perche, ceux-ci lui avaient envoyé tous leurs vœux accompagnés d'un billet d'une livre ou de dix shillings. Maura, qui n'aurait jamais eu une telle idée, regardait avec envie les dons qui arrivaient par la poste. Il lui faudrait faire des semaines de repassage, chez Mlle Ross, avant de réunir une telle somme.

Trois jours avant la confirmation, à la suite d'une soûlerie mémorable, Paudie Brennan se retrouva à court d'argent. Déclarant que le Seigneur se moquait bien du costume que portaient les petits chrétiens le jour de leur confirmation, il parvint tant bien que mal à porter la robe chez un prêteur sur gages de la ville qui lui en donna deux livres.

La consternation était à son comble. Au milieu des cris, des larmes et des reproches qui fusaient de toutes parts, Maura comprit que pour ses parents l'affaire était réglée. Colère et souffrance, déception et reproches. Il était hors de question d'aller rechercher la robe de Geraldine. Une telle somme ne se trouvait pas sous le pied d'un cheval. Déjà que la robe avait été achetée à crédit. Où auraient-ils trouvé l'argent nécessaire?

Geraldine, les yeux rouges, était au bord de la crise de nerfs.

— Je vais te la récupérer, moi, ta robe, dit simplement Maura à sa sœur qui, allongée sur son lit, se lamentait sur l'injustice de la vie et la méchanceté de son père.

— Comment le pourrais-tu? Ne sois pas stupide.

— J'ai des économies. Tout ce qu'il faut, c'est lui reprendre le ticket. On va prendre le bus, mais promets-moi de ne rien leur dire, jamais, jamais.

— Mais ils vont nous demander où on a trouvé l'argent. Ils vont peut-être nous accuser de l'avoir volé.

Geraldine ne voyait aucune solution.

— Après ce qu'il a fait, ça m'étonnerait que papa ose dire quoi que ce soit, dit Maura.

Le jour de la confirmation, Paudie Brennan, habillé de propre et rasé de frais, le cou serré dans un faux col, se rendit à la ville pour la bénédiction de l'évêque. C'était un beau jour ensoleillé, et les enfants de Shancarrig faisaient honneur à leur école tandis qu'ils se rassemblaient pour la photo de groupe sur le parvis de la cathédrale. Avec ses cheveux d'un blond brillant et sa robe de dentelle blanche, Geraldine Brennan attirait tous les regards.

— On dirait une gravure de mode, dit Mme Ryan, la patronne de l'hôtel.

Sa fille à elle était beaucoup moins élégante, et Mme Ryan semblait contrariée de voir qu'une petite Brennan, la fille d'un ivrogne invétéré, pouvait être aussi pimpante.

— Bah, on fait de son mieux, M'ame Ryan, dit la mère de Maura.

Maura eut un pincement au cœur. S'il n'avait tenu qu'à sa mère, Geraldine aurait dû se contenter d'une guenille de deuxième main quémandée auprès d'une famille moins déshéritée que la leur. Il n'y avait pas eu un seul mot d'excuse de la part de son père, pas une seule proposition de remboursement de la part de Geraldine. Aucune question, rien que de l'indifférence.

De la même façon, personne ne songea à demander à Maura ce qu'elle comptait faire lorsqu'elle aurait quitté l'école, dans quelques semaines. Elle n'irait pas chez les sœurs, à la ville, comme Leo Murphy ou Nessa Ryan. Pas plus qu'elle n'irait au collège technique. Et puis elle n'était pas assez dégourdie pour se faire embaucher comme apprentie chez un commerçant ou dans un salon de coiffure.

Maura serait donc femme de ménage, mais toute la question était de savoir où — et c'était, elle l'avait compris, une question qu'elle devrait résoudre sans l'aide de personne, comme elle le faisait chaque fois. Ce que Maura aurait voulu, c'était travailler chez des gens qui l'auraient logée. Dans une grande et belle maison, avec de beaux meubles à l'intérieur. Une maison comme le manoir de Glen, où habitait Leo Murphy.

Elle irait les trouver pour leur demander s'ils avaient besoin de quelqu'un. Ce ne serait pas correct de demander à Leo quand elles étaient à l'école, et de la mettre dans l'embarras si elle était obligée de dire non. Peut-être pourrait-elle essayer de se faire embaucher à l'hôtel du Commerce, chez Ryan, pour aider à la cuisine ou comme femme de chambre ? Ça ne serait pas aussi bien, naturellement. Il n'y avait pas de beaux meubles à astiquer là-bas.

— As-tu songé à ta propre confirmation, Maura ? lui demanda le père Gunn, qui se tenait à côté d'elle.

— Pas vraiment, mon père, je vous l'avoue. Je songe surtout à me placer.

— C'est donc ta dernière année d'école ?

Le père Gunn était un brave homme à qui ses épaisses lunettes donnaient l'air plus distrait et confus qu'il ne l'était réellement. Il avait du mal à croire qu'un autre rejeton de Paudie Brennan s'apprêtait déjà à s'embarquer pour l'exil.

— Et oui. Je vais bientôt avoir quinze ans, dit Maura fièrement.

Le père Gunn la regarda attentivement. C'était une enfant au visage ouvert et plaisant. Pas aussi jolie que celle qui recevait sa confirmation aujourd'hui, mais agréable à regarder tout de même. Il espérait qu'elle n'allait pas tomber enceinte comme sa sœur qui vivait à Northampton. Rares étaient les secrets qui échappaient à un curé de paroisse.

— Tu vas avoir besoin d'une recommandation, j'imagine, dit-il avec un soupir, en songeant à tous les jeunes gens à qui il avait déjà fait une lettre de recommandation vantant leur honnêteté et leur intégrité auprès d'employeurs anglais anonymes.

— Je pense qu'à Shancarrig on me connaît suffisamment, dit-elle. Je vais chercher une place de femme de ménage, mon père. Si vous entendez parler de quelque chose, je me débrouille bien, vous savez.

— Entendu, Maura. Je garde l'œil ouvert, dit-il avant de s'éloigner, ému malgré lui.

Maura commença par aller se présenter au manoir de Glen, à la porte de service où elle attendit patiemment qu'on vienne lui ouvrir tandis que les chiens tournaient autour d'elle en aboyant pour avertir de sa présence. Mais personne ne vint lui demander ce qu'elle voulait. Elle avait pourtant aperçu deux silhouettes dans le salon. Ils l'avaient entendue sûrement.

Après un long moment, elle fit le tour de la maison jusqu'à la porte principale, et Leo, grande et assurée, descendit l'escalier en courant.

— Maura, au nom du ciel, que fais-tu ici? demanda-t-elle.

— Je voulais savoir si tes parents n'avaient pas besoin d'une femme de ménage, Leo, dit-elle à la fille qui, huit ans durant, avait partagé le même banc d'école qu'elle.

— Une femme de ménage?

Leo semblait stupéfaite.

— Oui, il faut bien que je cherche du travail, et comme c'est une grande maison, ici, j'avais pensé...

— Non, Maura.

— Mais je sais ranger un salon...

— Nous avons déjà Biddy.

Leo avait toujours été si gentille à l'école. Maura ne comprenait pas pourquoi elle était soudain si distante.

— Ça n'est pas possible. Tu ne vas tout de même pas faire le ménage derrière moi.

— Il faut bien que je fasse le ménage derrière quelqu'un. Et puis, tes parents sont des patrons comme les autres. Est-ce que je pourrais leur parler, Leo?

Elle ne dit pas que l'endroit avait besoin d'un bon coup de balai, elle ne chercha pas à la supplier. Il ne lui fallait jamais bien longtemps pour comprendre quand une chose était impossible. Un seul coup d'œil à Leo Murphy lui avait suffi. Ses parents ne l'auraient sans doute pas embauchée sans l'accord de leur fille.

Imaginez, pouvoir prendre des décisions à quinze ans! Mais Maura se dit que c'était exactement ce qu'elle était en train de faire. Chez les Brennan, elle était une des rares à prendre des décisions.

Maura alla ensuite se présenter chez Mme Hayes. M. Hayes était notaire, c'est pourquoi les Hayes avaient beaucoup d'argent. Ils habitaient dans une grande maison couverte de vigne vierge, avec un magnifique piano dans le salon. Maura le savait parce qu'elle allait à l'école avec Niall Hayes. Il était très gentil. Il lui avait dit un jour qu'il avait horreur des leçons de piano, mais que sa mère l'obligeait à en prendre deux fois par semaine, et en retour Maura lui avait avoué qu'elle avait horreur d'aller chercher son père au pub, le samedi soir et le dimanche midi. Ça avait créé une sorte de lien entre eux.

Mais Mme Hayes ne voulait pas d'une jeune fille pour faire le ménage. Elle voulait quelqu'un de plus âgé, quelqu'un qui avait de l'expérience.

Si bien qu'elle alla frapper chez Mme Barton, la mère d'Eddie Barton, la couturière, mais celle-ci lui dit qu'elle avait déjà bien assez de mal à joindre les deux bouts comme ça sans aller payer une gamine pour jouer à la ménagère par-dessus le marché. Elle l'avait dit gentiment, mais les faits étaient là.

Quant au Dr Jims, il lui répondit qu'il avait non seulement Carrie pour s'occuper de son fils, mais aussi Maisie qui avait encore bon pied bon œil. Il ne lui restait donc plus qu'à aller se présenter chez les Ryan, à l'hôtel, ce qu'elle avait hésité à faire car tout le monde savait que Mme Ryan n'avait pas un caractère facile et qu'un rien la contrariait.

Elle fut embauchée comme femme de chambre. Mme Ryan espérait qu'elle serait heureuse chez eux, cependant il y avait trois choses qu'elle voulait mettre au clair : Maura ne devait pas parler à Nessa, sous prétexte qu'elles étaient allées à l'école ensemble, Maura devait habiter sur place, car ils ne voulaient pas la voir reprendre tous les soirs le chemin du quartier des chaumières, enfin aucun flirt ni aucune familiarité ne seraient tolérés avec la clientèle, sans quoi le père Gunn en serait aussitôt averti et Maura n'aurait plus qu'à plier bagages.

Maura était contente de quitter la maison paternelle. Son père était de plus en plus insupportable, ces temps-ci. Geraldine amenait toutes ses copines à la maison, et elles n'arrêtaient pas de piquer des fous rires dans la chambre à coucher. Ce serait bien d'avoir une chambre à soi. Une cellule de nonne, certes, mais une chambre à soi tout de même.

Maura commença le jour même, et pendant ses jours de congés elle faisait le repassage de Mlle Ross et astiquait l'argenterie de Mme Hayes, assise tranquillement à la cuisine. Niall et elle n'échangeaient pas un mot quand celui-ci revenait du pensionnat, pour les vacances. Il était difficile de croire qu'ils avaient été à l'école ensemble et qu'ils avaient même été amis jusqu'à un certain point. C'était comme si Niall ne s'était pas aperçu qu'elle était là.

Les années avaient beau passer, Maura Brennan n'en devenait pas plus belle, ni sa taille plus fine. Quand on était née trapue et quelconque, il n'y avait pas de raison pour que cela change un jour. Maura savait que sa sœur était plus jolie qu'elle, mais elle ne l'enviait nullement. Elle était contente que Geraldine ait trouvé du travail là-haut, à la scierie. Ils cherchaient quelqu'un qui présentait bien, avec un beau sourire pour recevoir les clients. Maura, pour sa part, ne se sentait pas lésée parce qu'elle était trapue et qu'elle faisait le ménage dans un petit hôtel.

En fait, elle était tellement habituée à son allure râblée et à ses traits quelconques qu'elle ne se rendait même pas compte qu'elle avait changé et qu'elle était devenue une jeune femme tout à fait séduisante.

Les clients de l'hôtel du Commerce l'avaient remarqué, cependant. Combien de fois Maura n'était-elle pas été obligée d'élever la voix et de les remettre à leur place lorsqu'ils lui réclamaient des couvertures ou qu'ils se plaignaient d'un défaut imaginaire dans leur chambre, afin de la peloter un peu.

Lorsqu'elle eut dix-huit ans, Mme Ryan suggéra à son mari de la faire travailler au bar, pour attirer les clients. Mais à leur grand étonnement Maura refusa. Elle préférait continuer à faire le ménage, elle n'était pas douée pour le calcul mental. Et puis il lui faudrait une garde-robe neuve pour se montrer en public. Elle préférait continuer à faire les chambres et à donner un coup de main à la cuisine.

— Vous pourriez au moins servir à table, dit Mme Ryan.

Mais non, s'ils n'y voyaient pas d'inconvénient, elle préférait ne pas avoir affaire à la clientèle.

Breda Ryan haussa les épaules. Ils voulaient lui donner sa chance à cette petite, la fille du pauvre Paudie Brennan, et voilà qu'elle laissait passer l'occasion. Mme Ryan était convaincue que, si l'on avait pris toutes les richesses du monde pour les répartir équitablement entre tous, au bout de cinq ans les mêmes se seraient retrouvés avec l'argent et le pouvoir et les mêmes sans le sou et sans avenir. Dans un monde en changement constant, elle trouvait cette pensée réconfortante.

Maura, pour sa part, ne voulait pas changer. Sa vie telle qu'elle était lui convenait parfaitement. Elle mangeait à sa faim trois fois par jour, et pouvait choisir ce qu'elle mangeait, ce qui n'aurait sans doute pas été possible chez des particuliers. De plus, elle pouvait dire à ses parents qu'à l'hôtel on avait besoin d'elle nuit et jour. Si elle avait été serveuse au bar ou au restaurant, elle aurait peut-être été obligée de vivre à l'extérieur. Or, elle voulait que rien ne vienne entraver le plan d'épargne qu'elle s'était fixé.

Lorsqu'elle emmenait en promenade les enfants dont elle avait la garde, elle passait toujours devant les maisons qu'elle aurait aimé acheter si elle avait eu de l'argent. Il y avait la maison des gardiens du manoir de Glen. Elle était totalement abandonnée. Elle avait été habitée autrefois, mais aujourd'hui le lierre poussait jusque dans les fenêtres. C'était la maison qu'elle aurait choisie en premier. Ensuite il y avait la petite maison à côté de chez Mlle Ross. La façade était d'un gris pisseux mais, si elle avait été à elle, Maura l'aurait peinte en rose et aurait mis des tas de géraniums rouges sur le rebord des fenêtres, de chaque côté de la porte d'entrée.

On n'avait guère le temps de faire la causette avec les amis, ces temps-ci. Pas quand on avait décidé de mettre des sous de côté comme Maura. Elle n'allait jamais au bal, par exemple — car le bal ça coûtait cher, beaucoup trop cher. D'abord il fallait dépenser pour s'habiller, ensuite il y avait le prix de l'autobus pour se rendre à la ville, et puis le ticket d'entrée, les boissons. Si bien que toutes vos économies y passaient.

Lorsque le temps fut venu pour sa jeune sœur Geraldine de quitter Shancarrig et d'aller rejoindre ses sœurs en Angleterre, Maura n'avait jamais mis une seule fois les pieds au bal.

— Allez, avait insisté Geraldine, pour ma soirée d'adieu.

— Mais je n'ai rien à me mettre.

Les sœurs étaient restées en bons termes au fil des ans, tandis que Maura travaillait à l'hôtel et que Geraldine travaillait dans les bureaux, à la scierie.

— Moi, j'ai des tas d'affaires, dit Geraldine.

Et c'était vrai. La chambre qu'elles avaient partagée jadis n'aurait jamais pu contenir un autre lit aujourd'hui, tant il y avait de vêtements éparpillés un peu partout. Maura regardait autour d'elle, perplexe.

— Tu as dû dépenser tout ce que tu as gagné, dit-elle.

— Ce que tu peux être radine, Maura. Il n'y a rien de pire qu'une femme radine, dit Geraldine.

Radine, vraiment? se demanda Maura. Il n'y avait rien de pire, en effet, que la radinerie. Pourtant elle ne pensait pas qu'elle était radine. Elle donnait une livre par semaine à sa mère, qu'elle prenait sur ses gages, et chaque fois qu'elle allait prendre le thé à la maison elle apportait un gâteau ou une demi-livre de jambon. Pendant des années, c'était elle qui avait payé le cinéma à sa sœur. La seule chose, c'est qu'elle s'était toujours efforcée de ne rien dépenser pour elle-même.

Mais c'était peut-être ça, la radinerie, au fond.

Elle se mit à tâter les robes de sa sœur. Une robe de taffetas agrémentée de soie verte et jaune, une jupe en velours côtelé rouge, un fourreau de satin noir avec du strass sur les bretelles. Une vraie caverne d'Ali Baba!

— Est-ce que toutes tes amies ont des robes comme ça? demanda-t-elle.

— Eh bien, Catherine Ryan, par exemple, de l'hôtel où tu travailles, elle a des robes d'une autre genre. Tu sais, le genre bien coupé, façon mémère, des trucs que tu ne mettrais même pas le jour de tes funérailles. Il y a des filles qui ont des tonnes de fringues. On fait des échanges de temps en temps. Laquelle veux-tu mettre?

Maura Brennan choisit la robe de satin noir avec les bretelles en strass pour aller danser à la ville. Elle se regarda un instant dans la glace des toilettes. Elle était présentable. On ne pouvait jamais être sûre de rien avec les hommes, mais elle se dit qu'il y en aurait peut-être un pour l'inviter à danser et qu'elle ne serait pas obligée de faire tapisserie toute la soirée.

Le premier garçon qui l'invita à danser fut Gerry O'Sullivan, le nouveau barman de l'hôtel du Commerce.

— Ne me dis pas que tu es la même fille que celle qui travaille à la cuisine de l'hôtel, dit-il en lui tendant les bras.

Et la nuit passa comme un rêve. Ils dansèrent absolument tout, les sambas, les tangos, les rocks, et même les vieilles valses. Quand l'hymne national retentit, elle n'arrivait pas à croire que la soirée était déjà finie.

— Il faut que je retrouve ma sœur et ses copines, dit-elle.

— Oh, tu nous embêtes avec ta sœur. J'ai une voiture qu'on m'a prêtée, dit-il.

Il était très beau, Gerry O'Sullivan, petit, le teint mat, les cheveux bruns, et le rire facile. Mais il n'en était pas question. Elles avaient toutes donné leurs cinq shillings pour se faire accompagner à l'aller et au retour par une grosse camionnette.

— Je te verrai demain, à l'hôtel, dit-elle, croyant le réconforter.

Elle s'était trompée.

— Demain ? Tu auras l'air d'une souillon et tu seras en train de vider des pots de chambre, grommela-t-il avant de disparaître.

Maura ne parla presque pas sur le chemin du retour. Les amies de Geraldine firent passer une bouteille de cidre, mais elle n'en prit pas. Sans doute avait-il raison : c'était de cela qu'elle avait l'air, et c'était cela, son métier.

— Je t'écrirai quand je serai en Angleterre, dit Geraldine. Mais Maura savait qu'elle ne le ferait pas, pas plus que les autres.

Quelques jours plus tard, Gerry O'Sullivan et elle se retrouvèrent seul à seule.

— J'ai dit ça parce que j'avais très envie d'être avec toi. Je n'ai pas été sympa, je te demande pardon.

Il était si beau, et si contrit, le visage de Maura s'illumina.

— Oh, ce n'est pas grave, dit-elle.

— Mais si, c'est grave. Ecoute, pourquoi est-ce que tu ne viendrais pas au bal, vendredi ? C'est moi qui t'amènerai et qui te raccompagnerai. D'accord ? (Elle hésitait, c'est qu'elle n'avait rien à se mettre, pour le coup. Geraldine avait emporté toute sa garde-robe avec elle en Angleterre.) Je te promets de me comporter en gentleman pendant toute la soirée, ajouta-t-il avec le sourire. Et puis, c'est l'orchestre de Mick Delahunty qui joue, et ils ne sont pas près de revenir par ici avant longtemps.

Elle décida qu'elle pouvait prendre de quoi s'acheter une robe de bal sur ses économies. Et la semaine suivante elle en acheta une deuxième, ainsi qu'une paire de chaussures et un joli sac à main. A ce rythme-là, elle n'arriverait jamais à s'acheter sa maison. Mais elle se surprit à se dire qu'on ne vivait qu'une fois.

Gerry O'Sullivan lui dit qu'elle était la plus belle de toutes les filles du bal.

— Cesse de te moquer, dit-elle.

— Regarde un peu si je me moque de toi, dit Gerry, indigné. Tu vas voir comme ils vont tous se presser au portillon si je ne t'invite pas à danser...

Et sans même lui laisser le temps de dire ouf, il choisit une cavalière parmi toutes les filles qui attendaient en ligne et l'entraîna sur la piste de danse.

Les joues en feu, ne sachant que faire, Maura s'apprêtait à se retirer lorsque trois garçons venus de trois directions différentes lui tendirent la main en même temps pour l'inviter à danser. Confuse, elle se mit à rire et prit la main du premier. C'était donc vrai. On se précipitait pour l'inviter.

— Tu vois ce que je t'avais dit? lui susurra-t-il à l'arrière de la voiture, ce soir-là.

Il semblait tout excité à l'idée que les autres hommes qui désiraient Maura n'avaient pas réussi à l'inviter. Son rêve de la posséder était sur le point de se réaliser. Il ne tolérerait aucune protestation, et à dire vrai Maura n'avait plus envie de protester.

— Pas dans la voiture, je t'en prie, chuchota-t-elle.

— Tu as raison.

Il semblait heureux. Trop heureux, en fait, lorsqu'il sortit de sa poche la clef d'une des chambres de l'hôtel.

— Chambre onze, annonça-t-il, l'air triomphant. Elle n'est pas occupée. Il n'y a aucun risque si on n'allume pas la lumière.

Maura le regarda, elle ne demandait qu'à le croire.

— Aucun risque, vraiment?

— Je ne te laisserai pas tomber, dit Gerry O'Sullivan.

Elle savait qu'il était sincère. Et elle en eut la confirmation cinq mois plus tard, lorsque, après maintes joyeuses visites à la chambre onze et à la chambre deux, elle lui annonça qu'elle attendait un enfant.

— On va se marier, lui dit-il.

Le père Gunn était d'avis que l'on célèbre le mariage le plus vite possible. Son visage semblait dire que cette union ne serait ni meilleure ni pire que la plupart de celles qu'on lui demandait de bénir à la hâte. Et puis, au moins, ces deux-là semblaient avoir quelques sous de côté, ce qui n'était pas toujours le cas. Le père Gunn en discuta avec Mlle Ross.

— Ç'aurait pu être bien pire, au fond, dit-il.

— Elle qui voulait ne plus jamais remettre les pieds dans une chaumière, elle ne se fera jamais à l'idée d'en habiter une. Ses rêves étaient tout autres, dit l'institutrice.

— Dans ce cas, elle peut s'estimer heureuse d'être tombée sur un gars qui accepte de l'épouser et d'avoir un toit au-dessus de la tête pour élever son enfant.

Le père Gunn savait qu'il parlait comme un vieux curé à l'ancienne mais cette histoire le contrariait d'une certaine façon, et il ne voulait pas entendre parler de contes de fées ni de rêves de jeune fille.

Maura était décidée à travailler jusqu'à la veille de son mariage. Elle regarda Mme Ryan droit dans les yeux lorsque celle-ci suggéra que, compte tenu de sa condition, le travail risquait de la fatiguer. Elle dit qu'elle allait avoir besoin de tous les sous qu'elle pourrait gagner.

Mme Ryan était contrariée de perdre une femme de chambre aussi travailleuse, et de voir du même coup un séduisant barman s'abaisser à épouser une femme de ménage avec qui il s'était de toute évidence livré à des activités immorales sous son propre toit. Moyennant quoi, elle décida de garder ses deux filles Nessa et Catherine à l'œil, soucieuse de leur éviter les aléas de l'existence.

Nessa, qui avait le même âge que Maura, avait fait toute sa scolarité avec elle à l'école de Shancarrig.

— Que vais-je lui offrir, comme cadeau de mariage? demanda-t-elle à sa mère.

— Étant donné les circonstances, le meilleur cadeau que tu puisses lui faire, c'est de l'ignorer, glapit Mme Ryan.

Une telle réaction eut évidemment pour effet d'inciter Nessa à faire des pieds et des mains pour trouver un joli cadeau de mariage. Elle appela Leo Murphy au manoir de Glen. Maura, qui était en train de ranger le seau et la serpillière dans le cagibi au bout du couloir, entendit Nessa qui parlait au téléphone.

— Leo, nous sommes allées à l'école ensemble. Il faut que

nous lui offrions quelque chose. Bien sûr que c'est un peu précipité. Mais ça devait arriver. Tu choisis quelque chose, n'importe quoi. Pauvre Maura, elle attend si peu de l'existence de toute façon.

Ce n'est pas vrai, se dit Maura tandis qu'elle rangeait ses ustensiles de ménage. Elle n'attendait pas si peu que ça de l'existence. Elle attendait beaucoup, au contraire, et d'une certaine façon elle l'avait obtenu. Elle avait voulu rester à Shancarrig, plutôt que d'émigrer comme ses frères et sœurs, et elle était restée. Elle avait aimé le seul homme séduisant qu'elle ait jamais désiré dans la vie, et il l'avait désirée lui aussi. Il ne l'avait pas laissée tomber, et il allait même l'épouser.

Elle avait obtenu beaucoup plus qu'elle n'aurait imaginé. Elle n'aurait jamais imaginé qu'elle aurait un bébé un jour, et pourtant le bébé était bel et bien en route. C'était une pensée qui la réjouissait et l'exaltait, et qui compensait la déception et le chagrin d'avoir à vivre dans une chaumière.

Du moment qu'il y avait Gerry et le bébé, le reste n'avait pas d'importance.

Leo Murphy et Nessa Ryan lui offrirent une petite vitrine.

Maura était comblée. Elle n'arrêtait pas de l'admirer et de dire combien elle serait belle, lorsqu'elle l'aurait accrochée au mur avec tous ses trésors à l'intérieur.

— As-tu déjà des trésors? demanda Nessa.

— Juste une poupée. Une poupée avec la tête et les mains en porcelaine, répondit Maura.

— Ça sera bien pour le bébé... dit Leo sans réfléchir. Je voulais dire, si tu en as un jour, s'empressa-t-elle d'ajouter.

— Oh, j'en aurai un, pour sûr. Mais je ne lui permettrai pas de jouer avec la poupée. C'est un trésor, pour mettre dans la vitrine.

Les filles semblaient satisfaites de voir qu'elles n'avaient pas dépensé leur argent en vain, et Maura fut touchée de voir qu'elles n'avaient pas regardé à la dépense. Elle, qui rêvait tout le temps de maisons et de meubles, connaissait le prix des choses. Elle savait que cette vitrine n'était pas une bricole de trois sous.

Maura avait espéré que Geraldine ferait le voyage d'Angleterre. Elle lui proposa même de lui payer son billet, mais son invitation resta sans réponse. Elle aurait bien aimé l'avoir comme demoiselle d'honneur, mais à la place elle dut se contenter d'Eileen Dunne, qui avait déclaré qu'elle adorait les mariages et qu'elle ne se ferait pas prier pour être demoiselle d'honneur. Et avec un aplomb qui manqua faire tomber Maura à la renverse, elle ajouta qu'elle voulait bien être marraine aussi, sur quoi elle éclata de rire.

Et ce fut le frère de Gerry qui joua le rôle du garçon d'honneur. Ses parents étaient trop âgés pour faire le voyage, leur dit-il.

Maura ne voyait rien de triste ni de misérable dans ce mariage.

Lorsqu'elle tourna la tête, à l'église, elle vit Nessa Ryan, Leo Murphy, Niall Hayes et Eddie Barton assis sur des bancs et qui lui souriaient. Elle était la première de la classe à se marier. Ils semblaient la considérer la gagnante d'un marathon plutôt que comme une adolescente prise au piège de la grossesse. Lorsqu'ils allèrent chez Johnny Finch, ensuite, pour boire un coup, M. Ryan arriva en courant avec une pleine poignée de billets pour payer la tournée. Il leur dit qu'il venait les féliciter au nom de tout le personnel de l'hôtel.

Et le père Gunn et le père Barry étaient là, eux aussi, à sourire et à parler aux autres invités, comme s'il s'était agi d'un vrai mariage.

Pour Maura, ce mariage était comme celui qu'elle avait imaginé lorsqu'elle allait à l'école ou lorsqu'elle feuilletait des magazines féminins. Tout ce qu'elle voyait, c'est que Gerry O'Sullivan était à ses côtés, qu'il souriait de toutes ses dents et proclamait qu'ils allaient être comme des coqs en pâte.

Et c'est ce qui arriva, pour un temps.

Maura cessa de travailler à l'hôtel. Mme Ryan préférait qu'il en soit ainsi. Maintenant qu'elle était la femme du barman et non plus seulement la fille des bas-quartiers qui lavait par terre et épluchait les pommes de terre, les gens allaient la regarder autrement. Mais Maura trouva autant d'heures de ménage qu'elle en voulait à droite et à gauche. Lorsqu'il fut devenu évident qu'elle attendait un enfant, ses employeurs déclarèrent qu'elle allait leur manquer. Mme Hayes, qui n'avait pas voulu d'elle au départ, était particulièrement désolée.

— Peut-être que votre mère accepterait de s'occuper du bébé pour que vous puissiez continuer à travailler? dit-elle, pleine d'espoir.

Maura n'avait aucune intention de voir son enfant grandir dans la maison où elle avait grandi, sans respect et sans amour. Mais la vie lui avait appris à se montrer circonspecte.

— Peut-être, en effet, dit-elle à Mme Hayes et aux autres. Il faut voir.

Sa grossesse lui parut interminable, toutes ces soirées passées seule dans la petite chaumière, et son père qui rentrait saoul, comme lorsqu'elle était enfant. Elle astiquait sa petite vitrine, ôtant la poupée qui se trouvait à l'intérieur, et caressait son ventre gonflé.

— Bientôt tu vas pouvoir admirer tout ça, disait-elle au bébé.

Ce fut le Dr Jims qui lui annonça la nouvelle pour le petit. Le bébé avait le syndrome de Down. C'était ce qu'on appelait un mongolien, ce qui ne l'empêcherait pas d'être en bonne santé et d'avoir une vie heureuse et bien remplie.

Ce fut le père Gunn qui lui annonça la nouvelle pour Gerry. Celui-ci était venu le trouver à l'église pour lui dire qu'il s'en allait. Il avait pris tout l'argent qu'on lui devait à l'hôtel, en disant que son père était mort et qu'il devait se rendre aux funérailles. Mais il avait dit au père Gunn qu'il avait l'intention de prendre le bateau pour l'Angleterre.

Rien ne pourrait le faire revenir sur sa décision.

Maura n'oublierait jamais comment les grosses lunettes rondes du père Gunn s'étaient mises à scintiller lorsqu'il le lui avait dit. Elle n'arrivait pas à voir si c'était des larmes ou simplement un effet de la lumière.

Ils furent tous très gentils avec elle. Maura se disait souvent qu'elle avait eu de la chance d'être restée à Shancarrig. Imaginez si tout ceci lui était arrivé dans une grande ville d'Angleterre où elle n'aurait connu personne. Ici, où qu'elle aille, elle trouvait toujours un visage amical.

Et puis, bien sûr, il y avait Michael.

Personne ne lui avait jamais dit combien elle allait l'aimer, parce que personne ne savait. Elle n'avait jamais vu de petit garçon plus aimant. Son cœur débordait presque de fierté tandis qu'elle le regardait grandir. Tout ce qu'il apprenait, chaque petite chose — comme de boutonner tout seul ses habits —, était une grande victoire pour l'enfant, et bientôt tout Shancarrig s'habitua à les voir déambuler dans les rues main dans la main.

— Qui c'est, ça? demandaient gentiment les gens, en faisant mine de ne pas l'avoir reconnu.

— C'est Michael O'Sullivan, disait Maura fièrement.

— Je suis Michael O'Sullivan, répétait-il en se pendant presque toujours au cou de celui qui avait posé la question.

Ceux qui voulaient que Maura fasse leur ménage devaient aussi accepter Michael. Et chaque jour, en se rendant chez les uns ou les autres pour travailler, Maura montrait à son fils ses maisons préférées — la petite maison des gardiens, de plus en plus envahie par le lierre et les orties qui se dressait au bout de la grande allée qui menait au manoir de Glen, et la petite maison à côté de celle de Mlle Ross, qu'elle repeindrait en rose si jamais elle l'achetait un jour.

Le soir venu, elle sortait de la petite vitrine la poupée avec la tête et les mains en porcelaine, ainsi que les deux tasses et les deux soucoupes que lui avait données Mme Ryan. Il y avait aussi une petite assiette en argent avec « plaqué argent » inscrit au dos, qu'Eileen Dunne, la marraine de Michael, lui avait offerte à l'occasion du baptême. L'inscription signifiait que ça n'était pas de l'argent véritable, mais dès l'instant qu'elle comportait le mot argent elle avait sa place dans la vitrine. Il y avait aussi une montre, celle de Gerry. Une montre qu'elle gardait là pour l'instant, mais qu'elle sortirait peut-être un jour, si l'occasion se présentait, pour la mettre au bout d'une chaîne. Et quand Michael serait grand, il pourrait dire que c'était la montre de son père.

La plupart des gens avaient oublié que Michael avait un père. Le souvenir de Gerry O'Sullivan s'était peu à peu effacé. Et pour Maura aussi, il commençait à s'estomper. Des journées entières passaient sans qu'elle ait la moindre pensée pour le bel homme aux yeux bruns qui l'avait suffisamment aimée pour l'épouser mais qui n'avait pas eu le courage de rester lorsqu'il avait appris que son fils était handicapé. Elle ne l'avait jamais haï, parfois il lui arrivait même de le plaindre en pensant qu'il ne connaîtrait jamais les caresses et l'adoration de son fils Michael qui grandissait en taille sinon en intelligence.

Maura avait reçu des avances et des propositions sérieuses de la part d'autres hommes du village, mais elle avait refusé à chaque fois, en déclarant qu'elle n'était pas libre. Elle avait un mari en Angleterre et il n'était pas question d'autre chose. Son rêve persistait, intact. Une jolie petite maison, et non la chaumière sordide où vivaient les déshérités et les sans-espoir, et où elle avait grandi avec l'idée de fuir.

Puis les Darcy arrivèrent à Shancarrig. Ils achetèrent une petite épicerie semblable à celle de Nellie Dunne, dans laquelle ils mirent toutes sortes de jolies choses. Le monde changeait, même dans des endroits reculés comme Shancarrig. Mike et Gloria Darcy étaient des têtes nouvelles qui apportaient de la vie au village. Personne n'avait jamais connu de Gloria, et le fait est qu'elle portait bien son nom. Avec sa crinière noire et bouclée elle avait l'air d'une gitane. Sans doute le savait-elle, car elle portait toujours un foulard rouge autour du cou et une jupe bariolée comme si, à tout moment, elle allait se mettre à danser.

Mike Darcy était un homme avenant qui s'entendait avec tout le monde. Même la vieille Nellie Dunne, qui voyait en eux des concurrents, aimait bien Mike Darcy. Ce dernier avait toujours un sourire et un mot gentil quand il vous croisait dans la rue. Mme Ryan, de l'hôtel du Commerce, les trouvait un peu vulgaires, mais lorsque Mike lui proposa de faire son marché pour elle lorsqu'il se rendait à la ville elle changea brusquement d'avis.

Ça faisait plaisir de voir déployer autant d'énergie dans le village, disait-elle, et il ne lui fallut pas bien longtemps pour se décider à repeindre la façade de l'hôtel afin de la rendre aussi attrayante que la devanture des Darcy. Le frère de Mike, Jimmy Darcy, était venu avec eux. Comme peintre en bâtiment il était imbattable, selon Mme Ryan, et les fainéants du quartier des chaumières, qui maniaient le pinceau quand l'envie leur en prenait, auraient bien fait de prendre modèle sur Jimmy. Mike et Gloria avaient des enfants, deux petits caïds au teint mat qui n'étaient jamais en reste lorsqu'il s'agissait de chahuter à l'école.

Maura n'attendit pas de savoir si le village aimait les Darcy ou non, elle se présenta chez eux le jour même de leur arrivée.

— Vous allez avoir besoin d'une femme de ménage, sans doute, dit-elle à Gloria.

Gloria jeta un coup d'œil à la face ronde et étonnée de Michael qui tenait la main de sa mère.

— Vous pensez pouvoir vous libérer? demanda-t-elle.

— Je viendrai avec Michael. Il n'a pas son pareil pour me donner un coup de main, dit-elle, tandis que Michael se rengorgeait.

— Je ne suis pas sûre que nous ayons besoin de quelqu'un...

Gloria était polie mais ne semblait pas se décider.

— Vous avez sûrement besoin de quelqu'un, mais prenez votre temps. Vous pouvez interroger les gens à mon sujet. Je m'appelle Maura O'Sullivan, Mme Maura O'Sullivan.

— Oui, bon, madame O'Sullivan...

— Je demandais ça à tout hasard, parce que vous êtes nouvelle ici. Le père de Michael a dû partir en Angleterre. Vous pourrez m'appeler Maura si je travaille pour vous.

— Et vous pourrez m'appeler Michael, dit le petit en passant ses deux bras autour de la taille de guêpe de Gloria.

— Je n'ai pas besoin de recommandations. Quand voulez-vous commencer?

Les Darcy payaient mieux que quiconque au village. On aurait dit qu'ils avaient des quantités inépuisables d'argent. Les vêtements de leurs enfants étaient de bonne qualité et leurs souliers étaient neufs, pas ressemelés. Leurs meubles étaient chers, pas les beaux meubles en bois ancien que Maura prenait plaisir à astiquer, mais des meubles modernes et qui coûtaient de l'argent. Elle connaissait le prix de ces choses-là, parce qu'elle allait à la ville de temps en temps et qu'elle rêvait de s'acheter des meubles quand elle aurait une maison.

Là-bas, dans la chaumière, elle n'avait pour ainsi dire pas d'objet de valeur. Elle gardait chaque petit sou qu'elle pouvait mettre de côté pour le jour où elle s'installerait dans la maison de ses rêves. Seule la vitrine et sa poignée de trésors pouvaient donner un avant-goût de la vie luxueuse dont rêvait Maura. Le reste du mobilier était constitué de caisses de bois brut et de quelques meubles bancals achetés d'occasion.

Les Darcy avaient vécu dans des tas d'endroits différents.

Maura s'étonnait de voir à quelle vitesse les garçons s'adaptaient.

Ils avaient bon cœur, en plus. Ils n'aimaient pas voir Michael astiquer leurs chaussures.

— Il n'est pas obligé de le faire, m'dame, disait Kevin Darcy, âgé de neuf ans.

— Mais je sais le faire, protestait Michael.

— Ne t'inquiète pas, Kevin, c'est notre travail, à Michael et à moi. Tout ce qu'on vous demande c'est de ne pas laisser traîner vos affaires par terre, dans votre chambre, pour qu'on ne soit pas obligé de se baisser pour les ramasser.

Et ça avait marché. Gloria Darcy disait que Maura et son fils avaient réussi à enseigner les bonnes manières à ses enfants, chose que personne n'avait réussi à faire avant eux.

— Vous ne trouvez pas cela pénible, madame, de déménager tout le temps?

Gloria la regarda.

— Non, c'est intéressant. On rencontre des gens nouveaux, et puis on progresse, aussi. On revend le commerce plus cher qu'on ne l'a acheté, et on repart s'installer ailleurs.

— Parce que vous avez l'intention de partir d'ici, aussi? demanda Maura, déçue.

Jamais elle ne retrouverait des patrons qui lui donnaient autant de travail aussi bien payé. Gloria Darcy dit que ça n'était pas pour tout de suite. Ils avaient l'intention de rester à Shancarrig un petit moment, jusqu'à ce que les enfants aient fini leur scolarité, avant de les déraciner à nouveau.

Et leur commerce prospérait. Ils agrandirent le magasin auquel ils ajoutèrent un deuxième local, et élargirent leur éventaire. Si bien que les gens cessèrent de se rendre à la ville pour faire leurs emplettes. Ils trouvaient pratiquement tout ce qu'ils voulaient chez les Darcy.

— C'est à se demander où ils trouvent tout cet argent, dit Mme Hayes un jour à Maura. A mon avis, ils ne gagnent pas la moitié de ce qu'il faudrait pour mener un tel train de vie.

Maura ne dit rien. Elle savait que Mme Hayes n'approuvait pas les décolletés de Gloria ni ses manières cavalières avec les hommes de Shancarrig.

C'est à peu près vers cette époque que Maura s'aperçut que les Darcy traversaient une crise financière. Les factures arrivaient à la pelle, et elle surprit plusieurs fois Mike Darcy en train d'élever la voix au téléphone. Ce qui ne l'empêcha cependant pas d'acheter des bijoux magnifiques à Gloria, qui firent jaser tout Shancarrig.

— Elle va me mettre sur la paille, disait-il à tous les clients qui entraient dans la boutique. Allez, Gloria, fais-leur voir ton émeraude.

Et Gloria agitait l'émeraude pendue à son cou en riant. Ils l'avaient achetée à la ville, chez le bijoutier. Elle avait toujours rêvé d'en avoir une. De même que les petits diamants qu'elle portait aux oreilles. Ils étaient minuscules, en réalité, deux tout petits points brillants. Mais l'idée de savoir qu'ils étaient vrais la transportait de bonheur.

Tout Shancarrig était en extase. Et les Darcy ne leur avaient pas raconté d'histoires. Nessa Ryan était allée à la ville pour vérifier. C'était des vrais. Les Darcy étaient des nouveaux riches audacieux qui ne regardaient pas à la dépense. Et, avec plus ou moins de sincérité, tous les habitants de Shancarrig leur souhaitèrent bonne chance.

Les bohémiens, lorsqu'ils se rendaient aux courses de Galway, faisaient chaque année une halte au village. Ils ne s'arrêtaient pas à Shancarrig même, ils campaient à proximité. Maura fut frappée de voir à quel point Gloria ressemblait à une gitane d'Hollywood plutôt qu'à une vraie bohémienne. Les femmes des gens du voyage avaient l'air vieilles et fatiguées, elles n'avaient pas l'œil vif et ne portaient pas de vêtements bariolés comme Gloria Darcy, et certainement pas de vrais diamants aux oreilles ou d'émeraude véritable autour du cou.

Mais cette année-là, le bruit courut bientôt qu'une romanichelle portait sans doute de vrais bijoux, car au moment même où les gitans s'étaient installés près de Shancarrig, la boîte à bijoux de Gloria Darcy avait disparu.

Aussitôt on sonna l'alerte. Ça ne pouvait être que les romanichels.

Le sergent Keane fut chargé de l'enquête, et le remue-ménage qui s'ensuivit fut considérable. On ne trouva rien. Personne ne fut inculpé. Tout le village était en émoi. On interrogea même Michael pour savoir s'il avait vu ou touché quelque chose dans la maison des Darcy. Shancarrig connut une période de trouble sans précédent. Il n'y avait jamais eu de vol d'une telle importance au village.

Il faut dire que, jusqu'ici, il n'y avait jamais rien eu à voler.

Les langues allaient bon train. C'était la faute des Darcy. Avaient-ils besoin d'exhiber leurs bijoux ainsi ? Cela faisait des envieux. Cela éveillait la tentation chez les autres. Et puis, comment les bohémiens l'avaient-ils appris, alors qu'ils venaient tout juste d'installer leur campement ? Gloria n'avait pas eu le temps de leur agiter son émeraude sous le nez, à eux.

— J'espère que la police n'a pas trop effrayé Michael, dit Gloria.

— Oh, je ne crois pas, répondit Maura. Le sergent Keane connaît Michael depuis qu'il est tout bébé, il n'a pas pu l'impressionner. Mais je suis navrée pour vous, madame Darcy. Vous y teniez tellement, à ces bijoux. Ça ne sera plus jamais comme avant, maintenant.

— Non, mais l'assurance finira bien par payer... un jour.

Gloria ajouta qu'ils n'allaient pas racheter d'émeraude ou de diamants, mais que l'argent de l'assurance servirait certainement à financer les travaux d'agrandissement du magasin, ainsi qu'à compléter le stock.

Maura se souvint alors des bribes de conversation téléphoniques qu'elle avait entendues où il était question de payer les fournisseurs. Elle repensa à tous les autres problèmes financiers des Darcy. On pouvait dire que l'argent de l'assurance tombait au bon moment.

On pouvait même dire qu'il tombait à point nommé.

Depuis toujours, Maura avait pour principe de garder ses réflexions pour elle-même. Elle avait été témoin des ravages que les indiscrétions de ses parents avaient provoqués, pour eux-mêmes et pour les autres — son père qui avait la manie de monter en épingle la moindre rumeur, et sa mère qui cherchait sans cesse à les dresser les uns contre les autres.

Maura était quelqu'un qui parlait très peu.

Au fil des ans, il lui était arrivé de penser que l'enveloppe que le père Gunn lui remettait chaque année, à Noël, ne venait pas, comme ce dernier le prétendait, de Gerry O'Sullivan, qui n'avait pas d'adresse fixe en Angleterre, mais du prêtre lui-même. Mais elle n'en avait jamais rien dit au père

Gunn, se contentant de le remercier de bien vouloir servir d'intermédiaire.

Elle se demandait parfois pourquoi elle était devenue si renfermée et taciturne. Lorsqu'elle était enfant elle s'ouvrait volontiers et parlait avec tout le monde. Peut-être était-ce à cause de tout ce qui était arrivé avec Gerry, et parce qu'elle voulait protéger Michael. Et peut-être aussi parce qu'elle n'avait jamais eu d'amie véritable à qui se confier.

L'affaire des bijoux fut bientôt oubliée et les langues s'apaisèrent. Les gens du village avaient d'autres chats à fouetter.

Il se passait toujours quelque chose à Shancarrig. Maura ne comprenait pas pourquoi on disait que c'était un trou paumé. Seuls les gens qui ne connaissaient pas l'endroit pouvaient parler ainsi. Maura et Michael faisaient partie de la Société d'art dramatique. Celle-ci avait donné une pièce par mois depuis le jour où Biddy, qui travaillait au manoir de Glen, était montée sur scène pour exécuter un pas de danse et qu'elle s'était mise à tourner et tourner comme une toupie qu'on ne savait plus comment arrêter. Et puis il y avait eu l'histoire du père Barry qui était parti comme missionnaire.

Il y avait le beau Richard, le cousin de Niall Hayes, qui avait brisé quelques cœurs — y compris celui de Nessa — lorsqu'il s'était installé à la Terrasse. Maura se demandait s'il n'y avait pas eu quelque chose entre lui et Mme Darcy — notez bien que ça n'était pas elle qui serait allée le raconter. Mais Nellie Dunne aussi s'était fait la même réflexion, si bien que la rumeur avait fini par se répandre dans tout le village. Et puis il y avait Eddie Barton qui avait surpris tout le monde avec ses histoires de cœur. Quant à Foxy Dunne, à Londres désormais, les gens avaient toujours une ou deux choses à raconter à son sujet.

Il y avait bien assez de choses pour détourner les esprits de l'affaire des bijoux volés.

Maura O'Sullivan et son fils Michael allaient chez les uns et les autres — pour faire le repassage de Mlle Ross dont le visage était de plus en plus ridé et qui commençait à ressembler comme deux gouttes d'eau à sa vieille maman ; pour astiquer l'argenterie de Mme Hayes ; pour les deux heures de ménage chez Mme Barton, le samedi ; mais principalement pour travailler chez les Darcy.

Il y avait beaucoup à faire dans une maison où vivaient deux garçons dont les parents étaient presque tout le temps au magasin. Maura n'avait pas besoin qu'on lui dise de faire les choses. Elle savait prendre des initiatives.

Elle était en train de faire la chambre des patrons, comme l'appelait Gloria, lorsqu'elle tomba sur les bijoux. Ils étaient sur le dessus de la penderie dans une grosse boîte ronde. Maura avait épousseté le dessus de la penderie, en ayant soin d'étaler du papier journal par terre afin de recueillir la poussière. Puis l'idée lui était venue de ranger les valises de façon plus rationnelle, moyennant quoi elle avait été obligée de les déplacer. Michael s'était aussitôt proposé pour lui donner un coup de main. Et c'est parce qu'elle avait entendu un bruit dans la boîte à chapeau qu'elle avait eu l'idée de l'ouvrir. C'était comme s'il y avait eu un gros caillou à l'intérieur, et elle ne voulait pas risquer de le faire tomber.

C'était un foulard de soie rouge avec deux petites bourses de velours noir à l'intérieur.

Michael vit sa mère s'arrêter net et chercher appui sur le rebord de la penderie.

— Tu vas tomber, maman? demanda-t-il, inquiet.

— Non, mon chéri.

Maura descendit de son perchoir et vint s'asseoir sur le lit, le cœur battant.

Ce n'était pas par accident qu'elle avait retrouvé les bijoux tant regrettés. Ils n'allaient sûrement pas pousser des cris de joie en apprenant qu'elle avait retrouvé les bijoux et qu'ils ne pourraient pas toucher l'argent de l'assurance.

Elle savait aussi que les bijoux n'étaient pas entrés tout seuls dans la boîte à chapeau. Elle connaissait par cœur la déposition. L'émeraude et sa chaîne se trouvaient dans une boîte, sur le bureau qui se trouvait au rez-de-chaussée, avec les petites boucles d'oreilles dans leur étui de velours noir. La pièce dans laquelle ils se trouvaient, le salon, était munie d'une porte-fenêtre à double battant qui donnait sur le petit jardin intérieur. Un petit bohémien agile et rapide aurait pu se faufiler dans la maison et ressortir, ni vu ni connu.

C'était la version officielle des faits.

Depuis le temps qu'elle travaillait chez les Darcy, Maura n'avait jamais trouvé d'objets de valeur dans la boîte à chapeau. Ce n'était pas un endroit où quelqu'un aurait pu les oublier.

— Pourquoi tu ne dis rien? demanda Michael.

— J'essaye de comprendre, dit-elle.

Puis elle lui passa un bras autour des épaules et l'attira contre elle.

Elle resta là un long moment à réfléchir, la chamoisine à la main, les pieds posés à plat sur le papier journal, son fils serré contre elle.

Ce soir-là, Maura rangea les deux petits sacs de velours noir dans sa vitrine à trésors. Il fallait qu'elle réfléchisse soigneusement à ce qu'elle allait faire. Elle ne voulait pas commettre d'erreur et s'attirer des ennuis.

Il se passa des semaines avant qu'elle n'aborde le sujet des bijoux volés. Elle attendit de se trouver seule avec Gloria dans la maison. Michael était dehors en train de jouer avec les poules.

— Je me demandais, madame Darcy... ce qui se passerait si quelqu'un retrouvait les bijoux... dans un fossé, disons, où les bohémiens les auraient jetés?

— Comment cela? demanda Gloria, soudain sur le qui-vive.

— Eh bien, maintenant que vous avez fait tous les travaux ici... et que vous vous êtes habituée à ne plus avoir l'émeraude autour du cou... ça ne serait pas ennuyeux, pour vous, si on la retrouvait?

— On ne la retrouvera pas. Vous pouvez être sûre qu'ils l'ont déjà revendue depuis longtemps.

— Mais où est-ce qu'ils auraient pu la revendre? S'ils allaient trouver un bijoutier, madame Darcy, vous ne croyez pas qu'il s'apercevrait que c'est un bijou volé et qu'il appellerait la police au lieu de leur donner de l'argent?

— Les bohémiens se déplacent beaucoup, et ils vont très loin. Ils pourraient la revendre à des centaines de kilomètres d'ici.

Il y eut un petit silence.

Puis Gloria ajouta :

— De toute façon, personne ne l'a retrouvée.

— Je n'arrête pas de faire des rêves, madame Darcy. Je rêve que je marche le long du fossé et que je trouve des choses... Que se passerait-il si je la retrouvais?

— Je ne comprends pas où vous voulez en venir.

— Eh bien, en supposant que je la retrouve, est-ce qu'il vaudrait mieux que j'aille la porter au sergent Keane en lui expliquant où je l'ai trouvée, ou que je vous la rapporte à vous?

Gloria Darcy plissa les paupières.

Maura surprit son coup d'œil en direction de l'escalier, comme si elle allait se précipiter à l'étage pour aller jeter un coup d'œil dans la boîte à chapeau.

— Bah, ce ne sont que des rêves, finit-elle par dire. Mais je suppose que, si vous la retrouviez, le plus sage serait de me la rapporter sans rien dire, naturellement. Comme vous l'avez dit vous-même, étant donné les circonstances, l'argent de l'assurance nous serait plus utile que des bijoux.

— Est-ce que j'aurais droit à une récompense? renchérit Maura.

— Il faudrait voir.

Maura sortit dans la cour pour chercher Michael, mais elle fit une petite pause avant de refermer la porte derrière elle, et entendit le pas léger de Gloria Darcy qui s'élançait dans l'escalier et le bruit des valises jetées du haut de la penderie.

Rien ne fut dit.

Pour Maura, qui toute sa vie avait appris à garder ses sentiments et ses réflexions pour elle-même, il était sans doute moins dur que pour quelqu'un d'autre de continuer à travailler chez les Darcy tout en sachant qu'en sa présence ces derniers marchaient sur le fil du rasoir.

Ils lui proposaient une tasse de thé lorsqu'elle venait faire le ménage. Ils trouvaient des bricoles à offrir à Michael dans le magasin, mais Maura ne voulait pas que le petit s'imagine que la boutique était une caverne d'Ali Baba où il pouvait piocher comme il le voulait. Ça n'était pas bon pour lui, et puis elle s'était donné un mal fou pour lui apprendre à reconnaître ce qui était à lui et ce qui ne l'était pas.

En disant cela, Maura O'Sullivan avait regardé Mike et Gloria Darcy droit dans les yeux. Elle voyait bien qu'ils étaient à sa merci.

Un beau jour, Gloria finit par craquer.

— Vous vous souvenez, lorsque vous m'avez dit que vous étiez imbattable pour retrouver les objets perdus, Maura?

— Oui, je m'en souviens. J'ai prié saint Antoine pour que M. Darcy retrouve son beau stylo Parker, et voilà que le stylo est ressorti tout seul en roulant de derrière les plateaux, à la cuisine.

Maura était fière et satisfaite du résultat de ses prières.

— J'ai réfléchi à ce que vous avez dit... et puis dans notre commerce... on rencontre pas mal de gens. Bien, supposons que vous ayez retrouvé les objets que les bohémiens avaient emportés avec eux...

— Oui, madame Darcy?

— Savez-vous ce qui serait le mieux?

— Non. Et Dieu sait si j'y ai pensé et repensé, pourtant.

— Voyez-vous, nous avons déjà touché l'argent de l'assurance et payé les travaux d'agrandissement du magasin avec, ce qui nous a permis de faire travailler des gens, y compris vous, à la maison.

Maura inclina la tête de côté, sans rien dire.

— Alors, si vous retrouviez les bijoux et que vous me les rendiez, je pourrais les revendre et vous donner une partie de l'argent...

Sa voix s'évanouit.

— Oui, mais si je savais où m'adresser, je gagnerais beaucoup plus d'argent en allant les revendre moi-même. Parce que, comme vous l'avez dit vous-même, vous avez déjà touché l'argent de l'assurance. Vous ne voulez tout de même pas avoir le beurre et l'argent du beurre... ça ne serait pas juste.

— Mais en quoi serait-il plus juste que *vous* touchiez tout l'argent?

— Parce que, si je les retrouve dans le fossé, ils sont à moi, non?

— Sans doute, mais ça ne vous mènerait nulle part si vous ne saviez pas où les revendre.

Elles avaient touché le cœur du problème. Elles le savaient.

— Je vais aller à la ville, la semaine prochaine, madame Darcy.

— Ah, oui, pour faire vos achats de Noël, naturellement.

— Et je reçois toujours une enveloppe du père de Michael, par l'intermédiaire du père Gunn. J'ai l'intention de dépenser tout ce qu'il y aura dedans...

— Je vois.

— Et je me disais que, en imaginant que je retrouve les bijoux d'ici-là, je pourrais vendre l'émeraude et la chaîne et vous rendre les brillants, à condition que vous m'indiquiez une adresse, et alors...

Elle laissa sa phrase en suspens.

— Ce serait la meilleure solution, en effet, dit Gloria avec une tête de six pieds de long.

Niall Hayes fut surpris d'apprendre qu'une Mme O'Sullivan voulait un entretien particulier avec lui. Les gens venaient généralement voir son père, le vrai notaire, comme ils disaient.

Il fut encore plus surpris de découvrir qu'il s'agissait de Maura Brennan, du quartier des chaumières. Il les fit entrer, elle et son fils, dans son bureau — de mémoire d'homme, à Shancarrig, on ne les avait pour ainsi dire jamais vus séparés, elle et lui.

— Comment ça va, Maura? lui demanda-t-il.

Il était toujours le gentil garçon qu'elle avait connu, en dépit de sa snob de mère.

— Ça ne pourrait pas aller mieux, Niall. Nous avons eu un petit coup de chance. Le père de Michael nous envoie tous les ans une petite enveloppe pour Noël, et cette année l'enveloppe était beaucoup plus grosse que d'habitude.

— Voilà une bonne nouvelle, en effet.

Niall ne voyait pas où elle voulait en venir.

— Et voilà ce que nous aimerions, Niall... Tu connais la petite maison des gardiens, au manoir de Glen?

— Oui. Elle a été mise en vente, justement.

— J'aimerais l'acheter pour Michael et moi. Est-ce que tu pourrais te charger de l'acte de vente?

Niall tressaillit légèrement. Où diable Maura avait-elle trouvé les fonds nécessaires pour l'achat et la rénovation d'une maison comme celle-là?

— J'en parlerai à Leo, dit-il.

— Non, c'est avec moi qu'il faut discuter. Dis-moi un prix qui te semble juste. Juste pour elle et juste pour moi.

C'était comme cela que Niall comprenait les affaires. De nos jours les gens ne savaient plus discuter. Les temps changeaient, les attitudes aussi. Les gens chipotaient pour un oui pour un non.

Il tapa dans la main de Maura. L'affaire était conclue.

Maura annonça au père Gunn que le père de Michael leur avait envoyé beaucoup d'argent cette année, beaucoup plus que les autres fois. Si le prêtre était surpris il ne le montra pas.

— Je pense que c'était la dernière enveloppe, mon père, dit-elle en regardant le prêtre dans les yeux à travers ses grosses lunettes rondes. Je ne crois pas que vous recevrez d'autres enveloppes à Noël.

Il les regarda s'éloigner — Maura et Michael, bientôt propriétaires de la maison de leurs rêves qu'ils allaient rénover et repeindre et remplir de trésors.

Et il se dit que plus il vivait dans cette paroisse et moins il la comprenait.

EDDIE

Chose remarquable s'il en fut, Eddie Barton ne fêtait son anniversaire que tous les quatre ans. A tel point qu'il pensait être la seule personne au monde dans cette situation. Il eut un choc en apprenant que d'autres enfants étaient nés le même jour que lui. Il n'accepta tout à fait la chose que lorsqu'il eut dix ans. Jusque-là il s'était toujours cru unique.

Mlle Ross, qui était si gentille à l'école, leur avait parlé de l'année bissextile. M. Kelly l'avait terrorisé en lui racontant que, lorsqu'une femme vous demandait en mariage le 29 février, il fallait accepter, même s'il s'agissait de la femme la plus monstrueuse de la terre. M. Kelly avait dit cela en riant, mais Eddie n'avait pas su s'il riait pour de bon ou non. M. Kelly avait souvent l'air triste.

— Est-ce que Mme Kelly vous a demandé en mariage le jour de mon anniversaire ? demanda Eddie, terrorisé.

Si la réponse était oui, alors le monde des adultes était bien plus terrible que ce qu'il avait imaginé.

Mais, l'air goguenard, M. Kelly avait mis un doigt devant sa bouche, et dit :

— Chhhut, si Mme Kelly t'entendait dire une chose pareille, tu en prendrais pour ton grade, mon garçon.

Il s'agissait d'un secret qui devait rester entre eux.

— Mais vous disiez que c'était un fait bien connu.

Eddie n'y comprenait plus rien.

— C'est vrai, soupira l'instituteur. Mais j'oublie toujours, même après toutes ces années passées dans l'enseignement, combien il est dangereux de dire quoi que ce soit à un enfant.

Lorsqu'arriva le dixième anniversaire d'Eddie, sa mère lui dit qu'il pourrait avoir dix ans soit le jour d'avant, soit le jour d'après.

— Je crois que je préfère attendre le jour d'après, dit-il à Leo Murphy, qui rentrait de l'école avec lui parce qu'elle habitait dans la grande maison au sommet de la colline, et qu'Eddie vivait dans la petite maison rose à mi-chemin. Leo lui avait dit que sa maison avait l'air d'un dessin d'enfant, avec des fenêtres qui semblaient avoir été peintes sur la façade. Eddie n'arrivait pas à savoir s'il s'agissait d'un compliment ou non.

— Ça te dérange? demanda-t-il, l'air féroce.

— Pas du tout. C'est joli. Ça n'a pas l'air d'une jungle au moins, ça donne un air normal et rassurant à la maison, répondit Leo.

Ce qui voulait dire qu'elle lui plaisait. Eddie était content.

Eddie aimait bien Leo Murphy. Si elle lui demandait sa main, le jour exact de son anniversaire, il ne dirait pas non. Ça devait être chouette de vivre au manoir de Glen, avec le grand jardin et le vieux court de tennis!

Leo prenait toujours tout au sérieux.

— Pourquoi attends-tu le 1er mars pour fêter ton anniversaire? demanda-t-elle à Eddie. Imagine que tu meures dans la nuit du 28, tu auras complètement manqué ton anniversaire.

Que pouvait-il répondre à cela?

La mère d'Eddie, pour sa part, disait que ça lui était égal dès l'instant qu'il savait qu'il n'y aurait rien d'autre qu'un cake et une tarte aux pommes. Il pouvait inviter dix personnes si ça lui faisait plaisir, ou deux seulement.

Eddie mesura soigneusement le plat à gâteau. Il y aurait trois invités et lui-même. Comme ça, ils auraient de grosses parts. Il inviterait Leo Murphy, Nessa Ryan et Maura Brennan, les trois filles qui étaient assises à côté de lui en classe et qu'il aimait bien.

— Et aucun garçon?

La mère d'Eddie était couturière. Il était rare de la voir sans une épingle dans la bouche ou le sourcil froncé sur son ouvrage.

— Il n'y a pas de garçons à côté de moi en classe.

Sa mère semblait l'accepter. Una Barton était une petite femme brune au regard inquiet. Elle marchait toujours très vite, comme si elle avait eu peur que les gens ne la retiennent pour lui faire la conversation. Elle avait bon cœur, et l'œil exercé quand il s'agissait d'assortir les couleurs et les tissus des robes qu'elle confectionnait pour les femmes de Shancarrig et les femmes des cultivateurs des environs. On racontait qu'Una Barton ne vivait que pour son fils Eddie et pour lui seul.

Les cheveux d'Eddie poussaient à la verticale sur son crâne. Foxy Dunne disait qu'il avait l'air d'une balayette à cabinets. Ils n'en avaient pas à la maison, mais lorsqu'il en vit une à l'hôtel des Ryan il fut terriblement contrarié. Ses cheveux n'étaient tout de même pas aussi moches que cela.

Il aimait faire des choses que les autres garçons n'aimaient pas faire du tout. Il aimait aller se promener dans les bois de Barna pour cueillir des fleurs. Il lui arrivait de les faire sécher. Après quoi il les collait sur une feuille cartonnée et écrivait leur nom en dessous. Sa mère disait qu'il avait beaucoup de talent.

— Et mon père, il avait du talent ? demanda Eddie un jour.

— Mieux vaut ne pas parler du talent de ton père, dit sa mère dont le visage s'était soudain fermé.

Le sujet était clos.

Il fallait faire un vœu quand on découpait le gâteau d'anniversaire. Eddie ferma les yeux et fit le vœu de voir revenir son père, comme il l'avait souhaité l'année passée, et celle d'avant.

Peut-être que, s'il faisait le même vœu trois fois de suite, il serait exaucé.

Ted Barton était parti quand son fils avait cinq ans. Sans doute avait-ce été un départ spectaculaire, car plusieurs fois Eddie avait entendu les adultes en parler lorsqu'ils croyaient qu'il ne les entendait pas. Les gens avaient coutume de dire : « Ça a fait autant de raffut que lorsque Ted Barton s'est fait mettre dehors. »

Et une fois, à la quincaillerie, il avait entendu les Dunne dire que, si untel ne faisait pas attention, il finirait comme Ted Barton, jeté comme un malpropre avec sa valise au bas des escaliers. Eddie n'arrivait pas à imaginer sa mère en train de vociférer et de jeter une valise dans les escaliers. Mais, bon, les faits étaient là.

Elle répondait à toutes ses questions, sauf quand elles concernaient son père.

— Disons qu'il n'a pas tenu ses engagements. Qu'il ne s'est pas occupé de sa femme et de son fils comme il l'aurait dû. Il ne mérite pas qu'on s'intéresse à lui.

C'était facile à dire pour elle, mais pour Eddie c'était difficile à accepter. Tous les garçons voulaient savoir qui était leur père, même lorsqu'ils avaient un père ivrogne, comme le père Brennan, ou un père sévère, comme le père de Leo Murphy, qui portait une moustache et qu'on appelait « Major » et tout ça.

Parfois, en regardant les gens descendre du bus, Eddie s'imaginait que son père était parmi eux et qu'il était revenu le chercher — pour l'emmener faire un long voyage, juste eux deux, tout autour de l'Irlande, en s'arrêtant quand ils en avaient envie. Puis il imaginait son père inclinant la tête de côté et lui disant : « Qu'en penses-tu, fiston, est-ce que je devrais rentrer à la maison? » Dans son rêve, la mère d'Eddie leur souriait, accueillante, et il y avait moins de travail pour la fatiguer, parce que son père s'occupait d'eux.

Après le goûter ils firent des jeux. Ils allèrent jouer dans la chambre d'Eddie, parce que Mme Barton avait besoin de la table, en bas, pour poser sa machine à coudre.

Ils déclarèrent que si l'anniversaire d'Eddie était tombé l'été ils auraient pu aller jouer dans les bois de Barna. Eddie leur montra quelques-unes de ses fleurs séchées.

— Elles sont belles, dit Nessa Ryan.

Nessa ne vous faisait jamais un compliment rien que pour vous faire plaisir. Si Nessa Ryan disait qu'elles étaient belles, c'est qu'elles étaient belles.

— Tu pourrais en faire ton métier, ajouta-t-elle.

A dix ans, on ne voyait pas aussi loin, mais aujourd'hui, à l'école, on leur avait parlé de carrière. On leur avait dit qu'ils feraient mieux de songer à ce qu'ils voulaient faire plus tard, au lieu de se tourner les pouces et de laisser le temps filer.

— Où pourrais-je suivre des cours pour apprendre à faire un herbier? demanda Eddie, mais l'enthousiasme de Nessa était déjà retombé.

— Si on jouait encore à gonfler des ballons? dit-elle.

C'était le cadeau d'anniversaire d'Eddie. Son seul et unique cadeau. Il ne lui plaisait pas spécialement, mais les Dunne, à la quincaillerie, avaient dit à sa mère que les enfants se les arrachaient cette année, et elle les avait achetés en étalant les paiements sur cinq semaines. Elle était contente de voir que le jeu leur plaisait. Mais, dans son for intérieur, Eddie trouvait ce jeu stupide et ennuyeux, et puis les tubes de carton qui servaient à gonfler les ballons étaient devenus tout baveux et ramollis à force de souffler dedans.

Lorsque ses amies prirent enfin le chemin du retour, Eddie resta un moment à la porte de la maison rose, dans le clair de lune. Il regarda Leo gravir la colline en sautillant. D'ici on apercevait les murs du manoir. Elle lui fit un signe de la main lorsqu'elle atteignit le portail.

Nessa et Maura prirent ensemble la route qui descendait au village, Maura en direction de la chaumière où elle habitait. Eddie espérait que son père n'aurait pas bu, ce soir. Parfois, quand il était saoul, Paudie Brennan insultait les gens dans la rue.

Nessa Ryan était partie la première. Elle habitait à l'hôtel. Elle pouvait manger tout ce qu'elle voulait quand elle le voulait. C'est ce qu'elle avait dit à Eddie quand il leur avait annoncé qu'il y aurait du cake et de la tarte aux pommes. Mais peut-être Nessa avait-elle vu la contrariété sur son visage car elle s'était empressée d'ajouter qu'elle ne pouvait pas manger autant de gâteaux qu'elle l'aurait voulu. Cela concernait plutôt les frites et les sandwichs.

La lune illuminait le ciel, bien qu'il fût à peine sept heures. La machine à coudre de sa mère tournait déjà à plein régime. Elle travaillait en écoutant la radio, flanquée de ses patrons de papier et de son grand mannequin affublé d'un vêtement à demi terminé et qui terrorisait Eddie quand il était petit. Elle souriait beaucoup en sa présence, mais lorsqu'elle était seule son visage semblait triste et fatigué. Il n'aimait pas la voir s'épuiser ainsi à la tâche. Et jusqu'à ce qu'il ait sombré dans le sommeil, il entendait le bourdonnement de la machine. Eddie se demandait si son père était en train de regarder la lune, lui aussi. Se souvenait-il que son fils avait dix ans aujourd'hui?

Ce soir là, Eddie écrivit une lettre à son père.

Il lui raconta sa journée et lui parla des fleurs séchées que Nessa Ryan avait tant admirées. Puis, craignant que son père ne trouve ce passage un peu bébête, il le raya. Il lui raconta qu'il y avait un grand mariage prévu dans la ville voisine, et qu'on avait demandé à sa mère de faire non seulement la robe de la mariée, mais aussi les robes des deux demoiselles d'honneur, ainsi que celles de la mère et de la tante de la mariée. Toute l'église, ou presque, allait être habillée par Mme Barton. Il ajouta que sa mère avait dit que cela tombait à pic, car la toiture avait besoin d'être réparée et qu'ils n'avaient pas l'argent nécessaire.

Puis il relut ce passage et se dit que son père risquait d'y voir un reproche. Il ne voulait pas le contrarier maintenant qu'il venait de le retrouver.

Eddie tressaillit en réalisant qu'il n'avait pas vraiment retrouvé son père. Tout cela, il l'avait inventé. N'empêche, c'était réconfortant tout de même. Il raya le passage concernant la voiture qui coûtait trop cher, pour ne laisser que les bonnes nouvelles concernant le mariage. Il raconta à son père qu'à l'école on leur avait dit de songer à ce qu'ils voulaient faire plus tard, qu'il y avait plein de travail en Angleterre pour les jeunes gens courageux, lorsqu'ils seraient en âge de travailler. Il se dit que son père était peut-être en Angleterre. Ne serait-ce pas merveilleux de tomber sur lui par hasard, lorsqu'il irait travailler là-bas et gagner plein d'argent?

Il lui écrivit souvent, cette année-là. Il annonça à son père que Bernard Shaw était mort, au cas où ce genre d'information ne lui serait pas parvenue. M. Kelly, à l'école, avait dit que c'était un grand écrivain mais qu'il était un peu contre l'église. Eddie avait demandé à son père pourquoi les gens étaient contre l'église.

Son père ne répondit pas, évidemment, car les lettres ne furent jamais envoyées. Il n'avait nulle part où les envoyer.

Ce n'était pas qu'Eddie manquât d'amis ou qu'il se sentît seul. Il avait des tas d'amis, bien sûr qu'il en avait. Il allait souvent au manoir de Glen, pour jouer avec Leo Murphy. Ils jouaient à s'envoyer la balle par-dessus le filet, dans le court de tennis, et Leo avait une balançoire sensationnelle accrochée à un énorme chêne. Elle n'avait jamais remarqué que c'était un chêne jusqu'à ce qu'il le lui dise et qu'il lui montre les feuilles et les glands. C'était incroyable de posséder tous ces arbres et de ne pas savoir ce que c'était.

Eddie cueillait souvent des feuilles de chêne pour en tracer le contour avec un crayon. Il aimait leur forme — il y avait tellement plus de zigzags que sur les feuilles de platane ou les feuilles de peuplier. Il aimait bien les feuilles de châtaignier aussi, mais il n'aimait pas les maltraiter comme faisaient les autres, à l'école — qui jouaient à ôter tout le vert entre les nervures, pour voir qui obtenait le squelette le plus parfait, comme un poisson à qui on aurait ôté toute la chair. Eddie aimait la texture des feuilles.

Il ne parla pas de tout cela dans sa lettre à son père. En revanche, il lui raconta que De Valera* avait été réélu, et que, selon Nessa Ryan, il y avait eu une bagarre à l'hôtel, un soir, parce tous les gens n'étaient pas contents de le voir revenir, et qu'il avait fallu appeler la police. Après quoi, il raconta d'autres choses un peu plus intimes.

Cependant, il ne lui dit pas qu'il avait peur qu'une femme le demande en mariage le jour de ses douze ans. Cela semblait ridicule. Mais Eddie avait très peur d'Eileen Dunne, à l'école, qui avait un gros rire gras, et quelque chose comme cinq frères qui lui auraient cassé la figure s'il avait refusé.

— Tu n'as pas l'intention de me demander en mariage, vendredi, par hasard? demanda-t-il à Leo, plein d'espoir.

Elle releva le nez du livre dans lequel elle était plongée.

— Non, dit-elle. J'étais en train de penser au roi d'Angleterre qui vient de mourir, et à mon père qui est tout retourné.

— Qu'en penses-tu? demanda-t-il.

— De la mort du roi d'Angleterre?

— Non. De me demander en mariage.

— Pourquoi ferais-je une chose pareille? Tu ne me l'as jamais demandé, toi?

— C'est à cause du jour. Le jour où les femmes peuvent demander les hommes en mariage.

— Les hommes peuvent le faire tous les autres jours de l'année.

Eddie avait déjà tout prévu.

— Imagine que je te demande en mariage aujourd'hui, et que nous soyons fiancés, si quelqu'un demandait ma main vendredi prochain je pourrais lui répondre que je ne suis pas libre.

Il semblait préoccupé. Leo n'avait pas du tout l'air intéressée.

---

* Homme politique irlandais et leader du parti Sinn Fein, Eamon De Valera fut élu président de la République en 1959. (*N.d.T.*)

Elle s'était replongée dans son livre. Elle avait toujours un livre avec elle. Cette fois, elle lisait *Bonnes épouses*, ce qui, pour Eddie, était un heureux présage.

— Qu'est-ce qui ne va pas, Eddie?

— Dis-moi oui, simplement. Ça ne t'engage à rien.

— Dans ce cas, oui.

Eddie poussa un soupir de soulagement. Il ne ferait pas de fête d'anniversaire pour ses douze ans, il était trop vieux. Sa mère lui offrait une bicyclette, une bicyclette d'occasion. Elle lui avait dit qu'il pourrait aller à l'école en vélo le jour de son anniversaire. Mais il lui avait répondu qu'il préférait attendre le jour d'après, et sa mère l'avait regardé tendrement. C'était un drôle de petit bonhomme, bizarre et compliqué, mais très facile à vivre, ce qui était plus qu'elle n'en avait espéré le jour où ce salaud l'avait quittée.

Les gens disaient parfois que ça ne devait pas être facile d'élever un garçon toute seule. Mais Una Barton trouvait qu'ils vivaient en harmonie, tous les deux. Son fils lui racontait de longues histoires abracadabrantes, il l'aidait volontiers à préparer le dîner et essuyait la vaisselle sans se faire prier. Elle aurait voulu avoir plus d'argent, pour pouvoir l'emmener au bord de la mer ou au zoo à Dublin. Mais, hélas, ils ne pouvaient pas se permettre ce genre de distractions. Elles étaient réservées aux garçons dont le père n'avait pas déserté le foyer.

Eddie ne voulait dire à personne que c'était son anniversaire, pour ne pas donner d'idées à Eileen Dunne, ou à la jeune sœur de Maura Brennan, Geraldine. Mais ni elles ni les autres ne semblaient se douter qu'elles pouvaient profiter de l'occasion pour demander Eddie en mariage. Elles s'intéressaient beaucoup trop au père Barry qui était venu leur faire une conférence sur les missions, et leur montrer un magazine catholique qui proposait des concours et des échanges avec des correspondants étrangers. Aux quatre coins du monde il y avait, disait-il, des gens qui voulaient échanger des idées avec de jeunes Irlandais. C'était très amusant de correspondre avec des jeunes de pays différents.

Le père Barry était très gentil. Il avait toujours l'air un peu dans les nuages, et parfois il lui arrivait de fermer les yeux, comme s'il avait voulu être plus près de l'endroit qu'il était en train de leur décrire. Eddie aimait bien cela. Lui-même se laissait volontiers aller à penser aux arbres et aux fleurs lorsqu'il aurait dû se concentrer sur les additions qui se trouvaient au tableau. Le père Barry avait affiché la feuille qui contenait le nom et l'adresse des garçons et des filles qui cherchaient des correspondants. Tous parlaient anglais. Ils vivaient dans des pays lointains. L'un d'eux disait qu'il était passionné de botanique, de plantes et de fleurs. Son nom était Chris et il vivait à Glasgow en Ecosse.

— Ce n'est pas très loin pour un correspondant, dit Niall Hayes, d'un ton méprisant.

Lui-même avait choisi un correspondant argentin.

— Il y a plus de chance pour qu'il me réponde s'il n'est pas trop loin, rétorqua Eddie.

— C'est absurde, dit Niall.

Et dans son for intérieur, Eddie était d'accord. Sans doute le garçon écossais cherchait-il quelque chose de plus exotique qu'un correspondant dans un petit village irlandais. Mais s'il avait choisi Chris Taylor, c'était surtout parce qu'il ne voulait pas se ruiner en timbres et que le garçon disait qu'il aimait les plantes. Pour ce qui était de la botanique, Eddie avait toujours cru qu'il s'agissait d'une sorte de laine. Il s'était renseigné auprès de Mlle Ross, car il n'avait nullement l'intention de parler tricot, moutons et tout ce qui s'ensuit. Encore qu'entre garçons ils n'auraient sans doute pas parlé tricot. Mais Mlle Ross lui avait dit que la botanique concernait les plantes et tout ce qui pousse.

Il écrivit à Chris, une longue lettre. C'était extraordinaire d'en écrire une dont il savait qu'elle irait à la boîte. Un autre garçon de douze ans aurait peut-être mordillé son stylo en cherchant désespérément quoi dire pour aller jusqu'au bout de la page, mais pas Eddie Barton. Il avait l'habitude de rédiger de longues lettres sur l'état du monde en général et celui de Shancarrig en particulier.

La réponse ne se fit pas attendre, mais elle était adressée à Mademoiselle E. Barton. Elle portait le cachet de Glasgow. Eddie la considéra un long moment. Elle lui était certainement adressée. Sa mère s'appelait Una. Mais pourquoi Chris Taylor l'appelait-il mademoiselle ? Honteux et confus, Eddie décacheta la lettre.

« Chère Edith,

« Je n'ai pas pu déchiffrer ton nom correctement et je me suis dit qu'il s'agissait peut-être d'un nom irlandais. En tout cas j'espère ne pas me tromper en t'appelant Edith. »

La lettre était intéressante et continuait sur un ton amical. Il était question de conifères écossais et de pommes de pin, et Chris lui demandait de lui envoyer quelques spécimens de fleurs séchées, et suggérait d'apprendre les noms latins des plantes afin de pouvoir les trouver plus facilement quand on les cherchait dans une encyclopédie — Chris était allé à la bibliothèque où il avait passé deux heures avant de trouver un érable tout à fait ordinaire parce qu'il ignorait que son nom latin était *acer*.

Eddie était ravi, il lut la lettre d'une traite. C'était gentil à Chris d'avoir pris la peine de lui écrire, surtout s'il croyait qu'Eddie était une fille, une fille appelée Edith. Beurk. Il avait même demandé comment il se faisait que, dans son couvent, les institutrices n'étaient pas des religieuses et se faisaient appeler Mlle Ross et Mme Kelly.

Mais lorsqu'il arriva à la dernière page Eddie eut un choc encore plus violent. Chris terminait sa lettre en disant qu'il espérait recevoir une lettre prochainement et en disant combien il était heureux d'avoir trouvé l'âme sœur de l'autre côté de la mer, avant de signer : « Christine. »

Chris était donc une fille.

Il se sentit soudain défaillir. Quel absurde quiproquo ! Elle ne lui écrirait plus jamais lorsqu'elle apprendrait qu'il n'allait pas à l'école chez les religieuses, qu'il était un garçon de douze ans, avec des pantalons rapiécés et des épis sur la tête. C'était bien dommage, car c'était exactement le genre de personne avec qui il aurait aimé correspondre. Et c'était sa faute à elle. Pas à lui. C'était son nom à elle qui pouvait porter à confusion. Lui portait un nom de garçon tout à fait normal, Eddie. Il s'imaginait sans peine ce que les autres diraient, à l'école, s'ils savaient qu'il s'était trouvé une correspondante en Ecosse, alors que tous avaient des correspondants en Inde ou en Amérique du Sud.

Cette fleur bleue d'Eddie Barton, voilà ce qu'ils diraient.

N'empêche, fille ou garçon, il aurait bien aimé envoyer des fleurs séchées à Chris. Soudain Eddie eut une idée. Il décida de se faire passer pour une fille. Tout ce qu'il fallait faire, c'était la convaincre de ne plus mettre « mademoiselle » sur les enveloppes.

Et c'est ainsi que, quatre ans durant, Eddie Barton et Christine Taylor s'écrivirent de longues, longues lettres, dans lesquelles ils ouvraient leurs cœurs comme ils n'auraient jamais pu le faire avec quelqu'un d'autre.

Chris lui raconta que sa mère rêvait de quitter la ville pour aller s'installer à la campagne, dans une maison avec un jardin et un garage, même s'ils n'avaient pas de voiture. Chris détestait cette idée, car elle serait à des kilomètres de la bibliothèque et du musée et de tous les endroits où elle aimait aller quand la classe était finie. Les filles de son école ne s'intéressaient à rien si ce n'est aux bonbons et aux garçons. Chris lui envoya une photo d'elle en uniforme et demanda à Edith de lui en envoyer une aussi. En désespoir de cause, Eddie envoya une photo de Leo, qu'il déroba un jour qu'il était en visite au manoir.

Chris lui dit qu'elle ne se l'était pas imaginé aussi grande. A lire ses lettres elle avait cru comprendre qu'il était plutôt petit et râblé, avec les cheveux qui se dressaient sur la tête. A ces mots, Eddie se mit à trembler. L'avait-elle démasqué? Grâce à Dieu l'Ecosse était trop éloignée pour qu'elle vienne jamais lui rendre visite. Il en vint à se dire qu'elle aurait mieux fait d'habiter l'Argentine, auquel cas sa visite aurait été encore plus improbable.

Il lui fut difficile de continuer à faire croire qu'il allait encore à l'école de Shancarrig lorsqu'il eut quatorze ans et qu'on l'envoya chaque jour à la ville, par le bus, chez les frères. Il dit à Chris qu'il n'était pas heureux du tout à l'école, et qu'il préférait parler d'autre chose dans ses lettres. Il lui parlait des sorbiers, et de sa mère qui avait la migraine parce qu'elle travaillait trop dur, et de son père qu'il aurait voulu retrouver pour lui raconter tout ce qu'il faisait.

Il lui parla du père Barry qui avait commencé à prêcher au sujet d'un village péruvien appelé Vieja Piedra, et qui avait été obligé de s'arrêter, parce que, disait-on, l'évêque voyait d'un mauvais œil tout cet argent qui sortait du diocèse pour aller à l'étranger au lieu d'être dépensé au village. Chris semblait le comprendre. Elle lui demanda pourquoi il n'aidait pas sa mère à faire sa couture — ça n'était pas bien difficile, elles auraient pu se partager le travail.

Eddie se sentait terriblement frustré. Il passait pour quelqu'un d'égoïste et de fainéant alors que son seul crime était d'être un garçon. Tout le monde sait que les garçons ne savent pas coudre.

A l'école, ses notes étaient de plus en plus mauvaises, mais il ne pouvait pas le dire à Chris. Comment aurait-il pu lui dire que les frères étaient irascibles et brutaux, qu'ils le frappaient souvent avec une ceinture quand il ne s'y attendait pas, et qu'il y en avait même un qui se moquait de son bégaiement?

Chris lui demanda une autre photo lorsqu'il eut seize ans. Il n'en avait aucune de Leo. Comme il n'osait pas lui en demander une de vive voix, il lui écrivit un petit mot.

« Pour une raison très longue et très compliquée que je t'expliquerai un jour, j'aurais besoin de ta photo. Je veux que tu saches que cela n'a strictement aucun rapport avec la promesse de mariage que je t'ai extorquée jadis. Tu es libre de toute obligation, mais j'aimerais bien avoir ta photo la semaine prochaine. »

Elle ne lui répondit pas mais, alors qu'il s'apprêtait à fêter son seizième anniversaire, il la rencontra par hasard dans la rue.

— Est-ce que tu as oublié la photo? demanda-t-il.

Leo avait l'air dans les nuages. Elle avait complètement oublié.

— Je t'en supplie, Leo, c'est très important. Tu sais bien que je ne te demanderais pas une chose pareille si ça ne l'était pas. Est-ce que je peux venir chez toi pour en choisir une?

C'était *très* important. Chris lui avait envoyé la sienne le jour de ses seize ans, un mois plus tôt. Une fille brune avec de grands yeux et un joli sourire.

— *Non.*

Elle était on ne peut plus catégorique.

— Dans ce cas, est-ce que tu veux bien m'en apporter une?

Elle le regarda avec l'air de quelqu'un qui n'a pas envie de se compliquer la vie.

— Bon, dit-elle, je t'en amènerai une.

Il avait l'air contrarié.

— Je croyais que nous étions amis d'une certaine façon, dit-il.

Elle se radoucit.

— Mais oui, naturellement.

— Dans ce cas, ce n'est pas la peine de me sauter à la gorge. Ça n'a aucun rapport avec nos fiançailles.

— Comment?

Décidément, Leo Murphy était toujours à moitié dans les nuages. Ce n'était pas comme Chris Taylor qui s'intéressait à tout.

Sauf que Chris croyait qu'Eddie était une fille, sa complice dans la vie. Eddie avait été obligé d'écrire que oui, qu'il avait eu ses premières règles à l'âge de onze ans. Il avait aussi dit qu'il aimait bien l'acteur de cinéma Fernando Lamass et qu'il portait un kilt écossais rouge en hiver.

Cependant, en règle générale, Chris parlait de choses intéressantes — elle n'abordait ces sujets bassement féminins que de temps en temps. Mais chaque fois ça lui faisait un choc.

Il envoya la photo et attendit.

Il savait qu'elle allait lui envoyer une carte pour son anniversaire. C'était généralement des fleurs et des petits nœuds, bref, des choses parfaitement ridicules qu'il ne pouvait montrer à personne. Cette année-là, il reçut une petite enveloppe.

« Ne pas ouvrir avant mercredi 29 », disait l'enveloppe.

Eddie l'emporta dans sa chambre pour la lire en secret. Il avait expliqué à sa mère qu'il avait un correspondant en Ecosse.

— Que raconte-t-il, ton correspondant écossais? lui demandait-elle de temps en temps.

— Pas grand-chose. Il parle surtout de fleurs et d'arbres, répondait Eddie.

— Bah, ça t'occupe, et puis comme ça tu ne fais pas de bêtises.

Eddie savait que sa mère n'était pas aussi bourrue qu'elle voulait s'en donner l'air.

Lorsqu'il fut dans sa chambre, il ouvrit la lettre de Chris. Il eut un tel choc qu'il fut obligé de s'asseoir.

« Je me suis toujours dit que, lorsque nous aurions seize ans, toi et moi, je t'avouerais que j'ai toujours su que tu étais un garçon. Je n'ai jamais osé te le dire avant, parce que j'avais peur que tu cesses d'écrire. Mais j'aime bien l'idée que tu sois un garçon. Tu es le garçon le plus gentil que j'aie jamais rencontré de toute ma vie. Joyeux anniversaire, cher Eddie, et merci pour ton amitié. »

Son tout premier sentiment fut la honte. Comment avait-elle osé se moquer de lui quatre ans durant? Puis la stupéfaction. Comment l'avait-elle deviné? Il lui avait pourtant dit qu'il avait ses règles, qu'il allait au couvent et qu'il portait un kilt écossais rouge. Puis un tout autre sentiment prit le dessus. Un sentiment d'exaltation. Elle savait qu'il était un garçon, mais elle l'aimait bien tout de même. Elle avait peur de le perdre. Il ouvrit le tiroir où il gardait toutes ses lettres. Il en lut des fragments.

« Il est si facile de te parler. Tu comprends tout. Tu as l'esprit ouvert, toi, les gens d'ici sont tellement ignorants. »

Eddie Barton avait seize ans et il était amoureux. Il partit se promener dans les bois de Barna. Il faisait un froid de canard mais ça n'avait pas d'importance. Il trouva une vieille souche sur laquelle il s'assit pour méditer sur le nouveau tournant que venait de prendre son existence. Il fallait qu'il lui écrive avant la levée de six heures. Pas question d'aller à l'école, il avait bien trop à penser.

Toute la journée, il se souvint des choses qu'il regrettait amèrement de lui avoir écrites, des paragraphes entiers de mensonges. Soudain, il éprouva une vive irritation. Pourquoi lui avait-elle demandé d'aider sa mère à faire sa couture alors qu'elle savait qu'il était un garçon? Néanmoins, il voulait que sa lettre fût parfaite. Il voulait lui dire exactement ce qu'il ressentait sans pour autant la faire fuir. Il sortit à nouveau sa photo de sa poche. Des yeux noirs immenses, comme une Italienne. Il eut soudain un pincement au cœur. Elle ne savait pas à quoi il ressemblait, lui. Pour elle, il ressemblait à Leo Murphy. Mais non. En tout cas, elle ne savait pas. Eddie aurait voulu être grand et musclé, il aurait aimé ressembler au cousin de Niall Hayes, Richard, qui était venu en visite. Tout le monde disait qu'il était très beau. Ce jour-là plus que jamais, Eddie regretta de ne pouvoir demander conseil à son père.

Mais son père n'était pas venu pour son seizième anniversaire, pas plus qu'il n'était venu les fois d'avant. Eddie allait devoir écrire sa lettre sans l'aide de personne.

Il décida d'aller trouver Mlle Ross et sa mère pour leur demander s'il pouvait s'installer chez elles pour écrire sa lettre. Là-bas, au moins, il serait au chaud. Et puis sa mère ne risquait pas de lui demander ce qu'il faisait, ou de lui faire une réflexion qu'il ne manquerait pas de trouver désagréable. Il faisait souvent des travaux de jardinage pour Mlle Ross, celle-ci ne verrait sûrement aucun inconvénient à ce qu'il vienne frapper à sa porte par ce froid de canard.

Elle rentrait tout juste de l'école pour le déjeuner lorsqu'il arriva. Elle portait un imperméable ceinturé qui faisait un bruit d'étoffe froissée lorsqu'elle marchait. Eddie se demanda si Chris portait un imperméable comme celui-là. Il aurait pu lui poser la question, mais c'était un peu trop personnel, ce bruit d'étoffe froissée. C'était une chose qu'il ne voulait pas qu'elle sache, ce qu'il éprouvait en l'entendant.

Mlle Ross avait l'air pâle et fatiguée. Elle lui dit qu'il n'aurait pas pu tomber mieux. S'il acceptait de scier quelque bûches pour elle, non seulement il pourrait rester tout l'après-midi au coin du feu pour écrire sa lettre, mais en plus elle lui donnerait un grand bol de soupe.

— C'est mon anniversaire aujourd'hui, mademoiselle Ross. C'est pour ça, dit-il.

Elle parut parfaitement satisfaite de son explication et ne lui demanda pas pourquoi il n'était pas chez les frères. Elle n'imaginait tout de même pas le frère O'Brien accordant une journée de congé à un garçon de seize ans pour son anniversaire.

— Quel genre de lettre veux-tu écrire ? Un *curriculum vitae* ?

— Non. Une lettre à une amie.

Il devint rouge comme une pivoine en disant cela.

— Si tu lui écris au pensionnat, les religieuses vont la lire.

La remarque de Mlle Ross était pleine de sagesse.

— Non, mon amie ne va pas au pensionnat.

Eddie était dans ses petits souliers.

— Bon, dans ce cas, pas de problème.

Eddie eut l'impression que Mlle Ross faisait un effort pour avoir l'air enjouée. Et qu'elle était même peut-être un peu jalouse.

Eddie jeta un coup d'œil autour de lui avant de commencer sa lettre. Il n'avait jamais vraiment regardé la maison de Mlle Ross avant. Pour lui c'était un endroit où on entrait en ôtant ses chaussures quand on venait du jardin. Il se souvint que Maura Brennan, qui était son amie à l'école de Shancarrig, lui avait dit qu'elle adorait cette maison et qu'elle en aurait une toute pareille quand elle serait grande, avec de beaux meubles qu'elle astiquerait comme des miroirs, et des bibelots en porcelaine sur une étagère, et de beaux rideaux de velours. Eddie admirait les couleurs, tout semblait aller avec tout, pas comme chez lui où le tapis était marron, les rideaux jaunes et la nappe verte. Comme si on avait choisit exprès des couleurs qui juraient les unes avec les autres. Il savait que c'était par manque d'argent que sa mère n'achetait pas de jolies choses. Elle avait pourtant beaucoup de goût quand elle faisait des vêtements. Elle savait conseiller ses clientes sur ce qui allait avec leur teint ou la couleur de leurs yeux.

Cela dit, il n'avançait guère dans sa lettre à Chris Taylor.

Il resta un long moment à réfléchir, au son du tic-tac de la vieille horloge. Mlle Ross était retournée à l'école de Shancarrig, sa mère faisait la sieste au premier.

« Très chère Chris, écrivit Eddie. Tu ne sauras jamais combien je suis soulagé de pouvoir écrire en mon nom propre. J'aurais bien voulu le faire avant, mais une fois lancé dans cet absurde mensonge je me suis senti obligé de continuer, de peur que tu ne cesses de m'écrire. Tes lettres sont la chose la plus importante de ma vie. Je ne pourrais pas supporter l'idée que cela s'arrête un jour. »

La plume courait sans effort sur le papier. Page après page. Il s'imaginait lui rendant visite dans la petite maison de Glasgow. Sa mère n'avait jamais réussi à réaliser son rêve d'aller s'installer à la campagne. Son père élevait des pigeons et ne s'intéressait à rien d'autre. Ses deux frères étaient marins et ne revenaient à la maison que de temps en temps, et jamais pour bien longtemps. Elle aurait voulu entrer dans une école d'art mais elle n'était pas assez bonne. Sa mère lui disait qu'elle devrait plutôt essayer de se faire embaucher comme fleuriste, qu'il n'y avait pas de sot métier, et que la plupart des gens faisaient un métier qui ne leur plaisait pas. Et puis Chris aimait les fleurs, ce qui était déjà un gros avantage.

Que pourrait-il lui raconter qui lui fasse plaisir? Il était sûr d'une chose en tout cas : il n'était plus question de mentir.

« Je suis petit et râblé, et j'ai les cheveux en épis. Je ne t'ai jamais vraiment parlé de mon école, ni dit combien je la hais, parce que, en tant que fille, je ne pouvais pas te dire qu'ils nous battent et qu'ils me traitent de crétin. Je ne crois pas être un crétin, et tes lettres me font penser que j'ai certaines qualités. »

Il n'avait aucun mal à trouver ses mots. Il relut sa lettre avec satisfaction, il avait su lui donner une explication cohérente pour toutes ces années de mensonge. Il ne s'était pas répandu en excuses mais s'était efforcé de mettre les pendules à l'heure.

Il fut surpris de voir Mlle Ross rentrer de l'école.

— Ma parole, mais c'est un vrai roman, Eddie! dit-elle d'un air admiratif.

— Est-ce que vous diriez que je suis un crétin, Mlle Ross?

— Non, je ne le dirais pas, d'ailleurs ce ne serait pas vrai.

Il lui fit un grand sourire avant de prendre ses jambes à son cou. Elle le suivit un instant des yeux depuis le pas de la porte, il prit la direction de la poste en sautillant entre les flaques d'eau.

Les lettres arrivaient de plus en plus nombreuses et de plus en plus épaisses. Ils se disaient leurs espoirs et leurs craintes, ils parlaient de livres et de peinture, de couleurs et de dessin. Ils n'avaient pas de secrets l'un pour l'autre.

« Si nous nous rencontrons un jour, je te montrerai les fougères des bois de Barna », écrivit-il dans une de ses lettres.

« Que veux-tu dire par "Si nous nous rencontrons un jour"? Tu devrais dire "Quand nous nous rencontrerons"! » lui avait-elle répondu, et il eut un pincement au cœur en pensant qu'il avait enjolivé la réalité, et que Shancarrig était beaucoup moins beau, beaucoup moins attrayant et beaucoup moins romantique qu'il ne l'avait laissé entendre à Christine Taylor.

— Ce garçon n'a donc rien d'autre à faire qu'à écrire des lettres? dit sa mère, un jour que la grosse enveloppe habituelle arrivait d'Ecosse.

— Ce n'est pas un garçon, c'est une fille.

Eddie savait qu'il devrait le lui dire un jour.

— Comment cela? Tu veux dire qu'il s'est transformé en fille du jour au lendemain?

Mme Barton n'aimait guère l'idée qu'il s'agisse d'une fille.

— Non, c'est quelqu'un d'autre.

Eddie renonça à lui fournir une explication plus approfondie.

— Mais pourquoi en Ecosse? demanda sa mère.

— Parce que c'est loin et que c'est un beau pays, dit-il avec un grand sourire. Si je corresponds avec une fille, ne préfères-tu pas que ce soit dans un autre pays?

— A ton âge, tu ne devrais pas correspondre avec une fille du tout. Tu auras bien assez de temps pour t'occuper de ces choses-là plus tard. Bien assez pour marcher dans les traces de ton père.

Le goût de Ted Barton pour les femmes revenait souvent sur

le tapis, mais c'était toujours en termes vagues et généraux, jamais de façon détaillée ou spécifique. Eddie avait renoncé depuis longtemps à en savoir plus. Sa mère avait mis son père à la porte parce qu'elle avait eu vent d'une liaison avec une autre femme. Lorsqu'il avait quitté Shancarrig, ce soir-là, la femme n'était pas partie avec lui. Peut-être la connaissait-il ? Peut-être même lui avait-il parlé ? Si seulement ç'avait été quelqu'un de gentil comme Mlle Ross, il aurait peut-être pu lui demander de parler de l'homme qui avait disparu de leur vie.

— Est-ce que mon père aimait bien Mlle Ross ? demanda-t-il à brûle-pourpoint.

— Maddy Ross ?

Sa mère le regarda stupéfaite.

— Oui. Est-ce qu'elle aurait pu être sa dulcinée ?

— C'est peu probable, étant donné qu'elle devait avoir douze ou treize ans à l'époque, encore que c'est une éventualité qu'on ne peut pas absolument écarter, dit sa mère en s'efforçant d'esquisser un sourire.

Eddie la trouvait moins aigrie. Il fallait qu'il le dise à Chris, la prochaine fois qu'il lui écrirait. Ils n'avaient pas de secrets l'un pour l'autre. Elle lui raconta que son père avait été licencié, au chantier naval, et que sa mère était obligée de faire des heures supplémentaires à l'usine. Chris travaillait chez un fleuriste le samedi. Ce n'était pas du tout ce qu'elle avait imaginé. C'était un travail complètement mécanique. Il fallait faire des petits bouquets tout raides et tricher pour donner l'air pimpant à des fleurs à moitié fanées.

Et ils continuaient de s'écrire au lieu de donner un dernier coup de collier en vue des examens. Christine disait que les filles de son école étaient snobs et qu'elles n'aimaient pas les filles d'ouvriers. Eddie, pour sa part, disait que les frères haïssaient tous ce qui avait un semblant d'âme et qu'ils l'avaient catalogué comme un raté. Les résultats des examens ne furent une surprise ni pour l'un ni pour l'autre.

Quand arriva l'été 1957, ils se racontèrent leurs résultats médiocres, leurs mauvaises notes et leurs perspectives d'avenir bouchées.

— J'ai eu un entretien avec le frère O'Brien. Il pense qu'il est inutile que tu redoubles, annonça sa mère, l'air morose.

Elle était allée à la ville en bus pour acheter du tissu, du fil, des fermetures Eclair, ainsi que des pièces de rechange pour sa machine. Elle en avait profité pour faire un saut jusqu'au collège.

Les nouvelles n'étaient guère réjouissantes.

— Je lui ai dit que les autres garçons avaient des pères pour s'occuper d'eux, mais que nous n'avions pas cette chance, et que depuis douze ans nous n'avions pas de nouvelles de ton père, dit-elle avec cet air amer qu'Eddie détestait.

— Maman, c'est toi qui l'as mis à la porte. Tu lui as dit de partir. Tu ne peux pas lui en vouloir pour ce qu'il a fait ensuite, seulement pour ce qu'il a fait avant.

— Et c'est assez pour toute une vie, je t'assure.

— Tu m'assures, tu m'assures, mais tu ne m'expliques jamais rien.

— Et toi, tu parles, tu parles, exactement comme ton père.

— Et le frère O'Brien, est-ce qu'il a compati, au moins? Sûrement pas. Il se moque éperdument des pères, des mères, et de la terre entière.

Sa mère le regarda, surprise.

— Non, il n'a pas compati. Ni pour toi ni pour moi. Mais je ne crois pas qu'il se moque de la terre entière. Il m'a dit que cela ne servait à rien de se lamenter, que c'était presque toujours les femmes qui faisaient bouillir la marmite de toute façon, qu'elles aient un mari ou non.

— Et quoi d'autre?

— Que tu considérais que l'école n'était pas assez bonne pour toi, et que tu méprisais les frères et leurs bonnes vieilles méthodes. Passe encore si tu avais eu une véritable passion pour l'écriture ou la peinture, mais il a dit que ce n'était pas le cas et qu'il se demandait ce que tu allais devenir. Il avait l'air navré.

Sa mère était sincère. C'était exactement ce que le frère O'Brien aurait dit, il y avait du vrai dans tout cela. Eddie imaginait le grand bonhomme avec son visage rougeaud en train de se lamenter sur le sort de son élève. Le frère O'Brien aurait voulu que tous ses garçons entrent dans une banque ou une compagnie d'assurances, ou dans la fonction publique, ou même, mais c'était très rare, à l'université.

Pour Eddie Barton, l'avenir était bouché.

S'il n'y avait pas eu les lettres de Chris pour lui remonter le moral et lui donner du courage, Eddie aurait sombré dans la dépression cet été-là. Mais Chris lui écrivait tous les jours. Elle disait qu'il fallait absolument qu'ils se sortent de cette situation. Elle n'avait pas envie de travailler dans une usine, comme sa mère, ni même de devenir fleuriste.

Ils avaient commencé à se parler d'amour, et terminaient leurs lettres avec des mots de plus en plus tendres et des promesses de se rencontrer un jour. Eddie lui dit qu'il avait peut-être un peu trop enjolivé la réalité concernant Shancarrig. Peut-être devraient-ils se rencontrer dans un pays lointain où les palmiers se balançaient doucement dans la brise? Chris disait qu'il était impossible de tomber amoureux dans la grisaille de sa ville natale. Elle aussi était partante pour les palmiers.

Dès lors, la fantaisie prit de plus en plus de place dans leur correspondance, au point de supplanter presque toute réalité. Chris Taylor avait trouvé du travail dans un grand magasin de Glasgow. Elle avait horreur de ça. C'était très fatigant, disait-elle, et ses jambes la faisaient souffrir plus qu'à l'ordinaire. Eddie lui demanda si ses jambes la faisaient généralement souffrir, étant donné qu'elle ne lui en avait jamais parlé. Mais elle n'en reparla plus, et il se dit que c'était une phrase en passant.

Eddie Barton s'était fait embaucher à la quincaillerie, chez Dunne. Il avait horreur de cela. Il racontait à Chris qu'il passait ses journées à conseiller des agriculteurs qui venaient chercher du fil de fer barbelé ou des pièces de rechange pour leurs charrues. Les herses et les râteaux lui donnaient la nausée, et, s'il devait passer sa vie à discuter d'huile de lin et de minium pour repeindre les hangars, il préférait mourir tout de suite. Il lui parlait de l'ignorance insondable des fils Dunne. Leur tante, Nellie Dunne, tenait une petite épicerie et, si les gens achetaient chez elle, c'était uniquement parce qu'elle faisait crédit. Eddie travaillait pour le vieux Dunne et ses fils, Brian et Liam. Eileen, qui avait son âge, travaillait à l'hôtel des Ryan, et lui faisait de l'œil chaque fois qu'elle venait au magasin.

« Si je te raconte tout cela, disait-il à Chris, ce n'est pas pour me vanter ou parce que je veux te rendre jalouse, mais parce que je veux te dire combien je suis heureux de n'avoir rien à faire avec des filles effrontées comme Eileen, depuis que je sais ce qu'est l'amour. Depuis que tu es entrée dans ma vie. »

Parfois, elle lui disait qu'elle allait au bal, mais elle restait assise au balcon, le plus souvent, et pensait à ce qu'il lui avait dit dans sa dernière lettre.

Parfois, Nessa Ryan et Leo Murphy venaient le voir au magasin pour discuter un peu. Les Dunne ne disaient rien parce qu'elles étaient en quelque sorte l'élite de Shancarrig. Si ç'avait été Maura Brennan ou quelqu'un d'autre du quartier des chaumières, ils ne l'auraient sans doute pas entendu de cette oreille. Mais le vieux Dunne semblait chaque fois très honoré de la visite de ces demoiselles Ryan et Murphy.

— Et comment va le major? demandait-il à Leo.

— Le voilà qui se remet à parler tout seul, marmonna une fois Leo, et tous trois éclatèrent de rire.

M. Dunne n'aimait pas ces manières effrontées.

— Et comment se porte l'hôtellerie irlandaise? demandait-il à Nessa Ryan.

Et chaque fois Nessa répondait qu'elle se portait bien, merci.

Eddie raconta à Chris que Leo Murphy avait l'air préoccupée et les traits tirés, alors qu'elle n'avait vraiment pas à s'en faire. Elle avait eu son bac avec mention très bien et croulait littéralement sous l'argent. Elle aurait pu aller à l'université à Cork ou à Galway, ou même à Dublin, et cependant elle n'arrêtait pas de se mordiller les lèvres nerveusement.

Dans sa réponse, Chris lui dit qu'on ne savait jamais vraiment ce qui tourmentait les gens. Peut-être Leo n'allait-elle pas bien, peut-être avait-elle des ennuis de santé? A quoi ressemblait-elle? Honteux, Eddie lui avoua qu'elle lui ressemblait, ou tout au moins, aux photos qu'il lui avait envoyées à l'époque où il était censé être une fille.

« Elle est très jolie », répondit Chris, soudain inquiète.

« Ça ne m'a jamais frappé, écrivit-il en retour. Peut-être aurais-je dû rester une fille. »

« Non, tu es parfait tel que tu es », lui assura-t-elle dans la lettre suivante.

Ils mouraient d'envie de se parler. Mais ni l'un ni l'autre n'avait le téléphone. Cependant Chris pouvait l'appeler d'une cabine publique et Eddie pouvait aller attendre son coup de fil à l'hôtel des Ryan. Il leur fallut plusieurs semaines pour mettre la chose au point.

« Peut-être serons-nous déçus par la voix l'un de l'autre? écrivit Chris. Mais il faut nous souvenir que nous avons de l'affection l'un pour l'autre, comme cela la voix aura moins d'importance. »

« Que veux-tu dire par "de l'affection l'un pour l'autre"?, écrivit Eddie. Nous nous aimons. Il ne faudra pas l'oublier, samedi soir. »

Ils se mirent d'accord pour le samedi soir, si bien qu'ils eurent toute la semaine pour s'y préparer. Eddie s'habilla pour l'occasion et mit une chemise propre.

— Tu vas en ville? demanda sa mère qui n'avait pas eu besoin de lever les yeux de son ouvrage pour deviner qu'il était sur son trente et un.

— Bah, pour ce qu'il y a à faire à Shancarrig.

— Et où comptes-tu aller, si je puis me permettre?

Sa voix n'était pas aussi dure que ses mots. Elle mourait d'envie de savoir.

— Je vais prendre un café à l'hôtel des Ryan.

— Eddie...

— Oui, m'man?

— Eddie, je n'ai pas envie de t'asticoter mais je...

— M'man, je t'ai déjà dit que je ne buvais pas. Je n'aime pas l'odeur de l'alcool, ni le goût.

— Je ne te parle pas d'alcool.

Elle le regarda de la tête aux pieds, ce fils qui allait à un rendez-vous galant.

— Mais de quoi veux-tu parler alors?

— De cette fille, Eileen Dunne, tu ne sors pas avec elle, au moins? Ce ne sont pas des gens fréquentables...

— Parce que tu t'imagines que je ne le sais pas! Je travaille pour eux, il me semble.

— Mais Eileen...

Il vint s'agenouiller à côté de sa mère et la regarda dans les yeux.

— Même si c'était la dernière femme d'Irlande je n'en voudrais pas.

Il était évident qu'il lui disait la vérité. La mère d'Eddie lui souhaita le bonsoir, le cœur plus léger.

Chris devait appeler à huit heures précises. Eddie se posta dans le hall. Lorsque le téléphone sonnerait, la personne qui décrocherait lèverait la tête en disant : « Eddie Barton, je ne sais pas... ah, si, je le vois », et elle ferait signe à Eddie d'aller à la cabine. Et enfin il lui parlerait, à la fille qu'il aimait.

C'était une bonne chose qu'on soit samedi soir parce qu'Eileen Dunne ne serait pas à la réception. Elle travaillait au restaurant le samedi, avec sa robe qui lui moulait les fesses et la poitrine et son petit bout de tablier blanc qui ne cachait rien du tout.

Le cœur d'Eddie battait à tout rompre comme la grosse horloge de l'école de Shancarrig qui vibrait à chaque tic tac.

Bientôt, bientôt. Plus que dix minutes. Neuf.

Il sursauta en entendant la sonnerie du téléphone. Il n'avait pas remarqué que c'était Eileen Dunne qui était à la réception ce soir. Il pria le ciel pour qu'elle ne fasse pas de remarques déplacées qui risqueraient d'arriver jusqu'aux oreilles de Chris, en Ecosse.

— Oui, il est là. Ne quittez pas. *Edd...ie*?

Il était déjà devant le comptoir.

— Oui?

— C'est pour toi. Tu le prends ici ou dans la cabine? Waooh, Monsieur est beau comme un cœur ce soir!

— Je le prends dans la cabine, dit-il, le visage cramoisi.

— D'ac. Attends que j'aie branché ce foutu machin dans la bonne prise. Il y a tellement de fils et de bidules. Tu vas faire la java, ce soir?

Il se précipita vers la cabine obscure, les mains tremblantes. Au diable cette Eileen Dunne. Pourvu que Chris n'ait rien entendu.

— Allô! dit-il d'une voix hésitante.

Il y avait une opératrice écossaise à l'autre bout de la ligne. Il la comprenait à peine. Elle lui disait qu'elle avait eu du mal à établir la communication.

— Pourrais-je parler à Chris, s'il vous plaît?

Sa voix tremblait, mais heureusement il n'était pas tombé sur elle du premier coup. Elle n'avait sûrement pas entendu cette andouille d'Eileen. Il allait bientôt entendre sa voix.

— Mais c'est moi, c'est Chris, parvint-il à déchiffrer en dépit du fort accent écossais. M'entends-tu pas?

Non, ça n'était pas la voix de Chris. C'était une caricature, un accent écossais à couper au couteau.

— C'est toi, Chris, vraiment? dit-il.

Elle était en train de lui faire une blague.

— Ach, Eddie, avec ton accent, on dirait un de ces chanteurs irlandais qui viennent chanter la messe, chez nous, à Noël.

Il y eut un silence. Ni l'un ni l'autre n'était en train de plaisanter. Ils étaient vraiment comme cela. Leur rire vint briser le silence.

— Oh, mon Dieu, Eddie... j'avais oublié. Je m'étais toujours imaginée que tu parlais normalement.

Le cœur d'Eddie débordait d'amour. Cet accent écossais bizarre n'avait pas d'importance.

— Et moi aussi, dit-il, je croyais que tu parlais comme une vraie personne.

Puis ils se mirent à parler comme ils le faisaient dans leurs lettres. Jusqu'à ce que les trois minutes se soient écoulées.

— Je t'aime, Chris, plus que jamais.

— Je t'aime aussi, dit-elle.

Ils ne vivaient plus que pour les samedis, et cependant, quand ils s'écrivaient ils reconnaissaient qu'ils étaient toujours un peu déçus par les coups de téléphone. Parfois ils ne comprenaient absolument rien à ce que l'autre disait et perdaient un temps précieux à essayer de s'expliquer.

Ils mouraient d'envie de se rencontrer. L'attente leur semblait trop longue, interminable.

« Il ne faut pas attendre trop longtemps, sinon nous serons tellement vieux que nous ne pourrons pas nous reconnaître », écrivait-elle.

« Et nous ne nous souviendrons pas de ce que nous nous sommes écrit. »

Chacun gardait les lettres de l'autre dans une boîte à chaussures. Ce n'était pas grand-chose, mais c'était un lien... un autre lien entre eux. Cependant, chacun hésitait à inviter l'autre chez lui. Eddie redoutait les questions de sa mère, les explications, les regards de Shancarrig, et aussi le nettoyage de la chambre d'amis.

Chris lui avait dit que, s'il avait du mal à la comprendre, elle, alors ses parents et ses voisins de Glasgow lui sembleraient incompréhensibles.

Elle mourait visiblement d'envie de voir les bois de Barna et la colline avec son gros rocher, le rocher qui avait donné son nom au village. Elle voulait voir la maison rose d'Eddie et rencontrer sa mère.

Il aurait voulu qu'elle vienne, et en même temps il n'en avait pas envie. Il aurait voulu quitter Shancarrig pour toujours, mais il ne le pouvait pas. Un homme avait déjà abandonné sa mère, Eddie n'allait pas l'abandonner à son tour.

Et puis, un jour, il se surprit à l'inviter. Il ne l'avait pas fait exprès, ça lui avait échappé.

Il avait eu une journée difficile chez Dunne, tout était allé de travers. Le vieux Dunne était déchaîné, Liam n'avait pas desserré les dents, Brian était tout le temps sur son dos, et, pour couronner le tout, leur cousin Foxy, avec qui Eddie était allé en classe, était venu leur rendre visite.

Foxy travaillait dans le bâtiment en Angleterre. Il gagnait bien sa vie. Il avait commencé comme simple apprenti, et préparait des brocs de thé pour les Irlandais qui construisaient les autoroutes en Angleterre. Il revenait chaque année au village, l'œil pétillant et le verbe haut, comme toujours.

En temps normal, Eddie aimait bien voir Foxy, il avait l'esprit vif et la plaisanterie facile.

Mais aujourd'hui, les choses ne s'étaient pas passées comme d'habitude.

— Pourquoi te laisses-tu traiter ainsi ? lui dit Foxy alors que le vieux Dunne venait de le traiter d'andouille.

— C'est facile à dire, Foxy, tu es son neveu, mais moi, je suis son employé.

— Et alors ? Ce n'est pas une raison pour te laisser marcher sur les pieds. Tu ne vas tout de même pas passer toute ta vie en blouse grise derrière un comptoir ?

— Ah, non ? Et toi, qu'est-ce que tu vas faire dans la vie ? avait rétorqué Eddie.

— Moi, je suis sorti de ce trou, et je suis bien content. Comme ça, je ne suis plus obligé d'entendre radoter mon oncle, ni ma tante Nellie qui fait crédit aux gens sous prétexte qu'ils sont bien élevés. Moi, je vis en Angleterre et j'ai l'intention de faire des tas de fric. Après quoi, je rentrerai au pays et j'épouserai Leo Murphy.

C'était la première fois que Foxy lui tenait un discours aussi long. Eddie était stupéfait.

— Mais, Leo, elle est d'accord ?

— Non, pas encore, c'est trop tôt. Personne ne voudrait nous épouser, toi ou moi, Eddie, pas dans l'état où nous sommes. On est des ploucs, avec rien qu'un seul pantalon du dimanche à se mettre sur le cul. Nous devons faire notre vie au lieu de rester là à nous rouler les pouces. Quelle femme voudrait de types comme nous?

— Je ne sais pas, mais on a peut-être du charme, toi et moi.

Eddie voulait avoir l'air enjoué mais au fond de lui-même il savait que Foxy avait raison.

Foxy s'était détourné, impatient.

— Je t'imagine dans vingt ans en train de dire ça, Eddie. Ce trou nous rend stupides et bornés. C'est comme une rivière de boue qui nous emporterait malgré nous.

Eddie avait ruminé ces paroles toute la journée. Il ne se mit pas sur son trente et un ce soir-là pour aller téléphoner. C'était à son tour d'appeler Glasgow.

— Viens en Irlande. Viens à Shancarrig, dit-il lorsque Chris décrocha.

— Mais quand? Quand veux-tu que je vienne?

— Dès que tu le pourras. Je n'en peux plus d'être loin de toi, dit-il. Tu es tout ce qui compte pour moi dans la vie.

Leurs lettres changèrent de ton. Ils étaient plus confiants à présent. Ce n'était plus « quand » ou « si ». Ils étaient décidés. L'amour était là, le besoin de l'autre, le bonheur de découvrir qu'une autre personne pouvait ressentir exactement la même chose que vous.

Il fallait régler tous les détails.

Chris prendrait ses deux semaines de congé chez le fleuriste. Eddie pourrait prendre ses deux semaines de congé chez Dunne. Prendrait-elle le bateau de Stranraer à Larne, et le train jusqu'à Belfast?

— Veux-tu que je vienne te chercher là-bas? Je ne suis jamais allé en Irlande du Nord. Tu te sentiras moins dépaysée, là-bas, avec les bus et les boîtes aux lettres rouges, comme en Angleterre.

— Comme en Ecosse, rectifia-t-elle.

Elle n'avait jamais mis les pieds en Angleterre.

Ou bien elle pourrait prendre le train jusqu'au pays de Galles, et de là le bateau jusqu'à Holyhead. C'était sans doute le chemin le plus agréable. Elle pourrait voir Dun Laoghaire et un peu de Dublin avant de prendre le train pour Shancarrig.

— Je n'aime pas l'idée de te savoir seule à Dublin, avec tous les types qui vont te tourner autour. Je viendrai te chercher au bateau, suggéra-t-il.

Chris dit non, elle voulait arriver seule, par le train, à Shancarrig. Elle imaginait la petite gare et les massifs de fleurs, avec Shancarrig écrit dessus. Comme il la lui avait décrite longtemps auparavant.

Eddie l'attendrait sur le quai.

Il pria le ciel pour qu'ils aient beau temps, pour que le soleil brille entre les arbres des bois de Barna, pour que la rivière Grane scintille comme du diamant. Il savait qu'il ne fallait pas souhaiter du mal à son prochain, mais d'un autre côté il aurait bien aimé qu'Eileen Dunne soit à l'hôpital quand Chris arriverait, et que Nessa Ryan ne le regarde pas de haut, et que Brian et Liam Dunne ainsi que leur soupe au lait de père lui fichent la paix maintenant qu'il était en vacances.

Il espérait par-dessus tout que sa mère serait gentille avec Chris. Ils n'avaient jamais invité personne à la maison, et Eddie avait repeint les fenêtres et passé au badigeon les murs de la petite pièce qui leur servait de débarras. Curieusement, sa mère n'avait fait aucun commentaire.

— Quel genre de fille est-ce?

Elle ne lui posa pas d'autres questions.

— Une fille à qui j'écris, à qui j'écris beaucoup. Et qui me plaît dans ses lettres et au téléphone. Je lui ai demandé de venir ici pour que... pour que tu ne m'accuses pas de t'avoir abandonnée, moi aussi.

Sa mère tourna la tête pour qu'il ne voie pas la gratitude dans ses yeux. Il la vit néanmoins.

— Je vais faire des rideaux pour la chambre.

Oh, mon Dieu, faites qu'elles s'entendent.

Ils achetèrent du jambon pour le souper, du jambon au torchon et des tomates, et un gâteau au chocolat avec quatre petits boutons en chocolat sur le dessus.

Sa mère avait rangé toutes ses affaires de couture de façon à ce que la maison ait l'air d'une vraie maison. Il y avait une paire de rideaux bleus dans le débarras, avec un dessus-de-lit assorti. Et sur la petite coiffeuse de fortune ils avaient mis un napperon bleu et Eddie avait disposé un bouquet de fleurs.

C'était bientôt l'heure. Le train arrivait à trois heures. Plus que quatre heures. Trois. Deux. Ça y était.

Liam Dunne était sur le quai. Il attendait une livraison qui arrivait par le train.

— Qu'est-ce que tu fais là ? demanda Liam. Je croyais que tu étais en vacances. Si tu n'as rien de mieux à faire, tu pourrais me donner un coup de main...

— Mais je *suis* en vacances, répondit Eddie d'une voix ferme, et j'attends quelqu'un.

Le train siffla et tourna le coin. Il la vit descendre. Elle portait une grosse valise, solide, avec des petits triangles de cuir plus épais pour renforcer les coins.

Elle avait un blazer rouge et une jupe bleu marine, ainsi qu'un sac bleu marine en bandoulière et un sourire immense et éclatant.

Un instant il avait craint qu'elle ne le prenne pour Liam Dunne. Liam était plus grand et plus beau. A côté de lui, Eddie avait l'air d'un pot à tabac. Il aurait voulu être élancé comme lui, et gracieux.

Il partit à sa rencontre lorsqu'il remarqua son pied. Chris Taylor avait un pied-bot. Il s'obligea à regarder ailleurs, à fixer son regard sur son sourire radieux.

Liam était en train de décharger les marchandises avec l'aide du vigile, personne ne les regardait.

Eddie n'avait jamais embrassé une fille pour de vrai, à part quelques petits bécots, au bal. Il mit ses bras autour de Chris.

— Bienvenue à Shancarrig, dit-il d'abord, avant de l'embrasser tendrement.

Elle s'accrocha à lui.

— Je ne t'ai pas parlé de mon pied, dit-elle, le visage soudain dévoré par l'anxiété.

— Eh bien quoi, ton pied ?

Il s'obligea une fois encore à ne pas le regarder. Pouvait-elle marcher ? Est-ce qu'elle boitait ? La tête lui tournait.

— Je ne voulais pas que tu aies pitié de moi, dit-elle.

— Pitié de toi ? Mais tu es folle.

— Je peux marcher, tu sais, et tout. Tu pourras m'emmener visiter les bois de Barna après le souper.

Elle avait l'air très jeune et très inquiète. Elle avait dû se ronger les sangs pendant tout le voyage, tout comme lui s'était rongé les sangs en se disant qu'elle ne trouverait peut-être pas Shancarrig à son goût.

— Je ne vois pas où tu veux en venir, dit-il pour essayer de la rassurer, mais ça ne marchait pas.

— Ma jambe, Eddie. J'en ai une plus courte que l'autre, tu comprends? Je suis obligée de porter une chaussure spéciale.

Il avait senti combien c'était dur pour elle de dire ça. Combien de fois elle avait dû répéter la scène. Il aurait voulu trouver les mots justes.

Il regarda son pied dans sa chaussure noire avec sa grosse semelle compensée.

— Ça ne fait pas mal? demanda-t-il.

— Oh, non, pas du tout, mais ça n'est pas très beau à regarder.

Il prit ses mains dans les siennes.

— Chris, tu es folle ou quoi? dit-il. Chris, c'est moi, Eddie, ton meilleur ami. Ton amoureux. Tu ne crois pas que je vais exiger de toi que tu aies les deux jambes de la même longueur?

C'était exactement ce qu'il fallait dire. Chris Taylor éclata en sanglots et serra Eddie dans ses bras comme si elle n'allait jamais plus le lâcher.

— Je t'aime, Eddie.

— Moi aussi, je t'aime. Viens, allons à la maison.

Il saisit sa valise et ils prirent la direction de la sortie.

Chris était encore en train de s'essuyer les yeux. Liam Dunne les regardait s'éloigner.

— Ne fais pas attention à lui, dit Eddie avec un petit signe de tête dans sa direction. Ce type est bête comme ses pieds. Il passe son temps à asticoter les gens pour les faire pleurer. Mais il y a plein de gens formidables à Shancarrig, tu verras.

Elle eut un large sourire.

— J'en suis sûre. D'ailleurs je suis venue exprès d'Ecosse pour les rencontrer.

Elle passa son bras sous celui d'Eddie et ils sortirent de la gare.

Eddie se sentait grand et fort.

— Qui était-ce? murmura-t-elle.

— Liam Dunne. Irrécupérable...

— Ne me dis pas. Je sais tout sur lui. Le fils cadet, celui qui reprendra le magasin si Brian part en Angleterre et que le vieux meurt.

— Tu sais tout, en effet, dit-il stupéfait.

— Je me sens comme chez moi, ici.

Et, tandis qu'ils remontaient la grand-rue, il lui montra l'hôtel des Ryan où il venait attendre ses coups de fil, et l'église d'où le père Gunn leur fit un petit signe amical de la main, les pubs, et l'épicerie de Nellie Dunne. Par bien des côtés, elle était chez elle, ici, Eddie l'avait compris. Il avait eu raison de lui dire qu'elle était le centre de sa vie. Il savait que tout se passerait bien lorsqu'il la présenterait à sa mère.

Par la suite, personne n'aurait pu vous dire exactement comment ni pourquoi Chris Taylor vint habiter à Shancarrig. Hier encore, elle était une parfaite inconnue, et aujourd'hui elle était là, comme si elle avait vécu toute sa vie parmi eux.

Lorsque les gens demandaient à Mme Barton comment elle la trouvait, elle répondait que c'était une fille épatante et qu'elle savait manier l'aiguille comme personne. Il n'y avait pratiquement rien qu'elle ne sût pas faire. Et puis, regardez, grâce à elle ils avaient fait des aménagements. Lorsqu'elle était arrivée chez eux, le premier jour, Chris Taylor avait trouvé les rideaux et le dessus-de-lit de sa petite chambre absolument ravissants. Elle ne tarissait pas d'éloges. Mme Barton était un génie.

Jusque-là, Eddie n'avait jamais considéré le travail de sa mère autrement que comme un gagne-pain. Il savait que certaines de ses clientes ne lui étaient pas particulièrement sympathiques. Mais il n'avait jamais réalisé que son travail avait quelque chose d'artistique en soi.

Chris lui avait ouvert les yeux.

— Regarde le tombé des rubans, et le choix des couleurs... Eddie, il n'est pas bien difficile de voir de qui tu tiens ton sens artistique...

Sa mère rosissait de plaisir. Il n'y eut pas de remarques désobligeantes au sujet de son père. En fait, grâce à Chris, ils eurent leur première conversation raisonnable concernant Ted Barton.

— C'était un homme fougueux, au fond. D'une certaine façon, ce n'est peut-être pas plus mal qu'il soit parti.

Et, à son grand étonnement, Eddie vit que sa mère était

d'accord. Les choses avaient sérieusement commencé à changer.

Chris faisait partie intégrante de Shancarrig à présent.

On la voyait entrer et sortir de chez Dunne lorsqu'elle venait voir Eddie ou lui apporter un message. On la connaissait à l'hôtel où elle était devenue amie avec Nessa Ryan. Les gens n'étaient jamais méprisants avec Chris Taylor comme ils l'avaient parfois été avec Eddie Barton. Elle parlait décoration et tissu avec la mère de Nessa. L'hôtel s'était vu accorder une subvention. On allait le rénover afin d'attirer les touristes et pas seulement les représentants de commerce.

Mais il fallait absolument revoir la décoration. Et Chris avait son idée sur la question — il fallait des lambrequins, de jolis lambrequins recouverts de tissu, elle en avait vu dans un magazine américain. On collait le tissu sur le contre-plaqué, et les rideaux, dessous, avaient un tombé impeccable. Et puis des couvre-lits assortis, naturellement.

Nessa Ryan et sa mère étaient emballées.

— Comment nous y prendrons-nous? Faut-il que nous fassions venir quelqu'un de Dublin? Qui pourrait le faire?

— Nous, dit Chris simplement.

— Nous?

— Mme Barton et moi. Nous pourrions faire une chambre pour commencer.

— Des lambrequins en bois... Mais comment ferez-vous?

— Eddie les fera, il peut se procurer le contre-plaqué. Et Liam Dunne pourrait l'aider...

La chambre fut une réussite totale. On allait redécorer tout l'hôtel sur le même modèle. Elles avaient choisi un tissu qui s'accorderait avec les fleurs séchées d'Eddie, un artiste local qui réalisait des arrangements originaux avec les fleurs de la forêt voisine.

— Tu ne vas tout de même pas dire que je suis un artiste local? avait protesté Eddie.

— Tu es bien d'ici, que je sache? avait-elle répondu simplement.

Tous les plans étaient prêts. Chris et la mère d'Eddie allaient se charger de la réalisation, mais il leur fallait quelqu'un pour superviser l'ensemble, quelqu'un qui aille acheter les tissus pour elles, quelqu'un avec un goût sûr, quelqu'un dont les tableaux étaient déjà accrochés au mur.

Rose d'émotion et de plaisir, Chris dévoila le projet à Eddie.

— Tu vas pouvoir quitter Dunne. Nous allons monter notre propre affaire, tous les trois...

— Mais je ne peux pas quitter Dunne... Si on se marie, il faut que je gagne ma vie.

— Comment ça « si » ? Es-tu en train de me dire que tu as changé d'avis ? Je suis venue jusqu'ici, m'installer chez vous sans vergogne, et tout ce que tu trouves à dire c'est « si » !

— J'ai quelque chose à te demander, mais je voudrais y mettre la forme.

— Pas ici, Eddie. Allons dans les bois.

A travers la fenêtre, la mère d'Eddie les regarda s'éloigner côte à côte, la silhouette claudiquante de cette étonnante Ecossaise, et la silhouette râblée de son propre fils qui se tenait plus droit depuis que Chris était avec eux.

Elle ne savait absolument rien des parents qui se trouvaient là-bas, en Ecosse, et qui avaient laissé partir leur fille sans s'affoler.

Maintenant, le passé n'avait plus d'importance. Jusqu'ici elle avait vécu dans le passé, et celui-ci lui pesait terriblement. Aujourd'hui elle ne voulait plus penser qu'à l'avenir, à la promesse que les enfants allaient échanger dans les bois de Barna et à la nouvelle vie qui s'ouvrait devant eux.

DR JIMS

A Shancarrig, on ne l'appela Dr Blake que pendant six semaines. Après quoi tous se mirent à l'appeler Dr Jims. Et tout ça à cause de Maisie, naturellement. Maisie qui n'était pas fichue de prononcer un nom sans l'écorcher, pas même un nom aussi simple que James. Un jour qu'on demandait à parler au Dr James, elle avait dit : « On demande le Dr Jims au téléphone » devant toute la salle d'attente. Et le nom lui était resté. De toute façon, il était impensable qu'un homme aussi jeune que James Blake se fasse appeler par son nom de famille, pas tant que le grand Dr Nolan aurait la haute main sur Shancarrig en tout cas.

Jims Blake avait fini par s'habituer à ce que les gens demandent à voir le *vrai* docteur lorsqu'ils venaient à la Terrasse, ou à ce qu'ils expriment de graves réserves lorsque c'était lui qui répondait aux appels de nuit. Il avait appris à dire qu'il ne faisait que seconder le Dr Nolan et que ce dernier verrait lui-même le patient dès qu'il le pourrait afin de s'assurer que tout allait bien.

Mais ils formaient tout de même une bonne équipe — le vieux sage de Shancarrig qui connaissait tous les secrets du village, et le jeune fils de paysan filiforme et plein d'ardeur. Le vieux médecin qui buvait plus de brandy que de raison le soir venu, et le jeune homme qui veillait tard dans la nuit pour lire les revues et les comptes rendus médicaux cohabitaient dans la sérénité. Ils avaient la vieille Maisie pour les dorloter et s'indigner de voir les gens tomber malades et déranger les deux hommes de sa vie, le grand Dr Nolan et ce pauvre petit Dr Jims.

Le Dr Nolan répétait sans cesse que le Dr Jims aurait dû se chercher une épouse ; Maisie disait qu'il avait bien le temps.

C'est en 1940 que les choses se précisèrent. Le Dr Nolan avait alors soixante-dix ans et le Dr Jims en avait trente. Et Dieu sait s'ils avaient du pain sur la planche. Il y avait pratiquement un bébé à naître dans chaque foyer du village. Une petite Leonora là-haut, au manoir de Glen, la première fille des Ryan, à l'hôtel, un autre petit Dunne du côté des chaumières, un fils pour la femme de cette tête brûlée de Ted Barton, et un autre petit Brennan qui venait s'ajouter à la nombreuse progéniture de Paudie.

Le Dr Jims était épuisé lorsqu'il rentrait à la Terrasse, une rangée de hautes maisons au centre du village, face à l'hôtel des Ryan. Le bus s'arrêtait tout près, et de n'importe quelle fenêtre on pouvait observer les allées et venues de Shancarrig. Son travail entraînait le Dr Jims, jusqu'aux confins du comté, mais le cœur de la vie battait dans la petite sphère qui s'étendait autour de la maison.

Bien que sa vie fût confortable, à bien des égards ce n'était pas la vraie vie. Le Dr Nolan l'avait formulé ainsi :

— Je ne vous laisserai pas commettre la même erreur que moi. Un médecin a besoin d'une femme, vraiment, sincèrement. J'ai eu ma chance, à l'époque, comme vous aujourd'hui. Mais tantôt j'étais trop exigeant, tantôt je ne l'étais pas assez. Je n'avais pas envie de chambouler toute mon existence en mettant une femme dans ma vie. Je croyais que je pouvais m'en passer.

— Et c'est ce que vous avez fait, l'encouragea le Dr Jims. Vous avez eu une vie bien remplie... y aurait-il eu une place pour une femme dans une vie comme la vôtre ? Quand je vois toutes les femmes de médecin malheureuses, insatisfaites... je me demande si les médecins ne devraient pas faire vœu de célibat, comme les prêtres. C'est un problème que nous devrions soumettre à l'Ordre des médecins irlandais.

— Ne plaisantez pas, Jims. Je suis sérieux.

— Mais moi aussi. Comment pourrais-je me marier ? Où trouverais-je l'argent pour acheter une maison ? Je continue d'envoyer de l'argent à mes parents. Vous le savez. Il faudra que je garde les yeux baissés encore un temps, pour résister à la tentation.

— Avez-vous songé à quelqu'un?

Le vieil homme buvait son brandy, les yeux noyés dans le fond de son verre, sans regarder son confrère.

— Personne en particulier.

— Même pas à Frances Fitzgerald?

— Oh, oublions tout cela, voulez-vous? Que pourrais-je offrir à Frances Fitzgerald?

Mais le vieil homme avait su lire dans ses pensées. Il mourait d'envie d'aller plus loin dans sa relation avec Frances, au-delà des parties de tennis en présence d'autres gens, ou des parties de cartes le soir, au manoir ou à l'hôtel.

Pourquoi les gens lisaient-ils aussi facilement dans ses pensées?

C'était de toute évidence le cas du Dr Nolan.

— Personne ne le saurait sauf moi, dit-il pour le rassurer. Vous pourriez lui offrir la moitié de cette maison-ci.

— Mais c'est la vôtre.

— Je finirai bien par m'en aller un jour. Je suis obligé d'augmenter les doses pour oublier la douleur qui me tord les boyaux.

Il leva son verre de brandy pour montrer de quoi il parlait.

— Vos boyaux vous feraient peut-être moins souffrir si vous buviez un peu moins de cette cochonnerie.

— C'est vous qui le dites, avec l'arrogance de la jeunesse... Nous allons aménager les deux étages supérieurs pour vous. Les Dunne n'auront qu'à venir lundi, avec leurs pelles et leurs pioches, et nous verrons ce que nous pouvons faire. Frances voudra certainement sa cuisine à elle... sans Maisie pour lui tourner autour.

— Charles, je ne peux pas... nous ne savons même pas ce que va dire Frances...

— Mais si, nous le savons, dit le Dr Nolan.

Jims Blake ne lui laissa pas le temps de replonger dans son verre.

— Mais je n'ai pas les moyens de...

Le visage tordu de douleur et de colère, Charles Nolan ne le laissa pas finir.

— Cessez d'être aussi défaitiste, aussi timoré... je ne peux pas faire ceci, je ne peux pas faire cela... Est-ce ainsi que vous êtes devenu médecin?

Son visage était pourpre à présent.

— Réfléchissez un peu, Jims Blake. Pourquoi croyez-vous que je vous ai pris comme associé ? Parce que vous aviez des relations ou une fortune personnelle ? Non. Si je vous ai pris avec moi c'est parce que vous étiez un battant. Parce que votre visage émacié et votre obstination m'ont plu. Parce que vous avez réussi à convaincre vos parents de vous laisser continuer vos études, et que vous avez travaillé dur pour gagner l'argent qu'ils ne pouvaient pas vous donner. Et c'est précisément ce que les gens attendent d'un médecin — de la ténacité.

— Je pourrais vous rembourser un peu tous les mois, j'imagine. Je pourrais travailler un peu plus.

— Mais mon garçon, vous faites déjà presque tout le travail. Je ne fais que vous donner votre dû...

Et le marché fut conclu. Le Dr Jims allait occuper les deux étages supérieurs de la maison. Tout le monde reconnut que c'était une sage décision. Après tout, le Dr Nolan ne rajeunissait pas. N'était-ce pas plus raisonnable d'installer une chambre pour lui au rez-de-chaussée ?

Maisie fit un peu la tête, en particulier lorsqu'elle apprit que le Dr Jims faisait la cour à Mlle Fitzgerald.

Les frères Dunne venaient presque tous les jours. Devait-on installer la cuisine sur l'avant ou sur l'arrière ? Ça ne serait pas mal de l'installer sur l'avant, avec vue sur la grand-rue. Il y avait une belle vue sur Shancarrig depuis le premier étage de la Terrasse. Mais d'un autre côté, les cuisines étaient traditionnellement sur l'arrière. Ils n'arrivaient pas à se décider.

Avant qu'ils ne parviennent à une décision, leurs services devinrent inutiles. Le Dr Charles Nolan avait succombé à la cirrhose du foie qu'il avait ignorée pendant des années, et légué sa maison à son associé, le Dr Blake.

Avant de mourir, il en avait parlé à Jims.

— Vous êtes un brave garçon. Je suis sûr que vous vous en tirerez très bien, si seulement vous compreniez que...

— Vous avez encore des années devant vous. Cessez vos discours d'adieu, dit Jims Blake au mourant.

— Je disais donc, si seulement vous compreniez qu'il y a des gens, moi le premier, qui sont bien contents d'arriver à la fin de leurs jours, qui ne veulent plus s'entendre dire qu'ils ont encore des années de souffrance et de confusion devant eux...

Jims prit la main de son confrère dans la sienne — c'était un geste simple, un geste de solidarité que les mots n'auraient pu remplacer.

— Voilà qui est mieux, dit le Dr Nolan. A présent, promettez-moi de fonder un foyer et de vivre une vraie vie. N'abandonnez jamais cette maison à quelque jeune blanc bec de médecin comme je suis en train de le faire!

— Mais vous n'allez tout de même pas me laisser toute la maison...

Les mots lui manquaient.

— J'aurais voulu la laisser à Frances, aussi. Dites-moi au moins que vous avez progressé dans ce sens...

— Oui. Nous avons l'intention de nous marier...

Sa voix s'étrangla lorsqu'il réalisa que son bienfaiteur ne serait pas là pour assister à ses noces.

— C'est bien, c'est très bien. Je suis fatigué, maintenant. Faites-moi entrer à l'hôpital demain, Jims. Je ne veux pas mourir dans la maison où une jeune mariée s'apprête à entrer.

— Mais c'est votre maison. Vous avez le droit de mourir où vous voulez, rétorqua Jims, indigné.

Le vieil homme lui sourit.

— Voilà qui est parler. Et j'aimerais mourir à l'hôpital. Dites au père Gunn de venir jusqu'ici, mais discrètement, pour ne pas affoler Maisie. Et rapprochez la bouteille de brandy, vous voulez bien?

Il ne fallut pas longtemps à Shancarrig pour reconnaître en Jims Blake le vrai docteur. Tout avait changé. Maintenant qu'ils ne pouvaient plus se confier au Dr Nolan, les gens racontaient leurs secrets au Dr Jims. C'était un homme marié, naturellement, et sa femme était une personne charmante — une Fitzgerald, les propriétaires de la grande minoterie.

Ils formaient un couple harmonieux — c'était l'impression qu'ils donnaient de l'extérieur. Mais les gens ne voyaient que la surface des choses. Ils ignoraient la passion, l'amour et la tendresse qu'il y avait entre eux. Frances, avec son visage doux et solennel qu'un sourire illuminait brusquement, était une épouse comme il n'aurait jamais cru en trouver.

Elle s'approchait de lui sur la pointe des pieds et lui jetait ses bras autour du cou. Ou bien elle lui donnait la becquée dans son assiette quand Maisie n'était pas dans les parages. Et lorsqu'il partait en visite la nuit, Frances laissait parfois un petit mot sur son oreiller : « Réveille-moi quand tu rentres. Je voudrais t'accueillir comme il faut. » Et de mille façons elle lui donnait confiance en lui. Jims Blake marchait d'un pas plus léger, un sourire dans les yeux.

Le fait que le Dr Nolan lui ait légué sa maison avait contribué à renforcer le respect de la communauté à son égard. Si le docteur avait une aussi haute opinion de son collègue, c'était sans doute qu'il le méritait. Parfois Jims Blake avait le sentiment de n'être pas digne du respect que lui témoignait Shancarrig.

Lorsqu'il allait rendre visite à ses parents dans leur petite ferme misérable, et qu'il voyait la vie à laquelle il aurait été condamné s'il ne s'était pas battu comme un diable pour faire ses études de médecine, il se sentait coupable. Il était triste de les voir vivre aussi chichement, et de voir que l'argent qu'il leur donnait allait dormir sous un matelas au lieu de leur adoucir un peu la vie.

Il avait essayé de parler de sa culpabilité avec Frances, mais celle-ci l'avait rassuré. Vraiment, il avait fait le maximum pour ses parents. On ne pouvait pas lui demander d'en faire plus. Comment aurait-il pu en faire plus?

Frances lui dit qu'ils formaient une famille désormais, elle et lui et le bébé qu'ils attendaient. Plus rien ne les liait avec la sinistre famille Blake, dans sa petite ferme humide, ou avec la distante famille Fitzgerald, retranchée dans le monde des affaires. Ils formaient une petite cellule autonome, à présent.

Et il en fut ainsi pendant un certain temps.

Jims pensait souvent que le vieux Dr Nolan aurait été heureux d'entendre les cris joyeux d'enfants au numéro trois de la Terrasse. Ce fut Eileen qui naquit la première, puis Sheila. Ils n'avaient pas de garçon pour l'instant, mais, comme disaient les gens, le bon Dieu leur enverrait sûrement un fils en temps voulu.

Il y eut de nombreuses tentatives — mais toutes se soldèrent par une fausse-couche.

Frances Blake n'était pas une femme robuste — la grossesse mettait à rude épreuve sa constitution fragile.

Le Dr Jims s'était demandé à maintes reprises ce qu'aurait dit le vieux Dr Nolan s'il avait dû conseiller un couple dans leur situation. Il pouvait presque entendre sa voix.

« C'est une chose que vous devez résoudre entre vous... Il n'existe pas de livre de recettes disant ce qu'il faut et ne faut pas faire, ni combien de fois... Ce que le bon Dieu attend de nous, c'est que nous fassions travailler notre intelligence... »

Puis il aurait sans doute énoncé quelques règles élémentaires concernant les périodes de haute et de basse fertilité, suggérant de profiter de ces dernières pour se livrer à ce qu'il appelait « les affaires du mariage ».

Mais, en tout état de cause, il aurait encouragé les partenaires à discuter entre eux.

D'une certaine façon, Jims Blake avait du mal à parler avec sa femme.

Le problème se posait avec d'autant plus d'acuité qu'il était très amoureux. Il la désirait, mais en même temps il voulait la protéger. Deux sentiments qui s'avéraient parfois contradictoires. Il avait repéré aussi précisément que possible sa période d'ovulation, et ils s'étaient efforcés de s'abstenir de faire l'amour au cours des périodes à risque. Il avait pris son visage entre ses mains et lui avait dit que ses deux petites filles lui suffisaient pleinement, qu'ils n'avaient pas besoin d'avoir un garçon. Pourquoi la fatiguer davantage ou mettre sa vie en danger ?

Parfois elle avait l'air triste, il se demandait si c'était parce qu'elle croyait qu'il la désirait moins que par le passé. Peut-être regrettait-elle sincèrement de ne pouvoir lui donner un garçon ? Il ne comprenait pas pourquoi deux êtres qui éprouvaient un sentiment aussi fort l'un pour l'autre avaient parfois autant de mal à communiquer. Et pourtant, lorsqu'il s'approchait d'elle, elle se montrait si réceptive et si passionnée qu'il était obligé de reconnaître qu'elle le désirait elle aussi.

Lorsque Frances fut à nouveau enceinte, en 1946, leurs deux filles, Eileen et Sheila étaient âgées de cinq et six ans — deux amours d'enfants qui s'asseyaient sagement, en chemise de nuit et robes de chambre de flanelle rouge, pour l'écouter raconter des histoires. Cette fois, il espérait qu'un garçon viendrait se joindre à elles.

Au cours de l'hiver le plus froid de toute l'histoire de l'Irlande, Frances Blake donna le jour à un fils. Et dans la maison où un feu de cheminée avait été allumé dans chaque chambre, en compagnie d'une sage-femme venue de la ville, et de son mari qui, à l'âge de trente-sept ans, avait donné le jour à des milliers d'enfants... elle mourut.

Ils n'avaient même pas eu le temps de choisir un prénom pour le bébé. Ils n'avaient pas osé espérer qu'il vivrait, pas plus qu'ils n'avaient osé espérer que ce serait un garçon.

Le père Gunn accourut aussitôt dès qu'il apprit la nouvelle de la naissance et de la mort. Il demanda si l'enfant était souffrant et s'il devait le baptiser en urgence.

— Je pense que l'enfant va survivre, annonça Jims Blake d'une voix blanche.

— Bon, dans ce cas nous remettrons cela à plus tard. Un baptême apporte toujours un peu de joie dans un foyer.

Le père Gunn se voulait optimiste. Il essayait d'entrevoir la lumière au bout du tunnel qui semblait interminable, cet hiver-là en particulier. Il avait enterré bien plus qu'il n'avait baptisé.

— Peut-être pourriez-vous le baptiser maintenant, mon père?

Le jeune médecin était livide, il avait les traits tirés.

— Pas maintenant, Jims. Attendez un peu. Donnez au petit le temps de se remettre, cherchez-lui un parrain et une marraine. Réfléchissez à un prénom. Il a la vie devant lui, Frances aurait sûrement voulu qu'il en soit ainsi.

— Il ne vivra peut-être pas. Baptisons-le tout de suite.

Quelque chose dans le visage de Jims Blake dit au père Gunn qu'il n'en était rien. Cependant, il ne pouvait pas prendre le risque de fermer les portes du paradis à une petite âme.

Il n'avait pas encore ôté son étole.

— Bill Hayes est en bas, il pourrait être parrain. Vous avez songé à une marraine?

— Maisie sera sa marraine.

— Mais plus tard, le garçon voudra peut-être...

— Peu importe ce que le garçon voudra plus tard. Allez-vous le baptiser, oui ou non?

Le père Gunn administra le baptême à Declan Blake en lui versant l'eau bénite sur la tête. Il demanda s'il y avait d'autres prénoms — les gens en choisissaient généralement deux.

— Declan suffira, répondit Jims Blake.

Maisie, les yeux rougis par les larmes, la voix presque inaudible à cause d'un vilain rhume qui lui était tombé sur la poitrine, prononça les vœux en compagnie de Bill Hayes, le notaire du village — tous deux s'engageaient à veiller au bien-être spirituel de l'enfant.

Bill Hayes, le notaire de Shancarrig, avait des enfants du même âge que ceux de Jims Blake, y compris la petite dernière, née quatre semaines plus tôt d'une mère en parfaite santé.

Bill Hayes, qui trouvait toujours le mot juste lorsqu'il discutait affaires, était totalement pris de court lorsqu'il s'agissait d'exprimer sa sympathie dans des circonstances comme celles-ci.

— Si vous aimiez boire, je vous emmènerais vous soûler, Jims, dit-il.

— Mais vous n'aimez pas boire vous non plus, Bill.

— Non, mais je le ferais si cela pouvait vous aider.

Le médecin secoua la tête. Il connaissait trop de gens qui avaient opté pour cette solution.

— Voulez-vous que nous causions un moment au coin du feu ?

Le pauvre Bill Hayes n'arrivait pas à trouver les mots qui réconfortent et qui lui venaient si facilement lorsqu'il s'agissait d'annoncer à untel ou untel qu'il avait été rayé d'un testament ou qu'il avait perdu un procès. Aujourd'hui, rien de ce qu'il disait ne lui semblait approprié.

— Non, rentrez chez vous. Je vous en supplie. J'ai envie d'être seul. Un médecin va venir de la ville. Il va passer la nuit dans la chambre d'amis et me remplacer… au cas où il y aurait une urgence. Je me sens incapable de soigner quiconque, ce soir.

— Frances a-t-elle su qu'elle avait donné naissance à un garçon ? demanda Bill Hayes, sachant que sa femme allait lui poser la question — ce n'était pas le genre de question qu'il aurait posé en temps normal.

— Non, elle avait perdu connaissance.

— Eh bien, je suis sûr qu'il fera honneur à ses parents, ce petit.

Jims essayait de se souvenir qu'il avait un fils, un garçon qui allait grandir dans cette maison, avec ses sœurs. Un bébé qu'on allait nourrir au biberon, et qui allait pleurer la nuit. Un bébé qui allait sourire et agiter ses petits poings. Un petit garçon qui s'assoirait sagement en robe de chambre pour qu'on lui raconte des histoires à l'heure du coucher.

Soudain il se dit qu'il n'arriverait jamais à faire face. D'autres images se mirent à tourbillonner dans sa tête. Un petit garçon avec un cartable à la main, remontant la route qui mène à l'école de Shancarrig. Un petit garçon se rendant à un match de hurley. Il se sentit pris de vertige en pensant à la lourde responsabilité qu'il venait d'endosser.

Un sentiment de solitude l'envahit brusquement. Il ne reverrait plus jamais Frances. Frances, qui était si fière de leurs deux petites filles lorsqu'elles se rendaient à la messe en manteau bleu clair à leurs côtés. Frances avec qui il parlait le soir. Elle était déjà froide comme la glace. Demain on l'emmènerait à l'église, puis tout les gens de Shancarrig l'accompagneraient au cimetière.

Son père et sa mère allaient venir, ses frères et sœurs, le rosaire à la main, se donnant mutuellement des coups de coude, échangeant des messes basses. Et personne pour le soutenir, personne pour le consoler.

Les Fitzgerald viendraient aussi, les femmes en chapeau, regardant de haut les fichus des femmes de la famille Blake. On échangerait quelques mots du bout des lèvres, à la maison.

Personne ne pouvait imaginer à quel point il souffrait d'avoir perdu sa femme, à quel point il se sentait coupable. Si seulement ils s'étaient abstenus... le jour où ils avaient conçu l'enfant... Frances serait toujours en vie ce soir.

Il raccompagna Bill Hayes, qui n'était pas mécontent de partir. Puis il s'assit au coin du feu, et, comme il le conseillait toujours à ses patients, s'efforça de dresser la liste de toutes les bénédictions que lui avait apportées l'existence.

Son mariage avec Frances avait été une bénédiction. Ils

avaient vécu presque sept ans côte à côte. Ils avaient connu une grande passion, une grande complicité, un grand bonheur plein d'espoir.

Ses petites filles étaient une bénédiction, ainsi que la grande maison que lui avait généreusement laissé son associé. Et puis une nombreuse et fidèle clientèle. Parmi les bénédictions il compta le fait d'avoir échappé à sa condition de paysan, et de jouir d'une excellente santé. En revanche, il ne compta pas son fils, le bébé qui n'avait pas encore un jour.

Tous étaient d'accord pour dire qu'on n'avait jamais vu enterrement plus triste — la pluie qui tambourinait à la porte de l'église, les plaques de verglas qui rendaient la chaussée glissante, le vent d'est glacial qui soufflait sur le chemin du cimetière.

Jims Blake insista pour que les petites rentrent à la maison aussitôt après la messe. En fait, parmi tous les gens qui vinrent lui serrer la main et lui transmettre leurs condoléances, la plupart avaient la grippe ou le rhume. Il les supplia de ne pas l'accompagner au cimetière.

— Les choses vont déjà assez mal comme cela, ce n'est pas le moment d'attraper une pneumonie, répétait-il aux uns et aux autres.

Mais, pour les gens de Shancarrig il eût été impensable de ne pas accompagner un défunt jusqu'à sa dernière demeure. Ils formaient un groupe qui faisait peine à voir, tandis que la bourrasque s'engouffrait dans les manteaux des croque-morts et emportait les quelques fleurs qu'on avait posées sur le cercueil dans un tourbillon macabre entre les pierres tombales.

De retour à la Terrasse, ils lui demandèrent à voix basse comment il comptait s'organiser. Qu'allait-il faire ? La perte de Frances n'était pas seulement la perte d'une épouse, c'était aussi celle de la personne qui gérait toute la vie familiale. Trois enfants en bas âge. Il éprouvait un choc chaque fois qu'il entendait ce chiffre.

Il pensait à Eileen et Sheila et à leurs petits visages. Mais il avait complètement oublié le bébé.

Tout ceci était très malsain, pensait-il. Et tandis que ses

proches et amis étaient en train de boire du sherry et de manger des sandwichs au rez-de-chaussée, il remonta, épuisé, à l'étage pour voir son fils.

L'enfant dormait à poings fermés lorsqu'il pénétra dans la chambre.

Petit et rouge, comme le sont tous les nouveau-nés, il lui sembla minuscule et perdu au milieu des langes, avec ses petits poings délicats posés sur l'oreiller. Était-ce son imagination, ou est-ce que le bébé semblait plus vulnérable et plus seul qu'un autre bébé ? Comme s'il avait su qu'il avait perdu sa mère en venant au monde.

— Je vais faire tout ce que je peux pour toi, Declan, lui promit-il tout haut.

C'était un serment étrangement formel et distant comme si quelqu'un d'autre avait parlé à sa place. C'était comme deux étrangers qui passent un contrat, et non comme un père qui parle à son fils. Il n'avait entendu personne entrer dans la pièce qu'ils appelaient la nursery, mais lorsqu'il se retourna il vit Nora Kelly, la jeune institutrice, l'épouse du directeur de l'école.

— Puis-je le prendre dans mes bras ? demanda-t-elle dans un murmure, comme si elle s'était trouvée dans la chambre d'un malade.

— Bien sûr, Nora.

Il vit la femme qui avait toujours rêvé d'avoir un enfant prendre le nourrisson et le serrer contre son cœur.

Sans rien dire, elle se mit à marcher dans la pièce.

On aurait dit qu'elle avait fait cela toute sa vie. Elle portait le bébé avec assurance, avec un tendresse évidente. Personne, hormis Jims Blake, ne savait combien d'examens médicaux elle avait subi pour tenter d'élucider la cause de sa stérilité.

Fasciné, il la regardait marcher de long en large en chantonnant doucement pour bercer le petit garçon.

Il n'aurait pas su dire combien de temps ils restèrent ainsi — formant un étrange tableau, le médecin, l'institutrice et le bébé. Mais il se sentit peu à peu gagné par la sourde envie de lui donner son fils. Plus que tout au monde, il avait envie de dire à Nora Kelly : « Prenez-le, vous qui n'en avez pas, vous qui n'en aurez jamais. Je ne veux pas de l'enfant qui a tué Frances... Emportez-le et élevez-le comme votre propre fils. »

Dans une société plus civilisée, c'est ce que les gens auraient fait. Pourquoi était-ce une chose scandaleuse à Shancarrig et dans tout le comté, pire encore, un délit condamné par la loi? Pourquoi une femme qui désirait désespérément un enfant ne pouvait-elle le prendre avec elle et le ramener dans un foyer où il aurait été choyé?

Puis il se ressaisit.

— Je vais redescendre, Nora. Vous pouvez rester un peu si vous le souhaitez.

— Non, il vaut mieux que je redescende, moi aussi, docteur, dit-elle.

La même pensée l'avait effleurée, mais elle la combattait, tout comme lui.

Dans des moments comme celui-ci, Mme Kennedy, la sinistre gouvernante du père Gunn, était parfaitement à son affaire. Conseillant, patronnant, organisant, telle une ombre elle se mouvait dans la maison du défunt comme un poisson dans l'eau. Elle arrivait avec une pile de nappes blanches immaculées, et dressait en un clin d'œil la liste de ce qui était nécessaire pour recevoir décemment le cortège funèbre. Un petit coup de fil à l'hôtel en face pour faire venir les tasses, les verres et les assiettes manquants, tandis que Maisie se tordait les mains en rongeant son frein. Mme Kennedy, qui avait travaillé des années durant pour le clergé, avait l'autorité d'un évêque.

Elle n'intervenait jamais, elle se contentait de conseiller.

Maisie n'aurait pas eu idée de servir de la soupe chaude avec les sandwichs, ni de débarrasser une pièce afin d'y entreposer les manteaux et les parapluies. Mme Kennedy lui avait fait comprendre que, dans ces circonstances difficiles, elle était la voix de l'ordre et de la raison. Et dans tous les foyers de Shancarrig, riches ou pauvres, les gens s'en remettaient à ses bons soins, soulagés de savoir que quelqu'un prenait tout en charge.

Jims Blake accueillait les gens, recevait les condoléances, servait à boire, demandait des nouvelles de l'un ou de l'autre, mais il le faisait d'une façon automatique. Mentalement, il était en train d'organiser sa vie future. Il procédait par élimination. Il n'était pas question que l'une ou l'autre de ses sœurs vienne vivre à la maison. Il fallait que les choses soient claires avant qu'elles ne le lui proposent. Il ne voulait personne du côté des Fitzgerald non plus, bien qu'il fût peu probable que ceux-ci se proposent de l'aider.

Maisie n'était pas capable de s'occuper d'un bébé. Et une nurse à domicile coûtait les yeux de la tête. Comment allait-il faire ?

Comme il l'avait fait si souvent auparavant, il se demanda ce qu'aurait fait le Dr Charles Nolan. Et une fois encore il entendit la voix du vieil homme, indigné, comme il se doit. La campagne regorge littéralement de jeunes filles qui ne rêvent que de quitter la maison de leurs parents. La plupart ont élevé une ribambelle de frères et sœurs. Ce n'est pas un seul bébé qui va leur faire peur.

Il se sentit soudain soulagé, et parvint même à sourire à Foxy Dunne, un des gamins les plus effrontés du quartier des chaumières — un rouquin en guenilles qui était venu lui offrir ses condoléances.

— Je suis navré pour vous, dit Foxy, qui se tenait avec assurance sur le seuil de la belle maison.

— Merci, Foxy. C'est gentil d'être venu.

Le gosse jetait des coups d'œil furtifs à l'intérieur, en direction du buffet et du jus d'orange.

— Bon... dit Foxy.

— Veux-tu entrer un instant... pour te recueillir avec nous ?

— C'est très gentil à vous, m'sieur, dit Foxy, qui fila comme une flèche en direction du buffet.

Maisie lui jeta un coup d'œil indigné, elle était sur le point de le mettre à la porte. Mme Kennedy fronça un sourcil courroucé.

Mais le Dr Jims secoua la tête.

— M. Dunne est venu se recueillir avec nous, Maisie. Madame Kennedy, voulez-vous bien lui donner une tranche de cake ?

Une nurse fut engagée pour un mois, pendant que Jims Blake se mettait en quête d'une nourrice. Il ne lui fallut pas longtemps pour la trouver.

Il arrêta son choix sur Carrie, une grande fille brune de vingt-quatre ans qui menait, de l'autre côté de la colline, une vie profondément insatisfaisante consistant entre autres à faire à manger pour six frères ingrats. Il était allé à la ferme à plusieurs occasions, le plus souvent pour soigner diverses plaies occasionnées par les moissonneuses-batteuses. Il n'avait jamais soigné Carrie, mais un jour qu'il avait recousu la tête du père à la suite d'une violente altercation avec une machine agricole, l'idée lui vint que Carrie serait peut-être heureuse de quitter sa situation présente pour venir travailler chez lui.

Lorsqu'elle le raccompagna jusqu'à la barrière, il lui dit ce qu'il avait en tête.

— Mais pourquoi moi, docteur? Je n'ai pas assez d'instruction pour servir dans une maison comme la vôtre.

— Mais tu es gentille. Tu sais t'occuper d'un enfant. Tu en as déjà élevé toute une kyrielle, dit-il avec un signe de tête en direction de la maison où elle s'occupait de frères plus vieux et plus jeunes qu'elle depuis que sa mère était morte.

— Je ne suis pas très finaude, dit-elle.

— Mais si. Voici un peu d'argent en attendant, au cas où tu voudrais t'acheter des vêtements neufs pour le voyage.

Il avait tourné cela avec beaucoup de tact. Il savait que le voyage consistait à mettre quelques bricoles dans un balluchon et à se faire prendre en stop jusqu'au prochain village, mais il avait adroitement réussi à faire passer l'idée qu'elle n'avait rien de convenable à se mettre.

Maisie fit un peu la tête en apprenant la nouvelle, mais pas trop. Après tout, ce pauvre docteur Jims venait de perdre sa femme, il ne fallait pas le contrarier. Et puis, on avait mis les choses au point dès le départ : Carrie aiderait Maisie à faire le ménage. Il n'était pas question de servir cette demoiselle sur un plateau.

Declan Blake n'avait que dix jours lorsque Carrie le prit dans ses bras pour la première fois.

— Il est un peu comme le mien, dit-elle tout doucement au Dr Blake.

— Tu as un enfant à toi?

Le monde était plein de surprises. Elle ne l'avait jamais consulté pendant sa grossesse.

— Il est à Dublin, quelque part. Il a été adopté, et c'est une bonne chose. Il a trois ans, maintenant.

— Je crois, en effet, qu'il aurait été difficile pour toi de l'élever.

Il avait dit cela d'une voix douce et impersonnelle, mais il était sincère. Cette grande fille gauche ne pensait sûrement pas que c'était une bonne chose que son fils de trois ans ait été adopté.

— Je vais vous l'élever comme il faut, ce petit bonhomme, Dr Jims, vous verrez, lui dit-elle.

Il se souvint du serment qu'il avait fait à son fils. Tout le monde promettait des bonnes choses à ce nourrisson, comme s'il avait eu besoin d'être rassuré.

Lorsque l'été arriva enfin, cette année-là, le Dr Jims emmena lui-même ses petites filles à l'école de Shancarrig.

Il leur fit visiter les trois salles de classe et leur montra la mappemonde, ainsi que les encriers, sur les pupitres, et leur dit que bientôt elles allaient y tremper leur plume pour faire leurs exercices. Puis, solennels, ils étudièrent ensemble l'alphabet gaélique.

— Vous saurez parler gaélique lorsque vous quitterez cette école, leur promit-il.

— Mais avec qui allons-nous le parler? demanda Eileen.

Mme Kelly, qui se tenait sur le pas de la porte, leur adressa un de ses rares sourires.

— C'est une bonne question, dit-elle, morose.

Le Dr Jims l'avait envoyée à Dublin pour subir d'autres examens, mais sans résultats. Les spécialistes n'avaient pas trouvé pourquoi les Kelly ne pouvaient pas avoir d'enfants. Il se souvint de ce jour irréel où, à la Terrasse, il avait eu la tentation de lui abandonner le nourrisson. Ce jour-là, il avait failli lui dire une chose si grave qu'il n'aurait jamais pu la désavouer.

Aujourd'hui, elle semblait une fois encore penser à la même chose que lui.

— Comment va Declan? demanda-t-elle aux enfants. Dans pas longtemps vous allez l'amener à l'école avec vous.

— Oh, mais pourquoi faire? Il ne dit jamais rien, répondit Eileen.

— Et puis il ferait pipi par terre, ajouta Sheila, afin de la décourager une fois pour toutes d'accueillir le bébé.

— Pas maintenant, naturellement. Le bébé n'aura que dix

semaines vendredi prochain. Vous n'étiez pas différentes à son âge, dit Mme Kelly d'une voix sévère d'institutrice.

Eileen et Sheila reculèrent, intimidées.

Jims Blake fur frappé de voir que Nora Kelly connaissait l'âge exact du nourrisson qu'il avait voulu lui donner.

Si on le lui avait demandé, il n'aurait pas pu dire sans compter depuis combien de temps il avait perdu sa femme.

— Allons, les filles. Ne retardons pas Mme Kelly.

Il les entraîna vers la sortie.

— Vous avez hâte d'aller le retrouver, j'imagine, dit celle-ci.

— Oui, oui, bien sûr.

Sa voix sonnait faux, il le savait.

Et, tandis qu'ils refermaient derrière eux le portail de l'école, il se demanda s'il était anormal. Pourquoi n'avait-il pas hâte d'aller retrouver le nourrisson qui dormait dans son berceau? Cependant, il se souvint que, lorsque Eileen et Sheila étaient bébés, il ne passait pas des heures à les regarder, il ne les voyait que lorsque Frances les lui amenait, après le bain. La plupart des hommes ne se comportaient-ils pas ainsi?

Il fallait qu'il cesse de penser sans arrêt à cet instant particulièrement sensible du jour des funérailles de sa femme. Il n'avait pas eu véritablement l'intention de donner le bébé qui avait coûté la vie à Frances. C'était absurde de revenir sans cesse sur cet incident et de culpabiliser.

Il éprouvait des sentiments parfaitement normaux vis-à-vis de son fils, et il avait bien fait d'engager Carrie. La jeune femme avait l'instinct maternel et semblait avoir compris qu'ils voulaient être dérangés le moins possible par le bébé.

Les filles se rendaient tous les soirs à la nursery pour jouer avec lui et écouter le récit des mésaventures et des frasques des frères de Carrie. Elle ne leur dit rien du bébé né à Dublin et adopté là-bas. Elle se contentait de bercer Declan, son substitut, dans ses bras.

Jims Blake venait lui aussi, de temps en temps. Pas tous les jours.

Il savait que Mme Kelly, l'institutrice, aurait trouvé cela inconcevable.

Ce soir-là il se rendit à la nursery.

Carrie était assise devant la table, avec un porte-plume et de l'encre et plusieurs boules de papier chiffonnées.

— Je ne suis pas douée pour écrire, docteur, lui dit-elle.

— Nous ne sommes pas tous doués pour les mêmes choses. Vous êtes une nourrice admirable.

— C'est tellement attachant, un bébé, dit-elle en haussant les épaules.

— Oui, dit-il.

Quelque chose dans la voix du médecin lui fit lever les yeux.

— Bien sûr, dans votre cas, c'est différent... Je veux dire, vous êtes un homme, et puis avec votre pauvre femme qui est morte en couches et tout ça...

— Oh, je ne lui en veux pas pour autant.

Et c'était vrai. Jims Blake n'en voulait pas à son fils ; il s'en voulait à lui-même, de la mort de Frances.

— Mais vous verrez comme vous allez vous y attacher. Attendez un peu qu'il commence à vous appeler papa... et qu'il s'accroche à vos jambes. Ils sont adorables à cet âge-là.

Sans doute pensait-elle à ses frères en disant cela. Elle n'avait jamais vu grandir son propre fils.

Il changea de sujet.

— Puis-je vous aider à écrire votre lettre.. ou bien est-ce privé ?

Carrie le regarda. A bien des égards il avait le même statut que le père Gunn, il connaissait les secrets des uns et des autres, il était l'homme à qui l'on se confiait.

L'un des frères de Carrie était en prison. Personne d'autre dans sa famille ne lui écrivait. Elle voulait qu'il sache qu'on ne l'oubliait pas, qu'il y aurait une place pour lui quand il sortirait. Tout cela était dit avec sincérité et simplicité.

Le Dr Jims s'assit à la table et prit le porte-plume.

Il écrivit une lettre au garçon dont il avait recousu la tête quelques années auparavant, comme si la lettre venait de Carrie. Il lui parla des nouveaux aménagements à la ferme, de la nouvelle grange, du champ du bas qu'ils avaient mis en jachère. Il lui raconta que Jacky Noone avait un nouveau camion, et que Cissy s'était mariée. Il lui dit que Shancarrig faisait plaisir à voir sous le soleil d'été, et que tout le monde ici attendait son retour.

Emue, Carrie relut la lettre à voix haute, tandis que les larmes lui venaient aux yeux.

— Vous êtes si bon, docteur. Vous avez deviné exactement ce que je voulais dire, même si je ne le savais pas moi-même.

— Tenez, dit-il, prenez mon stylo à encre, je vous en fais cadeau. Vous allez vous en mettre partout si vous vous servez d'un porte-plume. (Le bébé se mit à pleurer et le médecin se leva. Il alla droit vers la porte sans aller voir le bébé.) Recopiez-la vous-même, Carrie. C'est mieux si c'est votre écriture. Recopiez-la, et la prochaine fois je vous donnerai d'autres idées.

Elle prit le bébé dans ses bras et regarda le médecin sans comprendre. Comment un homme si bon, qui avait pris le temps de lui écrire une lettre pour son frère, un homme qui lui avait fait cadeau de son beau stylo à encre, n'avait-il pas l'idée de prendre son propre fils de dix semaines dans ses bras ?

Lorsque Declan eut trois ans, Carrie acheta un gâteau pour lui avec trois bougies, et organisa une petite fête à la nursery. Maisie confectionna des petits pains au lait pour l'occasion. Les filles lui offrirent des bonbons et tous entonnèrent « Joyeux anniversaire » avant qu'il ne souffle les bougies.

Jims Blake regardait le visage ravi de son fils, son petit nez retroussé, ses cheveux raides et brillants, lavés spécialement ce jour-là. Il portait un pull-over jaune que Carrie lui avait sans doute acheté en ville. Il donnait de l'argent à Carrie pour les vêtements des enfants ; quant à Maisie, il lui donnait l'argent pour les provisions. Toutes deux administraient fort bien la maison pour lui.

Il éprouva une étrange sensation de vide lorsque la chanson s'arrêta. Qu'attendaient-ils de lui ?

Il y avait dix ans seulement, dans cette même maison, Charles Nolan l'avait encouragé à se marier. Dix ans de visites médicales, à écouter les gens vous raconter leurs malheurs, leurs espoirs, certains réalisables d'autres totalement utopiques. Il n'avait pas eu le temps de réaliser les siens, pensa-t-il.

Les enfants le regardaient toujours.

Dans sa tête, il demanda au vieux Charles Nolan ce qu'il devait faire et il s'entendit soudain dire...

— Et si nous chantions « Alouette, gentille alouette » ?

Les yeux s'illuminèrent, le visage de Carrie se radoucit, les filles entonnèrent le refrain à tue-tête tandis que Declan tapait des mains, ravi d'être l'objet d'une telle attention. Jims Blake sentit que ce moment resterait à tout jamais gravé dans les cœurs.

Le jour d'amener Declan à l'école arriva bien plus vite qu'il ne l'aurait cru.

— Ça fait quelque chose, n'est-ce pas, docteur, de voir son fils avec un cartable? lui avait dit Carrie.

Jims Blake regarda son fils.

— C'est un grand jour, pas vrai, Declan?

Declan lui jeta un coup d'œil solennel, comme s'il avait été un inconnu.

— Oui, papa.

Il avait dit cela d'une toute petite voix, en se cachant à moitié derrière Carrie, faisant craquer légèrement les semelles de ses nouvelles chaussures, mal à l'aise.

Sans doute tous les enfants de cet âge sont-ils intimidés par leur père, se dit le médecin. Par la fenêtre, il regarda son fils qui prenait le chemin de l'école sur ses jambes flageolantes.

Le médecin avait l'intention de lui demander comment cela s'était passé, mais il était sorti lorsque Declan revint à la maison, et le lendemain matin il ne trouva pas le temps de lui parler. Ce n'est qu'une semaine plus tard qu'il apprit qu'il y avait eu un problème lorsque Carrie l'avait amené à l'école.

— Les autres gosses l'ont traité de bébé, expliqua cette dernière.

— A cinq ans, il est beaucoup trop jeune pour faire tout ce chemin tout seul, protesta son père.

— Les autres gosses le font, pourtant. Tous les petits Dunne viennent des chaumières tout seuls...

— Les petits Dunne ne sont pas des enfants, ce sont des singes. Ils grimpaient déjà aux arbres pieds nus lorsqu'ils avaient deux ans.

Jims Blake était indigné par une telle comparaison.

— Oui, mais c'est terrible de les voir se moquer de lui. Ne pourrait-il pas faire le chemin avec les filles?

— Les filles disent qu'elles n'ont pas envie de le voir à la traîne. Et puis elles ont leurs amies...

Carrie le regarda comme s'il l'avait abandonnée. Jims Blake se sentit brusquement envahi par le découragement. Pourquoi cherchait-on sans cesse à le culpabiliser ? Il avait le sentiment de faire de son mieux pour les uns et les autres, il ne voulait pas obliger Eileen et Sheila à traîner leur petit frère à l'école, et voilà qu'on le lui reprochait.

Aucun de ses patients n'aurait jamais osé le contredire. Ils prenaient leurs pilules et leurs potions, changeaient leurs cataplasmes et leurs pansements, allaient se faire faire des examens à l'hôpital sans discuter.

Il n'y avait qu'à la maison que ses actes semblaient suspects.

Plus tard, lorsqu'il aida Carrie à écrire ses lettres, comme il le faisait chaque semaine, en soulignant légèrement au crayon les fautes d'orthographe, elle lui jeta un coup d'œil perplexe.

— Vous êtes très gentil, docteur.

— Pourquoi dites-vous cela ?

— Vous me reprenez sans m'insulter. J'écris « eux tous » au lieu de « vous tous » et vous dites simplement : « Ne pensez-vous pas qu'il serait mieux de dire "vous tous", que ce serait plus clair ? » Vous ne dites pas que je suis bête comme un âne !

— Mais vous n'êtes pas bête comme un âne.

— Peut-être que vous ne devriez pas vous occuper de moi tout le temps. Peut-être que vous devriez aider Declan à faire des bâtons.

— Des bâtons ?

— C'est comme ça qu'on leur apprend à écrire.

— Je ne veux pas m'ingérer dans les méthodes de Mme Kelly.

Il jeta cependant un coup d'œil au cahier d'exercices de Declan et lui demanda d'une voix docte :

— Ce sont des bâtons ?

— Oui, papa.

— Très bien, très bien, continue, dit-il.

Il eut aussitôt le sentiment de n'avoir pas su trouver les mots qu'il fallait.

Depuis qu'il leur avait fait chanter « Alouette, gentille alouette » pour les trois ans de Declan, il n'était pas sûr d'avoir trouvé une seule fois le mot juste.

Eileen et Sheila lui posaient toujours des questions sur ses patients, depuis qu'elles étaient toutes petites.

— Est-ce que Mme Barton va mourir?

Elles aimaient bien la couturière qui vivait paisiblement avec son fils dans la maison rose, sur la colline.

— Mais non, bien sûr que non. Elle a la grippe, c'est tout.

— Et Mlle Ross, est-ce qu'elle va avoir un bébé?

Elles l'avaient vue tricoter, et dans leur esprit les deux choses allaient de pair.

— Y a-t-il eu beaucoup de sang au moment de l'accident de voiture?

Il éludait leurs questions, prenait des airs de conspirateur, ménageait ses effets, mais il avait remarqué que son fils ne lui posait jamais de questions.

A mesure que le temps passait, il en devint encore plus conscient. Les filles quittèrent l'école de Shancarrig pour un excellent pensionnat, à quelque soixante-dix kilomètres du village. Il ne restait plus que le docteur, Maisie et Declan à la maison.

Carrie avait donné sa démission au moment de la première communion de Declan.

— Il a sept ans, à présent, docteur. C'est un grand garçon. Il sait s'habiller tout seul, ranger sa chambre, faire ses devoirs et tout le reste. Vous n'avez plus besoin de moi.

— Et peut-être avez-vous songé à vous marier?

Il n'y avait rien que le Dr Jims ne devinât ou ne sût.

— Je n'ai pas très envie d'en parler.

— Est-ce le père de votre petit garçon?

— Oui, c'est lui. Grâce à vous, docteur, j'ai réussi à lui écrire quelques lettres, à lui dire deux ou trois choses que j'avais sur le cœur. Vous êtes formidable quand il s'agit d'aider les gens à dire ce qu'ils ressentent. Il y a tellement de gens sur cette terre qui gardent tout pour eux.

Son compliment lui alla droit au cœur.

— Vous aurez un autre enfant. Je sais bien que vous n'oublierez jamais le premier, mais vous allez fonder votre propre famille, à présent.

Il était sincèrement content pour cette grande fille brune qui avait eu des débuts si difficiles dans la vie.

veut voir personne chez elle, comme si on la suppliait de nous recevoir.

— Maisie pourrait vous préparer un bon goûter ici...

— Elle ne veut pas aller chez les autres non plus, selon Nessa.

— Bah, tu as au moins Nessa, dit-il pour la consoler.

Eileen bondit.

— C'est vrai, ça. Elle n'a qu'à rester toute seule, cette Leo Murphy et sa *grande* maison. La nôtre est beaucoup plus belle de toute façon.

— Ce n'est pas une raison pour te vanter, dit-il.

Il avait essayé de leur faire comprendre qu'il avait eu beaucoup de chance en recevant une aussi belle maison des mains du vieux Dr Nolan, mais ses filles ne voulaient rien entendre. Leur père l'avait bien méritée, il était plus que digne d'un tel cadeau, disaient-elles.

Eileen irait à l'université si elle obtenait son bac avec mention très bien. Elle voulait devenir architecte. C'était le rêve de sa vie. Les religieuses disaient qu'elle en avait largement les capacités et que, d'ici à ce qu'elle ait décroché son diplôme, le monde, et l'Irlande même, auraient évolué au point que les femmes architectes seraient devenues tout à fait acceptables. Après tout, ce serait les années soixante. Imaginez !

Sheila, quant à elle, voulait devenir infirmière, et le Dr Jims avait déjà commencé à faire des démarches auprès des meilleurs hôpitaux de Dublin.

Declan ferait médecine, naturellement, l'important était donc de le mettre dans le meilleur pensionnat possible. Il avait parlé aux jésuites, aux bénédictins, aux vincentiens et aux pères du Saint-Esprit. Tous avaient leurs avantages et leurs inconvénients. Il avait consulté les taux de réussite aux examens, comparé les résultats des uns et des autres, et c'est ainsi qu'il avait choisi le meilleur. Il y avait un inconvénient, cependant : c'était le plus éloigné de tous.

— Nous ne pourrons pas aller le voir très souvent là-bas, dit Eileen.

— Il rentrera à la maison pour les vacances.

Le Dr Jims se sentait à nouveau sur la défensive.

— Mais c'est tellement agréable de recevoir de la visite

quand on est pensionnaire. Nous, on adorait quand tu venais nous voir le dimanche.

Il y allait un dimanche sur deux. C'était un long trajet, et les routes étaient glissantes en hiver. Il n'avait jamais emmené Declan avec lui. Au début parce qu'il était trop jeune, et qu'il se serait énervé pendant le voyage, et puis ses sœurs n'auraient guère apprécié de le voir faire le singe dans le parloir. Plus tard, l'idée lui avait semblé absurde.

Un petit garçon de dix ans n'avait pas envie d'aller rendre visite à ses sœurs le dimanche, même s'il était le bienvenu. C'était une chose humiliante pour un garçon.

Il aurait voulu passer un peu plus de temps avec son fils cet été, avant que ce dernier n'entre au pensionnat, mais il avait tant de choses à faire. Il y avait le problème du petit garçon de Maura Brennan, d'une part.

Il aimait bien Maura, la seule fille Brennan à n'avoir pas quitté Shancarrig. Toutes les autres étaient parties depuis longtemps gagner leur vie tant bien que mal en Angleterre.

Maura était une rêveuse, elle savait prendre la vie comme elle venait. Il n'avait pas oublié le jour où il lui avait annoncé qu'elle était enceinte.

— Il ne m'épousera jamais, docteur Jims, avait-elle dit, de grosses larmes au bord des yeux.

— Je n'en suis pas si sûr. Il y a beaucoup d'hommes qui voudraient être à sa place.

Il avait dit cela sans le penser vraiment. Il était persuadé que Gerry O'Sullivan allait disparaître, mais il s'était trompé. Gerry était resté. Il y avait eu un mariage, et il était allé chez Johnny Finn pour boire à leur santé.

Et puis, lorsqu'elle avait accouché, c'était lui qui avait remarqué l'épicanthus à l'angle des yeux. C'était lui qui avait annoncé à Maura O'Sullivan, comme elle s'appelait elle-même fièrement, que son fils était trisomique.

Il se souvenait comme il l'avait prise dans ses bras pour lui dire que tout irait bien. Et lorsque le père Gunn lui avait annoncé que Gerry O'Sullivan, le père du garçon, avait pris le train et qu'il était parti avant le baptême, il s'était revu disant à Maura que tout irait bien.

Mais il avait eu raison de lui dire qu'elle porterait toujours un amour sans bornes à son fils Michael. Cette fois, il ne s'était pas trompé, même si personne ne devait jamais revoir Gerry O'Sullivan dans les rues de Shancarrig.

Et partout où il se tournait il découvrait un drame... dans chaque maison, petite ou grande.

Quelque chose ne tournait pas rond au manoir de Glen, mais il ne savait pas quoi. Frank Murphy, un homme taciturne qui supportait bravement ses blessures de guerre, semblait avoir des soucis beaucoup plus graves encore que la jambe malade qu'il traînait derrière lui sans se plaindre.

Jims Blake était à peu près certain que cela avait un rapport avec sa femme. Cependant, il n'avait jamais examiné Miriam Murphy. Elle lui disait chaque fois qu'elle avait une santé de fer. C'était une belle femme, à l'air volontiers hautain, et il aimait ses cheveux blond roux et son élégance naturelle lorsqu'elle déambulait dans le grand jardin, un panier à la main et un vieux carré de soie jeté sur les épaules.

Les gens de Shancarrig s'étaient depuis longtemps faits à l'idée que Mme Murphy ne descendait jamais faire ses courses au village. Elle avait un compte dans chaque magasin, et les livreurs qui montaient au manoir à vélo avaient toujours droit à un petit signe amical de sa part. Néanmoins, ils avaient le plus souvent affaire à Biddy, la servante, ou au major lui-même.

Mais, cet été-là, il y avait quelque chose de changé dans le comportement de Miriam. Une sorte de vide, dans son regard, qui vous mettait mal à l'aise. Et une lueur d'inquiétude dans celui de Frank, qui n'existait pas auparavant. Combien de fois Charles Nolan ne lui avait-il pas dit que certaines familles gardaient leurs secrets pour elles, et cachaient leurs parents quand ceux-ci perdaient la raison ? Le plus souvent, il valait mieux ne pas intervenir.

Jims Blake se demandait quelle aurait été la réaction de Charles devant une telle situation. Non seulement le major donnait des signes de désarroi, mais aussi leur fille Leo, qui avait été une amie intime de ses filles à lui. Il la rencontra, un jour, alors qu'il passait sur la route des bois de Barna.

— Veux-tu que je te ramène, Leo ?

— C'est sur votre chemin ?

— Une voiture va là où on lui dit d'aller.

— Merci, docteur.

— Alors, Leo, tu t'es fait de nouveaux amis cet été?

Elle fut surprise. Non, ça n'était pas du tout le cas. Pourquoi une telle question? Sans faire directement allusion aux propos de ses deux filles, il lui fit comprendre qu'on ne la voyait pas très souvent.

— Nous sommes partis en vacances, c'est pour cela, au bord de la mer.

Et c'était vrai. Il avait entendu Bill Hayes qui racontait que le major avait mis ses chiens et tout le tintouin dans sa voiture et qu'il était parti sans crier gare.

— Ah, ah, mais tu es de retour maintenant, et on ne te voit toujours pas. Je croyais que tu étais partie avec les bohémiens.

Ils venaient juste de franchir la grille du manoir lorsqu'il avait dit cela. Elle le regarda, blanche comme un linge.

— Ce n'est pas grave Leo, c'était une plaisanterie.

— Je n'aime pas les plaisanteries sur les bohémiens, dit-elle.

Il se demanda s'ils avaient cherché à lui faire peur dans les bois. Sombres, suspicieux et toujours sur le qui-vive, ils lui avaient fait cadeau d'un faisan, une fois, lorsqu'il avait accouché une femme de chez eux. Fiers, sans un sourire, ils lui avaient tendu l'oiseau pour le remercier. Ils n'avaient pas fait appel à ses services, mais le docteur passait par là juste au moment où l'accouchement s'avérait difficile.

Le major apparut sur le seuil.

— Je ne vous demanderai pas d'entrer, dit-il.

— Bien sûr, bien sûr.

Sa réputation d'homme discret reposait sur le fait qu'il savait mettre un terme à la conversation quand son interlocuteur le souhaitait. Il ne cherchait jamais à vous tirer les vers du nez, mais il était toujours prêt à vous écouter si vous le souhaitiez.

Son fils Declan ne lui disait jamais rien.

— Crois-tu que tu vas te plaire au pensionnat?

— Je n'en sais rien, tant que je n'y suis pas.

Avait-on jamais vu garçon plus prétentieux, plus taciturne?

Maisie voulait savoir comment s'était passée l'installation. Avait-on aéré la literie? Y avait-il d'autres garçons de cette partie du monde?

Le Dr Jims était incapable de lui répondre. Il ne se souvenait que de son fils en train de lui dire au revoir de la main. Il ne s'était pas accroché à lui, comme certains qui refusaient de laisser partir leur mère. Il ne s'était pas non plus mis à parler et à faire connaissance avec les autres, comme les plus intrépides.

Au pensionnat on les obligeait à écrire à la maison chaque dimanche. Declan parlait des fêtes religieuses, des promenades, d'une pièce de théâtre qu'ils avaient montée, d'une carte de géographie qu'ils avaient dessinée. Jims Blake savait que ses lettres étaient relues par les prêtres et qu'elles étaient censées donner une bonne opinion de l'école et des activités qu'elle offrait. Parfois la lettre restait un long moment sans être ouverte sur la table de l'entrée, parmi les dépliants publicitaires que les laboratoires pharmaceutiques envoyaient au médecin.

Declan n'écrivait jamais à Eileen qui allait à présent à l'école d'architecture de Dublin et vivait dans un foyer. Il n'écrivait pas non plus à Sheila qui était élève infirmière dans un des meilleurs hôpitaux de Dublin. Il envoya une carte à Maisie pour son anniversaire, mais personne ne savait grand-chose sur sa vie au pensionnat.

Ses professeurs semblaient satisfaits, il avait la moyenne partout, et n'était ni parmi les meilleurs ni parmi les plus mauvais.

Les vacances scolaires lui paraissaient interminables. Le docteur avait le sentiment que son fils était impatient de retourner au pensionnat.

— Aimerais-tu inviter des amis?

— Ici?

Declan semblait surpris.

— Pourquoi pas? Nous avons assez de place, non? Peut-être seraient-ils contents de venir.

— Que feraient-ils, ici, papa?

— Je ne sais pas, ce que font les garçons, ce que fait tout le monde.

Il était excédé à présent. Cette habitude de répondre à une question par une autre question était exaspérante.

Mais cette proposition ne déboucha jamais sur rien. Pas plus qu'une invitation à se rendre à Dublin.

— Qu'irais-je faire deux jours à Dublin?

— Que font les gens à Dublin? Nous pourrions aller voir tes sœurs, et aller déjeuner ensemble au restaurant. Ce serait sympa, non?

Soudain il eut l'impression de parler à un gosse et non à un adolescent de quinze ans, qui avait grandi à l'écart d'Eileen, bientôt diplômée en architecture, et de Sheila, qui aurait bientôt son diplôme d'infirmière.

La visite ne se fit jamais. Pas plus que la sortie à Galway pour aller voir les courses, qu'il lui avait promise depuis longtemps lorsqu'il décrocherait son bac.

Vrai, dans son for intérieur, Jims Blake était convaincu d'avoir tout essayé pour se rapprocher de son fils, et pourtant, à chaque fois, il se heurtait à un mur.

En temps normal il n'aurait jamais abordé un tel sujet avec un autre homme, mais il en parla un jour à Bill Hayes.

— Est-ce que tu as l'impression de te heurter à un mur quand tu parles à ton fils, ou est-ce qu'il te répond?

— Niall parlerait aux oiseaux dans les arbres s'il le pouvait. C'est un vrai moulin à paroles. Mais il n'y a plus personne lorsqu'il s'agit de parler aux clients.

Bill Hayes secoua la tête tristement. Lui aussi avait l'air un peu déçu par son fils. Bien que notaire, lui aussi, Niall ne semblait pas capable d'attirer la clientèle, ni même de s'occuper de celle qui existait déjà.

— Mais est-ce qu'il te parle à *toi*? insista le Dr Jims.

— Quand je veux bien l'écouter, oui, mais ce n'est pas souvent. Je n'ai pas envie qu'il me parle des lacs et des collines qu'il a vus en allant rédiger le testament de tel ou tel agriculteur. Je veux qu'il me dise si les choses ont été faites dans les règles, si la succession du type est en ordre, un point c'est tout.

Le Dr Jims soupira.

— Avec moi c'est tout le contraire. Je n'arrive même pas à lui parler de son inscription à l'université. Il s'arrange toujours pour se défiler.

— Parle-lui pendant les repas. Et ne le sers pas tant qu'il ne t'a pas répondu... il finira bien par parler. Les garçons adorent manger.

Jims Blake avait honte de dire pourquoi cela ne pouvait pas

se faire, il avait honte d'avouer que son fils prenait encore ses repas à la cuisine avec Maisie, par habitude, par tradition. A quoi bon dresser deux couverts dans la salle à manger si on ne savait pas à quelle heure ce pauvre docteur rentrerait?

Cependant, l'été 1964 touchait bientôt à sa fin. Il fallait prendre le taureau par les cornes, s'occuper des inscriptions, s'assurer d'avoir une place à la fac de médecine, louer une chambre en ville.

— Declan, mon garçon, c'est à croire que nous ne vivons pas dans la même maison, toi et moi.

— Mais je suis là, dit le garçon.

Sa réponse n'était pas défensive, ni agressive, c'était un fait, voilà tout.

Jims Blake était contrarié.

— Moi aussi, je suis là, dit-il. Sauf quand je suis en visite à l'extérieur, comme cela t'arrivera à toi aussi.

— Je ne veux pas faire médecine, papa.

D'une certaine façon, ce n'était pas une surprise. Il aurait dû s'en douter.

— Et depuis quand as-tu changé d'avis?

Sa voix était glaciale.

— Je n'ai pas changé d'avis, c'est toi qui avais décidé à ma place. Sans me demander mon avis.

Ils discutèrent, comme deux étrangers, poliment mais fermement.

Il voulait devenir agent immobilier. Le père de son ami Vinnie était d'accord pour le prendre avec lui. C'était un genre de vie qui lui plaisait. Il aimerait visiter des maisons et les faire visiter à des clients. Il savait parler aux gens, mettre en valeur le bon côté des choses. Et puis c'était un métier lucratif. Vinnie avait décidé de se faire prêtre. Il n'y avait pas d'autre garçon chez lui, que des filles. Et M. O'Neill aimait bien Declan, ils s'entendaient bien tous les deux.

Morose, Jims Blake écouta l'histoire d'un homme qu'il ne connaissait pas, un certain Gerry O'Neill, dont il avait vu le nom sur les annonces immobilières. Un homme qui s'entendait bien avec Declan Blake, qu'il considérait un peu comme son fils depuis que le sien avait décidé d'entrer dans les ordres. Sans rien dire il accepta les projets de son fils, projets qui impliquaient que celui-ci aille vivre en ville. Il pourrait occuper la chambre de Vinnie, apparemment. C'était plus commode d'être sur place, et le plus tôt serait le mieux.

Vinnie devait entrer au séminaire la semaine prochaine. Declan prendrait ses nouveaux quartiers le week-end suivant.

Maisie lui avait dit qu'il ne lui manquerait pas maintenant que presque toute sa vie tournait autour de l'église. Et puis elle s'était habituée à ne plus le voir depuis qu'il allait au pensionnat.

— Mais, et moi ? dit Jims Blake. Tu ne crois pas que tu vas me manquer à moi ?

— Oh, papa, mais tu es un homme. Comment pourrais-je te manquer ?

Il avait dit cela avec la plus parfaite sincérité, mais voyant que son père avait l'air triste il voulut le réconforter.

— Si je faisais médecine, ce serait la même chose.

— Non, parce que tu reviendrais un jour pour me seconder, et pour prendre la relève. Du moins, c'est ce que j'avais pensé.

Il y eut un silence. Un long silence.

— Je suis navré, papa.

Plus tard, Jims se demanda s'il aurait dû prendre son fils par les épaules, s'il aurait dû faire un geste pour se faire pardonner une froideur et une indifférence qui avaient duré dix-huit ans, en espérant que les années à venir allaient les rapprocher. Mais il haussa les épaules.

— Tu peux faire ce que tu veux, dit-il. Puis il s'entendit ajouter : C'est ce que tu as toujours fait, du reste.

Jamais adieu ne fut plus définitif. Il le savait.

Une fois, alors qu'il se trouvait en ville, Jims Blake alla sonner chez O'Neill. Pris d'une envie irrésistible de se retourner le couteau dans la plaie, il voulut connaître l'homme qui avait ouvert tout grand sa porte à Declan Blake. Personnage exubérant, Gerry O'Neill connaissait mille et une anecdotes sur les gens et les choses qu'il se piquait de raconter avec art. Jims Blake le trouva ennuyeux et borné. Incrédule, il observa un moment son épouse, ses filles et Declan qui riaient et encourageaient le bonhomme dans ses rodomontades.

L'aînée, une belle fille du nom de Ruth, était la préférée de son père. Elle suivait des cours de secrétariat commercial dans une école voisine, en vue de travailler plus tard à l'agence paternelle. Ses parents parlaient d'« O'Neill Agents Immobiliers » comme s'il s'était agi d'une très vieille et très respectable entreprise familiale et non d'un vulgaire coup de bluff reposant essentiellement sur le bagout de Gerry O'Neill.

— Pourquoi n'inviterais-tu pas Ruth à la Terrasse, un de ces jours? suggéra Jims à son fils.

Il avait senti l'attirance de Declan pour la jeune fille aux yeux bruns de sa nouvelle famille.

— Je ne crois pas que...

— Je ne te demande pas de revenir habiter à la maison, je te dis simplement de l'inviter à déjeuner un dimanche, nom d'une pipe.

Une fois encore, des paroles désagréables lui avaient échappé. Son fils sembla désarçonné.

— Oui, euh, bien sûr... un de ces jours.

Jims Blake envisageait de prendre un assistant. Il réalisait à présent combien le vieux Charles Nolan avait dû se sentir seul, et combien la venue de Jims, des années auparavant, avait dû le soulager ainsi que l'idée qu'il allait pouvoir laisser sa maison et sa clientèle à quelqu'un. Jims avait pensé qu'il ferait un jour la même chose avec Declan. Il s'était imaginé passant ses soirées avec lui, comme il l'avait fait jadis avec Charles, à discuter d'articles parus dans le *Scalpel* ou dans la *Revue médicale irlandaise*, ou d'une nouvelle panacée apparemment magique qui venait de sortir sur le marché.

Chaque semaine Sheila lui passait un coup de fil depuis son hôpital de Dublin, et chaque semaine il recevait une lettre d'Eileen, partie travailler en Angleterre dans un cabinet d'architectes.

Il avait presque oublié à quoi ressemblait Frances, et ce qu'il éprouvait lorsqu'il la tenait dans ses bras. Pourquoi se sentait-il vieux? Après tout, il arrivait tout juste à la fin de la cinquantaine. Pourtant, il avait le sentiment très net que son existence était finie.

Declan finit par se décider à amener Ruth à déjeuner. La jeune fille parlait volontiers et avec aisance comme elle le faisait lorsqu'elle était chez elle. Elle posait des questions, et semblait s'intéresser aux réponses. Elle interrogea Maisie sur les bouquets de fleurs qu'elle réalisait pour l'autel. Maisie déclara que c'était une jeune fille très bien, et que Declan avait beaucoup de chance d'avoir rencontrée une jeune fille comme elle et non une de ces dévergondées qu'on trouvait en ville.

A sa troisième visite, elle prit l'initiative d'embrasser le docteur pour lui dire au revoir.

— Merci, docteur Jims, dit-elle.

Elle exhalait un frais parfum de savonnette et le docteur se dit que son fils avait bien de la chance.

Il eut un choc en voyant arriver son fils quelques semaines plus tard. C'était un jeudi après-midi, jour de congé de Maisie. Declan était blanc comme un linge, de grands cernes mauves creusaient ses yeux.

Il faisait les cent pas dans la maison en attendant que le dernier patient soit parti.

— Tu as encore quelqu'un à voir?

— J'ai une visite à l'extérieur. Un des frères de Carrie. Tu te souviens de Carrie?

— Evidemment. Est-ce que je peux venir avec toi?

D'une certaine façon Jims Blake sut trouver les silences et les mots justes. Il ne demanda pas à son fils pourquoi il n'était pas au travail, ni pourquoi il avait si mauvaise mine. Au contraire, il lui sourit et lui tint la porte d'entrée. Ensemble ils se dirigèrent vers la voiture, le père et le fils. Ensemble ils descendirent le perron du numéro trois de la Terrasse, comme il avait toujours rêvé de le faire avec son fils.

Ils n'échangèrent pas un mot sur le chemin de la ferme où un des frères de Carrie s'était blessé, une fois encore, avec un outil rouillé. Sans un mot, Declan regarda son père nettoyer la plaie avant de la recoudre.

C'est au retour qu'ils se mirent à parler.

Ils s'arrêtèrent à l'ombre du Vieux Rocher, l'énorme bloc minéral qui avait donné son nom à Shancarrig. Ils firent quelques pas dans l'après-midi frileux tandis que les ombres s'allongeaient.

Jims Blake entendit toute l'histoire. La terrible histoire du garçon qu'un brave homme avait pris sous son toit. Gerry

O'Neill tomberait raide mort s'il apprenait que Ruth était enceinte. Son frère Vinnie, qui était entré au séminaire, ne lui pardonnerait jamais une telle trahison.

Le garçon ne dormait et ne mangeait plus depuis une semaine, et sans doute en allait-il de même pour la fille. C'était la fin. Declan avait voulu qu'ils se sauvent ensemble, mais Ruth avait refusé, et lorsqu'il reprenait ses sens il était forcé de reconnaître qu'elle avait raison.

— Il faut vraiment que les choses aillent mal pour que je t'en parle, dit-il à son père.

Jims Blake ravala la réflexion qu'il avait au bord des lèvres. En d'autres circonstances il l'aurait sans doute faite, et son fils serait rentré dans sa coquille, cette coquille dont il avait eu tellement de mal à s'extraire. Il ne demanda pas à Declan ce qu'il attendait de lui. Il avait compris que Declan ne le savait pas lui-même. C'est pourquoi il fit ce qu'il avait envie de faire depuis toujours, il passa un bras autour des épaules de son fils.

Il fit semblant de ne pas voir l'étonnement dans ses yeux.

— Je vais te dire ce que je pense, dit-il. (Sa voix était calme, presque euphorique. Il sentait les épaules de son fils qui se détendaient sous son étreinte.) J'ai un ami à Dublin, nous avons fait nos études ensemble. Il est gynécologue-obstétricien. Il est assez réputé aujourd'hui... Je vais lui envoyer Ruth pour une dilatation et un curetage... Oh, je sais, ces noms barbares ont toujours quelque chose d'affolant. Il s'agit simplement d'un examen du col de l'utérus sous anesthésie afin de tout remettre en ordre. Il y a beaucoup de jeunes filles dans ce cas qui...

Declan se tourna soudain vers lui.

— Est-ce que... Est-ce que c'est la même chose que...

Jims Blake trouva les mots justes.

— Je viens de te le dire, peu importe comment cela s'appelle, ce qui compte c'est que Ruth se présente à cette adresse et qu'elle en ressorte dans un jour ou deux sans que personne n'en ait jamais rien su.

Ils retournèrent à la voiture et rentrèrent à Shancarrig. La magie n'était pas brisée.

Son fils entra avec lui à la maison, et il firent du feu dans la cheminée parce que la soirée était fraîche. Declan but un petit verre de brandy qui lui redonna un peu de couleurs.

Jims Blake se souvint des paroles du vieux Dr Nolan qui lui disait souvent que la vie recelait des mystères qu'on ne soupçonnait pas. Et ça n'était pas le Dr Jims qui l'aurait contredit : pour la première fois il s'apprêtait à passer agréablement la soirée en tête à tête avec son fils, le jour même où il avait pris la décision de ne pas laisser naître son propre petit-fils.

NORA KELLY

Nora et Jim Kelly n'avaient aucune photo de leur mariage. Le cousin qui les avait photographiés n'avait pas eu la main heureuse. La pellicule était voilée, leur avoua-t-il après coup.

Ça n'a pas d'importance, lui fut-il répondu.

Mais, au fond, pour Nora cela en avait. Ils n'avaient aucun souvenir pour marquer le début de leur union. Ça n'avait pas été un mariage extraordinaire, notez bien. Pendant la guerre, les gens ne faisaient pas d'extravagances, même pas les gens plus riches ou plus distingués que Nora et Jim. Néanmoins, leur mariage avait été particulièrement discret.

Les deux jeunes instituteurs s'étaient mariés pendant le Carême, parce qu'ils voulaient profiter des vacances de Pâques pour leur lune de miel. La mère de Nora n'avait pas desserré les dents. Un mariage pendant le Carême signifiait une chose et une seule : on avait anticipé sur les privilèges du mariage et une grossesse indésirable était survenue.

Mais ça n'était pas le cas, Nora et Jim n'avaient anticipé sur rien du tout. Et la grossesse dont sa mère redoutait qu'elle jetât le discrédit sur la famille tout entière ne se produisit jamais, même pas après des années et des années de mariage.

Mois après mois, Nora Kelly annonçait à son mari qu'ils n'avaient, cette fois encore, nulle raison d'espérer une grossesse. Ils haussaient les épaules et se disaient que cela finirait bien par arriver tôt ou tard. Ceci pendant les trois premières années. Ensuite ils se consolèrent du mieux qu'ils purent. Deux instituteurs qui avaient déjà toute la progéniture de Shancarrig sur les bras avaient-ils besoin d'ajouter un enfant de plus à la population mondiale?

Puis ils se décidèrent enfin à consulter.

Ce ne fut pas facile pour Nora Kelly d'aller trouver le Dr Jims. C'était un homme gentil et toujours courtois. Elle savait qu'il ne serait ni trop réservé ni trop indiscret. Il sortirait son calepin et prendrait des notes en hochant la tête d'un air absorbé.

Dans les bons jours, Nora Kelly avait déjà le teint pâle, et ces temps-ci elle n'était pas dans ses meilleurs jours. C'était une jeune femme frêle, avec des cheveux blonds et rebelles dont elle faisait une natte qu'elle enroulait ensuite en chignon sur sa nuque.

Personne à Shancarrig ne l'avait jamais vue les cheveux défaits flottants au vent. Les gens lui trouvaient l'air un peu sévère, ce qui n'avait rien d'étonnant pour une institutrice. Son grand gaillard de mari, en revanche, avait plus l'air d'un paysan que d'un directeur d'école — on aimait bien voir un peu d'autorité sur le visage d'un homme.

Quelqu'un ayant connu Nora avant son mariage disait que jadis on la voyait en compagnie de ses deux sœurs, foncer tête baissée sur son vieux vélo, dans une bourgade à quelque cent kilomètres de là. C'était un joyeux trio de casse-cous, à ce qu'on disait. Mais c'était dur à croire.

Elle n'avait plus aucun parent là-bas, elle n'avait pas d'identité, pas de passé. C'était la maîtresse d'école et rien d'autre — une femme pleine de bon sens, pas coquette pour deux sous et qui n'avait pas la folie des grandeurs. Et peu portée sur la bonne chère à en juger par les morceaux qu'elle achetait chez le boucher. Mais une maîtresse d'école irréprochable en tous cas. Le bon Dieu ne lui avait pas donné d'enfant, c'était une lourde croix à porter, mais allez savoir ce qui se cachait vraiment derrière toute cette histoire.

Comme elle s'y attendait, le Dr Jims se montra plein de sollicitude. L'examen fut rapide et mené avec tact, ses conseils étaient sobres et pratiques — il lui fallait un remède simple, voire un remède de bonne femme. Le Dr Jims lui dit qu'il ne fallait pas mésestimer la sagesse populaire transmise de génération en génération. Il lui raconta qu'une fois, les bohémiens lui avaient donné un remède qui s'était avéré fort efficace. Ceux-ci connaissaient des quantités de choses que la médecine moderne n'avait pas encore découvertes. Mais les bohémiens gardaient leurs secrets pour eux-mêmes.

Les remèdes de bonne femme n'eurent aucun effet. Il fallut se rendre en ville pour passer des examens à l'hôpital. Jim dut donner des échantillons de son sperme. C'était éprouvant, humiliant, et pour finir déprimant. Finalement, on annonça aux Kelly qu'en l'état actuel des connaissances de la science il n'y avait aucune raison pour qu'ils ne puissent pas avoir d'enfant. Peut-être qu'avec un peu de chance...

A l'automne 1946, le Dr Jims, dont la propre épouse était à nouveau enceinte, dut prendre sur lui pour annoncer la nouvelle à Nora Kelly. Leurs petites filles allaient déjà à l'école, et voilà qu'un autre bébé était déjà en route. Il se montra plein de compassion et elle lui en fut d'autant plus reconnaissante qu'il lui annonça la nouvelle à voix basse. Ce n'était pas facile d'être une femme sans enfants lorsqu'on vivait dans une bourgade de province. Il y avait déjà longtemps qu'elle avait remarqué les coups d'œil en biais. Nora savait que les voies du Seigneur étaient impénétrables pour le commun des mortels, cependant elle ne comprenait pas pourquoi ce dernier s'obstinait à donner des enfants à des Brennan ou à des Dunne qui étaient incapables de nourrir ou d'élever correctement leur abondante marmaille, alors qu'il restait sourd à sa prière à elle.

Parfois, elle éprouvait une douleur quasiment physique lorsqu'elle voyait arriver de nouveaux enfants à l'école. Elle contemplait leurs visages poupins et leurs petites jambes chancelantes, les plus pauvres d'entre eux portant des souliers trop grands ou des vêtements trop longs. Si elle et Jim avaient eu un enfant, ils l'auraient choyé. C'était à croire qu'il suffisait aux autres femmes du village de songer à tomber enceintes pour le devenir — des femmes qui en avaient déjà bien assez comme cela, des femmes qui disaient en soupirant : « Et voilà, c'est reparti pour un tour. »

Lorsque le fils du docteur naquit, par l'hiver le plus froid que Shancarrig ait jamais connu, l'année où la rivière Grane resta gelée pendant trois longs mois, sa femme mourut en couches. Lorsque Nora Kelly prit le petit garçon dans ses bras, elle regretta amèrement de ne pouvoir le ramener avec elle à la maison. Chez eux il n'aurait manqué de rien. Ils auraient sorti toutes les affaires de bébé confectionnées ou achetées des années auparavant et qui dormaient aujourd'hui dans la naphtaline. L'enfant aurait grandi à l'école. Cela dit, il n'aurait pas eu de traitement de faveur simplement parce qu'il était le fils des instituteurs.

Ce jour-là, à la nursery, pendant un court instant d'une grande intensité, elle avait cru que le docteur allait lui donner son fils. Mais ce n'était qu'une illusion, bien sûr.

Nora avait entendu dire que les couples qui n'avaient pas eu d'enfants tissaient des liens très étroits. Comme si la déception qui les unissait et la vie de couple sans les joies de la famille les incitaient à se rapprocher l'un de l'autre.

Elle aurait aimé pouvoir dire que c'était leur cas, mais malheureusement ça ne l'était pas.

Jim était de plus en plus distant. Sa promenade du soir était de plus en plus longue. Elle passait ses soirées seule, au coin du feu, et il lui arrivait même de retourner dans la classe pour préparer les cours du lendemain.

Lorsqu'elle eut vingt-huit ans, son mari ne lui proposa pour ainsi dire plus de faire l'amour.

— A quoi bon? lui demanda-t-il un soir qu'elle s'était pelotonnée amoureusement contre lui.

Ce qui l'avait à jamais dissuadée de renouveler ses tentatives.

Entre eux, il était convenu qu'on ne blâmerait personne. Mais Nora ne pouvait s'empêcher de regarder de son côté à elle. Ses deux sœurs n'avaient pas beaucoup d'enfants. La première n'en avait eu que deux, et la seconde en avait un seul, alors que, du côté de Jim, ils se reproduisaient comme des lapins.

Sa sœur Kay, qui vivait à Dublin, avait deux petits garçons. Parfois ils venaient passer quelques jours à Shancarrig, et Nora avait un pincement au cœur chaque fois qu'elle voyait Jim se précipiter vers eux pour les accueillir ou les emmener en promenade. Avec eux il était complètement différent d'avec les enfants de sa classe. A l'école il était patient et impartial, mais il restait toujours distant, il n'y avait pas cette joyeuse exubérance qu'il manifestait avec ses neveux lorsqu'il les prenait par la main pour les emmener patauger au bord de la rivière Grane, ou cueillir des champignons du côté du

Vieux Rocher, ou pour aller chasser l'ours ou le tigre dans les bois de Barna.

La sœur de Nora ne manquait jamais de dire : « Il aurait fait un père formidable, tu ne trouves pas ? » Et Nora grinçait des dents.

Elle avait plus de contacts avec sa sœur jumelle, Helen, bien que celle-ci fût partie vivre à l'autre bout du monde, à Chicago.

Elle lui avait envoyé des photographies de sa fille, la petite Maria. Helen était partie vivre à Chicago lorsque Nora était entrée à l'école normale. Elle n'avait pas assez de cervelle pour faire des études, disait-elle. Elle voulait voir le monde et, surtout, elle ne voulait pas finir dans un trou paumé comme celui où elles avaient grandi.

En réalité, Shancarrig était un trou bien plus paumé encore que leur ville natale. Nora était sûre qu'Helen la plaignait. A quoi cela lui avait-il servi de faire des études ? Elle était bien avancée maintenant qu'elle était maîtresse d'école dans un minuscule village, avec un mari taciturne et pas un seul enfant.

La vie d'Helen était cent fois plus palpitante que la sienne. Elle avait commencé par être serveuse chez *Stouffers*. C'était un café-restaurant — un des nombreux cafés-restaurants de la chaîne du même nom. C'est là qu'elle avait rencontré Lexi, un jour qu'il était venu livrer de la viande.

Grand, beau et blond, Lexi était polonais et catholique. Il n'était pas très bavard mais ses yeux d'un beau bleu sombre la suivaient absolument partout. Helen lui avait raconté comment il l'avait invitée la première fois, et comment il l'avait présentée à sa famille. On parlait polonais chez eux, mais ils lui avaient dit en petit nègre qu'elle était la bienvenue.

Lorsqu'ils s'étaient mariés dans une des plus grandes églises polonaises de Chicago, personne n'était venu encourager Helen. Qui aurait pu se permettre d'aller au bout du monde en 1942, alors que le monde entier était en guerre ?

Lorsque Maria naquit en 1944, elle fut baptisée par un prêtre polonais. Il y avait des beignets de pomme de terre au menu, sauf que les Polonais appelaient ça des *latkes*, et une soupe absolument répugnante appelée *polewka*, qu'ils vous servaient à pleine louche.

Maria était ravissante. Helen ne cessait de le répéter dans ses lettres. Nora savait par expérience qu'il ne fallait pas trop se fier aux contes de bonne femme, mais cela ne l'empêchait pas de croire que des jumelles, même à des milliers de kilomètres l'une de l'autre, pouvaient savoir ce que ressentait l'autre.

Elle lisait et relisait les lettres d'Helen pour essayer de découvrir ce qui la tracassait, car Nora Kelly savait que la vie dans le Southside de Chicago n'était pas aussi rose que sa sœur le laissait entendre dans ses lettres.

Et puis, sur un coup de tête, par un beau jour de printemps de 1948, elle lui écrivit :

« Je sais que cela va te paraître un peu péremptoire, mais pourquoi ne viendrais-tu pas avec Maria, cet été ? L'école sera fermée, et Jim et moi aurons tout le temps de nous consacrer à vous, et puis cela nous ferait tellement plaisir. »

Lexi était le bienvenu, lui aussi, naturellement, mais Helen laissa entendre qu'il ne pourrait peut-être pas venir. En revanche, Helen, qui travaillait à mi-temps au restaurant, pouvait s'arranger pour prendre des vacances.

Nora lui décrivit les fleurs et les haies tout autour de Shancarrig. Elle exalta le joyeux murmure de la rivière, et la beauté des bois de Barna, dignes de figurer sur une carte postale.

Helen lui répondit par retour de courrier. Lexi ne pourrait pas venir, mais elle et Maria viendraient leur rendre visite.

Nora était folle d'impatience. Leur sœur Kay déclara qu'Helen devait avoir de l'argent à ne savoir qu'en faire pour prendre le premier avion pour Dublin comme ça, sur un coup de tête. Mais Nora avait le sentiment que sa sœur avait dû négocier âprement son voyage, sans parler des sacrifices matériels que cela impliquait. Cependant elle n'en parla pas. Elle en saurait plus lorsqu'Helen serait là.

Ce fut un grand soulagement pour les deux jumelles, lorsqu'après les grandes retrouvailles de Dublin elles quittèrent Kay et se retrouvèrent enfin seules dans le train de Shancarrig. Elles se tenaient par la main et parlaient à perdre haleine, trébuchant sur les mots, finissant les phrases l'une de l'autre, en commençant de nouvelles... pour dire, en fin de compte, que la petite était cent fois plus belle au naturel.

Maria était une vraie beauté.

Elle avait quatre ans et demi, et un sourire radieux illuminait son visage. Elle chantonnait pour elle-même, ravie des crayons de couleur et du morceau de carton que Nora lui avait offerts en guise de cadeau de bienvenue.

— C'est bien toi, ça alors! s'était exclamée Helen. Les autres lui offrent toujours des choses en dentelle ou des fanfreluches qu'elle met en pièces en un rien de temps.

— Les autres?

— Les Polonais, avoua Helen, et elles éclatèrent de rire comme les enfants qu'elles étaient lorsqu'elles s'étaient quittées, des années auparavant.

Le soleil brillait tandis que le train approchait de Shancarrig. Là-bas, sur le quai, se tenait Jim Kelly, venu accueillir sa belle-sœur et sa nièce.

Maria se prit aussitôt d'affection pour lui. Elle lui tendit sa petite main potelée qu'il prit sans hésiter tandis que de l'autre il saisit la grosse valise.

— Oh, Nora. (Les yeux d'Helen étaient pleins de larmes.) Oh, Nora, comme tu as de la chance.

Tandis qu'ils quittaient la gare et longeaient la grand-rue où depuis quelque temps on lui jetait des regards de commisération, Nora, l'institutrice qui ne pouvait pas avoir d'enfants, se dit qu'elle avait bien de la chance en vérité.

Nellie Dunne était sur le pas de sa porte.

— Vous avez l'air radieuse, madame Kelly! lança-t-elle.

— Je vous présente ma sœur, mademoiselle Dunne.

— Et vous avez amené votre petite fille, à ce que je vois?

Nellie Dunne se renseignait, elle voulait pouvoir informer convenablement son prochain client.

— C'est ma petite Maria, dit Helen fièrement.

Lorsqu'ils furent suffisamment loin pour que Nelly ne puisse pas les entendre, Nora dit:

— Les langues vont aller bon train lorsqu'on apprendra que ma propre sœur a réussi à avoir un enfant.

Helen posa la main sur le bras de sa sœur jumelle.

— Chut. Nous aurons tout le temps d'en reparler, nous avons des semaines devant nous.

Et, bras dessus bras dessous, tous traversèrent le village et rentrèrent à la maison pour préparer une bonne tasse de thé.

Mais Nora Kelly et sa sœur jumelle n'eurent guère le temps de parler de la vie à Chicago et à Shancarrig. Cinq jours après son arrivée, Helen fut écrasée par un autobus alors que celui-ci tentait d'éviter une carriole dont le cheval devenu fou avait traversé la route sans crier gare. Elle était morte sur le coup.

Nora Kelly était chez Nellie Dunne avec Maria lorsque l'accident survint. La petite était en train de choisir une sucette, sans arriver à décider laquelle, de la rouge ou de la verte, irait le mieux avec sa robe à smocks en percale jaune.

Nora n'oublierait jamais le bruit de la collision. Il lui revenait sans cesse en mémoire, d'abord les roues de la charrette, puis les hennissements du cheval et le crissement aigu des pneus de l'autobus qui tentait de s'arrêter, enfin un cri déchirant. Et tout à coup le silence, avant que d'autres cris et d'autres bruits ne retentissent à nouveau tandis que les gens accouraient à la rescousse.

Plus tard, les gens dirent qu'Helen n'avait pas crié, qu'elle était morte sur le coup.

Mais Nora l'avait entendue.

Ils l'amenèrent à l'hôtel des Ryan. Là, on lui donna du brandy, les femmes la prenaient dans leurs bras, on entendait le bruit des pas des gens qui s'affairaient en tous sens. Quelqu'un monta jusqu'à l'école pour prévenir Jim. Le major Murphy, du manoir de Glen, était venu prêter main forte et s'efforçait d'organiser les choses de façon militaire.

Le père Gunn était là, lui aussi, son étole autour du cou. Il était accouru de l'église pour murmurer l'acte de contrition dans l'oreille de la morte.

— La voilà montée au ciel à présent, dit le père Gunn à Nora. Elle est en train de prier pour nous tous.

Nora se sentit envahie par un sentiment d'injustice. Helen n'était pas venue à Shancarrig pour monter au ciel et prier pour eux tous, elle était venue pour raconter sa vie compliquée avec un homme étrange qui buvait, non pas à la manière des Irlandais, mais autrement. Elle avait voulu prendre ses dispositions afin que sa fille puisse venir régulièrement en

Irlande plutôt que de grandir au milieu des Polonais, perdue dans une foule de cousins et de cousines. Apparemment, les frères et sœurs de Lexi avaient donné le jour à une ribambelle de petits Américains. Helen avait commencé à s'inquiéter du sort de Maria. Elle craignait qu'au milieu de toute cette marmaille celle-ci n'arrive pas à s'épanouir et à trouver sa propre personnalité comme le faisaient les enfants de Shancarrig. Nora lui avait parlé des enfants qui se pressaient dans la cour de l'école quand arrivait l'automne, chacun avec sa propre histoire et son propre devenir.

Nora n'arrivait pas à y croire. Comment était-ce possible? Chaque minute lui semblait une éternité, tandis qu'assise dans le salon de l'hôtel elle observait le flux et le reflux des gens qui s'afféraient autour d'elle.

Il lui sembla que la voix du sergent Keane était à des années lumière lorsqu'il lui suggéra d'envoyer un télégramme, ou même de passer un coup de fil à Chicago.

— Je ne peux tout de même pas envoyer un télégramme à cet homme pour lui annoncer qu'Helen est morte, s'entendit-elle dire comme si quelqu'un d'autre avait parlé à sa place. Les mots avaient quelque chose d'irréel. Le sergent expliqua qu'on pouvait lui envoyer un télégramme en lui demandant de rappeler l'hôtel. Là, quelqu'un lui annoncerait la nouvelle.

— Je le ferai moi-même, dit Nora.

Il n'y eut pas moyen de l'en dissuader. Il n'était pas trois heures de l'après-midi. A Chicago, le jour se levait à peine. Et Lexi était sans doute en train de livrer sa viande. Il faudrait peut-être des heures avant qu'il ne reçoive le télégramme. Eh bien elle resterait à l'hôtel et attendrait son coup de fil. Mme Ryan donna des ordres pour qu'on installe un lit dans le salon — les clients comprendraient certainement qu'il s'agissait d'un cas force majeure, que Mme Kelly devait rester à proximité du téléphone, jour et nuit.

On lui apporta une tasse de thé et une gelée aux fruits pour Maria. Une gelée aux fruits rouges nappée de crème fraîche qu'elle mangea très lentement, comme au ralenti.

Puis, à dix heures du soir, quelqu'un vint prévenir Nora qu'on la demandait au téléphone. Elle annonça la nouvelle à l'homme à l'accent polonais. Elle était restée étendue sur le lit, avec les rideaux fermés pour cacher la lumière du soleil couchant. Il faisait presque nuit à présent, et elle lui parlait comme elle s'était dit qu'elle le ferait, sans larmes, en lui donnant le plus d'informations possible, le plus calmement possible.

— Pourquoi ne pleurez-vous pas? demanda-t-il avec son accent à découper au couteau, comme un étranger dans un film.

— Parce que ma sœur aurait voulu que je sois forte, dit-elle simplement.

Elle lui demanda s'il voulait parler à Maria, mais il dit non. Elle lui dit qu'on amènerait le corps d'Helen à l'église le lendemain soir et que les funérailles auraient lieu le surlendemain. M. Hays s'était renseigné sur les horaires d'avion. Il avait passé la journée au téléphone avec l'aéroport de Shannon...

Lexi ne la laissa pas finir. Il ne viendrait pas à l'enterrement.

Nora en eut le souffle coupé.

La voix traînante parlait toujours. Ce n'était pas possible, il n'était pas Crésus. Et puis il ne connaissait personne là-bas. On allait dire une messe ici, dans sa paroisse, dans son église à lui. Puis il reparla de l'accident, et des circonstances du drame. Qui était responsable? Quelle partie d'Helen avait été touchée?

Le cauchemar se prolongea encore un moment qui sembla une éternité à Nora Kelly. Ce n'est que lorsque l'opératrice annonça que six minutes s'étaient écoulées qu'elle réalisa qu'ils n'avaient passé que fort peu de temps au téléphone.

— Allez-vous rappeler demain? demanda-t-elle.

— Pour dire quoi?

— Pour parler.

— Il n'y a plus rien à dire.

— Et Maria...?

— Pouvez-vous vous en occuper jusqu'à ce que je vienne la chercher?

— Oui, naturellement... mais si vous faites le voyage pour venir la chercher, pourquoi ne venez-vous pas à l'enterrement d'Helen?

— Je viendrai plus tard.

Les jours passaient sans que Nora parvienne à renouer

totalement avec le réel. Elle voyait Jim, sa grande main tendue vers Maria dont les pleurs pour sa maman étaient devenus de plus en plus rares. Ils lui avaient dit que sa maman était au ciel avec les anges, et lui avaient montré des images pieuses pour qu'elle sache où sa maman était allée.

Et tandis que les jours passaient Nora mettait de l'ordre dans les affaires de sa sœur, et Jim emmenait la petite Maria aux bois de Barna pour cueillir des fleurs.

Assise sur son lit, Nora fouillait dans les papiers de sa sœur, son passeport, son permis de travail et sa carte d'assurance maladie. Elle ne trouva pas de billet de retour. Etait-il possible qu'Helen ait eu l'intention de rester ici au lieu de rentrer en Amérique ? Elle trouva les lettres d'un avocat « concernant notre entretien du... » L'avait-elle contacté en vue d'entamer une procédure de divorce ? Le ton bourru de Lexi était-il dû à l'émotion ? Ou au fait que l'amour et la tendresse avaient déserté leur mariage ? La tête lui tournait. Pourquoi n'en avaient-elles pas parlé d'emblée, elle et sa sœur ? Il est vrai que leurs retrouvailles s'étaient faites très progressivement, qu'à leur grand étonnement elles avaient découvert qu'il suffisait à l'une de commencer une phrase pour que l'autre la termine.

Comme Dieu était cruel de les avoir séparées après cinq jours seulement.

Comme toujours, Kay fit preuve de sens pratique.

— Surtout ne t'attache pas trop à la petite, dit-elle à Nora. Son salopard de mari viendra sans doute la rechercher dès qu'il lui en prendra l'envie.

Que voulaient-ils dire par « ne t'attache pas trop à la petite » ? Comment aurait-elle pu restreindre son affection pour la petite fille aux grands yeux bleu sombre et à la crinière bouclée, qui lui caressait la joue si gentiment ?

Au bout d'une semaine Nora se surprit à demander à Jim si la petite dormait, comme s'il s'était agi de leur propre fille.

Il lui répondit tendrement.

— Je lui ai lu une histoire, mais elle voudrait que « No » lui en raconte une autre. Elle dit que « No » en connaît de plus belles.

Il s'était remis à lui sourire, comme avant. Il ne lui tournait plus le dos lorsqu'ils étaient au lit, il lui rendait ses caresses, comme avant. C'était comme si Maria avait rempli leur vie.

— Kay a probablement raison lorsqu'elle me dit de ne pas trop m'attacher à la petite, dit Nora un soir d'été, alors qu'ils étaient en train de la regarder jouer avec trois poussins que Mme Barton, la couturière, avait amenés avec elle, dans une boîte, pour distraire la fillette.

— Je ne cesse d'espérer qu'il ne la reprendra pas, dit Jim.

C'était la première fois depuis quatre semaines qu'ils abordaient le sujet.

— Mieux vaut ne pas trop espérer... y a-t-il un seul père sur terre qui ne voudrait pas récupérer son enfant?

— Y a-t-il un seul homme sur terre qui ne voudrait pas assister à l'enterrement de sa femme? dit Jim.

Nora écrivait régulièrement. Elle décrivit les funérailles, les fleurs, le sermon, et la tombe sous un arbre, au cimetière, et comment les dimanches, Maria et elle s'y rendaient pour y déposer des fleurs. Dans un an on installerait une pierre tombale, Lexi voulait-il qu'on y inscrive quelque chose de spécial?

Elle lui raconta que le conducteur du bus avait été profondément ébranlé par l'accident. On le voyait souvent monter seul au rocher de Shancarrig. Les gens avaient beau lui dire que ce n'était pas sa faute, que personne ne pouvait lui jeter la pierre, que c'était un acte de Dieu si le cheval s'était emballé à ce moment là, il répondait qu'il ne conduirait plus jamais un autobus de sa vie, et il était venu déposer des fleurs sur la tombe un jour où il croyait que personne ne le verrait.

Elle lui écrivit que chaque soir Maria priait Dieu de bénir son père ainsi qu'un grand nombre d'autres personnes, ses grands-parents, vraisemblablement, et sa famille d'Amérique. Elle voulait qu'il sache que la petite ne les avait pas oubliés. Elle lui dit qu'à la rentrée, en septembre, Maria entrerait au cours préparatoire. Elle allait sur ses cinq ans — âge auquel on commençait l'école.

Elle lui décrivit l'école et l'énorme hêtre pourpre qui se dressait dans la cour, ainsi que les cartes de géographie qui ornaient les murs de la classe. Elle cessa de dire « jusqu'à ce que vous veniez la chercher » ou « pour le moment ». Au lieu de cela elle faisait comme s'il avait été convenu que Maria resterait chez eux pour une période de temps indéterminée.

Les autres enfants l'adoptèrent d'emblée. Ils ne trouvaient pas étrange qu'elle appelle Mme Kelly « No ». Ils pensaient qu'elle l'appelait ainsi parce qu'elle était la plus jeune, le bébé de la classe. Geraldine Brennan, du quartier des chaumières, avait décidé de la prendre sous son aile. Mais Nora Kelly était obligée de la surveiller de près, au cas où son ange gardien serait tenté de dévorer son déjeuner à sa place.

Les contacts avec Lexi étaient réduits à leur plus simple expression. Il écrivait de temps en temps pour la remercier de ses lettres. Son écriture était maladroite et son orthographe aléatoire. Il ne disait pratiquement rien de ses intentions. Il lui demanda à plusieurs reprises de lui préciser les circonstances de l'accident, si l'affaire avait été portée devant les tribunaux et si les dommages et intérêts avaient été versés. Une fois, même, il lui demanda si Helen avait emporté des objets de valeur avec elle.

A Shancarrig aussi, les gens commençaient à considérer Maria comme l'enfant légitime de Jim et de Nora. Ils en étaient même venus à l'appeler par leur nom.

— Hep, Maria Kelly, viens donc voir les têtards ! entendit Nora, une fois à l'heure du dîner, alors que les enfants étaient en train de jouer dans la cour, et son cœur tressaillit de plaisir.

Elle avait eu un enfant, un enfant à elle, par accident.

Un enfant qui fêta ses cinq ans avec un gâteau et des bougies, un enfant qui passa son premier Noël à Shancarrig et qui chanta des chants de Noël devant la crèche, à l'église.

— Tu te souviens de Noël à Chicago ? demanda Nora tout en l'enveloppant dans une écharpe de laine bien chaude avant de reprendre le chemin de la maison.

Maria secoua sa toison bouclée.

— Je ne m'en souviens pas, dit-elle, et Nora sourit dans l'obscurité.

Moins Maria se souvenait et plus il y avait de chance pour qu'elle reste avec eux.

M. Hayes, le père de Niall, un garçon timide qui se faisait malmener par les autres, vint la trouver un jour.

— Ma femme m'a dit que les autres garçons le rudoyaient.

Votre mari dira sans doute que c'est la meilleure façon d'en faire un homme. Mais je me demandais si nous ne pouvions pas parvenir à un compromis, vous et moi, dit-il.

Nora Kelly lui sourit. Voilà qui était typique de sa façon d'agir. Plutôt que de vous tirer dessus à boulets rouges, M. Hayes s'efforçait toujours de trouver une solution de conciliation.

— Je pense qu'il aurait intérêt à devenir ami avec Foxy Dunne, dit-elle au bout d'un moment.

— Foxy? Le petit chenapan des chaumières?

— Oh, mais il est malin comme un singe, ce Foxy. Il s'en sortira, vous verrez, il laissera loin derrière lui la misère dans laquelle il a grandi.

— Mais comment mon fils pourrait-il devenir ami avec ce gosse? Ethel aurait trop peur qu'il ne lui fauche son argenterie.

Bill Hays semblait découragé.

— Il n'en fera rien. Et puis ce serait un bon allié pour Niall. Niall est un tendre. Il a besoin d'un dur à ses côtés, pas d'un autre tendre comme son ami Eddie.

— Vous avez toujours réponse à tout, madame Kelly.

— Oh, non. Je le voudrais bien cependant. Je voudrais bien savoir comment m'y prendre pour garder la fille de ma sœur. Je voudrais qu'on me dise qu'elle est à moi dès l'instant que je m'en occupe.

— Vous êtes trop raisonnable pour cela.

— Je crois que ma sœur avait l'intention de divorcer. J'ai retrouvé plusieurs lettres de son avocat... elles ne disent pas grand-chose, cependant.

— C'est souvent le cas, reconnut Bill Hayes tristement.

Elle soupira. Il était en train de lui dire la même chose que le père Gunn et le Dr Jims. Ne faites rien. Espérez. Six mois s'étaient écoulés et l'homme n'était toujours venu reprendre sa fille. C'était bon signe.

Lorsqu'une année entière se fut écoulée, ce fut meilleur signe encore.

Et lorsqu'arriva l'époque des célébrations de l'Année sainte et de la bénédiction de l'école, Maria Kelly était devenue un membre de la famille et de Shancarrig à part entière. Elle appelait Jim « papa », et Nora « maman No ».

— On dirait un nom japonais, comme un personnage de *Madame Butterfly*! dit Jim qui était toujours de bonne humeur ces temps-ci.

— Elle ne peut pas m'appeler maman, ça lui rappelle sa propre mère, répondit Nora.

— Elle semble avoir complètement oublié son père en tout cas, lui glissa-t-il à l'oreille.

Le soir, les prières de Maria incluaient une liste interminable de camarades d'école, et les poussins — des poules à présent — que Mme Barton lui avait donnés. Elle priait pour les gens les plus divers, comme le petit Declan Blake, que l'étrange et rêveuse Carrie, sa nourrice, promenait dans son landau. Maria adorait Carrie et Declan, et demandait souvent à maman No s'ils auraient un jour un bébé comme Declan avec qui elle pourrait jouer. Elle priait pour le chien de Leo Murphy, Jessica, qui s'était cassé la patte, et aussi pour Foxy Dunne qui lui avait donné un des vers de terre qu'il gardait dans un pot de confiture. Mais les noms polonais et celui de son père avaient disparu de sa liste.

Il ne lui fallut pas longtemps pour s'apercevoir que son statut de fille du directeur de l'école lui donnait certains privilèges.

— Que se passerait-il si tu ne savais pas tes tables de multiplication? lui demanda Geraldine Brennan, fort intéressée. Est-ce qu'ils te donneraient un coup de règle sur les doigts, comme à nous?

— Sûrement pas, intervint Catherine Ryan, de l'hôtel, qui savait toujours tout. Elle n'est pas obligée d'apprendre ses leçons si elle ne veut pas.

— C'est pas juste, s'indigna Geraldine Brennan. Moi, parce que mon père et ma mère ne sont pas instituteurs, je reçois des coups de ceinture, mais toi tu as le droit de faire ce que tu veux.

Maria Kelly n'aimait pas que l'on critique son papa et sa maman No. Elle décida de redoubler d'efforts.

— Va te coucher, ma chérie. Tu vas d'esquinter les yeux, dit Jim Kelly, un jour que Maria était en train d'apprendre une récitation à la lueur d'une lampe à pétrole.

— Il faut que je l'apprenne par cœur, il le faut. C'est très important vis-à-vis des autres. Si je ne la sais pas sur le bout des doigts, il faudra me donner la fessée, sinon ils vont encore dire que toi et maman No vous me gâtez.

Jim et Nora échangèrent des messes basses ce soir-là. Jamais enfant n'aurait pu leur donner plus de joie et de satisfaction. Ils avaient le sentiment d'avoir reçu un cadeau des mains de Dieu, en 1948, cinq longues années plus tôt.

Mattie, le facteur, était celui qui apportait les bonnes et les mauvaises nouvelles dans tous les foyers de Shancarrig. Il savait à quelle date arrivaient les mandats des émigrants, il savait quand une lettre n'était pas la bienvenue. Il hésitait légèrement chaque fois qu'il devait remettre une lettre venue de Chicago à Mme Kelly.

Lorsqu'il lui remit une enveloppe venue d'Amérique plus grande et plus épaisse, et à l'aspect plus formel que les petites enveloppes griffonnées qu'il lui remettait en temps normal, Mattie lui demanda s'il pouvait entrer boire un verre d'eau. Mme Kelly lui offrit une tasse de thé.

— Je ne veux pas vous déranger ni rien... c'est juste au cas où ce serait de mauvaises nouvelles. Comme je sais que vous êtes toute seule aujourd'hui... Le maître a emmené les enfants au Vieux Rocher, n'est-ce pas?

C'était vrai. Chaque année au début de l'été Jim organisait une sortie. Toute l'école partait en promenade — cinquante-six gosses en tout. Le père Gunn était généralement de la partie, lui aussi, ainsi que le vieux curé O'Toole lorsqu'il s'en sentait la force. Le vieux curé O'Toole ne voulait pas que les enfants s'imaginent que le Vieux Rocher était un monument païen. C'était le problème avec les vestiges d'avant saint Patrick... les gens avaient du mal à les associer à Dieu.

Pour une fois que Nora Kelly avait décidé de ne pas se joindre à eux, la malchance voulait qu'elle reçoive des nouvelles de Chicago. Etait-ce des papiers légaux? Sa main tremblait. Elle ouvrit la lettre. Elle contenait des coupures de journaux. Ceux-ci racontaient que Lexi, le père de Maria, avait ouvert son propre magasin, une boucherie ultra-moderne et flambant neuve. Il voulait que Maria le sache, pour qu'elle soit fière de son père.

Nora aurait-elle la gentillesse de les lui montrer? Et lui

demander d'écrire un petit mot à son père? « C'est une grande fille à présent, comment se fait-il qu'elle n'écrive jamais? » Assise à la table de la cuisine, Nora Kelly se prit la tête entre les mains et se mit à sangloter.

Mattie, qui regrettait amèrement de ne pas avoir jeté la lettre sur la table comme il le faisait d'habitude, lui tapota l'épaule pour essayer de la consoler.

— Allons, allons, madame Kelly. C'est le bon Dieu qui vous l'a donnée, cette petite, répétait-il sans cesse.

Nora Kelly finit par se calmer. Elle se passa de l'eau sur le visage, se donna un coup de peigne, puis elle mit son chapeau d'été, un chapeau de paille noir, et prit la route qui descendait à la Terrasse, la rangée de maison où vivaient le Dr Jims Blake et Me Bill Hayes, le notaire.

Derrière son comptoir, Nellie Dunne, qui regardait dehors par la porte laissée ouverte, aperçut la maîtresse d'école qui marchait d'un pas rapide, les joues en feu, l'air décidé. Se rendait-elle chez le docteur? Avait-elle quelque chose à lui annoncer? On disait toujours que c'était lorsqu'une femme renonçait à avoir un enfant qu'elle se retrouvait enceinte.

Mais Nora Kelly gravissait les marches du perron des Hayes. Elle était en quête d'un avis légal et non médical.

M. Hayes remarqua d'emblée un changement dans son attitude. Il fallait régler cette histoire de dommages et intérêts une fois pour toutes.

— Que se passe-t-il, madame Kelly? demanda-t-il calmement. Jusqu'ici, c'est vous qui aviez renoncé à engager la procédure, en déclarant que l'argent ne vous rendrait pas votre sœur et que la petite ne manquait de rien.

Il était courtois mais insistant.

— Je sais, dit Nora. C'est ce que je pensais en effet. Mais aujourd'hui je pense que mon seul espoir est d'obtenir les dommages et intérêts, et de les lui donner.

— Lui?

— A son père. Il n'y a que cela qui l'intéresse, croyez-moi.

— Mais les dommages et intérêts sont pour Maria autant que pour lui.

— Eh bien, il aura tout s'il nous laisse l'enfant.

— Mais, Nora, Nora...

En temps normal, le père de Niall Hayes ne l'aurait pas appelée par son prénom. Il semblait contrarié.

— Qu'essayez-vous de me dire, monsieur Hayes?

— Que vous ne pouvez pas acheter un enfant.

— Et moi je vous dis que c'est précisément ce que je veux faire, dit-elle, le visage empourpré, les yeux brillants, beaucoup trop brillants.

De guerre lasse, Bill Hayes alla chercher le dossier et ensemble ils relurent les lettres des avocats de la compagnie des transports et les siennes. Il était question de payer l'assurance. A combien s'élèveraient les dommages et intérêts? A 2 000 livres au plus, et à 1 200 livres au moins. Moins la somme serait élevée et plus vite elle leur serait versée. Mais peut-être qu'après toutes ces années ils étaient en droit d'exiger davantage?

— Tâchez d'obtenir le maximum, monsieur Hayes.

— Excusez-moi, mais ne pensez-vous pas que votre mari...

— Jim est prêt à tout, lui aussi, pour la garder.

— Mais je ne peux pas vous garantir que...

— Je sais, mais il faut que j'aie quelque chose à lui proposer si je veux négocier. Il nous a écrit pour nous annoncer qu'il venait d'ouvrir un magasin. Il en est fier comme Artaban. Et maintenant il voudrait que sa fille lui écrive... dit-elle, la lèvre tremblante.

— Peut-être parce que, pour la première fois, il se sent habilité à le faire. Vous savez, ça n'est pas rien, pour un Américain, de monter sa propre affaire...

— Je vous en prie, ne le défendez pas. Passe encore s'il était venu la reprendre dès le début. Mais pas maintenant. Pas après l'avoir ignorée et négligée pendant toutes ces années...

— Elle reviendra peut-être pour les vacances...

La bouche de Nora ne formait plus qu'une ligne étroite.

— Je sais que cela part d'un bon sentiment, monsieur Hayes, mais vous perdez votre temps.

— Très bien, madame Kelly. Je vais tâcher de mettre la machine en branle, si tant est que l'on puisse mettre en branle la machine juridique, dit Bill Hayes avec un geste en direction des étagères où s'amoncelaient des piles d'enveloppes et de dossiers ficelés avec du ruban rose pâle.

— Tu veux bien écrire un petit mot à ton père? demanda Nora à Maria ce soir-là.

— Pour quoi faire? Pour le remercier de l'excursion au Vieux Rocher?

Elle semblait surprise.

Nora avala sa salive, incapable de parler. Pour Maria, il n'y avait qu'un père : Jim. L'homme qui était si fier de la boucherie où l'on vendait la meilleure viande de Chicago n'existait pas pour elle.

Quelques jours plus tard elle aborda à nouveau le sujet.

— Nous avons reçu une lettre de ton papa Lexi, à Chicago. Il a envoyé des photos de son nouveau magasin.

Maria saisit les coupures de journaux.

— Berk! Regarde tous ces cadavres d'animaux, dit-elle en les lui rendant aussitôt.

— C'est son métier. Il est boucher, comme le père de Jimmy Morrissey. (Nora aurait préféré ne pas insister, mais elle n'osait pas.) Quoi qu'il en soit, Maria, tu devrais lui écrire un petit mot pour lui dire que sa boucherie est superbe.

— Mais ce n'est pas vrai, s'écria Maria en partant d'un fou rire contagieux.

Ses cheveux, longs à présent mais toujours bouclés, étaient attachés par un ruban de couleur. Elle était toujours plongée dans ses livres — les soirées passées à lui raconter de belles histoires avaient porté leurs fruits. Elle était grande et hâlée et solide. Elle allait sur ses dix ans, c'était une petite fille que tous les parents leur auraient enviée.

— Mais il aimerait que tu le lui dises, insista Nora.

— Ce serait un mensonge.

Elle saisit à nouveau la coupure de journal pour regarder plus attentivement, comme Nora s'y attendait, le bel homme qui se tenait devant la boutique.

— C'est lui? demanda-t-elle.

— Oui.

Elle était mal à l'aise, ses yeux bleu sombre étaient vagues.

— Que pourrais-je lui dire?

— Bah, tu verras bien, ce qui te passera par la tête. Je ne peux tout de même pas te dicter une lettre.

— Mais c'est qu'il ne me vient pas la moindre idée. Je ne sais pas. Je me sens mal à l'aise quand je pense à... tout cela.

Nora Kelly passa ses bras autour de Maria.

— Ne t'inquiète pas, ma chérie. Nous sommes là.

Maria se débattit. Tout ceci était trop mélodramatique.

— Oui. Bon. Je vais lui mettre un petit mot. Crois-tu que je pourrais lui dire : « tu as l'air beau et riche » ?

— *Non*, Maria. Je t'en prie, ne dis pas une chose pareille.

— Bien, maman. Mais je ne sais pas quoi lui dire. Je crois qu'il va falloir que tu me dictes quelque chose.

— Je le crois, en effet, acquiesça Nora.

Leurs lettres étaient polies et distantes. Elles parlaient peu de Shancarrig, et pas du tout des Kelly, les vrais parents de Maria, mais s'efforçaient de donner la vague impression que cette dernière était pleine de bonne volonté vis-à-vis de l'étranger qui demeurait à Chicago.

Nora remarquait non sans une certaine satisfaction que Maria lisait sans s'attarder et sans plaisir les lettres ampoulées qui lui étaient adressées, chacune commençant par « Ma chère fille Maria ».

L'homme n'avait pas grand-chose à dire, et il le faisait avec maladresse.

— Il n'est pas fort en orthographe, papa Lexi, dit Maria.

— Allons, allons ! la reprenait Jim.

— Est-ce que c'est un secret ? Est-ce que les gens savent qu'il existe ?

— Bien sûr, ma chérie. Ce n'est pas un secret. En voilà une idée.

— C'est que nous ne parlons jamais de lui. Et personne d'autre n'a un papa à des milliers de kilomètres.

— Mais si, nous parlons de lui, et tu lui écris. Il n'y a rien de secret dans tout cela.

Nora voulait ôter tout aspect mystérieux ou merveilleux à la chose.

— Tu lui écris, toi, maman No ?

— Oui, ma chérie. Mais pour parler affaires.

— Vous parlez de boucherie ?

— Non. Nous parlons d'affaires juridiques, tu sais, depuis l'accident de ta mère...

— Mais pourquoi parlez-vous de cela ?

— Oh, tu sais ce que c'est. La paperasse habituelle. Les formalités, et tout le reste.

Nora restait vague.

Mais tout cela n'intéressait déjà plus l'enfant. Maria voulait parler de Mlle Ross à maman No.

— Je l'ai vue grimper dans l'arbre, ce matin, dit-elle en riant au souvenir de l'élégante Mlle Ross qu'elle avait vue jambe en l'air, cherchant à atteindre la cime de l'arbre.

— En voilà, une histoire à dormir debout ! Tu as dû rêver.

— Mais non. Je l'ai vue. Il était six heures du matin et j'étais en train de regarder par la fenêtre lorsqu'elle est entrée dans la cour de l'école. Je te jure que c'est vrai.

— Mais que pouvait-elle bien faire dans la cour à une heure pareille ?

— En tout cas, je l'ai vue. Elle n'avait pas dormi de la nuit. Elle revenait des bois de Barna.

— Je crois que tu lis trop de romans — tu finis par ne plus faire la différence entre la réalité et la fiction.

Nora hocha la tête. Mlle Ross grimpant aux arbres. Non mais vraiment, quelle idée !

— Mademoiselle Ross ?

— Oui, Maria.

— Mademoiselle Ross, n'est-ce pas vous qui grimpiez à l'arbre, hier matin ?

Mlle Ross devint rouge écarlate.

— Comment ?

— C'est que... c'est que je l'ai dit à maman No, mais elle m'a dit que j'avais rêvé.

— Absolument, Maria, tu as rêvé.

Mlle Ross tourna les talons et s'éloigna prestement.

Nora avait entendu leur conversation. Quelque chose dans la voix de la jeune institutrice lui disait que celle-ci n'était pas sincère.

— Je m'étais trompée, au sujet de Mlle Ross, dit Maria.

— C'était sans doute un effet de la lumière. On voit plein d'ombres bizarres au petit matin, dit Nora gentiment.

Elles échangèrent un coup d'œil et Maria comprit que Nora savait qu'elle n'avait pas rêvé. Qu'elle n'avait pas rêvé du tout.

— Je ne vous remercierai jamais assez, au sujet de ce jeune chenapan de Foxy Dunne, dit M. Hayes à Nora Kelly lorsqu'elle vint le voir une deuxième fois. C'était exactement ce qu'il fallait faire. Foxy a montré à Niall comment s'y prendre pour attraper des lapins — nous en avons déjà six dans l'arrière-cour, maintenant. Tous des mâles. Foxy lui a aussi appris à les reconnaître.

Nora rit.

— Il n'y a pas grand-chose que ce gamin ne sache déjà.

Bill Hayes regarda par la fenêtre, en direction de l'arrière-cour.

— Regardez. Il a aidé Niall à leur construire une petite cabane, et à fabriquer un clapier avec du fil de fer. C'est du travail de professionnel, et ça n'est qu'un gosse.

— Il ira loin, dit Nora.

Elle savait aussi que les visites à la Terrasse avaient un effet bénéfique sur le jeune Foxy Dunne. Il se peignait les cheveux et se lavait les mains sans qu'on soit obligé de le lui demander. Il mangeait lentement, comme ses hôtes. Ce garçon apprenait vite.

Nora aimait bien parler avec Bill Hayes. C'était un homme réservé, et à ceux qui le connaissaient mal il donnait l'impression d'être exagérément tatillon et précis. Mais la vie n'était décidément facile pour personne. Et Nora Kelly savait que la vie aux côtés d'Ethel Hayes, qui ne souriait jamais, n'était pas une partie de plaisir. Elle savait aussi que les secrets des uns et des autres étaient bien gardés au numéro cinq de la Terrasse. Et que le notaire était d'excellent conseil.

— Bien, j'imagine que vous n'êtes pas venue jusqu'ici pour parler de lapins et de clapiers. Je crois que je me suis un peu égaré. (Il retourna s'asseoir derrière son bureau et sortit un dossier.) Ils nous ont fait une offre... ils ne sont pas mécontents de pouvoir clore ce dossier après cinq ans et demi.

— Combien?

— Treize mille. Bien sûr, nous pourrions...

— C'est parfait. Voici une attestation de Jim, au cas où vous iriez imaginer que j'agis de mon propre chef.

— Mais non, mais non...

Il prit tout de même l'attestation.

— Je vais lui écrire ce soir même. Quand allons-nous toucher l'argent?

— Dans une semaine ou deux.

— Y a-t-il légalement un certain pourcentage pour lui et pour Maria?

— Je suggère que la moitié soit versée à Maria, et placée...

— Vous savez ce que nous avons l'intention de faire avec sa part, n'est-ce pas?

— Oui, mais je vous le répète, ce serait très imprudent, à tous points de vue. Supposez que la petite reste avec vous. Croyez-vous qu'elle sera contente lorsqu'elle apprendra que vous avez disposé de sa part d'héritage?

Nora Kelly ne voulait rien entendre... elle allait écrire le soir même.

Elle alla à la poste pour acheter un timbre. Derrière la grille, Katty Morrissey leva la tête.

— Ça, par exemple, pour une coïncidence! Il y a un télégramme qui est arrivé pour vous il y a tout juste une demi-heure. J'allais demander à Mattie de vous l'apporter.

Nora tressaillit. Sa main tremblait lorsqu'elle ouvrit l'enveloppe, et devant Katty Morrissey et Nellie Dunne qui étaient présentes comme chaque fois qu'un drame était sur le point de se produire, elle lut que Lexi arrivait à l'aéroport de Shannon le vendredi matin et qu'il serait chez eux le vendredi après-midi.

— Voulez-vous un verre d'eau, madame Kelly?

— Non, mademoiselle Dunne, merci. Je ne veux rien du tout.

Puis, rassemblant jusqu'à la dernière miette tout ce qui lui restait d'énergie, Nora Kelly sortit du bureau de poste, laissant Nellie et Katty face à face, prêtes à annoncer à tout Shancarrig que l'heure de la maîtresse d'école avait sonné. Le vrai père arrivait des Etats-Unis pour reprendre son enfant.

— Vous n'avez pas l'air bien, madame Kelly.

Maddy Ross s'était approchée d'elle tandis qu'elle traversait le pont pour remonter jusqu'à l'école.

— Vous non plus, mademoiselle Ross, répliqua Nora.

Elle n'espérait aucune compassion de la part de la jeune institutrice qui avait toute la vie devant elle — une vie pour se marier et avoir des enfants.

— Je vais bien, merci. Je suis juste un peu fatiguée. Je n'arrive pas à dormir en ce moment. Alors je marche dans les bois — ça m'aide à avoir les idées claires.

Il y avait quelque chose d'étrange dans son regard, quelque chose de délirant, presque.

Jim ne cessait de répéter qu'il était vital pour l'école de Shancarrig de garder Mlle Ross. Elle gagnait une misère, car l'académie ne lui versait que le salaire minimum. Et seul quelqu'un comme Maddy Ross, qui était propriétaire de sa maison et dont la mère touchait une petite rente, aurait pu survivre avec le traitement dérisoire qui lui était alloué chaque mois.

Cependant Nora avait parfois le sentiment que Mlle Ross était une rêveuse, et qu'elle était encore plus écervelée qu'une gamine de quatorze ans. Et plus d'une fois, Dieu nous protège, elle s'était demandé si Mlle Ross n'avait pas essayé de flirter avec le jeune père Barry. Mais Nora s'était bien gardée d'en rien dire à personne, pas même à Jim.

— N'avez-vous pas l'impression parfois que le monde bouillonne littéralement de bonheur? lui demanda Maddy Ross tandis qu'elles reprenaient ensemble le chemin de l'école.

Nora Kelly qui n'était pas franchement d'humeur à écouter ces propos exaltés, répondit sèchement qu'elle ne le pensait pas du tout, et en particulier pas aujourd'hui. Si Mlle Ross voulait bien l'excuser, elle avait d'autres préoccupations et ne voulait pas être interrompue dans ses réflexions.

Maddy Ross rentra aussitôt dans sa coquille, comme un animal blessé.

Mais qu'importe, Nora avait d'autres soucis en tête, elle s'occuperait en temps voulu des élucubrations de la jeune institutrice. Pour l'instant elle devait se préparer à l'événement qu'elle redoutait depuis la mort de sa sœur — l'arrivée de son beau-frère qui venait reprendre sa fille.

Elle marchait comme dans un rêve. Cette sensation d'immatérialité, elle ne l'avait pas ressentie depuis la mort d'Helen. Elle avait l'impression de regarder quelqu'un faire les choses à sa place — remplir la bouilloire, mettre la table.

Lorsque Jim entra elle était assise, immobile, à la table de la cuisine. Et lorsque ses yeux tombèrent sur le télégramme, il n'eut pas besoin de lui poser trente-six questions.

— Quand arrive-t-il?

— Vendredi.

— Nora. Oh, Nora, mon amour. Qu'allons-nous faire?

Il enfouit son visage dans ses mains et se mit à pleurer comme un enfant.

Elle lui caressa doucement le bras en énumérant toutes les possibilités. Devaient-ils quitter Shancarrig et partir se cacher ailleurs? Non, c'était absurde, il lancerait la police à leurs trousses. Devaient-ils lui dire que Maria était malade et qu'elle ne pouvait pas voyager? Devaient-ils demander à M. Hayes de contacter un avocat à Dublin en vue d'un procès afin d'empêcher qu'on la leur reprenne? Chaque nouvelle solution semblait plus irréaliste que la précédente.

Ils auraient pu demander à Maria de le supplier. Non. Surtout pas.

Mais peut-être était-ce préférable pour l'enfant, après tout? Une vie confortable en Amérique. Des quantités de cousins, une famille toute faite, un accueil chaleureux à la maison, comme si les cinq années qui s'étaient écoulées depuis qu'elle avait quitté l'aéroport de Chicago, en 1948, n'avaient été qu'un interlude.

Nora et Jim Kelly réalisèrent soudain qu'ils étaient totalement impuissants. Ils ne pouvaient rien faire si ce n'est attendre vendredi et voir ce qui allait se passer.

Lorsqu'ils montrèrent le télégramme à Maria, tous deux avaient suffisamment repris leur calme pour ne pas laisser paraître leur émotion.

— Est-ce qu'il vient pour me reprendre? demanda Maria.

— A vrai dire, nous ne savons pas quelles sont ses intentions. Le télégramme dit simplement « arrive à Shancarrig ». Il ne parle pas de... de ce qu'il compte faire ensuite.

— Je ne veux pas partir.

— Allons, allons, calme-toi, dit Jim Kelly.

— Me calmer? (Maria était hors d'elle. Ils n'avaient jamais réalisé à quel point elle était devenue forte et indépendante dans ses opinions et sa façon de penser.) C'est ici, ma maison. Vous êtes mes parents. Je ne veux pas partir avec un homme que je ne connais pas, un homme qui n'est même pas venu me chercher quand ma mère est morte.

— Il ne le pouvait pas. Et puis, tu as tort de le considérer comme un ennemi.

— Mais *c'est* un ennemi. Je ne veux pas le voir, je vais me sauver.

— Non, Maria, je t'en prie. Je t'en supplie, ce serait la pire des choses à faire.

— Que dois-je faire, alors?

— Essayer de parler avec lui, de lui dire combien tu es attachée à Shancarrig, que ta maison est ici, et que tu nous considères presque comme... tes parents.

— Mais vous *êtes* mes parents, s'écria Maria, obstinée.

— Je ne crois pas qu'il appréciera si tu le lui dis comme cela, dit Nora.

— Je me moque de ce qu'il pense. Pourquoi devrais-je le supplier de me laisser rester chez moi?

— Parce que la vie est injuste, et que tu n'as que dix ans.

Maria s'enfuit par la porte ouverte, et partit en courant en direction des bois de Barna.

Lorsqu'elle rentra, tard ce soir-là, elle était silencieuse. Et livide. Nora qui connaissait cette enfant comme si elle l'avait tricotée, comprit que quelque chose était arrivé, quelque chose qui n'avait pas de rapport avec la venue de son père, vendredi.

— Que s'est-il passé?

— Tu devines toujours tout, maman No.

— Tu as vu quelque chose?

— Oui, dit-elle en baissant la tête.

Nora avait les joues en feu. La vie était décidément bien cruelle. La petite avait-elle rencontré un satyre, un jour comme aujourd'hui? Il ne manquait plus que ça.

— Dis-moi ce qui s'est passé, dit-elle.

— Non, je ne peux pas. C'est trop terrible. Tu ne me croiras jamais.

— Mais si, je te croirai, je t'ai toujours crue.

— J'ai vu Mlle Ross et le père Barry qui s'embrassaient, avoua-t-elle précipitamment.

Nora sut d'instinct qu'elle disait la vérité. C'était bien ce qu'elle avait soupçonné elle-même, il n'y avait plus l'ombre d'un doute.

Dieu nous préserve, un prêtre et leur institutrice suppléante!

Mais le scandale, le souci d'annoncer la chose avec tact au père Gunn, et toutes les complications qui risquaient de s'ensuivre n'étaient rien en comparaison du choc qu'avait éprouvé Maria.

— Te rappelles-tu lorsque tu m'avais dit que tu avais vu Mlle Ross grimper dans l'arbre ? Je ne t'ai pas crue sur le coup, mais plus tard j'ai changé d'avis. Et maintenant je suis convaincue que tu disais la vérité. Mais, écoute, Maria, toi et moi avons d'autres préoccupations, bien plus graves. Essayons d'oublier tout ceci pour l'instant, de ne plus y penser, nous en reparlerons plus tard. Juste toi et moi. Il vaut mieux ne rien dire à personne, à personne, tu m'entends ? Ces choses-là ont généralement une explication.

— Ne me renvoie pas chez papa Lexi.

— Tu vas être forte et gentille lorsqu'il viendra. Je vais t'aider. Nous allons lui demander si tu ne pourrais pas venir nous voir tous les ans. Eh, ça ne serait pas formidable ? Avoir deux pays ? Vivre sur deux continents ? Et être choyée des deux côtés à la fois ? Ça n'arrive pas à tout le monde, tu sais.

— Mais, est-ce qu'il sera d'accord ?

— Oui, dit Nora Kelly qui de sa vie n'avait jamais fait plus gros mensonge.

Et ils tinrent bon pendant les quatre jours qui les séparaient du vendredi.

Les gens étaient pleins d'attentions pour eux, ce qui ne les étonna pas, en revanche leur tact ne laissa pas de les surprendre. Ils voulaient tous se rendre utiles.

Mme Ryan, de l'hôtel, se renseigna pour savoir à quelle heure arrivait l'avion, et comme celui-ci était attendu aux premières heures du jour, on calcula que Lexi arriverait à Shancarrig vers l'heure du déjeuner. Si cela les arrangeait, ils pouvaient déjeuner à l'hôtel du Commerce, on leur préparerait un salon particulier.

Me Hayes, le notaire, se proposa pour négocier un arrangement à l'amiable, en soulignant qu'il s'agissait là de la meilleure solution.

Le Dr Jims passa pour leur donner des somnifères, au cas où les nuits leur sembleraient trop longues.

Leo Murphy, la fille du major qui vivait au manoir de Glen, dit que Maria pouvait venir jouer au tennis avec elle si elle le voulait. Naturellement, elle avait quatre ans de moins qu'elle, mais cela n'avait aucune espèce d'importance dans la mesure où il s'agissait d'un cas de force majeure.

Le regard brûlant de sincérité, le jeune père Barry leur dit que Dieu était amour avant toute chose et qu'il saurait ouvrir les yeux du père et lui montrer l'amour des Kelly pour Maria.

Nora Kelly préférait ne pas trop penser au Dieu d'amour dont le père Barry se faisait le porte-parole, mais elle le remercia tout de même.

Le père Gunn déclara que les catholiques polonais vouaient un culte particulier à la Sainte Vierge, et que Mme Kelly ferait bien de lui montrer la plaque sur le mur disant que l'école avait été dédiée à la Vierge Marie.

Foxy Dunne, qui avait entendu dire qu'il y avait un léger problème, déclara que lui et ses frères connaissaient des gars bien baraqués qui n'hésiteraient pas à leur prêter main forte en cas de besoin. Jim Kelly fronça un sourcil réprobateur en entendant une telle proposition, ce qui ne l'empêcha pas d'entraîner Foxy à l'écart pour lui dire qu'il était un brave petit.

Eddie Barton raconta à sa mère que les bohémiens étaient de retour — ne serait-ce pas formidable s'ils enlevaient Maria pendant un certain temps, pour la ramener ensuite lorsque son père serait reparti pour Chicago?

Mme Barton fit quelques retouches à la plus belle robe de Nora Kelly. Elle ajouta un peu de dentelle sur le devant, ainsi qu'au col et aux poignets. Nora voulait être aussi élégante que n'importe quelle femme de Chicago.

— Je vous dit ce qu'Eddie m'a dit, au cas où. Cela pourrait marcher, dit-elle, des épingles plein la bouche.

— Dieu vous bénisse tous les deux, dit Nora Kelly en contemplant son reflet livide dans le miroir.

A bien des égards on se serait cru dans un western, quand le village tout entier attend l'arrivée des bandits. Mattie, le facteur, se trouvait comme par hasard à la gare, avec sa bicyclette, l'œil perdu dans le lointain. Le sergent Keane était à côté de l'arrêt du bus, assis sur le rebord d'une fenêtre, en train de faire un brin de causette avec Nellie Dunne qui avait déserté son comptoir pour le pas de sa porte.

Les Morrissey, à la boucherie, faisaient des sorties fréquentes dans la rue, tandis que Breda Ryan, l'hôtelière, semblait trouver mille et une choses à faire dans le hall d'entrée de l'hôtel.

Et même si aucun ne voulait l'admettre, même si tous faisaient mine de n'avoir pas vu frémir les rideaux du presbytère, tandis que Mme Kennedy guettait derrière une fenêtre et que le père Gunn guettait derrière l'autre, tous attendaient.

L'homme n'aurait pas pu faire un pas dans le village sans que les Kelly en soient aussitôt avertis. Mais personne ne s'attendait à le voir arriver en voiture. Et parce que c'était une voiture ordinaire et pas une énorme Cadillac, personne ne sut que Lexi était arrivé à Shancarrig et qu'il regardait à droite et à gauche pour essayer de localiser l'école du village.

Voyant qu'elle n'était pas dans le centre, ni près de l'église, il longea la route qui traversait la rivière Grane et se retrouva nez à nez avec le grand hêtre pourpre et la bâtisse à un étage qui portait l'inscription « Ecole municipale de Shancarrig ».

Derrière le mur se trouvait la petite maison de pierres de Jim et Nora Kelly. Ceux-ci attendaient fébrilement le messager qui devait leur annoncer la venue de Lexi. Mais ils ne s'attendaient pas à se trouver nez à nez avec Lexi lui-même.

C'était un grand et bel homme, aux cheveux blonds et frisottants derrière les oreilles et aux yeux bleu foncé. Il devait avoir dans les trente-six ou trente-sept ans, mais il faisait beaucoup plus jeune — on aurait dit un acteur de cinéma.

Nora et Jim l'attendaient sur le pas de la porte, hanche contre hanche pour se donner du courage. Nora mourait d'envie de serrer la main de son mari, mais elle jugea ce geste trop infantile. Ce n'était pas dans leurs habitudes. Hanche contre hanche, c'était bien suffisant.

— Je suis Alexis, dit-il. Vous êtes Nora et Jim?

— Bienvenu à Shancarrig, dit Nora avec un sourire figé qui, l'espérait-elle, masquait l'hypocrisie de ses propos.

— Et ma fille, Maria? demanda-t-il.

— Elle est allée chez des amis, nous avons pensé que c'était mieux. Nous vous y conduirons dès que vous le souhaiterez.

Jim parlait fort en s'efforçant de cacher l'émotion dans sa voix.

— Chez des amis?

— Oh, c'est à dix minutes à pied, trois minutes en voiture tout au plus. Ne vous inquiétez pas. Elle est là-bas, elle sait que vous venez, dit Jim.

Il avait cru deviner comme de la suspicion dans la voix de Lexi.

— Nous avons pensé que ce serait moins dur pour vous de lui annoncer ailleurs que dans sa propre maison... enfin, ce qu'elle considère comme sa propre maison, dit Nora avec un regard pour la petite cuisine qui était la sienne depuis des années.

— Lui annoncer?

— Enfin, lui parler. La rencontrer, faire sa connaissance. Je ne sais pas, moi, dit Jim d'une voix chancelante.

Les monosyllabes de Lexi le désorientaient complètement. Il s'était imaginé tout autre chose.

— C'est une bonne chose qu'elle ne soit pas là pour le moment, dit enfin le Polonais. Puis-je m'asseoir?

Ils se précipitèrent pour lui apporter une chaise, et lui offrir une tasse de thé, à moins qu'il ne préfère du whisky?

— Avez-vous de la vodka? demanda-t-il.

Une sonnette d'alarme retentit soudain dans la tête de Nora. Sa sœur Helen lui avait parlé de ses libations moroses, des quantités d'alcool qu'il avalait sans prononcer un mot.

— Non. Les maîtres d'école sont censés donner le bon exemple, voyez-vous. Mais nous avons une bouteille de whisky irlandais, si le cœur vous en dit.

Il sourit. Lexi, l'homme qui était venu pour reprendre leur fille, leur souriait comme à des amis.

— J'ai besoin d'un petit verre pour vous dire ce que j'ai à vous dire.

Le cœur serré, ils servirent trois petits verres de whisky pour ne pas le laisser boire tout seul. Ils ne lui proposèrent pas de trinquer, cependant.

— Je vais me remarier, dit Lexi. Je vais épousé Karina, une Polonaise. Son père a une boucherie, lui aussi, et nous allons nous associer. Elle est beaucoup plus jeune que moi, Karina. Elle n'a que vingt-deux ans.

— Ah, bon.

Nora retenait sa respiration, impatiente de savoir ce qu'il allait leur annoncer.

— Je vais être honnête avec vous. Ce serait beaucoup plus facile pour Karina et pour moi de repartir à zéro... comme n'importe quel autre couple. Apprendre à nous connaître, avoir des enfants...

Nora entendait sa respiration siffler entre ses dents. Elle serrait son petit verre si fort qu'elle crut qu'il allait se briser dans sa main.

— Et vous vous demandiez... dit-elle.

— Et je me suis dit que ma fille Maria était peut-être heureuse ici... et qu'elle avait peut-être envie de rester ici... Mais, voyez-vous, ça ne serait pas correct de ma part, si je vous la laissais... vous avez votre vie à vous. Vous avez déjà beaucoup fait pour elle pendant toutes ces années...

Les larmes coulaient sur le visage de Nora. Elle ne cherchait même pas à les essuyer.

Lexi poursuivit.

— Si je vous ai posé des questions sur l'assurance, c'est parce que je voulais savoir si vous aviez assez d'argent. Mais jamais vous n'avez répondu. Je voulais être sûr que vous aviez assez d'argent. Et je ne voulais pas vous proposer d'argent parce que je ne voulais pas que vous pensiez que je cherchais à vous acheter...

Jim Kelly s'était levé d'un bond.

— Oh, Lexi... monsieur... vous ne savez pas comme nous serions heureux de la garder avec nous. Elle sera toujours notre fille. Elle ira vous voir en vacances, si vous le souhaitez... Mais du fond du cœur, nous vous supplions de nous la laisser.

Nora parla très calmement.

— Vous pourriez devenir son oncle Lexi, plutôt que son papa, qu'en pensez-vous?

Elle ne sut jamais où elle avait trouvé la force de dire les mots que Lexi voulait entendre. Elle ne savait pas si elle avait bien fait jusqu'à ce qu'elle voie son visage s'illuminer.

— Oui, oui. Ce serait beaucoup mieux pour Karina, si elle pouvait la considérer comme une nièce, et non comme une fille. Et d'ailleurs, dans un sens, c'est un peu ce qu'elle est devenue.

Du coin de l'œil Nora aperçut une ombre qui bougeait dans le hêtre, au milieu de la cour. C'était Foxy Dunne qui venait aux nouvelles. Il avait vu la voiture et deviné qui était le chauffeur.

— Foxy! appela-t-elle. (Il approcha en roulant des mécaniques. L'homme était un ennemi, il fallait le traiter comme tel.) Foxy, veux-tu bien nous rendre un service? Maria est au Glen, avec Leo Murphy. Peux-tu aller la chercher et lui dire que tout est arrangé?

— Mais ça fait une trotte d'ici au manoir, s'écria Foxy à la stupéfaction générale.

— Bah, dix minutes à peine, gros paresseux, dit Jim Kelly.

— Ce serait plus facile si j'allais la chercher en voiture.

Il jeta un coup d'œil aux clefs de voiture qui se trouvaient sur la table.

— Eh, quel âge tu as, petit? demanda Lexi.

— Mais j'ai déjà conduit. C'est fastoche.

— Il a treize ans et demi, dit Nora.

— C'est déjà un homme, dit Lexi. Mais tâche de ne pas me l'esquinter. Il faut que je la ramène ce soir à l'aéroport de Shannon.

Il lui jeta les clefs.

Ce soir. L'homme retournait vers sa nouvelle vie ce soir même. Sans Maria.

Le soleil inondait la cuisine tandis qu'ils parlaient, comme de vieux amis, du passé et de l'avenir, en attendant le retour de Maria qui arriva, le visage blême. Foxy lui avait fait faire trois fois le tour de Shancarrig pour profiter de la voiture, mais en apercevant le sergent Keane il avait levé le pied de l'accélérateur pour la ramener sagement jusqu'à l'école.

Nora passa ses bras autour de la fillette.

— Nous avons eu une longue conversation, ma chérie, dit-elle. Voici Lexi, oncle Lexi. Il retourne en Amérique ce soir même et il voulait te rencontrer et te dire quelques mots avant de repartir.

Maria écarquilla de grands yeux incrédules.

— Avant de repartir et de te laisser avec nous. Là où nous pensons que tu seras le mieux, dit Nora Kelly qui avait promis à sa fille que tout irait bien et qui avait réussi à tenir sa promesse.

NESSA

C'était Mme Ryan qui portait la culotte à l'hôtel du Commerce. C'était bien connu. Et ce n'était pas plus mal, car si Conor Ryan n'avait pas épousé une femme de tête il y a belle lurette que l'hôtel aurait fait faillite.

Le moins que l'on puisse dire, c'est que Breda O'Connor n'avait pas les deux pieds dans le même sabot. C'était une lointaine cousine des Ryan, une petite femme gracile, à l'œil vif, au cheveu noir, lisse et brillant. Ils s'étaient rencontrés à l'occasion d'un mariage. Conor Ryan lui avait dit qu'il comptait partir pour l'Angleterre et s'enrôler dans l'armée britannique. Il aurait fait n'importe quoi pour quitter la tutelle parentale — ses parents tenaient un petit hôtel minable dans un trou minuscule.

— Quelle idée de vouloir s'enrôler dans l'armée! Si la guerre éclate, tu risques de te faire tuer, dit-elle.

Conor Ryan avait laissé entendre qu'il n'avait guère le choix, c'était l'armée ou rester chez ses parents.

— Ce ne sont tout de même pas des monstres, dit Breda.

— Si. Et puis l'hôtel est sinistre. D'ailleurs ce n'est pas un hôtel, c'est comme une morgue. Ça ne donne vraiment pas envie aux gens de s'y arrêter.

— Pourquoi ne l'arranges-tu pas?

— Parce que j'ai vingt-trois ans et qu'ils ne me laisseront jamais faire, dit-il.

Il n'en fallut pas plus à Breda O'Connor pour se décider à l'épouser. Si bien que, lorsque la Grande-Bretagne déclara la guerre à l'Allemagne, ils étaient déjà fiancés.

— Alors, tu vois que j'ai bien fait de t'empêcher de t'enrôler dans l'armée, dit Breda.

— Attends, tu n'as pas encore vécu sous le même toit que mon père et ma mère, dit-il de l'air abattu et résigné qu'elle était décidée à lui ôter.

— Et je ne le ferai jamais, dit-elle avec conviction. Nous allons construire notre propre maison.

Mais lorsque la remise fut convertie en petit logis pour les deux fiancés, le père de Conor Ryan déclara que son fils avait épousé une croqueuse de diamants, une fille qui s'imaginait qu'ils étaient cousus d'or !

La mère de Conor Ryan ajouta qu'elle ne laisserait pas une gamine faire la loi chez eux sous prétexte qu'elle avait un certificat d'études domestiques. Conor se garda bien de rapporter leurs propos à sa fiancée. Breda ferait bien assez tôt la connaissance de ses beaux-parents. Et elle ne pourrait pas dire qu'il ne l'avait pas mise en garde.

Mais le destin en décida autrement. Elle ne fit jamais leur connaissance, et ne sut jamais combien ils étaient réticents à l'idée de la voir épouser leur fils unique, qui n'était encore qu'un enfant.

Breda n'entendit jamais les parents de son fiancé proférer que, lorsqu'elle aurait élevé une poignée de marmots dans la cahute en parpaings qu'elle s'était faite construire, elle se calmerait peut-être un peu.

Les Ryan succombèrent à la mauvaise grippe qui déferla sur le pays au cours de l'hiver 1939.

Et deux semaines après le mariage de Conor et Breda, les mêmes se retrouvaient à l'église pour les doubles funérailles des parents du marié.

Il y eut plus d'un hochement de tête. C'était dur pour une jeunette de se retrouver du jour au lendemain à la tête d'un commerce. Et puis, bâtie comme elle l'était, elle ne tiendrait jamais le coup. Quant à Conor Ryan, il n'y avait rien à en tirer, c'était une vraie chiffe molle. Bref, c'était la mort assurée de l'hôtel du Commerce.

Jamais prédiction ne s'avéra plus inexacte.

Breda Ryan prit aussitôt les choses en main. Le jour même des funérailles, elle contrôlait déjà tout. Elle invita le cortège funèbre à venir boire un verre à l'hôtel plutôt que de se rendre chez Johnny Finn, par déférence pour les morts.

— C'est la meilleure marque de respect que vous puissiez offrir à mes beaux-parents, dit Breda Ryan.

Il ne lui fallut pas plus d'une semaine pour leur faire comprendre qu'elle ne voulait pas qu'on l'appelle la *jeune* Mme Ryan.

— La mère de mon mari n'est plus de ce monde, Dieu ait son âme. Là où elle se trouve, elle n'a plus besoin de son nom. Il n'y a plus qu'une Mme Ryan à présent, c'est moi.

Et le fait est qu'elle se posait là, Mme Ryan, la patronne de l'unique hôtel de Shancarrig. Celui-ci occupait un des côtés du triangle qui formait le « centre ville », comme on l'appelait. Les deux autres côtés étaient occupés, l'un par la Terrasse où habitaient les notables comme le docteur et Me Hayes, le notaire, et l'autre par une rangée de petits commerces qui vivaient tant bien que mal de la clientèle de Shancarrig et des environs — l'épicerie de Nellie Dunne, la pharmacie de M. Connors, la quincaillerie des autres Dunne, la boucherie et le magasin de tissu.

D'une couleur brun foncé, avec ses parquets couverts de linoléum et ses manteaux de cheminée en chêne massif, l'hôtel des Ryan n'était guère attrayant. Dans leur gros cadres de bois sombre, les gravures qui ornaient les murs représentaient des messieurs et des dames dont l'allure romantique tranchait étrangement avec celle des habitants de Shancarrig et des environs.

Il y avait aussi quelques gravures religieuses dans le hall, ainsi qu'une petite lampe rouge qui brûlait devant le sacré cœur. Les murs du hall et de la salle à manger étaient recouverts d'étagères où s'empilaient une quantité prodigieuse de verres et d'assiettes en porcelaine de Belleek qui n'avaient jamais servi.

Mme Ryan avait la ferme intention de changer tout cela un jour, mais en attendant il lui fallait tout de même attirer les clients.

Elle commença par installer de gros rideaux devant la porte de l'office afin d'empêcher les odeurs de cuisine de pénétrer dans le hall. Puis elle accrocha un tableau d'affichage à côté de la réception, sur lequel elle épinglait des prospectus vantant les concerts, les bals et autres manifestations mondaines qui avaient lieu dans les environs.

Elle voulait faire de l'hôtel du Commerce, le point de mire de Shancarrig, l'endroit où les gens accourraient quand ils auraient besoin d'un renseignement. Les horaires des trains et des bus étaient affichés, bien en vue, avec l'espoir que les voyageurs en transit entreraient boire un verre.

Elle commençait tout juste à mettre ses projets à exécution lorsqu'elle s'aperçut qu'elle était enceinte.

Son premier enfant, une petite fille, naquit en 1940, mise au monde par le jeune Dr Jims parce qu'elle était arrivée en pleine nuit et que le Dr Nolan était trop vieux pour se déplacer.

— Une belle petite fille, annonça-t-il. C'est ce que vous vouliez, au moins?

— Pas vraiment. J'aurais préféré un grand gaillard pour me seconder à l'hôtel, dit-elle en riant et en prenant le bébé dans ses bras.

— Bah, elle pourra peut-être vous donner un coup de main en attendant le petit frère.

Le Dr Jims avait toujours un mot gentil.

— Ce n'est pas une vie pour une femme. J'espère que Vanessa aurait un métier moins dur.

Elle serra la petite tout contre elle.

— Vanessa! C'est un joli nom.

— Bah, il faut ce qu'il faut, docteur.

Conor Ryan servit un verre de brandy au docteur et, à quatre heures et demie du matin, les deux hommes trinquèrent joyeusement à la santé de la nouvelle venue.

— A la santé de Vanessa qui, je l'espère, vivra assez vieille pour voir l'an 2000, dit le Dr Jims.

— Mais Nessa n'aura que soixante ans en l'an 2000! Ça n'est pas si vieux que ça, docteur, s'écria le jeune père.

D'emblée, tous l'appelèrent Nessa. Et en dépit de son fort caractère, sa mère ne réussit jamais à imposer qu'on l'appelle autrement. Puis arriva une petite sœur, Catherine, et une troisième fille, Nuala. Mais point de grand gaillard pour diriger l'hôtel. Et lorsqu'ils réalisèrent qu'il n'y en aurait jamais, les femmes tenaient si bien les choses en main à l'hôtel du Commerce que la présence d'un garçon n'était plus considérée comme indispensable.

Nessa trouvait qu'elle avait hérité des pires défauts physiques de ses parents.

Elle avait les cheveux raides de sa mère — des baguettes de tambour auxquelles une forêt de papillotes n'arrivaient pas à donner l'ombre d'un cran. Et puis elle avait hérité des épaules de son père et de ses grands pieds. Pourquoi n'avait-elle pas les boucles de son père et la silhouette gracile de sa mère ? La vie était profondément injuste. C'était tellement plus beau d'avoir les cheveux frisés.

Comme Leo, par exemple.

Aussi loin qu'elle pouvait se souvenir Nessa avait été amie avec Leo Murphy. Leo, c'était la fille qui vivait au manoir de Glen. Elle était pour ainsi dire fille unique. La veinarde. Pas une vraie fille unique, cependant, comme Eddie Barton, le fils de la couturière, mais les deux frères de Leo étaient très âgés et n'habitaient plus avec eux.

Nessa avait fait la connaissance de Leo avant même d'entrer à l'école de Shancarrig. Leo l'avait invitée à venir jouer chez elle. Mme Ryan voulait que Vanessa ait une amie convenable avant de commencer l'école et de s'acoquiner avec les Dunne et autres Brennan.

— C'est quoi, s'acoquiner, maman ? demanda Nessa à sa mère.

— Peu importe, tu ne le feras pas de toute façon.

— C'est pour cela que nous t'envoyons à l'école, pour que tu apprennes des mots comme celui-là, dit Conor Ryan en ouvrant le journal à la page des pronostics pour choisir le cheval sur lequel il allait parier cet après-midi.

Le premier jour d'école, Nessa Ryan s'assit à côté de Maura Brennan. Ensemble elles apprirent à faire des S.

— Pourquoi on appelle ça des crémaillères ? demanda Nessa, tandis que les deux fillettes s'appliquaient à tracer des S sur leurs cahiers d'écriture.

— Parce que ça ressemble un peu à des crémaillères qu'on suspend au-dessus du feu dans la cheminée, dit Maura.

Nessa transmit fièrement l'information à sa mère.

— Comment ! Ils t'ont assise à côté d'une Brennan, des chaumières ? s'indigna sa mère.

— Allons, allons, ne va pas lui donner de préjugés. Cette pauvre petite Brennan a bien le droit de s'asseoir à côté de quelqu'un, non? Elle n'a pas la peste tout de même.

Le père de Nessa prenait la défense de Maura Brennan, mais sa mère ne l'entendait pas de cette oreille.

— Ce n'est pas ce que tu dis quand son père arrive à moitié saoul en jurant comme un charretier.

— Oui, et il va chez Johnny Finn depuis que tu l'as mis à la porte.

— Tu ne vas tout de même pas me dire que tu le regrettes, ce bon à rien. Je suis bien contente de l'avoir mis à la porte. Et tu étais bien content, toi aussi.

— C'est vrai, c'est vrai.

— Alors, de quoi te plains-tu?

— Oh, je n'en sais rien, Breda...

Il secoua la tête. Nessa avait remarqué que... son papa ne savait jamais rien. Rien de rien. Ce n'était pas comme sa mère qui dirigeait l'hôtel, et qui savait tout.

— Alors il ne faut plus que je m'asseye à côté d'elle? demanda Nessa.

Le visage de sa mère se radoucit.

— Je retire ce que j'ai dit, ton père a raison. La petite n'y est pour rien.

— Maman, est-ce qu'on a une crémaillère à la maison?

— Non, nous avons une cuisinière, comme tout le monde. Mais les Brennan font sans doute la cuisine dans la cheminée. Est-ce que tu as vu Leo Murphy, aujourd'hui, à l'école?

— Elle était assise à côté d'Eddie. Ils ont été grondés parce qu'ils bavardaient.

— Et qu'as-tu fait d'autre? Raconte-moi un peu.

— On a joué. On a fait une grande ronde autour de l'arbre dans la cour.

— Moi aussi j'ai fait ça, quand j'avais ton âge, dit son père.

Sa mère s'approcha de son père et lui passa son bras autour des épaules. Ils souriaient tous les deux. Nessa se sentit en sécurité. Sa mère aimait peut-être son père, malgré tout, même s'il ne savait pas diriger un hôtel. Les gens qui connaissaient la maison ne demandaient jamais à parler à M. Ryan, ils demandaient toujours Mme Ryan. Les autres étaient priés de patienter, le temps que papa aille chercher maman.

Nessa avait grandi avec l'idée qu'en cas de crise elle devait consulter sa mère et non son père. Au début, elle croyait qu'il en allait de même dans toutes les familles.

Mais elle finit par découvrir que ce n'était pas le cas. La mère de Leo, par exemple, ne savait jamais où se trouvaient les choses, c'était le major Murphy et Biddy, la bonne, qui dirigeaient tout au manoir. Leo ne consultait jamais sa mère, sur rien. Quelle chance elle avait!

Elle apprit aussi que la mère de Maura Brennan était obligée d'aller mendier chez les uns et les autres parce que son mari buvait tous les sous du ménage. Et quand Nessa demanda pourquoi Mme Brennan ne le rappelait pas à l'ordre, Maura haussa les épaules. Les femmes, lui dit-elle, n'étaient pas comme cela.

Niall Hayes déclara que chez eux sa mère n'avait pas voix au chapitre. Son père réglait les factures, et prenait toutes les responsabilités. Quant à la mère de Foxy Dunne, de mémoire d'homme elle n'avait jamais ouvert une seule fois la bouche devant son père. Celui-ci, en revanche, ne la fermait jamais, si bien qu'à eux deux ils faisaient la paire.

Seul Eddie, dont le père était parti ou quelque chose dans ce genre, dit que sa mère s'occupait de tout. Mais elle avait horreur de ça. Elle n'arrêtait pas de répéter qu'il aurait fallu un homme à la maison.

Parfois, des blagues circulaient sur la mère de Nessa, parce qu'elle se comportait différemment des autres femmes de Shancarrig. Nessa ne les trouvait pas drôles, mais elle était bien obligée d'admettre que c'était la vérité. Sa mère ne cessait de la harceler de questions. Elle voulait connaître absolument tous ses faits et gestes.

— Pourquoi me poses-tu toutes ces questions? lui demanda un jour Nessa.

— Parce que je veux être sûre que tu ne feras pas les mêmes erreurs que moi. Je veux t'aider à grandir.

Sa mère lui avait répondu avec simplicité et franchise, comme si elle s'adressait à une adulte et non à une enfant.

— Laisse-la donc tranquille, intervint son père, comme il le faisait souvent. L'enfance passe si vite, laisse-la en profiter.

— Je n'en suis pas sûre, que l'enfance passe si vite, rétorqua la mère de Nessa, à en juger par le nombre de gens ici qui n'ont jamais grandi.

Parfois, les gens s'arrêtaient dans la rue pour admirer la jeune Nessa Ryan et demander « Comment s'appelle ce petit lapin? ». C'était une façon de parler, naturellement, mais Nessa les prenait au mot.

— Il n'y a pas de lapins chez nous, répondait-elle d'un ton sec. Il y a trop de travail à la maison pour s'occuper de lapins.

Les gens riaient de voir le ton solennel que prenait l'enfant pour répéter comme un perroquet ce qu'elle avait entendu dire à la maison.

Sa mère la réprimandait.

— Tu es la petite fille la plus gâtée du comté. Cesse de dire partout que nous ne nous occupons pas de toi, dit-elle.

Mais Nessa n'avait pas ce sentiment. Il lui arrivait de se demander si elle n'était pas une enfant trouvée, si les bohémiens qui passaient chaque année par le village ne l'avaient pas abandonnée devant la porte de l'hôtel. Ou bien si une noble dame aux longs cheveux magnifiques, pourchassée par des manants, ne l'avait pas laissée au pied du Vieux Rocher avant de prendre la fuite.

Nessa ne savait pas exactement ce qu'elle voulait, mais elle était sûre d'une chose : sa vie présente ne lui convenait pas. Elle avait beau faire tous les efforts de la terre, sa mère n'était jamais contente. Quant à son père, il était si mou et si veule que son opinion ne comptait pas.

Dans les moments où elle se sentait particulièrement exaltée et proche de Dieu, elle lui demandait de la rendre populaire et aimée de tous.

— Je ne vous demande pas de me rendre belle, mon Dieu, car je sais que vous n'exaucez pas ce genre de vœu. Mais je voudrais que les gens m'aiment davantage. Les gens qui ont beaucoup d'amis sont très, très heureux. Ils peuvent faire le bien autour d'eux, tout le temps. Même les enfants, mon Dieu, je vous assure. Je serai une bonne petite fille et une bonne adulte. Vous n'avez qu'à essayer et vous verrez le résultat.

Au cours de son enfance, Nessa Ryan vit s'opérer de grands changements à l'hôtel de Commerce.

Après une longue période de pénurie et de rationnement d'essence engendrée par la guerre qui sévissait en Europe, on vit à nouveau apparaître des voitures sur les routes. Les clients de l'hôtel n'arrivaient plus à pied depuis la gare de Shancarrig, ils se garaient juste devant la porte, le long d'un des trois côtés du triangle de gazon qui formait le centre du village. La plupart des gens hésitaient à laisser leur voiture dans la rue. Les visiteurs ignoraient que la Terrasse, où le Dr Nolan et le Dr Jims, et la famille de Me Hayes vivaient respectivement aux numéros trois et cinq, était une des meilleures adresses du pays. Ils voulaient un endroit sûr où garer leurs voitures.

L'hôtel n'était plus marron foncé. Le marron avait été remplacé par une couleur crème et ce que Breda appelait un agréable et reposant « eau-de-Nil ». Elle avait visité plusieurs hôtels élégants des environs et découvert que le vert pâle était très en vogue.

Les gravures les plus vilaines parmi celles qui ornaient les murs avaient été reléguées dans les appartements privés des hôteliers, loin des yeux du public.

On avait installé plusieurs salles de bains, et désormais les pots de chambre étaient rangés discrètement à l'intérieur des tables de nuit, et non plus simplement glissés sous les lits comme il était naguère d'usage.

Les serveuses du restaurant de l'hôtel du Commerce portaient désormais de jolies robes vertes, avec un petit tablier et un toquet blanc. Le noir était passé de mode. On avait aussi installé d'accueillants fauteuils dans le hall d'entrée pour rappeler aux clients qu'ils étaient toujours les bienvenus.

Lorsqu'elles étaient petites, Nessa et ses sœurs, Catherine et Nuala, avaient été soigneusement tenues à l'écart du public; cependant on leur avait appris à saluer poliment les clients qu'elles auraient pu croiser dans les couloirs, y compris les ivrognes à la face écarlate qui n'étaient pas capables d'articuler deux mots.

La mère de Nessa avait nettoyé la cour de l'hôtel. Toute la vieille ferraille avait été ôtée, et les dépendances avaient été repeintes. L'endroit ne servait désormais plus de dépotoir. On annonça à la clientèle qu'un parking était à leur disposition à l'arrière de l'hôtel.

La clientèle aussi avait changé.

On voyait de temps en temps des soldats américains qui étaient venus en Europe pendant la guerre et qui revenaient avec leurs femmes maintenant que la guerre était finie. Ils descendaient à l'hôtel et ceux qui étaient de souche irlandaise sillonnaient le pays pour essayer de reconstituer leur arbre généalogique. Ils firent bientôt partie du paysage. Certains encore en uniforme, l'air fringant, descendaient à l'hôtel de Commerce.

Le père Gunn disait qu'il en avait assez de consulter les registres de la paroisse.

Il y avait les représentants de commerce, aussi. Toujours les mêmes, qui revenaient chaque mois — et certains tous les quinze jours. Il y avait toujours deux ou trois chambres occupées par les commis voyageurs venus prendre des commandes à Shancarrig même et dans les environs.

La mère de Nessa les traitait avec déférence. Ils constituaient l'épine dorsale de son commerce, disait-elle à son mari. Mais Conor Ryan haussait les épaules. Il les trouvait ennuyeux, et sobres comme des chameaux par-dessus le marché. Ce n'était pas grâce à eux que le bar allait s'enrichir. C'était des individus pâles, aux traits tirés et à l'air anxieux, peu enclins à la conversation, et qui ne pensaient qu'aux affaires.

Ce fut la mère de Nessa qui eut l'idée d'aménager un salon exprès pour eux, avec un bon feu. On avait disposé quelques tables çà et là où ils pouvaient s'installer pour remplir leurs bons de commande et fumer à loisir en prenant un thé ou un café.

Conor Ryan disait que c'était du gaspillage. Pourquoi ne pouvaient-ils pas s'asseoir au bar comme les autres clients? Rares étaient les commis qui s'intéressaient aux courses de lévriers ou de chevaux, il n'y avait pas de conversation possible avec ces gens-là.

A l'école, tout le monde voulait toujours tout savoir sur ce qui se passait à l'hôtel. Ils demandaient ce que mangeaient les fermiers pour le petit déjeuner lorsqu'ils venaient à la foire une fois par mois. Ils voulaient savoir s'il arrivait parfois qu'une vache donne un coup de pied dans la vitrine, comme c'était arrivé une fois chez Nellie Dunne lorsqu'elle avait oublié de descendre son rideau de fer.

Nessa leur raconta qu'on servait des petits déjeuners pantagruéliques toute la matinée, et que les pères et les fils se relayaient pour surveiller les bêtes pendant que les uns et les autres dévoraient de pleines assiettes d'œufs au bacon.

— Qui était ta meilleure amie, quand tu étais petite? demanda Nessa à Breda Ryan, un jour que celle-ci brossait les cheveux bruns et soyeux de sa fille en dépit de ses protestations.

— Nous n'avions pas le temps d'avoir d'amies à l'époque. Reste tranquille, Vanessa.

— Pourquoi m'appelles-tu Vanessa? Personne d'autre ne le fait.

— Parce que c'est ton nom. Tiens, regarde comme tu es belle, dit-elle admirative.

— Oui, on dirait la sorcière dans la pièce de l'école.

— Pourquoi faut-il toujours que tu te dénigres toi-même? A force de t'entendre te dénigrer, les autres vont en faire autant.

— C'est drôle, Leo dit exactement la même chose.

— En voilà une qui a la tête sur les épaules au moins, approuva Mme Ryan.

— Nous allons aller à la même école, elle et moi, l'année prochaine. Nous allons prendre le bus ensemble tous les jours. Peut-être que cela nous rapprochera.

Dans un rare élan d'affection, la mère de Nessa l'attira tout contre elle.

— Tu verras, tu vas te faire plein d'amies. Attends un peu! dit-elle.

— Il serait temps. Je vais bientôt avoir quatorze ans, dit Nessa tristement.

Nessa avait lu dans des magazines que certaines mères étaient comme des amies pour leurs filles. Elle aurait aimé avoir une mère comme cela, pas une mère autoritaire et qui avait toujours réponse à tout. Nessa ne se souvenait pas d'une seule fois où sa mère s'était trompée, ni d'une seule fois où elle l'avait vue hésiter. Son père, en revanche, c'était le contraire, il se grattait tout le temps la tête en déclarant qu'il ne pouvait rien affirmer. Nessa avait le sentiment que sa mère connaissait déjà toutes les réponses en venant au monde.

Le dernier jour d'école à Shancarrig, Nessa Ryan se trouvait entre Niall Hayes et Foxy Dunne pour la photo de classe. Mme Kelly prenait toujours une photo ce jour-là, et insistait pour que les enfants se mettent sur leur trente et un, afin de montrer aux générations futures que leurs aînés avaient fait honneur à l'école.

C'était devenu une tradition à présent, la photo officielle qu'on prenait sous le grand arbre, devant la porte de l'école. C'était le tout dernier moment de l'année, organisé pour calmer le jeu, après que les enfants avaient gravé leurs noms sur le tronc de l'arbre, comme le voulait la tradition et qu'ils avaient chahuté dans les classes en ramassant cahiers et crayons et en chantant à tue-tête :

Vive les vacances
Plus de pénitences
Les cahiers au feu
La maîtresse au milieu !

Il n'y avait pas de poêle où jeter les cahiers et la maîtresse au feu à l'école de Shancarrig, mais ce n'était qu'un détail. Ce jour-là, tous les enfants du monde chantaient cette chanson.

Ceux qui n'avaient que treize ans et qui devraient reprendre le chemin de l'école après l'été les regardaient avec envie. Le jour était venu de graver leurs noms sur l'arbre. Les garçons avaient apporté leurs canifs. Tous étaient occupés à creuser l'écorce du vieux hêtre.

Nessa ne s'amusait pas autant que ses camarades. Tous semblaient absorbés. Maura Brennan avait songé des semaines durant à l'endroit où elle inscrirait son nom. Eddie Barton avait déclaré qu'il graverait le sien au milieu d'une fleur afin qu'il reste bien visible pendant des années. Foxy ne disait rien, mais semblait déjà savoir ce qu'il allait écrire.

Nessa emprunta le canif de M. Kelly pour écrire Vanessa Ryan, juin 1954. Elle aurait voulu inscrire autre chose, mais elle ne savait pas quoi.

Ils avaient le soleil dans les yeux et faisaient la grimace devant l'objectif de Mme Kelly.

— Allons, tenez-vous droits ! Ne bougez plus !

C'était la dernière fois que la maîtresse d'école les rappelait à l'ordre.

Foxy Dunne caressait les cheveux de Nessa qui retombaient en cascade sur ses épaules.

— Très joli, dit-il.

— Bas les pattes, Foxy Dunne, glapit-elle.

— Je ne faisais qu'admirer, mademoiselle Pimbêche. Admirer, c'est tout.

Il ne semblait pas ému le moins du monde.

Imaginez Foxy, ce misérable Foxy Dunne, qui osait lui toucher les cheveux !

— Ils sont très jolis, tes cheveux, répéta Niall Hayes.

Voilà que cette andouille de Niall, qui n'avait jamais une seule idée originale, se faisait l'écho de Foxy pour s'attirer ses faveurs.

— Bien, dit-elle, incapable de répondre quoi que ce soit.

A sa grande surprise elle se sentit rougir jusqu'aux oreilles. Aucun garçon ne lui avait jamais fait de compliment auparavant. Elle mit sa main devant sa figure pour qu'ils ne la voient pas rougir.

— Souriez, tout le monde. Nessa, ôte ta main de devant ta figure, tu veux ? Et toi, Leo, que je ne t'y reprenne pas à tirer la langue. Sinon tu auras de mes nouvelles.

Tout le monde se mit à rire, et la photo fut très réussie.

Puis ils rentrèrent ensemble de l'école pour la dernière fois. Nessa et Leo se donnaient le bras tandis que Maura Brennan marchait à côté d'elles. Maura voulait se placer comme bonne à tout faire ou comme ouvrière à l'usine. Elle ne voulait pas partir en Angleterre comme ses sœurs. Nessa eut un petit serrement au cœur pour la fille qui n'avait pas autant de chance qu'elle. Le père de Nessa avait dit que les Brennan et les Dunne, du quartier des chaumières, n'avaient pas eu la main heureuse, qu'ils n'avaient pas beaucoup d'atouts dans leur jeu.

— Cesse de tout comparer à un jeu de cartes, avait grommelé sa mère.

— Bon, alors disons plutôt que les Brennan et les Dunne ont misé sur un toquard, dit-il l'air goguenard.

Mais Maura Brennan ne se plaignait jamais.

Elle était toujours aimable et silencieuse, comme si elle s'était depuis longtemps résignée à ce que son père soit un bon à rien et sa mère une mendigote. Foxy Dunne était différent, il se comportait comme s'il était issu d'une longue lignée de princes de sang et non d'un ramassis d'ivrognes et de fainéants. A le voir, vous n'auriez jamais imaginé que son père et ses frères étaient interdits de séjour dans la plupart des bars des environs. Même leur oncle Jimmy n'en voulait pas dans sa quincaillerie.

Foxy ne cherchait ni à les excuser ni à les blâmer. Il les considérait comme des étrangers.

Nessa aurait bien voulu en faire autant, parfois. Elle souffrait lorsque sa mère se mettait à invectiver son mollasson de père. Et celui-ci l'agaçait lorsqu'il haussait les épaules et refusait de prendre ses responsabilités.

— Il y a une bohémienne qui lit les lignes de la main. Il paraît qu'elle est formidable, dit Maura.

— Si on y allait, dit Leo, les yeux pétillants.

Nessa savait que sa mère serait furieuse si elle apprenait qu'elles étaient allées voir les gitans. La mère de Leo aussi, mais Leo s'en fichait. Elle avait bien de la chance d'être aussi indépendante.

— Elle ne fera que te répéter ce que tu lui diras, dit Foxy. C'est comme ça qu'elles s'y prennent. Elles vous demandent ce que vous voulez faire dans la vie et puis deux minutes plus tard elles vous disent que ça va vous arriver.

— Mais c'est malhonnête, s'indigna Niall Hayes.

— C'est la vie, Niall.

Foxy qui venait d'une chaumière délabrée en savait bien plus long sur la vie que Niall Hayes, le fils du notaire qui vivait à la Terrasse.

— Alors? On y va, oui ou non?

Leo était tout feu tout flamme.

— On pourrait se lire les lignes de la main pour savoir ce qui va nous arriver, dit soudain Eddie.

Cette solution semblait beaucoup plus raisonnable à Nessa. Sa mère ne le saurait jamais.

— Comment faut-il faire? demanda-t-elle.

— C'est facile. Il y a la ligne de vie et la ligne de cœur, et un tas de petites lignes pour les enfants, annonça Eddie très sûr de lui.

— Qui est-ce qui t'a appris tout ça? demanda Foxy.

— C'est un ami.

— C'est ton correspondant? demanda Leo.

Il acquiesça d'un signe de tête.

Nessa sentit une vague de jalousie déferler dans son cœur. Pourquoi Leo connaissait-elle tous les secrets de tout le monde et pas les siens, alors qu'elle était censée être sa meilleure amie?

— Bon, alors, c'est pour aujourd'hui ou c'est pour demain? demanda sèchement Nessa.

Ils montèrent aux bois de Barna, tout en haut, jusqu'au Vieux Rocher.

Personne n'eut besoin de leur montrer le chemin ou de leur dire où ils allaient. Chaque fois qu'il s'agissait d'une chose importante, ils se rendaient au Vieux Rocher pour tenir conseil.

Eddie leur montra où se trouvait la ligne de vie. Tous semblaient en avoir une très longue.

— Combien d'années par centimètres, à ton avis? demanda Foxy.

— Je n'en sais rien, avoua Eddie.

— Moi, je dirais des tas, conclut Maura qui était optimiste.

— Bon. Et voici la ligne de cœur.

Là, il y avait des différences. Celle de Nessa était comme coupée en deux.

— Cela veut dire que tu auras deux amours, expliqua Eddie.

— Ou que tu aimeras deux fois la même personne. Tu vois ce que je veux dire? Il va te briser le cœur en deux, et puis il reviendra ensuite, suggéra Maura.

— Peut-être que c'est moi qui vais lui briser le cœur, dit Nessa en penchant la tête de côté.

— Oui, c'est possible. On ne peut pas savoir. Allez, on continue, dit Eddie qui ne voulait pas trop s'avancer.

La ligne de Foxy était toute fine.

Tout comme celle de Leo.

— C'est bon signe ou pas? demanda celle-ci.

— C'est bon signe. (Foxy était catégorique.) Cela veut dire que nous n'aurons pas beaucoup de flirts avant de nous épouser l'un l'autre.

Tous éclatèrent de rire.

Eddie reparla des enfants. On pouvait savoir combien on en aurait en comptant le nombre de ridules à la base du petit doigt. Maura allait en avoir six. Elle riait. Comme sa mère, alors ? Elle ne s'arrêterait jamais ? Leo en aurait deux. Et Foxy aussi. Il eut un hochement de tête approbateur. Eddie et Niall n'en auraient apparemment pas. Ils scrutaient leurs mains en poussant des gémissements faussement désespérés.

Nessa avait trois ridules.

— Ça fera trois petits Ryan de plus à l'hôtel, lança Foxy qui avait déjà fait remarquer à Leo que tous deux avaient le même nombre de ridules à la base du doigt.

— Pas des petits Ryan, ils porteront le nom de mon mari.

— Oui, mais si tu tiens un tant soit peu de ta mère, ce sera des petits Ryan, railla Foxy.

Nessa ne voulait pas qu'il voie son trouble. Au bord des larmes, elle luttait de toutes ses forces pour ne pas pleurer.

— Laisse-le dire, intervint Leo. La bave du crapaud n'atteint pas la blanche colombe.

— C'est facile à dire pour toi, parce que tu te fiches éperdument de ta famille, rétorqua Nessa.

Les autres continuaient à dénombrer leur future progéniture. Leo et Nessa s'étaient assises un peu à l'écart.

Les yeux brillants, Nessa retenait ses larmes. Il fallait qu'elle continue de parler pour ne pas éclater en sanglots.

— Lorsque quelqu'un fait une réflexion sur ta mère ou ton père, Leo Murphy, tu te contentes de rire.

— Nessa, tu es vraiment bête. Que t'importe ce que racontent les autres ? Ce qui compte, c'est ce qui nous touche vraiment. Le reste c'est du vent, des paroles qui s'envolent.

Leo était déjà ailleurs, comme d'habitude.

Elle était allée rejoindre les autres qui avaient réussi à identifier leur ligne de chance. Apparemment, chose pour le moins surprenante, la seule qui allait faire véritablement fortune était Maura Brennan, des chaumières.

Nessa n'avait pas envie de savoir si elle allait faire fortune ou non. Imaginez que Foxy fasse une réflexion stupide sur la passion de son père pour les lévriers et les chevaux. Ce n'était pas juste, elle avait la rage au cœur. Elle ne pouvait pas lui rendre la pareille. Elle ne pouvait pas dire à Foxy Dunne que son père à lui avait dû battre des records d'ivrognerie pour se faire mettre à la porte de chez Johnny Finn.

Pas plus qu'elle ne pouvait dire que Foxy avait un frère en

prison, et un autre qui avait filé en Angleterre juste avant de se faire épingler par la police. C'était comme si, à force de déchéance, la famille Dunne s'était hissée au-dessus de toute calomnie.

Et pourtant, à la maison, lorsque sa mère faisait des réflexions sur les Dunne, cela la contrariait. Elle défendait ses camarades lorsqu'elle était devant ses parents, et ses parents lorsqu'elle était avec ses camarades.

Ainsi, elle ne supportait pas de voir Maura Brennan s'essuyer le nez dans sa manche, parce qu'elle imaginait sa mère en train de soupirer et de hocher la tête. Mais elle était tout aussi malheureuse, si ce n'est plus, lorsqu'elle était en présence d'Eddie et de Niall et que, d'un ton acerbe, sa mère ordonnait à son père de remettre sa veste et de donner l'illusion qu'il était le directeur de l'hôtel. Elle les avait déjà vus échanger un regard complice une ou deux fois.

Elle aurait voulu leur dire que c'était nécessaire, parce que sinon papa aurait passé ses journées à parler de courses de chevaux et de lévriers, pendant que les clients attendaient qu'on les serve. Elle aurait voulu qu'ils sachent que son père ne se formalisait pas, comme d'autres hommes auraient pu le faire.

Nessa aurait voulu rapporter à ses amis les conversations de ses parents, le soir, à table, mais cela n'intéressait personne. Elle aurait voulu pouvoir raconter à son père et à sa mère que Foxy était assez fou pour s'être entiché de Leo, sans que ses parents ne fassent de réflexions désagréables sur l'un ou sur l'autre.

Jusqu'ici, elle s'était toujours sentie en sécurité parmi les siens. Mais l'inconvénient, quand on grandissait, c'est que ce sentiment de sécurité finissait par s'éroder.

Quelques jours après le début des vacances d'été, la directrice du nouveau collège de Nessa écrivit pour dire qu'elle souhaitait rencontrer les nouvelles élèves.

— Nous allons faire un effort de toilette. Il est important de faire bonne impression, dit sa mère.

— Mais qu'est-ce que cela peut faire puisque je suis inscrite de toute façon?

— Ce n'est pas une raison. Tu dois te montrer sous ton meilleur jour si tu veux qu'on te traite avec égards.

— Ce sont des sœurs, maman. Elles n'attachent pas d'importance à ce genre de choses.

— Ah non? Mon œil.

Sa mère n'en démordait pas.

Ce fut une sortie agréable. Leo se présenta dans ses habits de tous les jours, elle n'avait fait aucun effort de toilette particulier.

— Elle n'en a pas besoin, elle, dit la mère de Nessa en voyant arriver Leo dans sa robe de cotonnade rose dont les fleurs étaient délavées et le col élimé.

— Pourquoi cela?

— Parce que c'est Leo Murphy.

C'était un mystère.

Leo était en pleine forme, ce jour-là, elle et Nessa n'arrêtaient pas de piquer des fous rires pour un oui pour un non. Elles riaient d'autant plus qu'au collège on était censé garder son sérieux et tirer une tête de six pieds de long.

Les couloirs interminables sentaient l'encaustique. Et il y avait des petites lampes rouges devant les statues et les images du Sacré-Cœur, et des petites lampes bleues devant celles de Notre-Dame.

Mère Dorothy, la principale, leur dit le plus sérieusement du monde qu'elles devraient faire honneur à leur uniforme. Car ici ce n'était pas comme à Shancarrig. Elle disait cela comme si Shancarrig s'était trouvé sur la face cachée de la lune.

— Etes-vous amies, toutes les deux? s'enquit mère Dorothy.

— Tout le monde est ami, dans notre école, dit Leo en haussant les épaules.

L'œil perçant de la religieuse semblait absorber toute chose.

Leo était d'avis qu'elles aillent explorer la ville.

— Je crois qu'il vaudrait mieux rentrer, dit Nessa. Nos parents vont se faire du souci.

Leo la regarda, stupéfaite.

— Mais nous avons presque quinze ans, nous sommes venues voir le collège où nous allons être emprisonnées pour les trois années à venir. Pourquoi se feraient-ils du souci? dit-elle.

Et puis, trois semaines plus tard, Nessa eut l'impression que Leo avait changé du tout au tout. On ne la voyait pour ainsi dire plus, elle ne mettait plus le nez hors du manoir. Elle était partie mystérieusement en vacances avec son père et sa mère et leurs deux grands chiens idiots sans rien dire à personne.

L'été lui sembla interminable. Elle n'avait personne avec qui s'amuser. Maura Brennan avait fait le tour des maisons du village pour se placer comme bonne à tout faire, et finalement la mère de Nessa l'avait embauchée à l'hôtel, comme femme de chambre. Elle était logée à l'hôtel, ce qui était absurde dans la mesure où les chaumières n'étaient qu'à dix minutes à pied. Mais, une fois encore, sa mère avait demandé à Maura si elle voulait être logée, et elle avait demandé à Nessa si elle était d'accord pour que Maura dorme à la maison.

Eddie Barton ne pensait qu'à ses fleurs séchées, et à sa correspondance. Niall Hayes n'arrêtait pas de se plaindre de la nouvelle école où il devait aller en septembre. Comme s'il avait besoin d'être rassuré, de s'entendre dire que tout irait bien.

Nessa aurait voulu que Leo soit davantage comme Niall, qu'elle se confie à elle et lui demande conseil. Elle aurait voulu que Niall ressemble davantage à la fille du Glen, qui savait se débrouiller toute seule et mener sa barque sans l'aide de personne.

Sa mère avait deviné ses pensées, comme toujours.

— Je te l'ai déjà dit je ne sais combien de fois. Prends les devants et ils te suivront.

— Je pourrais prendre les devants un million de fois, Leo ne me suivra jamais. (Nessa regrettait de le lui avoir dit, mais ça lui avait échappé. Breda Ryan soupira, elle semblait déçue.) Je suis navrée, maman, mais tu ne peux pas comprendre. Tu es une femme de tête, toi. Il y a des gens comme ça.

Sa mère la regarda, l'air songeur.

— J'ai réfléchi à tes cheveux, dit-elle soudain.

— Non, je t'en prie, s'écria Nessa. Cesse de me dire sans arrêt ce que je dois faire sous prétexte que tu sais mieux que personne ce qui est bon pour moi.

— Nessa! dit sa mère choquée par cette rébellion soudaine.

— Parfaitement. J'ai quinze ans. Il y a des pays où à quinze ans les filles sont mariées et mères de famille. *Tu* sais toujours tout mieux que personne. *Tu* sais que papa ne comprend rien aux courses. *Tu* sais qu'il ne faut pas dire un « type » parce que c'est vulgaire, mais un « homme » ou un « garçon » ou je ne sais quel autre mot que personne ne dit jamais.

— Parce que je veux que tu sois bien élevée, que tu aies de la classe, voilà tout.

— Non, ce n'est pas tout. Tu nous empêches de vivre comme des gens normaux. Tu traites Maura en inférieure. Et tu portes Leo Murphy au pinacle sous prétexte qu'elle habite dans une grande maison. Tu es tellement sûre de toi, tellement sûre de détenir la vérité.

Nessa, furieuse, était cramoisie.

— Mais pourquoi te mets-tu dans un état pareil?

— A cause de mes cheveux. Nous étions en train de parler tranquillement, toi et moi, et voilà que tu te mets à parler de mes cheveux. Je me fiche de ce que tu veux. Je ne le ferai pas. Je dirai à papa que tu veux m'obliger à les couper, ou à les teindre ou à en faire un affreux chignon comme le tien. Mais sache que je ne le ferai pas.

— Très bien, très bien... puisque tu le prends sur ce ton.

Sa mère se leva pour se diriger vers la porte du salon.

La colère de Nessa n'était toujours pas retombée.

— Allez, vas-y. Descends, maintenant, dépêche-toi d'aller tout raconter à papa. Va lui fiche la trouille. Va lui dire que je suis insupportable et que tu ne sais plus quoi faire avec moi. Fais-le monter ici pour qu'il me sermonne et me supplie de te faire des excuses.

— Parce que tu penses que c'est ce que je vais faire? demanda sa mère, à la fois distante et surprise.

— C'est ce que tu fais depuis des années.

Maintenant que Nessa était lancée, elle était prête à aller jusqu'au bout.

— Eh bien, figure-toi que j'allais te dire que tes cheveux étaient superbes et que je pensais t'emmener à Dublin, chez un grand coiffeur dont on m'a dit beaucoup de bien.

— Je ne te crois pas!

— Libre à toi de croire ce que tu veux. J'ai l'adresse, ici, sur un bout de papier. J'allais te proposer de t'y emmener mercredi prochain. Mais tu n'auras qu'à y aller toute seule.

— Comment pourrais-je y aller seule ? Je n'ai pas d'argent.

— J'allais demander à ton père de t'en donner.

— Mais tu as changé d'avis, naturellement. Et tu vas me dire que c'est ma faute, que je n'avais qu'à me tenir tranquille.

Nessa partit d'un rire sans joie, pour montrer à sa mère qu'elle connaissait les adultes.

— Demande-le-lui toi-même, Nessa. Tu es franchement impossible.

Nessa ne demanda rien à son père, et lorsqu'arriva le mardi soir, celui-ci prit les devants. Pourquoi n'irait-elle pas à Dublin demain, pour se faire couper les cheveux ? Elle n'avait pas envie d'aller à Dublin, sa mère la détestait, elle ne pensait qu'à la culpabiliser. Nessa déclara que ses cheveux étaient affreux. On aurait dit du crin.

Elle ne voulait pas aller à Dublin toute seule.

— Emmène Leo avec toi. Je vous paye le voyage à toutes les deux.

— Mais c'est impossible, papa.

— Et pourquoi cela? J'ai bien le droit de prendre une décision de temps en temps, non?

— Tu parles.

— Mais si, Nessa. Il m'arrive de prendre des décisions.

Quelque chose dans sa voix lui disait qu'il était sincère.

Leo l'accompagna à Dublin.

Le coiffeur passa un temps fou à lui couper les cheveux et à les mettre en forme.

— Il faudrait que vous reveniez vous faire couper les cheveux tous les trois mois, dit-il.

— Ça serait plus tôt une fois tous les cinq ans, dit Nessa.

— Ne faites pas attention à elle, intervint Leo. Elle est superbe comme cela. Ses parents vont vous la renvoyer toutes les semaines.

— Vraiment ? demanda Nessa.

— Vraiment quoi ?

— Je suis vraiment superbe, ou tu dis ça pour me faire plaisir ?

— Non, tu es vraiment superbe. Ne me dis pas que tu ne le sais pas. On dirait Jean Simmons, dit Leo pour qui c'était évident.

— Comment le saurais-je? Personne ne me l'a jamais dit.

— Eh bien moi, je te le dis.

— Parce que tu es mon amie. Tu me dis ça pour me rassurer, gémit Nessa.

— Au nom du ciel, Nessa. Il y a des fois où tu es franchement impossible.

Sa mère lui avait dit exactement la même chose. Elle ferait peut-être bien de se surveiller.

Tout au long de ses années de collège, ses relations avec sa mère connurent des hauts et des bas.

Elle ne pouvait pas en discuter avec Leo. Leo ne semblait pas considérer sa mère à elle comme faisant partie de sa vie. Lorsque Nessa ne pouvait pas aller au cinéma c'était parce que sa mère lui avait demandé de faire l'argenterie. Lorsque Leo ne pouvait pas aller au cinéma c'était simplement parce que Lance et Jessica — ses chiens — avaient besoin de faire une promenade, ou parce que son père avait besoin d'un coup de main.

On aurait dit que Mme Murphy n'existait pas.

Nessa avait entendu dire que Mme Murphy n'était pas en bonne santé. On racontait qu'elle avait les nerfs fragiles. Cela dit, on n'en parlait jamais devant les enfants. Leo semblait préoccupée, comme si quelque chose ne tournait pas rond chez elle. Mais il n'y avait pas moyen d'en parler avec elle, même quand l'heure était à la confidence.

Et il y avait si peu de gens avec qui parler.

Elle n'osait pas parler avec Maura Brennan qui travaillait comme femme de chambre à l'hôtel. Chaque fois qu'elle la rencontrait dans un couloir, Maura jetait des coups d'œil anxieux autour d'elle.

— Non, Nessa, disait-elle, ta mère n'apprécierait pas de nous voir bavarder ensemble.

— Ah, non? De toute façon, je me moque de ce qu'elle pense.

— Pas moi. C'est ma patronne, tu comprends.

Que pouvait-elle répondre à cela?

Parfois Mme Ryan était formidable, comme lorsqu'elle leur avait payé des leçons de danse — à Leo, Nessa, ses deux jeunes sœurs Catherine et Nuala, et aux deux filles Blake. Elles s'étaient amusées comme des folles.

Mais parfois mère était odieuse — comme lorsqu'elle avait demandé à papa de quitter le bar, le soir où il avait gagné quatre-vingt-cinq livres aux courses de lévriers.

— Je n'avais pas envie de perdre deux cent quatre-vingt-cinq livres, Nessa, lui dit-elle un peu plus tard. Je n'avais pas envie de le voir courir les rues à la recherche de tout ce qui pouvait ressembler de près ou de loin à un lévrier pour lui payer un coup à boire.

Nessa enrageait. Pourquoi refusait-elle toute dignité à son père? Pourquoi ne pouvait-il pas célébrer joyeusement sa victoire?

Sa mère avait été très chouette pour le pick-up. Et Nessa avait déjà toute une collection de quarante-cinq tours — « Trois pièces dans la fontaine », « Rock around the clock », « Que sera sera ». Mais lorsqu'elle avait acheté « Premier amour » de Tab Hunter, sa mère était redevenue odieuse, prédisant à Nessa qu'elle n'aurait jamais son bac.

Sans son bac il n'était pas question d'aller à l'université, ou d'embrasser une vraie carrière, il ne lui restait que le refuge habituel de celles qui ne savaient pas quoi faire : une école de secrétariat.

— Tu es si faible, papa, s'écria-t-elle un jour, excédée.

Elle le regretta aussitôt. C'était exactement le genre de chose que sa mère aurait dite.

— Non, ce n'est pas de la faiblesse. J'aime la tranquillité, voilà tout. Je n'ai pas envie de vous voir vous entre-déchirer comme des bêtes fauves, dit-il doucement.

— Pourquoi m'asticotes-tu sans arrêt? demanda-t-elle à sa mère. Non seulement ça ne nous rend pas plus heureux, mais en plus ça contrarie papa.

— Je ne t'asticote pas. Je cherche à te donner le courage et la force d'affronter l'existence. Du courage, il en faut. Je t'assure.

Nessa ne douta pas une seconde de la sincérité de sa mère.

— Et toi, est-ce que tu en as toujours eu, du courage?

— Non, pas du tout. C'est en venant vivre ici que j'ai appris à en avoir. Lorsqu'il m'a fallu supporter ces deux-là, dit-elle en montrant une photo sur le mur.

— Qui ça?

— Tes chers grands-parents, dit sa mère d'un ton sec.

Nessa regarda, stupéfaite, la photo du vieux couple Ryan qui, dans la famille, avait toujours été l'objet du plus grand respect et de la plus grande admiration.

— Pourquoi t'a-t-il fallu du courage pour les supporter?

— Parce qu'ils auraient voulu tenir ton père en laisse, comme un chien, et lui donner un sucre de temps en temps, répondit Mme Ryan.

Lorsqu'elle disait ce genre de choses elle avait l'air de quelqu'un de normal, quelqu'un avec qui on pouvait parler, mais il lui arrivait rarement de dire ce genre de choses.

Et c'est ainsi que, l'été de ses dix-huit ans, Nessa commença bien malgré elle à prendre des cours de sténo et de dactylo.

Leo Murphy ne voulut pas l'accompagner, elle invoqua une série d'excuses plus évasives les unes que les autres, déclarant qu'on avait besoin d'elle au manoir. Décidément, la confusion régnait à Shancarrig ces temps-ci.

Eddie Barton était tellement déprimé de travailler chez Dunne qu'il levait à peine les yeux quand vous veniez lui dire bonjour. Niall Hayes était à Dublin, où il s'apprêtait à entrer à la fac de droit. Foxy était en Angleterre sur un chantier. Les filles Blake étaient à Dublin. Elle n'avait pas le droit d'adresser la parole à Maura. Et lorsqu'elle voulait aller au cinéma, sa mère lui posait tellement de questions pour savoir avec qui elle y allait qu'elle finissait par renoncer.

Bref, Nessa était mûre pour vivre une aventure le week-end où Richard Hayes fit son entrée à Shancarrig.

Il était beau comme un dieu, pas trapu comme Niall, mais grand et élancé. Il devait avoir sept ou huit ans de plus que Nessa — vingt-cinq ou vingt-six ans. On racontait qu'il avait dû quitter Dublin à cause d'un scandale avec une fille.

Tout le monde était au courant, bien sûr.

On l'avait expatrié à Shancarrig. Il n'y avait pas de filles là-bas, c'était bien connu. Pas de filles qui méritent le détour, tout au moins.

Nessa se mit à faire des frais de toilette pour attirer son attention.

— Voilà qui est mieux, dit-il. Je me présente, Richard Hayes.

— Bonjour Richard, dit Nessa avec une voix qu'elle avait travaillée des semaines durant.

Son sourire était chaleureux, mais elle était horriblement mal à l'aise. Elle aurait voulu s'enfuir en courant, aller demander conseil à quelqu'un. Par bonheur, sa mère l'appela juste à ce moment-là.

— Maintenant je connais ton prénom, dit-il.

— Il n'y a que ma mère qui m'appelle Vanessa, dit-elle avant de s'éclipser sans demander son reste.

Sa mère avait tout vu.

— Quel beau jeune homme, dit-elle.

— N'est-ce pas?

Nessa se mordit la lèvre.

— Tu n'as absolument aucune rivale, lui assura sa mère. Ça, c'est un homme qui aime les jolies filles, et tu es la plus jolie fille de Shancarrig.

Lorsqu'il la rencontra, la deuxième fois, il lui proposa de l'emmener faire une promenade.

— J'aimerais bien, mais il faut que je fasse mes exercices de sténo, dit Nessa.

— La sténo? Mais c'est complètement dépassé, bientôt tout sera remplacé par des machines, dit-il.

— C'est bien possible, mais en attendant il faut que je réussisse mon examen. Peut-être pourrions-nous nous voir un peu plus tard, en soirée? dit-elle.

A son regard, elle sentit qu'elle avait dit ce qu'il fallait. Il semblait beaucoup plus intéressé qu'auparavant.

— A vos ordres, Vanessa, dit-il avec une petite courbette faussement obséquieuse.

Elle l'emmena faire de longues promenades dans le comté.

Elle l'emmena au Vieux Rocher et lui en raconta les légendes. Elle l'emmena à l'école et lui montra le hêtre où ils avaient gravé leurs noms. Elle l'emmena visiter le cimetière et lui montra les plus vieilles tombes. Elle l'emmena voir les enfants qui pêchaient au bord de la rivière et lui expliqua comment faire pour attraper à la main les petits poissons qui se faufilent entre les rochers.

Elle lui parla de Mattie, le facteur, qui n'allait jamais à la messe mais qui était capable de distribuer une lettre même quand il n'y avait qu'un nom et « Shancarrig » écrits dessus. Elle l'emmena au presbytère pour lui présenter le père Gunn et le père Barry, et leur expliqua qu'elle lui servait de guide. Mme Kennedy, la gouvernante, lui jeta un coup d'œil courroucé, mais Nessa s'assit sur la table de la cuisine en riant et dit qu'elle avait amené Richard Hayes pour qu'il goûte aux brioches de Mme Kennedy, qui étaient légendaires.

Plus tard, elle confia à Richard qu'elles étaient légendaires à cause du poids qu'elles vous laissaient sur l'estomac.

Nessa emmena Richard Hayes chez Mlle Ross, puis chez Nellie Dunne, à l'épicerie. Bref, en trois jours, elle lui fit visiter le pays dans ses moindres recoins.

— Voilà un premier aperçu, lui dit-elle gaiement. Comme cela, au moins, vous ne pourrez pas dire que je ne vous ai pas fait visiter convenablement le pays.

Elle voyait bien qu'elle lui plaisait énormément, qu'il la trouvait intelligente et sûre d'elle-même.

Et c'était vrai, du reste.

Elle était fière de son épaisse chevelure noire, de son teint clair, de ses chemisiers chatoyants, jaune et rouge, et par-dessus tout, fière de n'être pas une de ces petites oies qui gloussaient pour un oui pour un non lorsqu'elles étaient en sa compagnie. C'était une qualité que lui avait transmise sa mère, cette conviction d'être l'égale de n'importe quel Apollon qui mettait les pieds à Shancarrig.

Mais, à l'inverse de sa mère, Nessa ne se contenterait jamais d'un homme sans caractère. Elle ne voulait que du premier choix, pas comme sa mère qui, de toute évidence, dominait totalement son père. Pas question de prendre le premier venu. Plus maintenant. Plus maintenant qu'elle avait surpris de l'admiration dans le regard de Richard Hayes.

Ce genre d'homme, il en passait un tous les cinquante ans dans un village comme Shancarrig. Elle avait de la chance qu'il l'ait remarquée, maintenant il ne fallait surtout pas lâcher prise. C'était le genre d'homme qui occupait vos pensées jour et nuit. Cependant elle préférait ne pas analyser les sentiments qu'elle éprouvait pour le beau, le séduisant Richard Hayes qui semblait vouloir passer chaque minute qu'il avait de libre en sa compagnie. Bien sûr, elle avait envie de croire qu'il en pinçait vraiment pour elle, mais une petite voix intérieure semblait lui dire qu'elle avait intérêt à jouer les belles indifférentes si elle voulait le conquérir.

C'était une mascarade.

Mais la vie n'était-elle pas qu'une mascarade ? Cependant elle ne se sentait pas tout à fait sur un pied d'égalité avec lui. La partie n'était pas encore gagnée.

Naturellement, on racontait toutes sortes d'histoires sur son compte. Certains disaient que Me Hayes avait fait appel à lui parce qu'il était débordé et qu'il ne se faisait guère d'illusion sur les capacités futures de son fils Niall. Niall était à l'université à Dublin, ensuite il devrait faire un stage chez un autre notaire. Il n'obtiendrait pas son diplôme avant quatre ou cinq ans — tout compte fait, le vieux Bill Hayes avait bien fait de prendre ce brillant jeune homme avec lui.

Mais d'autres racontaient que Richard était venu à Shancarrig pour se faire oublier — on parlait d'un incident qui aurait eu lieu à Dublin, un incident avec la fille d'un juge. D'autres encore prétendaient qu'il y avait eu une rupture de fiançailles, rupture qui s'était réglée à l'amiable au dernier moment.

Dans toutes ces histoires, Richard Hayes, le cousin de ce brave Niall, apparaissait toujours comme un play-boy.

Sûr qu'un beau gosse de vingt-cinq ans, qui avait déjà fait tant de ravages, et vécu tant de choses, n'allait faire qu'une bouchée de Shancarrig.

— N'est-il pas sublime ? s'exclama Leo la première fois qu'elle le vit.

— Il est d'un contact très facile, dit Nessa qui voulait faire savoir à sa meilleure amie qu'elle avait déjà une bonne longueur d'avance sur toutes les autres femmes de Shancarrig.

— C'est dommage qu'il ne vienne pas plus souvent au bar, dit la mère de Nessa. Un beau garçon comme ça, ça devrait attirer la clientèle.

— M'est avis que ce beau gosse-là s'est fait mettre plus d'une fois à la porte d'un bar, déclara Conor Ryan sur le ton d'un homme pour qui la vie n'a plus de secrets.

Etrangement, Gerry O'Sullivan, le jeune barman, lui donna raison.

— Un vrai bourreau des cœurs, dit-il. Le genre de gars pour qui ces dames n'hésiteraient pas à se crêper le chignon.

— Il ne manquerait plus que ça, dit Mme Ryan d'un ton sec. Dans le fond, c'est peut-être aussi bien qu'il ne soit pas fourré ici tous les soirs.

— Je n'imagine personne en train de se crêper le chignon pour un homme à Shancarrig. Il n'y a pas assez de passion par chez nous, dit Conor Ryan avant de replonger le nez dans les pronostics, et de rêver aux chevaux qui couraient dans des hippodromes où il ne mettrait jamais les pieds.

Breda Ryan contemplait d'un air songeur le bureau où Nessa était en train de s'exercer consciencieusement à taper sur la machine à écrire de l'hôtel. Elle était censée s'entraîner une heure par jour à la maison et elle avait recouvert les touches de la machine à écrire avec du sparadrap pour en cacher les lettres.

Les cheveux de Nessa étaient brillants, ses yeux pétillaient, et elle portait un décolleté plongeant. Pour ce qui était de la passion, Richard Hayes n'avait pas besoin d'aller chercher très loin.

Par trois fois, sa mère tenta d'aborder avec elle le sujet du sexe, mais chaque fois elle se défilait.

— Je connais tout cela par cœur, tu m'en as déjà parlé il y a des années, lorsque j'ai eu mes premières règles.

— Il s'agit d'autre chose aujourd'hui. Il y a d'autres choses à prendre en considération... je t'en prie, Nessa.

— Quelles autres choses? De toute façon, je ne veux pas en parler, dit-elle en rentrant brusquement dans sa coquille.

Elle ne voulait pas que sa mère lui parle crûment, ni qu'elle lui dise des choses effrayantes. Elle avait déjà bien assez peur comme cela. Il y avait des problèmes qu'une mère ne pouvait résoudre.

Richard Hayes dit à Nessa qu'elle était belle. Il vint à l'hôtel et s'assit sur le bureau de la réception pour le lui dire. C'était au milieu de l'après-midi, heure à laquelle l'hôtel était calme, et où Richard aurait dû se trouver à l'étude de son oncle.

Il dit à Nessa qu'avec sa chevelure brune elle lui rappelait Diane chasseresse.

— Elle était sympa ou non?

— Elle était très belle. Tu ne la connais pas?

— Non, chez les religieuses on nous parlait surtout du Nouveau Testament. C'était elle qui était particulièrement chaste?

— Ça, c'est ce qu'elle aurait voulu faire croire, mais comment en être sûr? dit-il en riant, et Nessa devint rouge écarlate.

Elle avait l'impression qu'il avait une idée derrière la tête lorsqu'il lui parlait ainsi.

Il lui caressa la joue, l'air songeur.

— Que se passe-t-il lorsqu'une fille d'ici ne se montre pas trop chaste? demanda-t-il.

— On l'envoie chez sa grand-mère, ou alors en Angleterre, dit-elle en priant le ciel pour ne pas rougir à nouveau jusqu'aux oreilles.

Il n'arrêtait pas de regarder ses seins et de la déshabiller du regard, comme un homme qui a envie de faire l'amour avec une femme.

A moins qu'elle ne soit en train de se faire des idées. Ces derniers temps, Nessa était incapable de savoir si ses impressions étaient fondées ou si elle s'imaginait des choses.

— Je ferais très attention si nous faisions ensemble... une chose qui risquerait de te valoir un séjour chez ta grand-mère, dit-il. Tu vois ce que je veux dire? Très attention. Il n'y aurait aucun risque.

Par miracle, elle trouva l'aplomb nécessaire pour lui répondre du tac au tac.

— Oh, mais il n'en est absolument pas question, Richard.

Il repartit à la charge.

— Pourquoi? Tu as peur?

— Non. Il n'y a pas que la peur qui pousse les gens à te dire non.

— Mais, je croyais que je te plaisais, dit-il l'air badin.

— Mais est-ce que je *t'aime*, et est-ce que tu *m'aimes*? C'est ça la question que tu devrais te poser avant de me proposer de m'emmener en balade.

— En balade au Vieux Rocher?

Il n'était à Shancarrig que depuis dix jours mais il savait déjà où les amoureux se rencontraient. La petite clairière des bois de Barna d'où partait le sentier qui menait au Vieux Rocher.

— Si seulement nous savions ce qu'est l'amour, Vanessa Mary Ryan, nous serions les maîtres du monde, dit-il avec un soupir exagérément langoureux.

— Mais serions-nous de bons maîtres, Richard Aloysius Hayes ? répondit-elle en riant.

— Comment sais-tu mon nom ?

— J'ai demandé à Niall à quoi correspondaient les initiales RAH, sur ton sac de tennis.

— Et il te l'a dit ? Le rat !

Ils se taquinaient mutuellement à présent, et riaient. Il l'attrapa par le poignet.

— Je ne plaisante pas, tu es la plus jolie fille à des kilomètres à la ronde.

— C'est parce que tu n'as pas vu les autres.

— Mais si. J'ai fait un tour d'inspection, j'ai emmené mon sac de tennis au manoir de Glen, pour des prunes. Ta soi-disant meilleure amie, une pelote de nerfs frisée comme un mouton, ne m'a vraiment pas emballé.

— Je ne te permets pas de parler ainsi de Leo.

— Et puis j'ai vu Madeleine Ross, aussi.

— Elle est vieille.

— Elle a trois ans de plus que moi. Et puis qui d'autre, encore ? La jolie petite Maura Brennan qui travaille à l'hôtel Ritz des Ryan, mais je crois bien qu'elle est allée au Vieux Rocher avec ce jeune O'Sullivan. Il y a du mariage dans l'air, si je ne m'abuse.

— Maura ? Enceinte ! Je n'arrive pas à y croire.

Il leva les bras dans une attitude défensive.

— Je me trompe peut-être, dit-il.

— Quelle idiote ! Gerry O'Sullivan ne l'épousera jamais...

Ça lui avait échappé.

— Aha... alors il n'y a pas que l'amour qui compte entre un garçon et une fille. Il y a aussi le mariage.

Cette manche-là, Nessa venait de la perdre.

— Je dois partir, dit-elle.

Les jambes chancelantes, elle regagna tant bien que mal sa chambre au premier étage. Elle y trouva ses deux sœurs, Catherine et Nuala, qui se levèrent d'un bond de la table de toilette où elles étaient en train de lire son journal intime.

— Je croyais que tu étais de service à la réception, lança Catherine, aussitôt sur la défensive.

— Nous n'avons rien lu de vraiment secret, implora Nuala, qui, plus jeune, était aussi plus peureuse.

Peureuse, elle avait de bonnes raisons de l'être, cependant.

Nessa Ryan, dix-huit ans, courtisée par le plus bel homme d'Irlande, les dominait de toute sa hauteur.

— Vous vous expliquerez plus tard, dit-elle en prenant la clé qui se trouvait sur la porte. Je vous enferme ici jusqu'à ce que j'aie trouvé maman.

— Tu ne vas pas lui répéter, implora Nuala.

— Maman n'appréciera sûrement pas ce que tu as fait, lança Catherine sur un ton de menace.

Mais Nessa n'avait rien à se reprocher. Elle n'avait rien écrit dans son journal intime. Tout était consigné au dos de son cahier de sténo qui ne la quittait jamais.

Elle était montée afin d'en écrire un peu plus sur la passion qui vibrait dans la voix de Richard, le frisson qui l'avait parcourue lorsqu'il l'avait attrapée par le poignet et lui avait dit qu'il pourrait tomber amoureux.

Ignorant les gémissements et les lamentations qui venaient de sa chambre, elle partit à la recherche de sa mère.

Dans le couloir, elle tomba sur Maura Brennan qui portait des draps.

— Comment vas-tu, Maura? demanda-t-elle.

— Bien, pourquoi?

— Je ne sais pas, tu as l'air drôle, ces temps-ci.

— C'est vrai. Je me marie la semaine prochaine, avec Gerry. Je ne l'ai encore dit à personne. On vient juste de se décider.

— Vous vous mariez?

— Oui. C'est formidable, non?

Nessa était sidérée. Peut-être que les choses n'étaient pas comme elle l'avait cru, peut-être qu'en fin de compte les garçons vous épousaient lorsque vous acceptiez d'aller au Vieux Rocher avec eux. Peut-être que sa mère et les sœurs et la Société de la Foi Catholique qui éditait des pamphlets moralisateurs n'avaient rien compris. Elle s'efforça de reprendre ses esprits.

— C'est formidable, Maura. Toutes mes félicitations.

Nessa trouva enfin sa mère et lui raconta comment elle avait enfermé les deux laronnes à double tour dans sa chambre à coucher.

— Elles méritent une punition exemplaire, s'insurgea-t-elle.

— Auraient-elles mis la main sur quelque chose de compromettant? demanda sa mère, l'air anxieux.

— Combien de fois t'ai-je dit qu'il n'y avait rien de compromettant? rugit-elle presque, hors d'elle.

A son grand étonnement, sa mère la contemplait d'un air admiratif.

— Au fond, je suis en train de me dire que Richard n'a pas que des effets négatifs sur toi. Tu commences à prendre de l'assurance. Te voilà en passe de devenir une maîtresse femme.

Et c'était vrai. Elle se sentait infiniment plus sûre d'elle. Elle fut ravie de voir que sa mère prenait sa défense contre Catherine et Nuala. Et son père aussi, contre toute attente.

— Un être humain a le droit d'avoir un jardin secret et des rêves, dit-il aux deux sœurs qui, privées de sortie pour toute la semaine, faisaient grise mine. C'est une très vilaine chose d'envahir la vie privée de quelqu'un.

— Mais nous n'avons rien trouvé, dit Catherine.

— C'est encore pire de l'avouer.

Les deux fillettes n'en revenaient pas.

Voilà que Nessa, celle qui se faisait toujours punir, celle qui avait fait les yeux doux au cousin de Niall Hayes, recevait des félicitations pour les avoir enfermées à double tour dans sa chambre à coucher.

— Imagine qu'il y ait eu un incendie! alla même jusqu'à déclarer Catherine.

Mais elle ne recueillit pas les suffrages escomptés.

— Dans ce cas vous auriez brûlé vives, conclut sa mère.

Eddie Barton passait parfois à l'hôtel pour bavarder un peu.

— Est-ce que tu fréquentes Richard Hayes? demanda-t-il à Nessa.

— Qu'est-ce que ça veut dire?

— Je ne sais pas, je me le suis toujours demandé. Mais tu le fréquentes, oui ou non?

— Bien sûr que non. Il va et il vient. Il est très beau, trop beau pour moi, probablement.

— Je vois ce que tu veux dire, dit Eddie, peu flatteur.

— Ça fait plaisir, de la part d'un ami.

— Non, je ne voulais pas dire cela. Tu es très jolie, beaucoup plus jolie que lorsque nous allions à l'école, non, vraiment... (Eddie ne trouvait plus ses mots, il faisait des gestes avec les mains pour lui dire à quel point il la trouvait changée. Des gestes pour évoquer les rondeurs de sa poitrine et sa taille de guêpe. Mais Nessa ne prit pas ombrage.) C'est important le physique, non?

Il avait l'air anxieux en disant cela.

— Je le crois, bien que la plupart des gens disent le contraire.

Eddie passa la main dans ses cheveux hirsutes.

— Si seulement les gars pouvaient changer, eux aussi, tous les gars, comme vous, les filles...

— Mais tu es très bien, Eddie, dit-elle d'une voix qu'elle voulait légère, pour l'encourager.

— Ne te moque pas de moi.

Il était devenu cramoisi.

— Mais je ne me moque pas.

— Si. J'ai des cheveux qui ne ressemblent à rien, et je passe mes journées à balayer chez Dunne. Quelle fille voudrait d'un type comme moi?

Il sortit précipitamment de l'hôtel, laissant Nessa sans voix. Pour autant qu'elle sache, Eddie n'était jamais sorti avec aucune fille de Shancarrig, pas plus qu'il n'avait manifesté d'intérêt particulier pour une fille des environs. Il venait de temps en temps à l'hôtel pour passer de mystérieux coups de fil en Ecosse. Pour Nessa, Eddie était une énigme, et de toute façon elle avait d'autres chats, autrement plus importants, à fouetter.

Richard emmena Nessa au cinéma en ville, dans la voiture de son oncle.

— Il te la prête?

— Il ne sort jamais le soir.

— Niall ne la conduit jamais, lui.

— Niall ne la lui a jamais demandée.

Niall Hayes était allé passer quelque temps chez un ami de collège avec qui il devait suivre des cours de comptabilité pendant trois semaines. L'un et l'autre avaient horreur de cela. Niall avait envoyé plusieurs lettres et cartes postales à Nessa dans lesquelles il se lamentait sur son sort. Il lui tardait d'entrer à l'université.

— Si tu veux mon avis, Niall en pince sérieusement pour toi, dit Richard en embrassant Nessa dans la voiture de son oncle.

Elle se recula.

— Je ne crois pas, dit-elle, glaciale, sans rire le moins du monde.

Sa mère avait raison. Elle avait beaucoup changé depuis que Richard était à Shancarrig.

— Oh, mais si. Niall ne t'a jamais emmenée au cinéma? Il ne t'a jamais proposé de t'emmener au Vieux Rocher, comme moi?

Il prêtait ses propres paroles à son cousin.

— Niall ne me l'a jamais demandé, dit Nessa.

— Niall revient demain, c'est Ethel qui me l'a dit, dit Mme Ryan à sa fille.

— Voilà une nouvelle qui devrait mettre tout le village sens dessus dessous, railla Nessa.

— Je croyais que toi et lui étiez de bons amis, dit sa mère d'une voix si douce que Nessa eut des remords.

— C'est vrai, nous l'étions. Mais il n'arrête pas de geindre, maman. Il n'y a plus moyen de parler avec lui.

— Tout le monde n'a pas le charme de son cousin Richard.

— Richard est normal, lui. Il est chaleureux, agréable. Il n'est pas tout le temps en train de se plaindre et de ronchonner, comme Niall.

— Peut-être Niall a-t-il de bonnes raisons de ronchonner et de se plaindre?

— Ah, vraiment? Plus que les autres?

— Et bien, pour commencer, sa préférée est en train de succomber au charme de son cousin. Et puis sa place au sein de l'entreprise familiale est menacée... en outre, sa mère n'est ni aussi compréhensive ni aussi merveilleuse que la tienne. Il doit se contenter de cette vieille bique d'Ethel.

Elles rirent, comme elles le faisaient parfois ces derniers temps, comme deux sœurs, ou deux amies.

— Que ferais-tu pour Niall, si tu étais son amie ? demanda Nessa.

Elle eut l'impression que sa mère la regardait attentivement, mais elle n'en était pas absolument certaine.

— Je l'encouragerais à se battre pour la place qui lui revient ici. C'est lui, le fils de Bill. C'est à lui que reviendra l'étude. Je lui dirais qu'il faut savoir saisir sa chance au vol. Et puis j'ajouterais aussi qu'il ne doit pas se laisser manger la laine sur le dos.

— Il ne m'écoutera pas.

— Sans doute. Les gens écoutent rarement les bons conseils.

— Et papa, il t'écoutait, lui ?

— Oh, oui. Mais c'était autre chose, parce que j'aimais ton père. Je l'aime encore.

— Je n'aime pas Niall, mais je l'estime énormément.

— Dans ce cas, tu dois l'aider à défendre ses intérêts, dit Breda Ryan.

Nessa invita Niall à venir prendre un verre à l'hôtel. Ils se sentaient soudain très adultes.

— Tu es superbe, lui dit-il.

— Merci, Niall. Toi aussi, tu as bonne mine.

— Je voulais dire *jolie*... rectifia-t-il.

— Que fais-tu de beau, au bureau ? dit-elle pour changer de sujet.

— Du classement ! Je sors des papiers qui se trouvent dans des enveloppes déchirées pour les mettre dans des enveloppes neuves. Franchement ! Dinny Dunne pourrait en faire autant quand il est dans ses bons jours.

Niall geignait, Nessa bouillait. Pourquoi n'avait-il pas l'énergie ou le charme ravageur de son cousin ? Après tout, leurs pères étaient frères. Mais sans doute le père de Richard avait-il hérité de toutes les qualités.

Richard avait réussi à convaincre son oncle de l'envoyer faire des visites à domicile, ce qui lui permettait d'utiliser la voiture à son gré et de partir en vadrouille toute la journée. Qui aurait pu dire le temps qu'il fallait pour rédiger un testament ou dresser un acte de vente ? Qui aurait pu dire combien d'heures il fallait pour convaincre un patron de bistrot de renouveler sa licence ou une femme, dont la dot comportait une ferme, de dresser un contrat de mariage?

Richard était chaleureux et avenant avec tout le monde. S'il avait été chargé de faire le classement à la place de Niall, il s'en serait acquitté comme s'il s'était agi de la tâche la plus importante de l'étude. Comment se faisait-il que Niall ne l'ait pas compris? Pourquoi rentrait-il la tête dans les épaules et prenait-il cet air abattu? Pourquoi ne rejetait-il pas la tête en arrière pour rire un bon coup?

— Toi et Richard, vous vous êtes beaucoup vus pendant que j'étais parti? demanda soudain Niall, comme s'il avait lu dans ses pensées.

— Il est passé ici plusieurs fois. Il est très sympa.

— Oui, mais ça n'est pas quelqu'un sur qui on peut compter, dit Niall.

— Oh, je t'en prie, Niall, ne sois pas médisant.

La légèreté de sa voix dissimulait sa contrariété. Elle ne voulait rien entendre qui pût ternir l'image qu'elle avait de Richard Hayes, pas d'histoires stupides de familles déshonorées et tout le reste.

— Je voulais simplement que tu le saches.

— Oh, mais je sais déjà tout ce qu'on raconte sur lui, dit-elle, l'air dégagé.

— Vraiment?

Niall semblait soulagé.

— Une fille dans chaque port. Nous avons même eu la visite de cette fameuse Elaine, de Dublin, la semaine dernière. Vraiment, il n'y a pas de secrets.

— Elaine est venue ici? Après tout ce qui s'est passé?

— Oui, elle l'a déposé juste en bas de chez toi. Elle était au volant d'une superbe voiture.

— Si jamais ça se sait, ça va faire mal. C'est elle, la fille en question.

— La fille en question?

— Oui, la fille qui... enfin... la fille, quoi.

— Ah, oui. C'est bien ce qui me semblait.

Nessa avait un kilo de plomb sur la poitrine. Niall n'avait pas besoin de finir ses phrases. Les ragots circulaient depuis un bon bout de temps déjà. C'était la fille du juge qui s'était retrouvée enceinte.

Imaginez! Elle était venue pourchasser Richard jusqu'ici, après tout ce qui s'était passé. Il fallait qu'elle soit sacrément mordue.

— Enfin, tout est bien qui finit bien.

Niall regardait Nessa d'un air protecteur, comme s'il était soulagé de ne pas avoir à la tirer d'un imbroglio sordide.

— Tout le monde va bien, ici. Nous avons eu un été splendide. Et toi? On dirait que tu reviens du bagne.

Maintenant qu'il était reparti dans ses jérémiades, elle allait pouvoir reprendre le fil de ses pensées. Etait-il possible que Richard ait encore une relation avec cette fille? Mais naturellement cette fille, contrairement à Nessa, avait accepté de coucher avec lui.

Et l'avait déjà fait.

Ne s'intéressait-il donc à rien d'autre? A tout le reste? Aux plaisanteries, aux confidences, au flirt, et à une fille qui avait sept ans de moins que lui et qui ressemblait à Diane chasseresse?

Le jour du mariage de Maura Brennan, Leo suggéra qu'ils se rendent tous à l'église.

— Maura ne va pas apprécier. Elle ne veut plus nous fréquenter depuis qu'elle travaille à l'hôtel.

— Tu parles, dit Leo. C'est ta mère qui ne veut pas qu'elle nous fréquente. Allons-y.

Et tandis qu'assis dans l'église ils attendaient que commence la petite cérémonie, Nessa se félicita de voir que Niall Hayes et Eddie Barton étaient venus, eux aussi.

— J'ai réussi à me faire accorder une heure par le patron, murmura Eddie qui travaillait pour la branche la plus respectable de la famille Dunne, la quincaillerie de l'oncle de Foxy. Il avait l'air complètement déprimé.

— Et moi, on m'a accordé une pause, entre deux enveloppes, dit Niall.

— Quant à moi, je devrais être au cours de dactylo, mais j'ai dit à ma mère qu'il n'y avait pas cours aujourd'hui. Elle épie toutes mes allées et venues, geignit Nessa.

— Eh bien, ils ne sont guère brillants les anciens élèves de l'école de Shancarrig, dit Leo avec un petit rire.

— Pour ce qui nous concerne, en tout cas...

Nessa s'arrêta net. Elle se souvint juste à temps que Leo avait été très offensée lorsque quelqu'un avait dit d'elle qu'elle était une dame de qualité qui ne faisait rien de la journée.

Leo lui décocha un petit sourire reconnaissant. Assis en silence, tous les quatre regardaient Maura, leur ancienne compagne de classe, enceinte et heureuse, épouser le beau Gerry O'Sullivan en présence d'un garçon d'honneur unique, sans aucun ami ni aucun proche.

— Il n'a pas l'air de quelqu'un sur qui on peut compter, murmura Niall.

— Jésus, Marie, Joseph, glapit Nessa, y a-t-il à tes yeux quelqu'un sur qui on puisse compter?

— Moi, si cela peut te rassurer.

Il la regarda, et soudain elle comprit qu'il l'aimait beaucoup, qu'elle était beaucoup plus qu'une confidente à qui il pouvait raconter tous ses malheurs. Niall Hayes avait le béguin pour elle. Cela ne lui donna cependant pas le frisson escompté. Pourtant, à l'époque où personne ne s'intéressait à elle, elle aurait bien aimé collectionner les trophées, jouer avec les sentiments, briser les cœurs.

Mais Niall était un ami trop proche pour cela.

— Merci, dit-elle simplement, dans un murmure.

Maura était ravie du cadeau qu'ils lui avaient acheté, une petite vitrine à suspendre au mur. Leo s'était souvenue que Maura rêvait de posséder une vitrine pour entreposer ses trésors. Il y avait des larmes de joie dans ses yeux lorsqu'ils la lui apportèrent dans la petite chaumière où elle venait d'emménager — à deux pas de la maison familiale où son père rentrait ivre mort chaque soir.

— Vous êtes des amis formidables, dit-elle, la voix cassée par l'émotion.

Nessa se sentit soudain envahie par une vague de remords. Depuis des années que Maura travaillait à l'hôtel, elles n'avaient pour ainsi dire pas échangé deux mots. Si seulement elle avait eu le courage de Leo Murphy, elle n'aurait pas hésité à transgresser les limites de la bienséance en dépit des protestations maternelles.

Mais elle commençait à prendre plus d'assurance, ces derniers temps, et elle était décidée à le montrer. Lorsqu'elle rentra à l'hôtel, sa mère lui demanda où les festivités allaient avoir lieu.

— Tu sais bien qu'il n'y aura qu'un apéritif chez Johnny Finn et quelques morceaux de poulet froid que Maura aura préparés pour ceux qui accepteront de faire le chemin jusqu'à la chaumière.

— Bah, elle aurait dû y penser à l'avance... commença sa mère.

— Non, ça n'était pas à elle d'y penser. Nous aurions dû organiser une réception ici même. Elle était ma camarade d'école, elle et Gerry travaillent tous les deux ici. C'était la moindre des choses de faire cela pour eux.

Breda Ryan était stupéfaite.

— Mais, tu ne comprends pas...

— Je comprends parfaitement, et je n'aime pas du tout ce que je comprends. C'est du snobisme, c'est ridicule. Sommes-nous meilleurs parce que nous sommes socialement supérieurs à Maura Brennan? Mais c'est ce que tu as toujours voulu, n'est-ce pas, te hisser tout en haut de l'échelle sociale?

— Non. Ce n'est pas vrai.

Sa mère était calme, elle ne donna aucun signe de colère en dépit des invectives dont l'abreuvait sa fille dans le hall de l'hôtel.

— Ah, non? Que voulais-tu, alors?

— Je te le dirai lorsque tu te seras calmée... et que tu cesseras de hurler comme une harpie. Allons.

Sa mère était en train de lui parler d'égale à égale. Elles entrèrent dans le bar.

— Conor, que dirais-tu de prendre cinq livres dans la caisse et d'aller chez Johnny Finn pour payer la tournée en l'honneur de Gerry et Maura?

Le père de Nessa releva la tête, visiblement satisfait.

— Ce n'était qu'une suggestion...

— Mais tu as bien fait. Vas-y pendant qu'ils sont encore assez sobres pour se rendre compte que tu leur payes à boire. Nessa et moi allons nous occuper du bar.

Conor Ryan n'en revenait pas. Elles le virent partir comme une flèche en direction du pub pour prendre part aux réjouissances. Sans rien dire, Nessa s'assit et attendit que sa mère lui parle. Mme Ryan servit deux petits verres de sherry, chose qui ne s'était jamais vue auparavant. Nessa était décidée à ne pas faire de commentaires. Elle porta le verre à ses lèvres, comme si sa mère et elle avaient l'habitude de boire ainsi en tête à tête depuis des années.

— Les désirs changent avec les années. Autrefois je voulais un homme du nom de Teddy Burke. Je l'ai désiré dès le premier instant, de seize ans à vingt et un ans. Cinq années interminables. (Nessa regarda l'étrangère qui se tenait en face d'elle et qui buvait lentement son sherry.) Teddy Burke avait toujours un mot gentil pour les uns et les autres, mais rien d'autre... juste un mot... mais moi, je croyais que ça allait plus loin. Je croyais que j'étais spéciale. Je bâtissais des châteaux en Espagne. Je ne mangeais plus. J'avais perdu ma bonne mine et ma fraîcheur. Et mes parents m'ont envoyée en pension, suivre des cours d'économie domestique.

« Eh bien aussi incroyable que cela puisse paraître, je n'ai gardé aucun souvenir de cette période. J'imagine que j'ai suivi les cours — puisque j'ai passé tous les examens et obtenu tous les diplômes — mais je n'arrivais à penser à rien d'autre qu'à Teddy Burke. Elle fit une pause, si longue que Nessa se sentit autorisée à parler.

Elle lui parla en amie, d'égale à égale.

— Mais lui, il s'en doutait, il connaissait tes sentiments?

— Non, je ne crois pas, pas vraiment. Il était tellement habitué à ce qu'on l'admire. Je n'étais qu'une fille de plus.

Les yeux de sa mère étaient perdus dans le lointain, ses cheveux foncés retenus en un chignon un peu lâche par une barrette de nacre, son chemisier rose pâle avec le col impeccable passé par-dessus son cardigan rose foncé — le portrait même de la femme d'affaires prospère. Cette histoire de frêle jeune fille transie d'amour — pour un homme qui ne savait pas qu'elle existait — était difficile à croire.

— Bref, un beau jour, j'ai appris que Teddy Burke allait épouser Annie Lynch, la fille la plus moche de la paroisse, avec un caractère de chien et une taie sur l'œil. Et du jour au lendemain tout a changé. Il l'épousait pour sa fortune, pour les hectares de terres qui s'étendaient jusqu'aux lacs, par-delà les vallées, pour les droits de pêche, pour le bétail. Un homme aussi beau et aussi séduisant que Teddy Burke était prêt à tout sacrifier pour des hectares de terrain.

« Ça m'a fait réfléchir. Ensuite je suis allée à la noce d'un cousin, et j'ai rencontré ton père, et c'est là que j'ai décidé de fuir loin de chez moi, pour oublier le rire de Teddy Burke et ses manières enjôleuses. J'ai décidé de faire de ton père un homme fort et sûr de lui, comme Teddy depuis qu'il était propriétaire terrien, comme Annie Lynch qui l'était depuis toujours parce qu'elle était née riche... j'étais bien décidée.

Il y eut une longue pause. Nessa demanda soudain.

— Est-ce que tu l'as regretté ?

— Non, jamais, pas une fois quand ma décision fut prise. Et ce n'est pas plus mal au fond. L'hôtel a survécu. Sans quoi les deux, là-haut, sur le mur, l'auraient mené à sa ruine, et ton père se serait sûrement enrôlé dans l'armée anglaise.

— Pourquoi est-ce que tu me racontes tout cela ?

— Parce que tu t'imaginais que je ne pensais qu'à m'élever au-dessus des autres. Si je l'ai fait, c'est un accident, car ça ne faisait pas partie de mes projets.

— Est-ce que papa est au courant pour Teddy Burke ?

— Pourquoi le serait-il ? Ce ne sont que de stupides rêves de jeune fille.

Mattie entra, il avait fini sa tournée.

— Décidément, c'est la débauche au village, Mme Ryan. On arrose copieusement un mariage chez Johnny Finn, et à l'hôtel du Commerce les femmes boivent du sherry en douce.

— Et personne pour servir une bière au facteur, s'écria la mère de Nessa en riant.

L'instant s'était envolé, il ne se représenterait sans doute plus.

Nessa commença à regarder les gens autrement, après cela. Elle se demandait qui autour d'elle avait eu un grand amour caché dans sa vie, ou tout au moins quelque chose qu'il croyait être un grand amour. Par exemple, Mme Kelly, de l'école, peut-être en avait-elle pincé pour un chanteur de cabaret avant de se décider à épouser M. Kelly. Et Nellie Dunne, qui sait si elle n'était pas tombée follement amoureuse d'un représentant de commerce qui avait séjourné à l'hôtel du Commerce des années auparavant, mais qui avait fini par épouser quelqu'un d'autre ? Peut-être qu'un des vieux commis qui se trouvaient dans la salle de travail avait été le cher et tendre de Nellie.

Cela n'avait rien d'impossible.

Tenez, prenez Eddie Barton, il était bien tombé amoureux d'une Ecossaise. Personne ne savait au juste comment il avait fait sa connaissance, mais cela faisait des années qu'il écrivait à une dénommée Christine Taylor et qu'il lui téléphonait régulièrement depuis l'hôtel.

Et puis, un beau jour, elle était arrivée au village et maintenant elle habitait chez sa mère.

Depuis ce jour, Eddie avait changé du tout au tout. Il parlait d'égal à égal avec les Dunne, les cousins de Foxy. Il passait souvent avec Christine pour discuter de la rénovation de l'hôtel et de la décoration des chambres.

L'amour faisait des choses extraordinaires.

Eileen Blake, de la Terrasse, raconta qu'en route pour Dublin elle s'était arrêtée à Port Laoise pour prendre un café, et qu'elle avait croisé Richard Hayes et une fille qui prenaient une chambre d'hôtel. Comme mari et femme.

On racontait aussi que la jeune Maria Kelly, de l'école de Shancarrig, était allée au bal avec lui, à la ville voisine, mais que ses parents n'en avaient rien su parce qu'elle était sortie par la fenêtre en grimpant dans les branches du vieux hêtre pourpre qui poussait dans la cour.

Nessa Ryan eut vent de ces deux affaires à trois jours d'intervalle, par hasard, et non parce qu'une mauvaise langue les avait déversées à dessein sur le pas de sa porte.

Etrangement, contrairement à ce qu'elle avait craint, elle n'éprouva aucune amertume, aucune rage froide vis-à-vis de cet homme qui lui avait dit qu'elle était unique et qu'il voulait faire d'elle sa bien-aimée, comme il l'avait dit à toutes les filles du comté. Délibérément et de façon très nette, elle sentit que ses sentiments pour lui étaient en train de s'évanouir. Sans doute tenait-elle davantage de sa mère qu'elle ne se l'était imaginé jusqu'ici. Si elle n'était pas prête à renoncer totalement à lui, elle entendait néanmoins changer la teneur de leurs relations.

Richard pénétra dans le salon des voyageurs de commerce. Celui-ci était vide, et Nessa s'y était installée pour faire ses devoirs de sténo.

— Je dois aller en ville, demain. Je pourrais passer te prendre au collège, suggéra-t-il.

Elle imaginait la tête de ses compagnes si elles voyaient Richard Hayes lui ouvrir la portière de la voiture.

— Et où irions-nous, ensuite?

— Je suis sûr que nous trouverions quelque chose à faire.

Nessa tourna la tête vers le bar où se tenaient sa mère et son père, trop éloignés pour entendre ce qu'ils se disaient.

— Ils ne nous entendent pas, dit Richard impatient. Mais ça n'était pas ce qui préoccupait Nessa. Sa mère caressait la joue de son père, tendrement, affectueusement.

Peu importait qui négociait avec le brasseur et les autres fournisseurs, qui engageait ou licenciait les barmen. Peu importait que ce soit sa mère et non son père qui discute des lois sur la répression de l'ivresse publique avec le sergent Keane. Mère avait oublié Teddy, il ne lui avait jamais rien apporté de bon. Elle avait trouvé ce qu'elle voulait vraiment, quelqu'un avec qui partager sa force de caractère. Pour la première fois, Nessa comprit que sa mère avait obtenu ce qu'elle désirait vraiment. Et ça n'était pas une question de premier ou de second choix.

Et, avec un petit tressaillement, elle réalisa soudain qu'elle s'apprêtait à marcher sur ses traces. Qui avait besoin de vivre une passion pleine de bruit et de fureur? Il y avait d'autres façons de mener sa vie. Sans qu'elle le veuille, le visage de Niall lui apparut brusquement. Elle avait envie de le rassurer, de lui dire que tout irait bien.

Puis, se tournant vers Richard, elle le regarda droit dans les yeux et dit:

— Non, merci. Je n'en ai aucune envie. Merci tout de même.

Ce n'était pas une chose facile à faire.

Mais elle ne craignait plus de le froisser et n'avait que faire de ses réactions. Tout cela était fini.

— Très bien. Il jeta un coup d'œil méprisant autour de lui. Tu te contentes de bien peu, ma jolie. Un hôtel miteux... et une mère qui te tient sous sa coupe.

Il avait l'air furieux, il était désarçonné. Il n'avait pas l'habitude d'essuyer des rebuffades. Surtout de la part des filles.

Nessa était hors d'elle.

— Ce n'est pas un hôtel miteux. C'est ma maison. *Ma* maison. C'est ici que j'habite et je m'y trouve bien. Mais toi, tu ne peux pas en dire autant, parce que tu t'es fait virer de chez toi à coups de pied aux fesses. Si c'est pour nous critiquer que tu es venu ici, tu ferais mieux de t'en retourner. Et puis, dis-moi une chose, de quoi devrais-je me contenter ? De cinq minutes en ta compagnie au Vieux Rocher ?

— Ça prendrait plus de cinq minutes, dit-il, l'air goguenard.

Il n'avait pas renoncé à elle. Il la désirait encore plus maintenant qu'elle s'était refusée à lui.

Quel pouvoir extraordinaire.

Et Nessa Ryan n'en était qu'à ses débuts.

Elle ne flirtait pas avec lui, comme le faisaient toutes les femelles à cent kilomètres à la ronde. Elle n'avait aucune envie qu'on raconte partout qu'elle était sa bien-aimée.

Elle était parvenue à retourner la situation, comme s'il s'était agi de traiter une affaire. Elle voulait bien d'une relation affective mais pas exclusive. Elle le taquinait sur ses dernières conquêtes, vraies ou supposées, elle savait que son indifférence le rendait fou. Savoir qu'il la désirait lui suffisait. Lorsqu'elle le rencontrait, c'était toujours en compagnie d'autres gens.

Son cours de secrétariat terminé, elle s'en vint travailler avec son père et sa mère.

Ce fut elle qui prit la décision d'embellir l'hôtel. Elle fit une demande de subventions auprès du ministère du Tourisme et sollicita une avance afin de commencer sans délai les travaux de rénovation. Elle demanda aux touristes américains qui séjournaient à l'hôtel d'écrire des lettres élogieuses aux journaux locaux afin de leur faire de la publicité.

Elle suggéra à sa mère d'ôter le mot « Commerce » du nom de l'hôtel.

— Mais, *Chez Ryan*, tout seul, c'est un nom de pub, protesta sa mère.

— Dans ce cas, appelons-le *Hôtel Ryan de Shancarrig*, conclut Nessa.

Il y eut quelques froncements de sourcils, et pas mal de conversations présidées par Nellie Dunne, qui prétendait que les Ryan avaient la folie des grandeurs.

— La fille aînée est le portrait craché de sa mère, disait Nellie. Je me souviens quand Breda O'Connor est arrivée ici et qu'elle a pris la tête de l'hôtel sans faire cas des parents Conor. Cette Nessa va faire la même chose, vous verrez.

Mais Nessa Ryan ne manifestait aucune agressivité vis-à-vis de sa mère ou de son père. Au contraire, avec sa mère elle se gaussait des vénérés grands-parents dont la photo ornait le mur. Elle dit à son père qu'il avait beaucoup d'allure dans son blaser, et le supplia de suspendre quelques jolies gravures de chevaux au mur, dans l'espoir d'attirer les amateurs de sport équestre et de donner un tant soit peu de légitimité à son sujet de conversation favori.

Catherine et Nuala n'en revenaient pas. Le plus bel homme du comté se prosternait littéralement aux pieds de leur sœur Nessa et c'est à peine si celle-ci daignait lui accorder un regard. Jour après jour, Nessa gagnait en beauté sous leurs yeux stupéfaits. Elle portait ses beaux cheveux noirs et brillants défaits, avec une frange sur le front — une coupe qui n'était nullement l'œuvre d'un coiffeur, mais la réplique d'une gravure de Diane chasseresse qu'elle avait trouvée dans un livre pour enfants.

Nessa et sa mère s'entendaient à merveille. Ensemble, elles allèrent à Dublin pour acheter des étoffes et des accessoires. Malgré son jeune âge, Nessa jouissait d'une très grande liberté et de la confiance absolue de ses parents, ce qui, même plus tard, ne fut pas le cas des deux impétueuses Catherine et Nuala.

— Pourquoi ne pouvons-nous pas aller à Galway toutes seules? Nessa le fait bien, elle, ronchonna Catherine.

— Parce que vous êtes des têtes de linottes et qu'on ne peut pas vous faire confiance. Vous iriez probablement batifoler dans les fourrés avec le premier vaurien venu, lança Nessa d'un ton enjoué.

Elles le vécurent comme une trahison; entre sœurs il aurait dû y avoir un peu de solidarité. Pourquoi était-elle allée raconter devant leur mère qu'elles batifolaient dans les fourrés? Pour lui mettre des idées en tête?

— Je n'ai aucune raison de me montrer solidaire de vous deux, dit Nessa. Vous me chipez mon maquillage, vous me chipez mes bas, vous me chipez mon parfum. Vous ne nettoyez jamais la baignoire, vous ne vous proposez jamais pour nous donner un coup de main à l'hôtel, vous ne pensez qu'à aller vous balader. Pourquoi devrais-je vous aider?

Présenté ainsi, évidemment, il était difficile de trouver une réponse.

— Parce que nous sommes sœurs, se hasarda Catherine.

— Ça ne prend pas, rétorqua Nessa.

— Que dirais-tu de suivre des cours de gestion hôtelière? demanda sa mère. Ça pourrait te servir. Il y a une excellente école à Dublin.

— Je suis très heureuse ici, dit Nessa.

— Je ne te parlerai pas de Richard... commença sa mère.

— Je sais, mère. Et je t'en suis infiniment reconnaissante, coupa Nessa sans la laisser finir.

Elle se demandait s'il comptait séjourner encore longtemps à Shancarrig. Elle se faisait du souci pour Niall. Si son cousin demeurait trop longtemps à l'étude de son oncle Bill, il risquait de s'y tailler la part du lion.

Parfois, Me Hayes venait prendre un verre à l'hôtel en compagnie du major Murphy, le père de Leo. Et parfois Nessa tenait le bar. En servant à boire elle apprenait à mieux connaître les habitudes de la clientèle, disait-elle. Maître Hayes ne parlait nullement des intentions de son neveu, en revanche, et au grand dam de Nessa, le retour prochain de son fils ne semblait guère l'enthousiasmer.

— Difficile de savoir ce qu'il a appris là-bas, pas moyen d'en tirer deux mots, confia-t-il un soir au Dr Jims Blake.

Nessa ne chercha pas à s'immiscer dans leur conversation; cependant, un peu plus tard, elle aborda à nouveau le sujet.

— Niall a l'air de beaucoup se plaire à l'université. Il travaille d'arrache-pied, à ce qu'il paraît, dit-elle.

— Il pourrait écrire de temps en temps, pesta son père.

— Bah, vous les pères, vous êtes tous les mêmes. L'important, c'est que les affaires tournent. Comme cela au moins, Niall est sûr de ne pas chômer quand il reviendra à Shancarrig.

— Ça, je n'en sais rien. Maintenant que Richard... dit-il sans terminer sa phrase.

— Mais Richard ne va pas rester à Shancarrig éternellement.

Sa voix était claire, directe.

Billa Hayes se tourna vers elle.

— Quelque chose semble le retenir ici, dit-il. Ce ne serait pas toi, par hasard ?

— Oh, non, maître Hayes, je ne suis pas son genre de fille.

Il n'y avait aucune coquetterie dans sa voix, aucune feinte. Elle s'était contentée d'énoncer un fait.

— Eh bien, quoi qu'il en soit, quelque chose le retient ici, Nessa. Ce n'est pas l'argent, et ce n'est pas non plus la vie mondaine.

— Bah, il s'en ira un jour, exactement comme il est venu, dit-elle d'une voix neutre et sans expression.

— Sans doute.

Me Hayes semblait préoccupé.

La semaine suivante, Niall était de retour.

— J'ai entendu dire que tes parents allaient t'offrir une voiture, pour ton anniversaire, dit-il à Nessa.

— Chut, tais-toi, c'est censé être une surprise, murmura-t-elle.

— Ah ? Je ne savais pas que c'était une surprise. N'empêche, c'est formidable. Tu imagines, avoir ta voiture à toi !

— Tu pourrais avoir la tienne, si tu voulais.

— Ah, oui ? Et comment dois-je m'y prendre ? Je ne suis pas l'enfant chéri de la maison, moi.

— Non, tu es le fils aîné, mais tu ne manifestes jamais aucun intérêt pour les affaires de ton père.

— Non, mais je fais tout de même des études de droit.

Niall était furieux.

— On se demande bien pourquoi. Tu ne lui demandes jamais comment vont les affaires. Tu ne te soucies pas de la concurrence.

— Tu veux parler de Richard, j'imagine.

— Non, andouille. Lui, c'est un parent, il est dans votre camp. Je veux parler de la vraie concurrence. Tu connais Gerry O'Neill, le commissaire-priseur ? Eh bien, ce monsieur a un frère qui vient jusque sous vos fenêtres pour vous rafler la clientèle. Il faut absolument riposter.

— Je n'étais pas au courant.

— Evidemment, puisque tu ne t'informes pas.

— Quand je lui demande si je peux lui donner un coup de main, il me fait faire du classement ou timbrer des enveloppes.

— Mais ça, c'était il y a trois ans, triple buse. (Elle lui passa un bras autour des épaules.) Invite ton père ici pour prendre une bière, traite-le d'égal à égal.

— Je ne crois pas qu'il apprécierait.

— J'étais comme toi, autrefois. Je passais ma vie à me dire que ma mère n'apprécierait pas telle ou telle chose. Mais je me trompais. Ce que veulent nos parents, c'est que nous soyons indépendants.

— Non, ils veulent pouvoir compter sur nous, rectifia Niall.

— Oui, c'est vrai aussi. Et ils savent qu'ils peuvent compter sur nous, ce qui est une bonne chose. Mais ils veulent aussi que nous nous formions notre propre jugement, que nous travaillions au bien-être collectif.

Il la regardait, béat d'admiration.

— Est-ce-que tu... commença-t-il.

Elle savait qu'il voulait lui demander quelque chose au sujet de Richard.

— Oui?

Sa voix ne l'incita pas à poursuivre.

— Rien, dit Niall.

— A ce soir, alors, avec ton père.

Lorsque Nessa Ryan reçut sa voiture pour ses vingt et un ans, elle commença par emmener son père et sa mère faire le tour de Shancarrig. Ils saluaient gaiement tous les gens qu'ils rencontraient sur leur chemin. A plusieurs reprises, ses yeux rencontrèrent ceux de sa mère dans le rétroviseur, et elles échangèrent un sourire. Elles étaient amies. Deux femmes qui se comprenaient. Nessa avait bien fait de les emmener en voiture. Pour les remercier publiquement et pour montrer à tout Shancarrig que la vie de Breda O'Connor, arrivée vingt-deux ans plus tôt au village, était une réussite totale.

Il était six heures et on sonnait l'angelus lorsqu'ils se décidèrent à regagner l'hôtel. Les clients allaient bientôt se presser au bar. Et il faudrait recevoir les touristes qui arrivaient par l'autocar du soir.

Lorsqu'ils passèrent devant chez Eddie Barton, Eddie et Christine, l'Ecossaise, étaient dans le jardin. Nessa freina dans un crissement de pneus.

— Je reviens vous chercher plus tard. Je vais d'abord chercher Leo, Niall et Maura, et ensuite nous irons faire un tour tous ensemble, leur cria-t-elle.

— Eddie ira seul, dit Christine. Comme dans le bon vieux temps.

— Non, tu viens aussi.

— Non, non, merci.

— Elle sait ce qu'elle veut, cette petite, dit la mère de Nessa, avec l'air de quelqu'un qui s'y connaît.

— Comme toutes les femmes, ajouta Conor Ryan. Il eut un soupir de contentement et non un soupir résigné. Nessa l'avait compris. Jadis elle croyait qu'il se sentait prisonnier, mais aujourd'hui elle savait que sa vie lui convenait parfaitement.

Maura ne viendrait pas, naturellement, Nessa le savait, mais elle serait enchantée qu'on le lui propose. Elle ne serait pas peu fière lorsque la bande des « richards », comme les appelait Mme Brennan, s'arrêterait devant sa chaumière et la supplierait de monter en voiture avec eux.

Mais elle resterait à la maison pour s'occuper de Michael — son petit garçon de deux ans et demi, un gosse affectueux qui n'avait jamais connu son père. Gerry O'Sullivan, le beau barman qui avait eu le courage d'épouser Maura, mais pas celui de rester lorsqu'il avait appris que son fils était mongolien.

Nessa gravit quatre à quatre les marches du perron de la Terrasse. La porte du numéro cinq n'était jamais fermée à clé.

— Bonjour, maître Hayes, je viens vous emprunter votre bras droit pour l'emmener faire un tour dans ma nouvelle voiture, dit-elle.

— Félicitations, Nessa. J'ai appris qu'on t'avait offert une voiture pour ton anniversaire. Richard sera à toi dans une minute, dit-il.

— Non, je voulais parler de Niall, rectifia-t-elle.

— Ah, oui.

— Comment se fait-il que vous ne soyez pas en train de jouer au golf maître Hayes, avec toute la main-d'œuvre que vous avez pour vous seconder?

Sûre d'elle, elle était d'humeur rieuse. Elle savait qu'il l'aimait bien. Il y a trois ans elle n'aurait pas osé le regarder dans les yeux, et encore moins lui adresser la parole.

— Bah, je ne crois pas que ma femme apprécierait.

Nessa pensa à la mère de Niall, une femme à l'air sinistre et renfermé, toujours vêtue de brun foncé ou de vert olive. Sans joie, sans éclat. Maître Hayes aurait été mille fois plus heureux avec une femme comme sa mère, ou comme Nessa.

Niall avait entendu sa voix.

— Ça y est, tu as la voiture?

— Ouais! Et je suis venue te chercher pour faire un tour.

Puis passant son bras sous le sien, elle fit mine de ne pas remarquer Richard qui alerté par le joyeux désordre qui régnait dans l'entrée et pensant qu'il avait de la visite, arrivait par l'autre porte en ajustant sa cravate.

Du haut du perron, Richard Hayes vit Nessa faire les honneurs de la voiture à Niall et l'inviter à s'installer sur le siège avant.

— Tu ne voulais pas... commença Niall.

— Si, je voulais t'inviter, mais j'ai préféré attendre six heures pour ne pas déranger ton père. Allons chercher Eddie.

Si Niall s'apprêtait à dire quelque chose à propos de Richard, l'envie lui était soudain passée. Il se cala confortablement sur la banquette. Eddie les rejoignit, seul. Chris avait plusieurs choses à discuter avec sa mère. Ils s'engagèrent dans la longue allée qui montait au manoir dé Glen. Leo était à la porte, elle les attendait.

— Tes parents veulent peut-être voir la voiture? demanda Nessa.

— Non, non, ce n'est pas la peine.

Les parents de Leo n'avaient peut-être pas les moyens de lui offrir une voiture. A moins que sa mère ne soit souffrante. Cela faisait un temps fou qu'on ne la voyait plus. Quant aux frères de Leo, Harry et James, ils ne donnaient jamais signe de vie. Biddy, leur femme de chambre, observait un silence de mort, comme si elle avait voulu défendre un secret de famille. Mais ils avaient bien le droit d'avoir de secrets, après tout. Ça ne regardait pas Nessa.

D'ailleurs elle avait d'autres chats à fouetter.

Nessa ne s'était pas trompée pour Maura. Celle-ci ne voulut

pas les accompagner, mais elle avait fait un gâteau et elle les invita à entrer pour qu'ils le mangent tous ensemble. La petite vitrine recelait quelques bibelots — une petite cuillère dans un écrin de velours mauve, un morceau de marbre du Connemara, et un sous-verre avec une fleur séchée qu'Eddie lui avait offert pour le baptême du petit Michael.

Il y avait une photo de Gerry O'Sullivan, dans un petit cadre, sur la cheminée.

— C'est formidable que nous soyons restés bons amis, dit Maura. (Ils acquiescèrent d'un hochement de tête, incapables de proférer un mot.) Il ne manque plus que Foxy et nous serions au complet.

— Je crois que ça marche pour lui, là-bas, dit soudain Leo à la surprise générale. S'il continue comme ça, il va devenir milliardaire.

— Parce qu'il a l'intention de devenir milliardaire ? s'informa Niall.

— Il voudrait devenir quelqu'un d'important, en tout cas, c'est certain, dit Leo.

— Comme nous tous, au fond, dit Niall.

— Mais toi, tu l'es déjà. Tu es notaire, Niall. Et si un jour j'ai besoin d'un conseil, c'est à toi que je m'adresserai, dit Maura.

Ils rirent de bon cœur, et Maura plus que tout le monde.

— Mais souviens-toi, quand nous nous sommes lu les lignes de la main, c'est toi qui devais faire fortune, pas Foxy. Tu vas peut-être ouvrir un commerce, dit Eddie Barton.

Ils se rappelèrent le jour où ils avaient quitté l'école de Shancarrig. Sept ans auparavant — tout cela leur semblait si loin.

Nessa les emmena ensuite au pied du Vieux Rocher. Là, ils laissèrent la voiture et escaladèrent le rocher comme ils l'avaient fait si souvent par le passé.

Ce n'était pas chose facile de deviner leurs sentiments, mais Nessa était certaine que l'avenir d'Eddie était tout tracé, maintenant que Chris, l'Ecossaise, était entrée mystérieusement dans sa vie.

Elle savait aussi que Maura saurait se contenter de ce qu'elle avait. Elle savait qu'elle aurait préféré une maison plus belle, et sans doute économisait-elle pour se la payer — il n'y avait pas la moindre trace de superflu dans la petite chaumière où ils étaient entrés.

Leo était insondable, comme toujours, mais c'était Niall, cette bonne vieille branche de Niall, qui occupait ses pensées, aujourd'hui. Leo et Eddie avaient réussi à se hisser sur le rocher au sommet duquel on embrassait, paraît-il, quatre comtés d'un seul coup d'œil. On distinguait parfaitement les détails dans la lumière du crépuscule, apercevant là un clocher, ici une colline.

Niall s'assit à côté d'elle, son blaser trop étriqué, sa chemise chiffonnée, ses cheveux du même brun foncé que ceux de son cousin Richard, mais en désordre et mal coupés. Il la regardait, l'air soucieux.

— Nous allons être très heureux, Niall, lui dit-elle en lui tapotant gentiment la main.

— Je te le souhaite, en tout cas, dit-il d'une voix rauque, où pointait la tristesse et la générosité.

Elle l'écoutait, tout comme sa mère avait dû écouter Conor Ryan, des années auparavant, lorsqu'elle avait pris la décision de l'aider.

— Toi et moi, dit-elle, nous allons nous marier, n'est-ce pas? Tu vas bien te décider un jour à demander ma main, non?

— Ne te moque pas de moi, Nessa.

— Je n'ai jamais été plus sérieuse.

— Mais, et Richard?

— Eh bien quoi, Richard?

— Tu ne...

— Non.

— Vous n'êtes pas...

— Mais non.

— Et moi qui croyais que tu ne me voyais même pas, dit-il.

— Je n'ai jamais cessé de te regarder. Depuis le jour où tu m'as dit que j'avais de beaux cheveux, à l'école, le dernier jour.

— J'ai gravé ton nom sur le tronc du hêtre, dit-il.

— Tu... quoi?

— J'ai écrit « JNH aime VR » tout en bas, près d'une racine. J'étais amoureux de toi, à l'époque. Et je le suis toujours.

— John Niall Hayes, Vanessa Ryan. Je n'arrive pas à y croire!

— Dans ce cas, viens, je vais te montrer, dit-il. Comme preuve.

Ils échangèrent leur premier baiser, le soir de ses vingt et un ans, dans la lumière du crépuscule, tout en haut de la colline qui dominait le village. Nessa savait qu'ils allaient avoir du pain sur la planche. Il leur faudrait combattre l'apathie et la morosité maternelle d'un côté, et de l'autre convaincre Me Hayes de céder une partie de ses prérogatives. Mais c'était à Nessa de décider où ils allaient vivre et comment ils allaient vivre. Richard finirait bien par s'en aller, tôt ou tard. Et peut-être même plus tôt que prévu, étant donné la tournure que prenaient les choses.

Les années passant, elle finirait bien par convaincre Niall Hayes qu'il n'avait plus rien à craindre de son cousin Richard, qu'il n'avait jamais été son amant, ni même son amour. Il n'avait été qu'un homme de passage, qui était apparu dans sa vie au bon moment.

Et pourtant, dans une large mesure, elle savait que, si elle se sentait aussi sûre d'elle-même aujourd'hui, c'était surtout parce qu'elle était bien la fille de sa mère.

RICHARD

Richard haïssait la vue du Vieux Rocher. Cela signifiait qu'ils étaient de retour dans ce misérable patelin de Shancarrig pour les vacances d'été. Ils étaient de retour dans la sinistre maison d'oncle Bill et de tante Ethel, avec l'étude de notaire au rez-de-chaussée et l'appartement au premier. Des chambres sinistres, au mobilier pesant, rien à voir, rien à faire. Un trou paumé, en somme, et quel trou!

Aussi loin qu'il pouvait se rappeler, il se souvenait qu'ils étaient venus passer ici une semaine en juillet. Même pendant la guerre, pendant « l'état d'urgence », comme on disait alors, ils venaient de Dublin avec un train qui marchait à la tourbe. Et lorsqu'il se mettait à pleuvoir, la tourbe brûlait mal et le voyage était interminable.

En fin de journée, le père de Richard et son oncle Bill partaient en promenade. Ils faisaient des kilomètres à pied, chacun un bâton à la main, en désignant gaiement tel ou tel endroit où ils avaient joué étant enfants — le lit caillouteux de la rivière Grane où ils venaient pêcher, la grande forêt de Barna qui avait prodigieusement rapetissé depuis qu'ils avaient grandi, sans oublier le hideux tas de cailloux que l'on appelait le Vieux Rocher.

Ils faisaient une halte devant l'école de Shancarrig, et s'extasiaient devant le vieux hêtre pourpre sur lequel ils avaient gravé leurs initiales en 1914, KH et WH — Kevin et William —, deux jumeaux de quatorze ans. Richard ne supportait pas de les voir s'attendrir sur des choses aussi stupides, cela le rendait malade.

Richard était beau gosse et il rongeait son frein. Pour lui, ces séjours forcés au village paternel étaient une perte de temps pure et simple. Même lorsqu'il était tout petit il faisait des pieds et des mains pour ne pas y aller.

— Mais si, il faut y aller. Ce n'est jamais qu'une semaine sur cinquante-deux, insistait sa mère.

Elle-même n'y allait que contrainte et forcée, et cela lui donnait de l'espoir. Cependant, contrairement à ses habitudes, c'était un point sur lequel elle ne cédait jamais. Elle était absolument intraitable.

— Ton père ne nous demande pas grand-chose. Juste une semaine dans l'année. Nous irons, et dans la bonne humeur.

— Mais on s'ennuie à mourir, là-bas, et puis tante Ethel est horrible.

— Elle n'est pas horrible, elle ne parle pas beaucoup, voilà tout. Tu n'as qu'à amener des jeux ou des livres pour t'occuper.

Il avait remarqué que sa mère emmenait du tricot. En une semaine à Shancarrig, elle arrivait à tricoter deux pulls entiers.

— Vous tricotez vite, lui dit un jour tante Ethel.

— J'adore tricoter. C'est tellement reposant, avait répondu sa mère dans un murmure.

Cependant, ce que n'avait pas dit sa mère, c'est qu'elle ne sortait pour ainsi dire jamais ses aiguilles et ses pelotes de laine lorsqu'ils étaient à Dublin. Shancarrig était en quelque sorte devenu sa retraite de tricot — sa semaine de pénitence.

Les enfants de l'oncle Bill étaient encore des mioches; l'aîné, Niall, avait sept ans de moins que Richard. Il n'avait que cinq ans lorsque Richard en avait douze et qu'il cherchait un compagnon de jeu.

En 1950, Richard fêta ses dix-sept ans. C'étaient ses dernières vacances dans cet horrible bled.

Et, tandis qu'il assistait à l'interminable cérémonie de consécration de l'école de Shancarrig en présence de l'évêque, du curé et de tous les notables des environs, il se jura de ne plus jamais remettre les pieds dans ce trou. Il devenait claustrophobe lorsqu'il était ici, il avait l'impression d'étouffer.

Cette année, Richard Hayes allait passer son bac et quitter l'école de jésuites où il était pensionnaire. Après quoi il s'inscrirait en fac, non pas de médecine, comme son père, mais de droit. Et l'été prochain il trouverait une bonne excuse pour ne pas venir à Shancarrig — un cours d'été ou un voyage à l'étranger.

Plus jamais ils ne pourraient le forcer à remettre les pieds ici. Ils n'avaient qu'à amener ses sœurs à la place. Elles avaient l'air de bien s'amuser ici, avec les autres gosses du village. Richard, pour sa part, avait purgé sa peine.

Il n'y avait qu'une seule fille un peu jolie à la cérémonie. Elle portait une robe bleue et blanche, et un chapeau de paille orné d'un ruban assorti. Elle tenait sa main en visière pour se protéger du soleil, et semblait boire chaque parole du discours officiel. Elle était mince, avec la taille fine et un joli minois, bien qu'un peu trop pâle.

— Qui est-ce? demanda-t-il à l'oncle Bill.

— C'est Madeleine Ross. Une gentille petite, un peu trop sous la coupe de sa mère, malgré tout. Si tu veux mon avis, elle ne la quittera jamais.

— Tu veux dire qu'elle va rester ici toute sa vie?

Richard était scandalisé.

— Mais il y en a parmi nous qui ne demandent pas mieux que de rester ici, répliqua son oncle, vexé.

— Oui, oui, bien sûr, mais elle a l'air si jeune.

— Moi aussi, j'étais jeune, quand j'ai décidé de revenir m'installer au village. C'était il y a des années. Et si le Dr Nolan avait eu besoin de quelqu'un pour le seconder, à l'époque, je suis sûr que ton père n'aurait pas hésité à revenir, lui aussi. C'est notre village natal, tu comprends.

Une pensée qui fit frémir Richard.

Les Hayes de Dublin vivaient à Waterloo Road, situation idéale lorsqu'on a des enfants à l'université. Richard était à deux pas de la fac, et mieux encore, à deux pas de toutes les activités nocturnes de la vie étudiante. Les pubs de Leeson Street étaient à quelques minutes à pied seulement, de même que les appartements des copains qui donnaient des surprise-parties dans Baggot Street.

Richard Hayes proposa à ses parents d'aménager l'entresol

de la maison familiale et de s'y installer. Pour pouvoir étudier au calme, dit-il. Pour ne pas les déranger.

Sa conduite était irréprochable, jamais son père et sa mère ne trouvèrent à y redire. Ils étaient ravis que leur fils toujours souriant vienne les rejoindre pour le souper familial à six heures précises, ou pour le déjeuner dominical. Il était toujours très aimable avec Lizzie lorsqu'il lui remettait son sac de linge sale, et de plus il avait insisté pour faire lui-même son ménage.

— Vous avez déjà bien assez à faire ici, avait-il dit avec son sourire enfantin. C'est à moi de nettoyer ma piaule.

Et c'est ainsi qu'à l'insu de ses parents il s'était installé une petite garçonnière tout à fait confortable à l'entresol. A tel point qu'à dix-huit ans, Richard Hayes jouissait d'une liberté que bien des étudiants de son âge lui auraient enviée.

Ce que ses parents ignoraient, cependant, c'est qu'il y avait une ribambelle de jeunes filles qui défilaient à l'entresol et qui, bien souvent, ne quittaient la maison qu'aux premières lueurs du jour. Il avait accroché quelques posters au mur, confectionné des lampes avec de vieilles bouteilles de chianti et recouvert fauteuils et sofas, ainsi que son lit, de tentures indiennes.

Si les surprise-parties étudiantes étaient généralement bruyantes et tumultueuses, celles de Richard Hayes, en revanche, se déroulaient dans la plus stricte intimité. Elles ne réunissaient le plus souvent que deux, voire quatre personnes tout au plus. La petite garçonnière comportait deux chambres à coucher. Il vous suffisait d'entrer et de sortir le plus naturellement du monde, comme si vous n'aviez rien à vous reprocher, et personne ne vous demandait rien.

— Ne sors pas de la maison sur la pointe des pieds, conseilla Richard à une de ses amies. Aie l'air sûre de toi, comme quelqu'un qui vient de glisser un mot sous ma porte. Ils sont à mille lieues de se douter qu'il y a quelque chose entre toi et moi.

Et sa tactique était la bonne : ses parents n'y voyaient que du feu. A tel point qu'ils dirent à tous leurs amis, et à l'oncle Bill de Shancarrig, que les études de droit allaient pour le mieux et que, contrairement à la plupart des jeunes gens qui menaient des vies de patachons, leur fils était un garçon casanier et studieux qui comblait tous leurs espoirs.

Aussi eurent-ils un fameux choc lorsqu'à la fin de la première année de fac de Richard, les parents d'Olive Kennedy vinrent frapper à leur porte.

Il se trouvait qu'Olive Kennedy était enceinte et, selon toute vraisemblance, Richard Hayes était le père.

Richard avait l'impression qu'ils étaient en train de jouer une scène dans un film. Un film policier où personne ne semblait dire la vérité.

Ni Olive, qui pleurait à chaudes larmes en disant qu'elle n'avait pas songé à mal, car elle pensait que Richard l'aimait et qu'il allait l'épouser. Ni les parents de la jeune fille, qui la croyaient déshonorée. Ni ses parents à lui, qui ne cessaient de répéter que leur propre fils n'aurait jamais fait une chose pareille, car il vivait sous leur toit et ils le surveillaient de près.

Olive ne parla pas de toutes les nuits qu'elle avait passées dans la petite garçonnière de Waterloo Road — sans doute ne voulait-elle pas que sa famille le sache. Peu importait, au fond, *où* le crime avait été commis, ce qui comptait c'était *qui* l'avait commis. Et quelle suite on allait donner à l'affaire. Richard fut on ne peut plus direct. Il était véritablement désolé. Il ne nia pas, mais dit qu'Olive et lui étaient encore beaucoup trop jeunes pour envisager le mariage. Qu'à ce sujet ils ne s'étaient jamais rien promis. Il n'avait rien d'autre à ajouter pour sa défense.

Son ton ferme, poli et assuré, réussit à les convaincre tous. Maintenant il ne leur restait plus qu'à négocier : Olive se rendrait en Angleterre pour accoucher et faire adopter son bébé, après quoi elle reviendrait à Dublin pour terminer ses études. Il était normal que la famille de Richard fasse un geste. Les deux pères se mirent d'accord sur un chiffre.

— Olive, je regrette infiniment ce qui s'est passé, lui dit Richard sur le pas de la porte.

— Merci, Richard.

Elle baissa les yeux, soulagée de voir qu'il l'aimait et la respectait, même s'ils étaient encore trop jeunes pour songer au mariage.

Ce jour-là, avec un profond soupir de soulagement, Richard Hayes se demanda s'il ne faisait pas partie de cette race d'individus qu'on appelle bourreaux des cœurs.

Après cette affaire, Richard adopta un profil bas pendant

plusieurs mois. Il se mit à bûcher sérieusement, et de temps en temps il invitait ses parents à l'entresol pour leur montrer que leur fils menait une vie studieuse et irréprochable.

Petit à petit, sans qu'il fasse quoi que ce soit pour les en convaincre, ses parents en vinrent à se dire que cette Olive n'était tout compte fait qu'une intrigante qui avait manigancé toute cette histoire en vue de compromettre leur petit Richard, lequel avait probablement fait des efforts surhumains pour résister à la tentation.

Ils n'étaient pas peu fiers, le jour où leur fils reçut son diplôme de juriste. Il avait réussi à se placer dans l'un des plus gros cabinets d'avocats de la capitale. Et avant même qu'il ne touche sa première paye, ils lui donnèrent de l'argent pour qu'il aille chez le tailleur. Il se fit faire un costume dans lequel il était beau comme un dieu.

Elaine, qui travaillait dans le même cabinet, ne tarda pas à s'en apercevoir. Elaine était la fille d'un juge, et la nièce de l'avocat le plus important du cabinet. Elle portait des twin-sets très chics, des perles véritables, et ses foulards et ses sacs à main venaient de Paris. Lorsqu'ils sortaient ensemble, ils formaient un couple admirable.

Mais il était rare qu'ils sortent ensemble, car Richard prétendait qu'un jeune avocat débutant et sans le sou n'était pas digne d'intérêt pour une jeune fille comme elle...

— Mais, tu n'es pas sans le sou, mon oncle te paye une fortune...

Elle s'accrochait à son bras comme si elle avait craint qu'il lui échappât.

— Mais nous sommes trop jeunes, toi et moi... implorait-il, tout en sachant que plus il se dérobait plus elle le trouvait irrésistible.

— Nous n'avons qu'à grandir, répondit-elle en lui décochant une œillade assassine.

Tant et si bien que Richard et la fille du juge commencèrent à se voir de plus en plus souvent, dans sa garçonnière, loin des regards indiscrets.

Ce petit jeu dura trois ans. Dans la journée, au bureau, ils se comportaient en parfaits étrangers, et le soir ils se retrouvaient et passaient la nuit enlacés dans les bras l'un de l'autre. Richard n'en revenait pas de voir la facilité avec laquelle

Elaine arrivait à faire gober à ses parents qu'elle passait la nuit chez des copines.

Tandis que, debout dans les premiers rayons du soleil et vêtue d'un simple haut de pyjama, elle faisait cuire les œufs de leur petit déjeuner, Richard se félicitait d'avoir rencontré une fille aussi belle et aussi intelligente qui accepte d'avoir ce genre de relation avec lui.

— Est-ce que tu m'aimes un peu, Richard? demanda-t-elle en retournant les œufs dans la poêle.

Voluptueusement étendu sur le lit, il savourait à l'avance le petit déjeuner qu'elle allait lui servir avant qu'ils ne se lèvent et ne s'habillent pour se rendre séparément au bureau. Le côté clandestin de la chose, le fait qu'aucun de leurs collègues ne soupçonnait qu'ils avaient une liaison, avait quelque chose de terriblement excitant.

— En voilà une question! Pourquoi me demandes-tu cela?

— Ce n'est jamais bon signe quand une personne répond à une question par une autre question, dit en riant la blonde Elaine dont les dessous raffinés jonchaient le sol de la garçonnière.

— Non, sérieusement, nous avons fait l'amour deux fois hier soir, et une fois ce matin... et tu me demandes une chose pareille?

Il semblait surpris.

— Ce n'est pas d'amour physique que je voulais parler.

— Mais de quoi alors?

— Je suis enceinte, dit-elle.

— Oh, merde.

— Je vois, dit Elaine en jetant brusquement les œufs du petit déjeuner dans l'évier avant de ramasser ses affaires éparpillées à terre.

— Elaine, attends un peu... ce n'est pas ce que je voulais dire.

Depuis la salle de bains, par-dessus le bruit des robinets, elle lui cria:

— C'est exactement ce que tu voulais dire, au contraire. Exactement!

Elle était sortie de la salle de bains, à présent, habillée et furieuse. Il vint à sa rencontre.

— Ne me touche pas. Tu as dit ce que tu avais à dire.

— Je n'ai encore rien dit. Il faut que nous parlions.

— C'est déjà fait. Tu as dit « merde ». C'est ce que tu as dit, n'est-ce pas?

Au bureau, la journée lui parut interminable. Elle faisait semblant de ne pas le voir, et refusa de le rencontrer à l'extérieur lorsqu'il le lui proposa. Après quoi elle ne remit pas les pieds au cabinet pendant quatre jours.

De retour dans sa garçonnière, Richard devait lutter pour ne pas ressasser les mêmes pensées. Était-il possible qu'elle se soit fait avorter?

A Dublin, en 1958, il arrivait que les gens aient recours à ce genre d'expédients. On racontait des choses, peu plaisantes du reste, au sujet d'une infirmière... il chassa aussitôt cette pensée de son esprit. Elaine n'aurait jamais pris seule la décision de faire une chose pareille.

Cependant ne lui avait-il pas fait comprendre qu'il ne voulait pas s'engager? Il appela chez elle, mais lorsqu'il donna son nom la femme de chambre lui répondit qu'Elaine ne voulait pas lui parler.

Cette fois il n'y eut ni atermoiements ni conseil de guerre, comme cela avait été le cas pour Olive Kennedy. Cette fois, son patron, l'avocat le plus important du cabinet, lui annonça froidement qu'il n'avait plus besoin de ses services.

— Mais pourquoi? protesta Richard.

— Je pense que vous le savez, fut la réponse de l'oncle d'Elaine, puis il tourna les talons sans rien ajouter.

Jamais on n'avait traité Richard de la sorte. Comment allait-il l'annoncer à ses parents?

Il allait d'abord chercher un autre emploi, ensuite il leur dirait qu'il avait décidé de changer de cabinet. De cette façon, les choses auraient l'air moins dramatiques.

Une chose lui avait échappé, cependant: l'étendue du pouvoir de l'avocat, frère du juge, et la petitesse des cercles juridiques de Dublin. Le mot était lâché à son sujet. Quel mot, au juste? Il n'aurait su le dire, mais cela avait certainement un rapport avec sa désinvolture et son goût pour le sexe faible. Il était désormais catalogué comme quelqu'un qui refuse de payer pour son plaisir.

Il n'y avait pas de travail pour Richard Hayes, dont les

talents d'homme de loi n'étaient pas assez remarquables pour faire oublier certaines considérations.

Il fut contraint d'avouer la chose à ses parents.

Ce ne fut pas facile. Il n'avait guère d'alternative et, à son grand désespoir, il réalisa que Shancarrig était sa seule issue.

On était au mois de juillet 1958 lorsque Richard vint s'installer au numéro cinq de la Terrasse. On le voyait errer dans le village comme une âme en peine, et scruter d'un œil distrait le panneau d'affichage de l'église qui annonçait les différentes manifestations à venir, comme les parties de whist organisées au profit des habitants d'un obscur village d'Amérique du Sud, lesquels avaient apparemment besoin d'une église... exactement comme celle-ci.

Les mains dans les poches, il traversa la rivière Grane et prit le raidillon qui menait à l'école où, des années auparavant, il avait assisté à une cérémonie officielle d'un ennui mortel. L'endroit n'avait pas changé. Pas plus que les abords fangeux de la rivière où se dressait une rangée de chaumières délabrées, ni le misérable carré de verdure pompeusement baptisé « bois de Barna ». Il n'avait aucune envie de monter sur le Vieux Rocher qu'il avait escaladé si souvent étant gosse. La tête rentrée dans les épaules, il rebroussa chemin et traversa le pont en sens inverse pour retourner dans le centre ville.

Un groupe de jeunes était en train de jouer sur le pont. Ils se retournèrent pour le regarder passer. Il réalisa soudain qu'il y avait dans ce village des centaines d'yeux pour épier ses moindres gestes. Une pensée affligeante.

Tout à Shancarrig le déprimait.

Comme ce curé ventripotent aux petits yeux de cochon qui était venu le saluer et lui dire qu'il était ravi d'accueillir une brebis de plus dans son troupeau — que voulait-il dire au juste ? Ou la gouvernante du presbytère, une vieille bique mal embouchée avec une tête de six pieds de long, appelée Mme Kennedy, qui vous regardait au fond des yeux et semblait deviner vos pensées les plus secrètes. Elle avait hoché la tête, lorsqu'on le lui avait présenté, l'air de dire qu'elle n'appréciait guère les individus de son acabit.

Quant à la famille de son oncle, elle ne lui apportait aucun réconfort. Oncle Bill était un homme plutôt sympathique et son étude marchait bien, mais pourquoi diable s'était-il encombré d'une femme aussi déprimante? Tante Ethel ignorait totalement ce qu'était un sourire. Quant à leurs enfants, il ne fallait pas compter s'en faire des amis.

Niall, qui devait avoir dans les dix-huit ans, un âge où, en principe, les garçons débordent de sève, était un individu insipide qui passait sa vie à se morfondre. L'idée n'aurait jamais effleuré Richard que son cousin manquait tout simplement de confiance en lui. Sentiment qui lui était totalement étranger. Il ne comprenait pas pourquoi, par exemple, son cousin n'empruntait jamais la Ford de son père, garée dans la rue, devant la Terrasse. S'il l'avait fait, il aurait pu visiter les environs et élargir un peu ses horizons. Un endroit comme celui-ci devait bien receler quelques distractions pour un garçon de son âge. Mais Niall ne s'était apparemment jamais préoccupé de les découvrir. Il ne quittait jamais le village, son horizon ne s'étendait pas au-delà de l'hôtel du Commerce.

Richard contemplait la chambre qui lui avait été donnée — une énorme penderie en acajou massif qui, en dépit de sa grande taille, n'arrivait pas à contenir toute la garde-robe d'un jeune juriste venu de la ville. Sa tante Ethel lui avait montré avec fierté les robinets d'eau chaude et d'eau froide — sa chambre était la seule qui contienne un lavabo. Quant au lit, il n'accueillerait jamais de demoiselle. Bien malin celui qui aurait pu faire venir une fille jusqu'ici en passant devant l'étude, la cuisine, le salon, la salle à manger, et toutes les chambres à coucher. Il était condamné à l'abstinence, à moins de dénicher une compagne qui aurait pu l'accueillir chez elle, chose tout à fait improbable dans un village comme Shancarrig.

Il y avait pourtant quelques beaux brins de filles dans le coin.

Comme cette Nessa, de l'hôtel. Il avait tout de suite vu la flamme dans ses yeux, le désir, la timidité, le besoin de plaire, la peur de le rebuter.

Il n'était pas arrogant avec elle, il savait s'adapter aux circonstances. Quand on était gentil avec les filles, quand on leur souriait, qu'on leur prêtait une oreille attentive et qu'on les caressait dans le sens du poil, elles s'ouvraient comme des fleurs.

Bien sûr, quand on était beau ça ne gâchait rien, mais le plus important c'était de leur faire sentir qu'elles vous plaisaient. Combien d'hommes n'avait-il pas vu qui, trop impatients de monter au créneau, avaient lamentablement échoué? S'il y avait un secret, c'était sans doute là qu'il se trouvait.

Et c'est avec une patience infinie qu'il entreprit de faire la cour à Vanessa Ryan. C'était la plus belle fille du village. Il s'était livré à une prospection minutieuse.

Il y avait Madeleine Ross, l'institutrice, une sorte d'exaltée qui participait activement aux activités de la paroisse et à la conversion d'un village péruvien, notamment, dont le nom espagnol signifiait Shancarrig ou je ne sais quoi. L'institutrice avait un faible pour le jeune prêtre aux allures éthérées, c'était évident, mais de là à ce que l'un ou l'autre se laisse aller à une passion secrète...

Il y avait d'autres filles, aussi, mais elles ne valaient pas le détour.

Non, il n'y avait que Nessa avec ses yeux clairs et ses beaux cheveux noirs. A son grand étonnement, il n'en vint jamais à bout. Avait-il perdu la main? Le charme dublinois n'opérait-il pas en ces contrées reculées?

Il l'avait menacée de ne plus jamais venir la voir... oh, des menaces subtiles, à mot couvert, bien sûr, mais elle avait parfaitement saisi le message... et sa réponse était non.

Et encore non.

C'était agaçant de l'apercevoir dans l'hôtel de ses parents, de l'autre côté de la rue, chaque jour plus belle et plus sûre d'elle, avec ses beaux cheveux brillants autour de son joli minois, et ses blouses aux couleurs chatoyantes qui rehaussaient son teint de brune. Elle riait et plaisantait volontiers avec les clients, et il avait même vu certains touristes américains la dévorer des yeux.

Les années passaient lentement.

Et même si son exil à Shancarrig n'était pas aussi pénible qu'il se l'était imaginé, il avait hâte de retourner à Dublin.

Elaine vint lui rendre visite, une fois.

— Je vais me marier, lui dit-elle.

— Est-ce que tu l'aimes?

— Il y a quelques années, tu n'aurais jamais posé ce genre de questions. Pour la bonne raison que tu ne croyais pas à l'amour.

— Mais je crois à l'amour. Simplement, je ne l'ai jamais rencontré.

— Cela viendra, tu verras, dit-elle gentiment.

— Au fait, et le bébé?

— Il n'y a jamais eu de bébé, dit-elle.

— *Quoi*!

— Il n'y a jamais eu de bébé. J'ai menti.

Richard était livide.

— Tu veux dire que j'ai été chassé de Dublin comme un malpropre et envoyé ici pour rien?

— Oh, mais il aurait très bien pu y avoir un bébé, et ta réponse aurait tout de même été « merde ». C'est tout ce que tu aurais dit s'il y avait eu un enfant entre nous.

— Mais tu... mais pourquoi faire une chose pareille, pourquoi entacher ta réputation aux yeux de tous... de ton père, de ton oncle... des autres gens...

— Parce qu'à l'époque je croyais que ça valait le coup. Mais c'était il y a longtemps.

— Et pourquoi viens-tu me l'annoncer aujourd'hui? Le veto est-il levé? Le péché pardonné? Vais-je pouvoir rentrer à Dublin et les supplier de me redonner du travail?

— Oh, non. C'est beaucoup plus égoïste que cela. Je suis venue te dire qu'il n'y avait jamais eu d'enfant, ni accouché, ni avorté, au cas où...

— Au cas où quoi?

— Au cas où...

Elle semblait chercher ses mots. Sans doute voulait-elle lui dire de ne pas s'en faire, de ne pas culpabiliser. Mais cet enfant, vrai ou imaginaire, n'avait jamais occupé ses pensées.

— Au cas où Gerald l'apprendrait. Au cas où tu dirais...

Il réalisa soudain qu'elle se souciait davantage de ce que pensait Gerald que de tout ce qu'ils avaient vécu ensemble, elle et lui.

— Tu n'as qu'à dire à Gerald que tu es blanche comme neige, railla-t-il.

Il avait bien fait, tout compte fait, de ne pas épouser cette dévergondée.

C'est à cette époque que son jeune cousin Niall se décida enfin à lui demander conseil.

— Toi qui sais presque tout, Richard...

— Oui?

— Bon, je sais bien que tu es très beau et tout ça, mais j'ai aussi remarqué que tu savais parler aux gens, et te faire apprécier d'eux. Tu as un truc ou quoi?

Richard regarda son cousin, ses cheveux en bataille, son blazer coûteux mais complètement passé de mode, son pantalon en tire-bouchon. C'était son allure générale qui clochait : ses épaules voûtées, sa façon de baisser les yeux au lieu de regarder son interlocuteur en face. Ce n'était pas volontaire, bien sûr, mais cela lui donnait l'air sournois et veule.

Peut-être à un autre moment Richard eût-il accepté de dispenser un ou deux conseils au jeune homme. Après tout, Niall était venu vers lui, ce qui de sa part était un exploit.

Malheureusement, il avait mal choisi son moment.

La visite d'Elaine l'avait mis de mauvaise humeur. Il commençait à douter de son succès auprès des femmes, sans parler de cette petite mijaurée de Nessa Ryan, qui devenait de plus en plus hautaine et impertinente. Richard Hayes n'était pas d'humeur à donner des conseils.

— Il n'y a pas de truc, rétorqua-t-il, agacé. Ou tu plais aux gens ou tu ne leur plais pas. C'est la vie.

Il détourna les yeux pour ne pas voir la déception sur le visage du garçon.

— Tu veux dire que les gens ne peuvent pas changer, se rendre sympathiques, ou réussir?

Richard haussa les épaules.

— Pour ma part, je n'ai jamais vu personne changer, et toi?

Niall ne répondit rien.

A chaque repas, son visage semblait s'allonger davantage. A tel point que Richard se demandait quel genre de travail son oncle allait bien pouvoir lui donner à faire lorsqu'il reviendrait s'installer définitivement à Shancarrig. Car cela finirait bien par arriver un jour. Dans un sens il aurait mieux valu pour Niall qu'il aille d'abord faire ses preuves chez un autre notaire. Mais d'un autre côté, il était légitime qu'il travaille dans l'étude de son père. Et tôt ou tard il ne manquerait pas de faire valoir ses droits, de crainte que Richard ne cherche à lui couper l'herbe sous le pied. En réalité, Richard n'avait aucune envie de s'éterniser à Shancarrig. Et, après la conversation qu'il avait eue avec Elaine, il commençait à se demander si l'heure n'était pas venue de retourner tenter sa chance à Dublin.

Mais, juste à ce moment-là, il fit la connaissance de Gloria Darcy.

Les Darcy étaient arrivés de fraîche date au village. Ce qui signifiait qu'ils n'étaient pas, comme le reste des habitants, installés à Shancarrig depuis trois générations. Au début, les gens avaient prédit qu'ils ne resteraient pas. Mais c'était avant que leur épicerie ne prospère, avant qu'ils ne se mettent à vendre des ampoules électriques, des casseroles et des couteaux, et à faire sérieusement concurrence à la quincaillerie Dunne. Mike et Gloria Darcy gardaient toujours le sourire quelles que soient les circonstances.

— Il y a de la place pour tout le monde, pas vrai? disait Mike avec son éternel sourire.

— Ce n'est que le début de la croissance, vous allez voir comme le village va s'agrandir d'ici le milieu des années soixante, ajoutait Gloria avec son sourire de gitane, en secouant sa belle crinière noire.

Elle portait souvent un foulard autour du cou, exactement comme les gitanes qu'on voyait sur les cartes postales, ou dans les livres pour enfants — et non pas comme les bohémiennes taciturnes qui venaient à Shancarrig tous les ans et qui campaient dans les bois de Barna.

Petit à petit ils avaient fini par se faire accepter.

Gloria aimait les couleurs chatoyantes, toutes les femmes l'avaient remarqué. Et Richard avait entendu sa tante Ethel, Nellie Dunne et Mme Ryan critiquer sa tenue. Cependant, elles n'avaient rien à lui reprocher vraiment. Ses décolletés n'étaient pas suffisamment plongeants ni ses jupes assez courtes pour qu'on puisse lui faire de remarques. C'était juste sa démarche chaloupée et son assurance qui les faisaient tiquer. Elle avait le regard vif, un regard qui s'enflammait lorsqu'il rencontrait un autre regard. Il n'y avait aucune fausse pudeur chez Gloria Darcy.

Richard fit sa connaissance un jour qu'il était venu acheter des lames de rasoir. Il ne supportait pas M. Connors, le pharmacien — un petit homme tatillon, à l'haleine fétide, qui pouvait vous tenir la jambe des heures durant. Heureusement, le regard de Richard tomba sur les lames de rasoir exposées en vitrine, il s'en servit comme d'une excuse.

— Il vous fallait autre chose? demanda Gloria avec un grand et beau sourire, sa langue effleurant légèrement sa lèvre inférieure.

Si le mari de Gloria n'avait pas été à deux pas derrière elle, Richard aurait pensé qu'elle était en train de lui faire des avances.

— Pas dans l'immédiat, avait-il répondu exactement sur le même ton, et leurs yeux s'étaient rencontrés.

Tandis qu'il regagnait la Terrasse, il s'exhorta à la prudence. Il ne fallait pas qu'il tombe dans le piège.

C'eût été la pire des erreurs. Il fallait qu'il retourne tenter sa chance à Dublin et qu'il quitte cette ville sans y laisser le parfum du scandale. Depuis trois ans qu'il vivait dans ce patelin, il mettait méthodiquement de l'argent de côté. Ici le luxe était inutile, il n'y avait pas un endroit convenable où aller dîner, pas de courses de chevaux. Il avait beaucoup appris sur la pratique notariale en milieu rural, si tant est que cela lui serve un jour. Mais la nature humaine était partout la même : peut-être son séjour ici lui serait-il plus profitable que ce qu'il avait espéré.

Cet après-midi-là, jour de la promenade de l'oncle Bill avec le major Murphy, ils avaient fermé l'étude de bonne heure. Ce dont les deux hommes s'entretenaient lorsqu'ils sortaient ensemble était un mystère. Mais aujourd'hui Bill Hayes était resté à l'étude.

— Je me trouve devant un dilemme, confia-t-il à Richard.

— Raconte-moi, dit Richard en s'asseyant, jambes étirées, le visage détendu, près à recueillir les confidences de son oncle.

Il sentait que ce dernier avait besoin de lui parler.

Ils étaient seuls; ni l'austère tante Ethel ni ce pleurnichard de Niall n'étaient dans la maison.

— C'est au sujet du manoir de Glen. Miriam Murphy

n'arrête pas de me téléphoner et de me dire qu'elle veut mettre de l'ordre dans ses affaires.

— Et alors?

— Eh bien, Frank me dit de ne pas y faire attention, il prétend qu'elle déraille.

— Elle a l'air un peu bizarre, en effet, dit Richard pour encourager son oncle à parler.

— C'est possible, mais ça n'est pas le genre de choses que l'on dit. Et encore moins à un ami.

Bill Hayes semblait préoccupé.

Pour Richard, au contraire, c'était précisément le genre de choses que l'on disait à un ami. Mais plus il côtoyait de gens mariés et plus il découvrait que ces derniers agissaient en dépit du bon sens.

— Eh bien, que penses-tu faire? demanda-t-il, toujours expert dans l'art de renvoyer la question à son interlocuteur avant de dévoiler ce qu'il avait sur le cœur.

— Eh bien, j'ai le sentiment qu'elle a quelque chose à se reprocher, un crime... imaginaire, naturellement.

— Bon, si c'est imaginaire...

— Mais supposons que ce ne le soit pas, supposons qu'elle ait vraiment un crime sur la conscience?

— Mais tu n'es pas le père Gunn, oncle Bill, ni le sergent Keane... Elle te demande de rédiger son testament, et rien d'autre. Et tu es libre de refuser si tu penses que c'est mieux pour Frank.

— Certes, mais ça me tracasse tout de même.

— Pourquoi n'irais-je pas la voir, moi? Comme cela tu ne les auras trahis ni l'un ni l'autre.

— Tu accepterais de le faire, Richard?

— Je peux y aller aujourd'hui même, pendant que le major et toi faites votre promenade hebdomadaire, dit-il avec un large sourire.

— Je ne sais pas ce que je ferais sans toi, Richard.

— Bientôt c'est ton propre fils qui viendra te seconder. Tu n'auras plus besoin de moi, je vais bientôt retourner à Dublin.

— Pas tout de suite.

— Non, pas tout de suite, mais bientôt.

Il se leva et donna une petite tape amicale sur l'épaule de son oncle.

Quelle genre de confession cette vieille folle de Mme Murphy voulait-elle donc faire ?

Il prit son déjeuner en compagnie de son oncle dans l'obscure salle à manger de la Terrasse. Ils parlèrent d'autres choses, puis Richard attendit que son oncle et le major se fussent suffisamment éloignés pour prendre le chemin du manoir de Glen.

Il n'eut pas besoin de monter jusqu'à la maison. Il trouva Miriam Murphy installée en position mi-couchée mi-assise au beau milieu de la rocaille. Elle portait une longue robe blanche, vraisemblablement une chemise de nuit, sa chevelure parsemée de mèches grises flottant au vent.

Elle pleurait.

Quelques meubles de jardin étaient éparpillés çà et là. Richard Hayes prit un fauteuil et s'assit.

— Je viens de la part de Bill Hayes, je suis son neveu. Il m'a dit que vous aviez quelque chose d'important à nous confier.

— Vous êtes trop jeune, dit-elle.

— Mais pas du tout, madame Murphy, je suis plus vieux que je n'en ai l'air. J'ai vingt-huit ans, presque trente, en somme.

Il lui décocha un sourire qui aurait fait fondre n'importe quelle Irlandaise. Mais Mme Murphy était à des dizaines d'années lumière, perdue dans ses pensées.

— Lui aussi avait vingt-huit ans, c'est du moins ce qu'il prétendait, dit-elle soudain.

Richard resta interdit.

— Bien, euh, qu'attendez-vous de nous, au juste ? dit-il.

Il savait que son oncle aurait voulu que cette femme renonce à son projet de rédiger son testament, de mettre ses affaires en ordre, comme elle disait. Il fallait qu'il l'amène dans cette voie.

— Il est trop tard pour faire quoi que ce soit. Ce qui est fait est fait, dit-elle.

Richard hocha la tête, sans comprendre.

Il y eut un long silence. Elle semblait à son aise, à demi couchée parmi les fleurs et la rocaille. Il ne lui suggéra pas de s'asseoir dans un endroit plus confortable — il savait que c'était inutile.

— Dans ce cas, ne serait-il pas plus sage d'en rester là? dit-il avec un regard qui se voulait rassurant.

— Mais est-ce suffisant? demanda-t-elle.

— Oui, je pense.

— Vous ne croyez pas que nous devrions leur laisser le manoir quand ils viennent par ici?

— Le laisser à qui, au juste?

— Aux gitans.

— Non, non, jamais de la vie. Les gens veulent toujours leur donner quelque chose, dit-il. Mais ce qu'ils veulent, c'est la liberté.

— La liberté?

— Oui, c'est la seule chose qu'ils aiment vraiment.

Il se leva, pour échapper au regard fixe de la vieille folle. C'était malsain pour une jeune fille comme Leo de ne jamais sortir de cette maison. Pourquoi diable ne cherchait-elle pas du travail ou même un stage à l'extérieur?

— Puisque vous le dites.

Miriam Murphy n'avait pas l'air soulagée, seulement résignée.

Il avait hâte de quitter cet endroit malsain. Il descendit la longue allée qui menait au portail et s'apprêtait à prendre la route qui mène à Shancarrig lorsqu'il se retrouva nez à nez avec Gloria Darcy.

— Tiens, tiens, tiens. Vous vous êtes rasé de près, à ce que je vois.

Elle avait dit cela en le regardant droit dans les yeux.

— Que voulez-vous dire?

— Je vous ai vendu des lames de rasoir, ce matin. Ne me dites pas que vous m'avez déjà oubliée?

Elle était clairement en train de lui faire du gringue. Elle riait sans aucune affectation, elle voyait bien qu'elle lui faisait de l'effet.

— Non, madame Darcy, il ne doit pas y avoir beaucoup d'hommes qui vous oublient, dit-il sur le même ton de galanterie flatteuse.

— Et où alliez-vous donc? En bas, vers le village, ou dans les bois?

Il comprit qu'il était à la croisée des chemins. Il aurait pu dire qu'on l'attendait à l'étude, qu'il avait du travail en retard, un coup de fil à passer à Dublin. N'importe quoi.

Au lieu de quoi il dit :

— J'étais à la recherche d'une jeune et jolie compagne qui veuille bien me faire visiter les bois de Barna, et je crois que je l'ai trouvée.

Ils rirent et se mirent en route. Elle le taquina sur ses allures de citadin, il lui demanda pourquoi elle s'habillait en gitane de carte postale. Elle l'interrogea sur ce qu'il était venu faire au manoir de Glen, et il lui répondit qu'il était tenu par le secret professionnel. Il lui demanda si les Darcy avaient un bail en bonne et due forme, et s'étonna qu'ils ne soient pas passés par son oncle... Elle lui répondit qu'elle aussi était tenue par le secret professionnel.

Lorsqu'un peu plus tard ils émergèrent du bois dans la lumière du soleil, et qu'ils passèrent devant les chaumières en allant vers le pont, ils se connaissaient déjà beaucoup mieux. Ils avaient appris à se parler et à plaisanter. Et ils semblaient faits l'un pour l'autre.

A tel point que, chaque fois qu'il se présentait au magasin, Richard avait le sentiment d'avancer d'un pas, de gravir un degré sur l'échelle de l'intimité. Il revint lui acheter des lames de rasoir.

— Vous avez la barbe très dure, sans doute? dit-elle, en présence de son mari.

Lorsqu'il vint lui acheter une livre de tomates, elle lui demanda s'il partait pique-niquer dans les bois. Mike Darcy était en train de servir un autre client.

— Non, mais ma tante n'en avait plus, dit-il.

— Vraiment? Elle m'en a pourtant acheté un plein sac ce matin même, répondit Gloria, le regard pétillant de malice.

Les visites répétées au magasin et le marivaudage durèrent un certain temps.

— C'est gentil à vous de venir me voir aussi souvent, dit-elle en pressant son corps contre le comptoir.

La chaîne qu'elle portait autour du cou et le pendant qui se balançait entre ses seins ne manquèrent pas d'attirer son regard.

— C'est gentil à moi, en effet, car vous ne me retournez pas souvent la politesse, dit Richard.

— Les affaires de notaire, ça ne s'invente pas. En revanche, les tomates et les lames de rasoir, vous pouvez en acheter tant que vous voulez...

— Dans ce cas, que diriez-vous d'une rencontre en terrain neutre? suggéra-t-il.

Ils se rencontrèrent deux semaines plus tard, à l'église, à l'occasion des funérailles de Miriam Murphy.

C'était la pneumonie, avait déclaré le Dr Jims Blake. Elle avait pris froid, avait ajouté quelqu'un d'autre. Que voulez-vous, à force de dormir à même le sol, dans son jardin de rocaille! Décidément, c'était vrai que l'argent ne faisait pas le bonheur.

Richard Hayes regarda passer la fluette Leo qui soutenait son père en remontant l'allée centrale. Deux hommes au visage inconnu et à l'allure militaire, les deux frères qui vivaient à l'étranger, étaient venus assister aux funérailles. Personne ne les connaissait vraiment.

Une petite réception fut ensuite donnée à l'hôtel des Ryan, dans un des salons du rez-de-chaussée que la jeune Nessa Ryan avait agencé spécialement pour l'occasion. Elle avait très bien fait les choses. On servit du café, des sandwiches et quelques boissons plus corsées. Ceux qui souhaitaient se rendre au bar pouvaient le faire. C'était du jamais vu à Shancarrig. Généralement, on se réunissait chez l'un ou chez l'autre, ou bien on allait au pub. Du coup, l'hôtel y gagna en respectabilité.

— C'est très malin à toi d'avoir organisé tout cela, Nessa, lui dit-il avec une admiration non feinte.

— Leo est mon amie. Ça n'aurait pas été facile pour elle de recevoir les gens au manoir.

Mais Nessa n'avait pas le temps de bavarder — elle s'occupait beaucoup du jeune Niall, ces derniers temps, et le garçon était littéralement métamorphosé. Il n'avait plus le cheveu en bataille, il s'était acheté un nouveau blazer. Et on aurait même dit qu'il s'était redressé quand il marchait.

Gloria et Mike Darcy étaient là, eux aussi, même si Richard n'était pas certain qu'ils aient été invités au sens strict du terme.

Tandis que les gens allaient et venaient pour présenter leurs condoléances et tentaient de reconnaître Harry et James qui avaient quitté Shancarrig depuis si longtemps, Gloria se retrouva aux côtés de Richard.

— Eh bien, nous voilà en terrain neutre, dit-elle.

— Neutre, mais surpeuplé, dit-il en prenant l'air faussement navré.

— Auriez-vous une idée d'un endroit moins peuplé?

Elle n'y allait pas par quatre chemins. Si elle lui avait dit qu'elle voulait faire l'amour avec lui, elle n'aurait pas été plus directe.

— Eh bien, étant donné que ma maison, votre maison et cet hôtel sont exclus, il ne nous reste plus qu'à trouver un endroit momentanément désert.

Il n'avait pas dit cela sérieusement. Il n'y avait nulle part où aller à Shancarrig, absolument nulle part.

— Il y a le Glen. (Elle vit le regard d'épouvante dans ses yeux. C'était précisément la mort d'une femme qui avait vécu toute sa vie au Glen qui les réunissaient aujourd'hui. Était-il possible que Gloria songe réellement à aller au manoir?) Je ne voulais pas dire le Glen exactement, je voulais parler de la maison des gardiens.

Voilà qui était différent.

— Mais comment fait-on pour y entrer?

Toute considération d'ordre moral s'était évanouie, dès l'instant qu'il s'agissait de la maison des gardiens.

— La fenêtre de derrière est ouverte, j'ai vérifié.

— Dans vingt minutes? demanda-t-il. Il avait calculé qu'il lui en fallait dix pour faire ses adieux et deux pour passer prendre ses préservatifs dans sa chambre.

— Quinze, dit-elle en passant une fois encore sa langue sur sa lèvre inférieure.

Richard ne s'éternisa pas. Ses adieux furent courtois mais brefs.

Il y avait un vieux fermier acariâtre qui vivait non loin du Glen. Si on lui demandait quoi que ce soit, Richard pourrait toujours dire que le vieux l'avait prié de passer, mais que, lorsqu'il s'était présenté chez lui, le vieux n'y était pas. Mais pourquoi diable prenait-il toutes ces précautions? Personne ne lui demanderait rien. Personne ne se serait imaginé qu'il s'apprêtait à faire ce qu'il allait faire.

Elle était déjà là lorsqu'il arriva, allongée sur un divan, enroulée dans un plaid. Il y avait une odeur de moisi, mais l'endroit n'était pas humide.

— Est-ce que tu as pensé à amener quelque chose?

— Oui, c'est ce qui m'a retardé d'ailleurs. Il a fallu que je retourne les chercher dans ma chambre. Je ne les porte pas toujours sur moi, tu sais, dit-il, l'air goguenard, en tapotant sa poche.

— Un peu de romantisme, que diable. Je voulais dire du champagne, ou autre chose.

— Non, je crains que non.

Il était complètement désarçonné.

— Ce n'est pas grave, moi j'y ai pensé.

Et d'un coup de dents d'une blancheur éclatante elle arracha le papier doré qui cachetait la bouteille, il y avait deux coupes sur le buffet. Ils rirent et burent précipitamment, si bien que les bulles leur montèrent au nez. Puis ils s'embrassèrent.

— Tu es retournée au magasin exprès?

Sa rapidité le stupéfiait.

— Non, je l'avais avec moi, dans mon grand sac à bandoulière.

Elle rit de sa propre malice et de sa témérité.

— Laisse-moi t'ôter ces vilains habits. Le deuil ne te sied pas.

— C'était pour aller à l'enterrement. Je ne pouvais tout de même pas mettre ma jupe rouge, cela dit...

Elle portait une combinaison rouge garnie de dentelle blanche, pas de soutien-gorge, juste une chaîne en or autour du cou. Elle avait l'air si consentante, si excitée qu'il avait du mal à contenir sa propre impatience.

— J'ai envie de toi, Richard Hayes, dit-elle.

Et il la pénétra comme s'il la connaissait depuis toujours.

Après cela, ils leur fut plus difficile de se rencontrer régulièrement. Ils ne se voyaient qu'en coup de vent. Tout cela à cause des Murphy qui ne savaient pas mener une vie régulière, bougonnait Richard. S'ils étaient restés soit dedans soit dehors, la maison des gardiens eût été le lieu de rendez-vous idéal pour Gloria et lui. Mais il n'y avait jamais moyen de savoir à l'avance ce que les Murphy allaient faire. Qu'auraient dit Richard et Gloria si on les avait surpris en train d'entrer ou de sortir par la fenêtre?

Il leur fallut plusieurs semaines pour se faire une vague idée de l'emploi du temps de Leo et de son père.

Leo finit par s'inscrire dans une école de secrétariat où elle se rendait chaque jour en autobus. De ce côté-là, au moins, les choses étaient claires. En revanche, le major, qui promenait à tout moment ses vieux chiens dans l'allée, ne semblait pas avoir d'horaires fixes. Richard avait bien essayé d'interroger son oncle, mais en dépit d'une amitié qui durait depuis vingt-cinq ans, Bill Hayes fut incapable de lui dire quoi que ce soit concernant l'emploi du temps de Frank Murphy. C'était incroyable mais c'était ainsi.

Jusqu'au jour où Hayes et Fils, notaires, se virent confier la vente de la maison des gardiens. Du coup, sous prétexte de faire visiter la maison, Richard s'en donna à cœur joie avec Gloria.

C'était déconcertant de voir la facilité avec laquelle Gloria pouvait se libérer.

— Mike ne te demande jamais où tu vas?

— Non. Pourquoi le ferait-il?

— Eh bien, si j'avais une épouse aussi jeune et jolie que toi, je ne la laisserais pas papillonner ainsi... à droite et à gauche... dit-il en la serrant tout contre lui.

— Dans ce cas, tu ne serais pas mon mari, mais mon geôlier, dit-elle en riant.

Il avait l'air songeur.

Il y avait de la vérité dans ses paroles. Si on épousait une femme juste pour la garder jalousement, alors c'était une forme d'esclavage. Mais d'un autre côté, si Mike s'était mieux occupé de sa femme, s'il s'était montré plus affectueux, peut-être Gloria n'aurait-elle pas éprouvé le besoin d'aller flirter à droite et à gauche.

Parfois il lui parlait de ses deux petits garçons, Kevin et Sean.

— Et alors?

— Tu n'as pas peur qu'ils l'apprennent, et qu'ils se mettent à t'en vouloir?

— Mon pauvre chéri, tu es littéralement pétri de culpabilité. Je crois que nous devrions aller nous confesser au père Gunn chaque fois que nous péchons ensemble.

— Arrête de te moquer de moi. Si je te dis cela, c'est parce que je t'aime.

— Non, tu ne m'aimes pas.

— Si, je t'aime. Je ne l'ai jamais dit à aucune femme avant toi.

— C'est une chose qu'on se dit quand on fait l'amour, parce que dans ces moments-là tout le monde est amoureux. Mais tu ne m'aimes pas au point de vivre avec moi.

— Si.

— Non, Richard. Elle posa un doigt sur ses lèvres, puis dans sa bouche, enfin elle l'embrassa, et toutes les paroles s'évanouirent.

Gloria était la maîtresse idéale. Il n'existait pas au monde femme plus ardente ni plus passionnée. Elle était belle, elle le désirait et le lui disait sans fausse pudeur. C'était une amante intelligente, simple, et discrète dont les yeux bruns se mettaient à pétiller lorsqu'il la croisait à l'hôtel des Ryan, chez les commerçants ou à l'église.

Après toutes ces filles qui exigeaient toujours plus de lui, Richard avait enfin trouvé la compagne qui ne lui demandait rien. Pas de reconnaissance officielle, pas de contrat et, de toute évidence à cause de la grosse alliance qui ornait son doigt, pas de bague de fiançailles. Si bien que, pendant un certain temps, ils filèrent le parfait amour.

Après quoi, il commença à constater des petits changements dans son attitude à lui. Gloria n'avait pas changé, elle était toujours égale à elle-même, toujours aussi enthousiaste en dépit des risques qu'ils couraient... et toujours friande des plaisirs qu'ils se donnaient l'un à l'autre.

Non, c'était Richard qui avait changé.

Il ne supportait plus de la voir tenir ses petits garçons par la main. Il repensait au couple respectable que formaient ses propres parents, le médecin dublinois et son épouse qui occupait ses journées en jouant au bridge. Leur maison de Waterloo Road était l'image même de la stabilité. Sa mère avait toujours été présente. Imaginez si leur mère avait eu un amant pendant que son père était au bureau ! Il chassa aussitôt cette pensée insupportable.

Sa vie à lui ne ressemblait en rien à celle de ses parents, pourquoi éprouvait-il soudain le besoin d'ériger en exemple leur existence terne et sans piment ? Gloria était une mère admirable pour Kevin et Sean. Sa liaison avec Richard était quelque chose de totalement indépendant du reste, oui, totalement.

Puis Richard commença à se sentir mal à l'aise vis-à-vis de Mike, ce grand beau gars de Mike Darcy dont le sourire était aussi éclatant que celui de sa femme, et qui passait des heures à l'épicerie qu'ils faisaient prospérer ensemble. Mike qui se mettait toujours en quatre pour satisfaire les exigences de Richard, et qui fronçait les sourcils en se demandant où il pourrait se procurer le type exact de chamoisine que Richard désirait, Mike qui ne demandait qu'à lui être agréable, le faisait se sentir coupable. Le visage innocent de Mike était en quelque sorte un reproche vivant.

Gloria se contentait d'en rire, lorsqu'il lui en parlait.

— Ce qu'il y a entre Mike et moi n'a rien à voir avec ce qu'il y a entre toi et moi... ne mélange pas tout, dit-elle.

— Mais, moi, je sais tout de lui, et lui ne sais rien de moi.

— Pourquoi faut-il toujours que les hommes mettent des règles partout? répondit-elle en riant.

Et puis il lui arrivait de se demander s'il comprenait réellement Mike et Gloria et le lien qui les unissait. Il les voyait parfois se pencher l'un vers l'autre, dans le magasin, lorsqu'ils croyaient que personne ne les regardait. Il apercevait parfois les mains de Mike Darcy sur le corps de sa femme. Un sentiment de jalousie d'une violence insoupçonnée s'emparait de lui lorsqu'il surprenait leurs caresses.

— Tu ne fais pas cela avec Mike, au moins? lui demanda-t-il un jour qu'ils se trouvaient dans la maison des gardiens.

— Personne ne peut faire ce que toi et moi faisons. Ça n'appartient qu'à nous deux.

— Mais est-ce qu'il te demande de... Je veux dire, est-ce que toi et lui...

— Tu es si mignon quand tu t'inquiètes, Richard, lui dit-elle.

— Je veux savoir.

Soudain elle bondit, des éclairs dans les yeux.

— Eh bien, tu ne sauras rien. Ça ne te regarde pas. Nous ne sommes pas comme un maître et son esclave... tu n'as rien à exiger de moi que je ne veuille te dire. Est-ce que je te pose ce genre de questions, moi?

— Mais je ne te cache rien.

Il était complètement abattu.

— Parce que j'ai choisi qu'il en soit ainsi. Parce que je ne te harcèle pas de questions, et que je ne passe pas ma vie à te soupçonner, dit-elle sur le ton d'un ultimatum.

C'était à prendre ou à laisser. Pourtant il mourait d'envie de savoir si elle avait connu d'autres hommes depuis son mariage avec Mike, et s'ils étaient ressortis vainqueurs de cette épreuve ou s'étaient fait renvoyer comme des malpropres.

S'il avait entendu un homme, un client de l'hôtel, par exemple, se vanter d'avoir couché avec Gloria Darcy, il l'aurait étranglé de ses propres mains. Il n'aurait pas hésité une seconde à lui sauter à la gorge et à lui tordre le cou, sans se soucier du qu'en-dira-t-on ou de la justice. Comment était-il possible que Mike soit tranquillement en train de vendre du sucre ou des pommes de terre pendant que sa femme papillonnait à droite et à gauche?

Il devint de plus en plus difficile à Richard de se libérer l'après-midi lorsque le jeune Niall vint travailler à l'étude. Le garçon avait indéniablement pris de l'assurance — sans doute fallait-il mettre ce changement sur le compte de l'amitié, voire de l'affection, que semblait lui porter la ravissante Nessa Ryan.

Ils étaient loin, les jours bénis où le jeune Niall Hayes se contentait des tâches subalternes de garçon de bureau. Maintenant il voulait apprendre, partager les responsabilités, il voulait voir comment son cousin s'y prenait avec les clients.

— Puis-je t'accompagner chez le vieux qui garde jalousement ses titres de propriété? demanda-t-il un jour.

C'était une des nombreuses excuses que Richard avait inventées pour pouvoir s'absenter du bureau. Il leur avait dit qu'un vieux fermier capricieux et obtus faisait des tas d'histoires lorsqu'on demandait à jeter un coup d'œil sur ses titres de propriété.

— Non, Niall. Ce n'est pas possible... le vieux grigou est fou à lier. On ne peut pas prévoir quelle serait sa réaction si j'amenais quelqu'un avec moi. Jusqu'ici, si j'ai réussi à en tirer quelque chose, c'est parce que j'y suis allé seul et que j'y ai passé des heures.

— Bon, est-ce que je pourrais voir son dossier, alors? demanda Niall.

— Pourquoi faire? Je ne comprends pas pourquoi tu t'intéresses tellement à ce vieux cinglé. Il y a des quantités d'autres dossiers à consulter...

— Mais il va bien falloir que je sois au courant quand tu...

Il ne termina pas sa phrase, elle planait comme une sentence au-dessus de leurs têtes — quand Richard retournerait à Dublin, une chose qui finirait bien par arriver. Il n'y avait pas assez de travail pour deux associés. L'étude n'était pas assez importante. Et payer deux salaires était une lourde charge pour l'oncle Bill. Après tout, Niall était le fils du notaire.

Le retour de Richard à Dublin était imminent maintenant.

Sauf que Richard ne se sentait pas la force de quitter Shancarrig et la femme qu'il aimait.

— Mais je t'aime, lui cria-t-il presque, un soir qu'ils étaient dans la maison des gardiens, en train de fumer une cigarette autour du petit poêle à alcool qui leur tenait chaud l'hiver.

— Je sais, dit-elle, les bras passés autour des genoux.

— Non, tu ne sais pas. Tu dis toujours qu'il ne faut pas parler d'amour, sauf quand on fait l'amour.

— Arrête de te comporter en gamin, Richard.

Elle était belle, ainsi, à la lueur vacillante de la flamme.

— A quoi penses-tu? demanda-t-il.

— A toi, et à tout le bien que tu me fais.

— Et qu'est-ce que nous allons faire, Gloria?

— Nous habiller et regagner nos pénates.

— Et c'est tout?

— Oui, parce qu'on ne peut pas résoudre tous les problèmes. On ne peut résoudre que les petits problèmes, comme tirer les rideaux pour ne pas qu'on nous voie, faire du feu pour ne pas mourir de froid.

— Mais qu'est-ce que tu vas dire... quand il va te demander où tu étais?

— Ça ne te regarde pas.

— Mais si, ça me regarde.

— Laisse-moi faire.

Une fois encore il entrevit une lueur farouche dans ses yeux, et il eut peur.

Ils s'étaient rencontrés à la fin de l'été, avaient continué de se voir durant l'automne et tout au long de l'hiver froid et pluvieux. On était presque au printemps. Il fallait trouver une solution.

Mais, pour Gloria, le retour du printemps signifiait qu'elle allait pouvoir remettre ses sandales blanches et ses jolies robes à fleurs jaunes et blanches, et emmener son amoureux dans les recoins secrets des bois de Barna pour s'étendre avec lui sur le frais gazon parmi les jacinthes. Une fois encore, Richard était au supplice. Comment se faisait-il qu'elle connaisse tous ces endroits? Elle n'était pas née ici — y était-elle venue avec d'autres hommes? Non seulement il n'osait pas le lui demander, mais il ne devait pas y songer. L'idée que l'épicerie soit aussi prospère le désespérait. Il aurait voulu être son unique bienfaiteur, la couvrir de cadeaux, mais chaque fois elle refusait.

— Que dirais-je à Mike? Je ne peux tout de même pas lui dire que le jeune notaire qui consomme un nombre invraisemblable de lames de rasoir m'a offert un bracelet en argent.

Mais, à mesure que le magasin prospérait, Mike achetait de nouveaux bijoux à sa femme. D'abord un pendentif en émeraude, puis des diamants. A Shancarrig, pareille extravagance ne s'était jamais vue. Quel mauvais goût, avait dit tante Ethel en hochant la tête.

Richard était absolument d'accord, mais il se garda bien de le lui dire.

A son grand étonnement, Niall n'était pas de cet avis.

— A quoi bon travailler si on ne peut pas s'offrir ce dont on a envie? dit-il.

— J'espère bien que tu ne jetteras jamais ton argent par les fenêtres pour couvrir de bijoux une femme comme Gloria Darcy, dit son père sur le ton sentencieux qu'il adoptait toujours pour parler à son fils.

Mais, ces derniers temps, Niall Hayes lui tenait tête.

— Comment cela, « une femme comme Gloria Darcy »? Lorsqu'on aime une femme et qu'on gagne honnêtement sa vie, j'estime qu'on a parfaitement le droit de la couvrir de cadeaux.

Il y eut soudain un silence de mort. Tante Ethel regardait son fils, stupéfaite. Sur son cardigan à elle, nulle trace de bijoux. Elle n'en possédait pas hormis sa bague de fiançailles, son alliance, et sa montre. Sans doute sa vie eût-elle été différente si l'oncle Bill avait fait un tour chez le bijoutier de temps en temps.

— Célébrons l'anniversaire de notre rencontre, dit Richard à Gloria.

— Que proposes-tu ? Un dîner aux chandelles à l'hôtel de Shancarrig, une bonne bouteille de vin ?

— Non, non, quelque chose de plus extravagant.

— Je trouve que ce que nous faisons est déjà passablement extravagant, dit-elle en riant.

— Mais non, tu aspires à autre chose, j'en suis sûr.

Elle soupira. C'était le soupir résigné d'une mère qui n'arrive pas à expliquer à son bambin comment lacer ses chaussures.

— Non, je n'aspire à rien d'autre, dit-elle. Mais toi si, alors nous allons fêter cela joyeusement et faire ce que tu veux.

Il était difficile de trouver quelque chose d'original à faire. Voilà presque un an qu'ils s'aimaient en secret. Dans un village de la taille de Shancarrig, cela tenait du miracle.

Et s'ils allaient à Dublin ? Il trouverait bien une excuse et elle pourrait certainement en trouver une de son côté.

Mais, avant de le lui suggérer, il fallait qu'il organise tout soigneusement, sans quoi elle allait hausser les épaules et lui dire qu'elle préférait rester ici. Il voulait l'emmener à Dublin, dans les bars, les restaurants, pour que les gens l'admirent et qu'ils soient conquis par sa beauté et son rire pétillant. Il voulait la voir dans un autre contexte, autre part que dans la morne grisaille de Shancarrig. Après toutes les années qu'ils avaient passées ici, Richard n'était jamais parvenu à aimer Shancarrig. Seule Gloria Darcy le retenait ici, et il avait envie de l'emmener ailleurs.

Il organisa la virée à Dublin. Il viendrait la chercher en voiture à la gare — il partirait la veille afin de dissiper les soupçons éventuels — et il lui ferait visiter la ville. Elle ne connaissait pas bien Dublin, elle le lui avait dit. Il serait son guide.

Ils descendraient dans un des meilleurs hôtels de la ville. Il demanderait à voir la chambre d'abord, pour s'assurer que tout était parfait... Puis ils se promèneraient dans Grafton

Street bras dessus bras dessous. Et s'ils rencontraient quelqu'un de Shancarrig, ils éclateraient de rire en disant que, décidément, tout le village s'était donné rendez-vous dans la capitale.

Mais plus il y songeait et plus il réalisait qu'il ne voulait pas passer juste une nuit à Dublin avec Gloria. Il aurait voulu qu'elle y reste toujours. Il ne voulait pas d'une seule nuit à la sauvette, dans une chambre d'hôtel, il voulait vivre avec elle, dans une vraie maison. Vivre avec elle pour toujours.

Il y avait cependant d'énormes obstacles. Le plus gros, le plus beau et le plus innocent de tous était ce brave Mike Darcy, avec son sourire accueillant, qui était à mille lieues de se douter que sa femme avait un amant.

Et puis il y avait les enfants de Gloria. Ses deux garçons adorables, avec de grands yeux bruns comme leur mère et le petit sourire en coin de leur père. Mais c'était idiot de vouloir attribuer telle ou telle caractéristique à l'un ou l'autre des parents.

Il aurait bien voulu faire leur connaissance, mais cela n'avait pas été possible. S'ils apprenaient à se connaître, peut-être serait-ce plus facile ensuite, lorsqu'ils viendraient habiter avec lui à Dublin. Richard réalisa soudain qu'il était, non pas en train de planifier une simple escapade amoureuse, mais sa vie future. Il ne fallait pas s'emballer.

Il ne fallait rien précipiter s'il ne voulait pas la perdre.

Leur petite escapade se passa à merveille, elle dépassa même toutes ses espérances.

A l'hôtel, on les accueillit comme M. et Mme Hayes sans aucune difficulté. L'alliance, au doigt de Gloria, n'avait pas l'air d'avoir été mise là juste pour l'occasion, Gloria la portait en toute légitimité.

Ils sablèrent le champagne, et partirent ensuite faire le tour de la ville. Il lui montra les endroits qu'il aimait lorsqu'il était gosse, les quais du canal de Baggot Street à Leeson Street. C'était tellement excitant de se trouver si près de Waterloo Road. Son père aurait très bien pu se rendre chez le libraire de Baggot Street Bridge, et sa mère chez le boucher, pour dire que le gigot de dimanche dernier n'était pas aussi tendre qu'ils l'avaient espéré et que le docteur avait été très déçu.

Il ne vit pas ses parents, en revanche il vit Elaine, enceinte jusqu'aux yeux et radieuse, qui sortait de la voiture de sa mère. Elle ne l'avait pas vu, et en temps normal il ne serait pas allé à sa rencontre pour la saluer. Mais aujourd'hui c'était différent. Il voulait lui montrer Gloria, il voulait qu'elle voie la femme exceptionnelle qui marchait à son bras.

Il l'appela et elle s'approcha cahin-caha.

— Oh, maman va être désolée de ne pas t'avoir salué, dit-elle.

Il avait eu soin d'attendre que sa mère ait redémarré. Il savait qu'il n'était pas en odeur de sainteté dans la famille d'Elaine.

— Je voulais te présenter Gloria Darcy.

La fierté dans sa voix était évidente.

Elles sympathisèrent aussitôt. Gloria lui demanda si c'était son premier bébé. En regardant Richard droit dans les yeux, Elaine répondit que oui, et qu'elle était folle de joie.

Gloria dit qu'elle-même avait deux petits garçons, qu'on aurait voulu qu'ils ne grandissent jamais, mais qu'en même temps on était fière à chaque fois qu'ils faisaient un progrès. Elle lui dit toutes les choses qu'Elaine avait envie d'entendre. Elle lui dit aussi que tout ce qu'on racontait sur les accouchements était exagéré — que c'était sans doute pour dissuader les gens d'avoir des enfants avant le mariage.

— Oh, il faudrait être idiot pour faire une chose pareille, dit Elaine en regardant Richard une fois de plus.

Il réalisa brusquement à quel point il avait été égoïste. Soudain il était content qu'Elaine lui ait menti, qu'elle n'ait jamais porté son bébé. Mais Olive Kennedy l'avait fait, cependant. Elle était partie accoucher en Grande-Bretagne. Où était l'enfant aujourd'hui, garçon ou fille? Dans un orphelinat ou dans une famille d'adoption?

Comment avait-il pu laisser faire une chose pareille? Ses yeux se remplirent de larmes.

Ils allèrent boire un verre au *Shelbourne Bar*, puis déjeuner dans un petit restaurant près de Grafton Street dont il avait entendu dire le plus grand bien.

Il croisa tout de même trois vagues connaissances. Ce qui n'était pas mal pour un homme banni de la capitale depuis quatre ans. Il avait bien choisi son endroit.

— Elle a beaucoup compté pour toi, cette Elaine? lui demanda Gloria.

— Non, je n'ai jamais aimé personne avant toi, dit-il simplement.

— J'ai eu l'impression que tu étais triste lorsque nous sommes partis, tu avais les larmes aux yeux... mais ça ne me regarde pas. Je serais furieuse si tu me posais ce genre de questions, dit-elle en lui serrant doucement la main.

Il était incapable de parler.

— J'en mourrai si je ne peux pas vivre avec toi, Gloria, dit-il.

— Chut.

Elle trempa son doigt dans le petit verre d'Irish Mist qui se trouvait devant elle et le lui donna à sucer. Aussitôt le désir revint au galop, lui faisant momentanément oublier sa tristesse et son angoisse à l'idée de devoir revenir à la réalité de Shancarrig. Ils retournèrent à l'hôtel où ils célébrèrent l'anniversaire de leur rencontre sans bouder leur plaisir.

Il ne lui demanda jamais quelle excuse elle avait donnée à Mike — une journée de shopping, une visite à l'hôpital, ou chez une vieille amie? Il savait qu'elle ne voulait pas l'impliquer dans ses mensonges. Ça ne devait pas être bien difficile de rouler ce brave Mike dans la farine. Il était si bon enfant qu'il n'aurait jamais imaginé que le monde autour de lui puisse être aussi tordu, que sa femme ait pu le tromper, qu'un copain comme Richard Hayes ait pu se présenter au magasin sous divers prétextes rien que pour se repaître des formes de sa femme, trop bon enfant pour se souvenir des drames passés et rester vigilant.

Kevin Darcy allait à l'école de Shancarrig. Parfois Richard l'arrêtait en chemin pour échanger deux mots avec lui.

— Comment vont tes parents? demandait-il.

— Ils vont bien.

Kevin ne trouvait pas le sujet passionnant. Ou bien il demandait :

— Qu'est-ce que vous avez fait aujourd'hui, à l'école?

— Pas grand-chose, répondait alors Kevin.

Un jour Richard vit qu'il s'était blessé à la tête. Il était tombé de l'arbre, expliqua Christy Dunne. Richard se présenta au magasin pour prendre de ses nouvelles. Mike était dans l'arrière-cour en train de superviser les travaux d'agrandissement. Aujourd'hui, l'épicerie Darcy occupait trois fois la superficie qu'elle occupait au départ.

— Au nom du ciel, Richard, ce n'est qu'une égratignure. Il n'y a pas de quoi en faire une montagne, dit Gloria.

— Mais il a perdu beaucoup de sang, j'étais inquiet.

— Non, il n'y a vraiment pas de quoi. Il va très bien. Je lui ai mis un gros bandage et donné deux Crunchies, un pour lui et un pour Christy. Il n'a pas versé une seule larme.

Richard la regardait avec admiration. Comment pouvait-elle être une mère de famille aussi calme, aussi tendre et raisonnable en plus de tout le reste?

Il l'admira encore plus la semaine d'après, lorsque les cambrioleurs s'introduisirent chez eux et emportèrent les bijoux que Mike Darcy avait offerts à sa femme.

Le sergent Keane n'arrêtait pas d'aller et venir pour mener l'enquête dans le village. On avait vu des bohémiens chez Johnny Finn, mais ils ne pouvaient pas être partout à la fois.

Gloria prenait les choses avec philosophie. C'était très moche, en particulier pour la petite émeraude, elle aimait beaucoup son éclat. Mais que pouvaient-ils faire? On ne pouvait tout de même pas monter la garde jour et nuit, autant aller vivre à Fort Knox. Elle frissonna. Richard se souvint qu'un jour elle lui avait dit qu'avoir un mari soupçonneux c'était comme d'avoir un geôlier. Qu'elle avait besoin de se sentir libre.

Maura O'Sullivan, la jeune femme qui s'occupait des enfants Darcy et faisait le ménage chez eux, travaillait aussi pour sa tante. Il avait essayé de lui soutirer quelque information au sujet des Darcy, mais Maura, contrairement aux autres habitants de Shancarrig, était peu encline au bavardage.

— Vous voulez savoir quoi, au juste? demandait-elle sur un ton qui vous dissuadait d'en savoir plus.

— Je me demandais simplement s'ils avaient été beaucoup affectés par le cambriolage, dit-il, hésitant.

Maura hocha la tête, satisfaite. Elle amenait toujours son fils avec elle, un petit garçon très affectueux, répondant au nom de Michael, et qui était mongolien. Richard s'était pris d'affection pour le gamin qui arrivait en courant chaque fois qu'il l'apercevait.

— Papa? disait-il, plein d'espoir, lorsqu'il voyait Richard.

La première fois que cela s'était produit, Maura avait expliqué que son père était parti en Angleterre, et que chaque fois qu'il voyait un homme le petit croyait que c'était son père.

— Papa, mon papa? répétait-il avec insistance.

— En quelque sorte, nous sommes tous des pères et des mères les uns pour les autres, lui dit Richard.

Niall l'avait entendu.

— Tu es très gentil, Richard. C'est naturel chez toi. Je veux dire que tu sais parler aux gens, c'est ça qui fait ton succès.

Richard était surpris, son cousin ne lui avait jamais tenu pareil discours.

— Mais non, pas du tout. Je me trouve plutôt égoïste, si tu veux savoir. C'est étonnant que ça ne se voie pas.

— Je ne l'ai jamais remarqué. J'étais jaloux de toi, avant, de ton succès auprès des femmes, mais je ne t'ai jamais trouvé égoïste.

— Et tu n'es plus jaloux maintenant?

— Non, parce que je n'aime vraiment qu'une seule femme, et qu'elle m'a assuré qu'elle n'était plus en admiration devant toi...

Niall Hayes avait l'air heureux.

— Elle ne l'a jamais été. Je la trouve charmante, et je ne suis sûrement pas le seul, mais je me contente de l'admirer de loin, je t'assure.

— C'est ce qu'elle dit aussi.

Niall avait l'air rassuré et satisfait.

— Tu n'as pas le sentiment que je suis de trop, ici, à l'étude? demanda Richard qui jugeait le moment opportun pour crever l'abcès.

— Non, non pas du tout. Simplement nous pensions que... tôt ou tard tu...

— Oui, et je vais le faire, un de ces jours... mais pas tout de suite.

— Tu mets de l'argent de côté, je sais, dit Niall, compréhensif.

— Comment le sais-tu?

— Eh bien, parce que tu ne vas jamais nulle part, que tu te contentes d'un vieux tacot. Et que tu ne t'habilles pas à la dernière mode.

— C'est vrai, reconnut Richard. Je mets de l'argent de côté.

C'était une bonne excuse, en fin de compte. Il pouvait dire qu'il se faisait un petit pécule pour pouvoir s'établir à son compte lorsqu'il retournerait à Dublin.

Les mois passaient. Gloria lui offrit une cravate en soie.

— Tu avais dit pas de cadeaux, dit-il en caressant d'un doigt la belle cravate crème et or.

— J'ai dit pas de cadeaux pour *moi*, c'est tout.

— Mais laisse-moi t'acheter un petit bijou. Pas une émeraude, un rubis — rien qu'un tout petit rubis. Je t'en prie, implora-t-il.

— Non, Richard. Ce n'est pas sérieux, je ne pourrais jamais le mettre. Sois raisonnable.

Il le lui acheta cependant. Et le lui offrit un jour, dans la maison des gardiens.

Ils pouvaient se voir en toute tranquillité le mercredi après-midi. Le major Murphy partait en promenade avec son oncle, qu'il pleuve ou non, et Leo travaillait chez un entrepreneur du bâtiment, de la ville voisine. Comment avait-elle fait pour trouver ce travail? Gloria avait entendu dire que Leo était en contact avec cette tête brûlée de Foxy Dunne qui commençait à faire son bonhomme de chemin dans le bâtiment en Angleterre. Le bruit courait qu'il avait l'intention de revenir monter sa propre entreprise en Irlande. Le bruit courait aussi que Leo et lui avaient conclu un accord.

— Foxy Dunne, tu veux dire le fils de Dinny Dunne?

— Oh, mais Foxy est un modèle de respectabilité à côté de son père. Tu sais, celui qui tombe raide mort presque tous les soirs en sortant de chez Johnny Finn.

— Ah, oui, dit-il, conscient qu'il devenait, lui aussi, friand de qu'en-dira-t-on.

Il avait du mal à croire que le major Murphy du Glen accepterait un jour que sa fille épouse un Dunne des chaumières. Cependant il était ravi d'apprendre que Leo était en train de travailler à des kilomètres de là. La voie était libre.

Gloria contempla le rubis en silence un long moment.

— Tu n'es pas fâchée?

— Comment veux-tu que je sois fâchée, après tout ce que tu as dépensé? Je suis très touchée, mais je ne le porterai jamais.

— Tu ne pourrais pas dire que...

— Tu sais très bien qu'il n'y a rien à dire.

— Tu pourrais le mettre quand tu es ici, avec moi.

— Bon, d'accord.

Elle emporta le rubis et le fit monter sur une épingle à cravate, puis elle le lui rendit.

— Je le mettrai sur une chaîne pour le porter quand je suis avec toi, mais le reste du temps tu devras le garder. Tu pourras l'épingler sur la cravate que je t'ai offerte, comme ça tu penseras à moi.

— Mais je pense toujours à toi, dit-il.

Trop, peut-être.

C'était le début de la fin. Il l'avait senti mais il refusait de l'accepter. Y avait-il un autre homme? Mais non, il l'aurait su. Elle n'inventait plus de stratagèmes pour qu'ils se voient en coup de vent, et, bien qu'elle acceptât ses caresses et ses baisers, elle ne le suppliait plus de lui faire l'amour comme elle le faisait au début, et ne l'encourageait plus dans des performances dont il ne se serait jamais cru capable.

Il avait le sentiment que Shancarrig ne leur valait rien. Il y avait eu des tas de contretemps dans la livraison des matériaux nécessaires aux travaux d'agrandissement du magasin, et les Dunne, qui voyaient d'un mauvais œil la réussite de leur concurrent direct, n'avaient rien fait pour accélérer les choses. Ensuite l'assurance avait mis un temps fou à rembourser l'argent des bijoux. Et enfin, Nellie Dunne leur avait mis des bâtons dans les roues lorsqu'ils avaient voulu se lancer dans la livraison des journaux à domicile.

A l'étude, Niall rongeait son frein. Il voulait avoir accès à tous les dossiers, rencontrer les clients et les avoués, autrement dit apprendre son métier. Richard avait le sentiment de lui saboter le travail à tout bout de champ.

Il était temps d'emmener Gloria loin d'ici.

Il se lança dans une explication et, pour une fois, il l'obligea à l'écouter jusqu'au bout sans l'interrompre.

— Non, j'ai accepté de me taire jusqu'ici. Il faut prendre

une décision. Cela va bientôt faire deux ans que nous sommes ensemble. Il faut que nous ayons notre maison à nous, notre vie à nous. Je ne veux pas faire de mal à Mike, je te l'ai déjà dit. C'est un type bien, je suis sûr qu'il finira par accepter. Et c'est mieux ainsi... il pourra venir voir ses fils à Dublin, je ne les empêcherai jamais de voir leur père... il préférera certainement mettre les pendules à l'heure dès le début... enfin, si on peut dire...

Sa voix s'évanouit soudain lorsqu'il dévisagea Gloria.

Ils étaient dans la maison des gardiens. Ils ne s'étaient pas déshabillés. Leurs cigarettes et la petite boîte de conserve qui leur servait de cendrier et qu'ils prenaient soin de vider après chaque visite étaient posées entre eux, sur la table. C'était un drôle d'endroit pour faire des projets d'avenir. Il y avait une expression bizarre sur son visage, tandis qu'elle l'écoutait. Une expression de stupeur, de choc.

Il pensa tout d'abord que c'était à cause de la gravité de la décision... sans parler du choc pour les enfants. Il fallait qu'il la rassure.

— J'ai visité plusieurs maisons à Dublin, un petit peu en dehors de la ville, de façon à ce que nous ayons nos aises, et que Kevin et Sean puissent aller dans une petite école accueillante, et non pas dans l'énorme collège des Frères chrétiens, en ville...

Il s'arrêta. Il avait mal interprété l'expression sur son visage.

Elle ne voulait pas qu'il la rassure, elle voulait qu'il se taise, tout de suite.

— Rien de tout cela n'arrivera jamais, il faut que tu le saches, Richard. Il le faut.

— Mais tu m'aimes, n'est-ce pas?

— Oui, mais pas suffisamment pour partir avec toi.

— Mais pourquoi avons-nous fait tout cela, alors? dit-il en balayant d'un geste vague la pièce où ils avaient tant de fois fait l'amour.

— Cela n'a aucun rapport. Je ne t'ai jamais promis quoi que ce soit.

C'était lui qui la regardait avec stupeur, à présent.

— Je n'y comprends plus rien, dit-il.

Il avait besoin qu'on lui explique.

Elle se leva et se mit à marcher de long en large dans la pièce, tout en parlant. Jamais elle n'avait été aussi belle. Elle lui parla de tout le bonheur, l'émerveillement et la tendresse qu'il lui avait apportés. Elle lui dit qu'elle ne lui avait fait aucune promesse concernant l'avenir.

Son avenir à elle était ici, à Shancarrig, ou peut-être dans une autre bourgade semblable à celle-ci. Sans doute allaient-ils vendre l'épicerie aux Dunne, et reprendre la route. C'est ce qu'ils aimaient faire, Mike et elle, démarrer une affaire et la revendre ensuite. Ils l'avaient déjà fait plusieurs fois. C'était une gageure, c'était excitant, toujours nouveau.

Richard Hayes n'en revenait pas de l'entendre parler de Mike avec autant de respect et d'amour.

Entre elle et Mike la complicité était telle que Richard ne pouvait pas comprendre. Ce n'était pas parce qu'elle avait peur de blesser ou d'humilier Mike. C'était autre chose, la volonté de faire son chemin à ses côtés, où qu'il aille, quoi qu'il arrive.

— Mais tu ne l'aimes pas! s'indigna Richard.

— Mais si, je l'aime, je n'ai jamais aimé personne d'autre.

— Mais pourquoi...

Il ne parvint pas à finir sa phrase.

— Il ne peut pas me donner tout ce que je veux. Mais personne ne peut faire cela pour personne. Je l'aime parce qu'il me laisse ma liberté.

Richard réalisa qu'elle était en train de dire la vérité.

— Mais, est-ce qu'il sait que...

— Est-ce qu'il sait quoi?

— Pour moi, pour nous. Tu le lui as dit? (Il commençait à hausser le ton.) C'est comme ça que tu l'excites, en lui racontant tout ce que nous avons fait ensemble quand tu rentres à la maison?

— Tu es répugnant, dit-elle.

— C'est toi qui me dégoûtes, tu te fais sauter comme une chatte en chaleur, mais tu joues les mères de famille modèles en rentrant le soir à la maison.

Elle lui jeta un regard plein de reproche. Il comprit que c'était fini.

A l'époque où il menait une vie sentimentale compliquée,

il n'avait pas hésité à raconter des boniments pour tirer son épingle du jeu, il s'était comporté en lâche, et s'était toujours dérobé à la confrontation. Gloria, elle, était honnête. Il avait le cœur lourd en repensant à Olive Kennedy, et à la façon dont il l'avait reniée devant ses parents.

Si seulement il avait pu revenir en arrière et faire amende honorable. Il baissa la tête, abattu.

— Richard ?

— Je te demande pardon, j'ai eu tort de te traiter de chatte en chaleur.

— Ce n'est pas grave.

— Je ne sais plus quoi faire, Gloria, mon amour. Je suis désespéré.

— Va-t'en, quitte cet endroit, va vivre ta vie à Dublin. Un jour, je viendrai te voir là-bas, et nous pourrons discuter comme des gens civilisés, comme toi et cette fille que nous avons rencontrée dans Baggot Street, celle qui attendait un bébé.

— Non, je ne veux pas.

— Mais si, il le faut, dit-elle d'une voix apaisante.

— Et toi, si tu pars vivre ailleurs, est-ce que tu vas te chercher un nouvel amant ?

— Je ne vais rien chercher du tout, tu peux en être sûr.

— Et est-ce qu'il... est-ce qu'il va l'accepter, fermer les yeux... ?

Il n'était même plus capable de prononcer le nom de Mike Darcy.

— Il sait que je l'aime et que je ne le quitterai jamais.

Il n'y avait rien à ajouter.

En revanche, il y avait beaucoup à faire.

Il allait retourner au bureau, pour prendre contact avec des études de notaires de Dublin. Il allait demander à sa mère s'il pouvait réoccuper l'entresol de Waterloo Road. Il allait travailler jour et nuit de façon à rendre un fichier impeccable à Niall. Il allait oublier les années qu'il avait passées ici et repartir à zéro.

Ils nettoyèrent la petite maison où ils se voyaient pour la dernière fois. Comme toujours ils vidèrent les mégots et les cendres dans une enveloppe. Ils remirent les objets et les meubles à l'endroit où ils les avaient trouvés la première fois qu'ils étaient venus. Ils sortirent par la fenêtre comme ils l'avaient toujours fait, et arrangèrent les branches qui cachaient l'orifice.

Elle n'amènerait plus personne ici, lorsqu'il serait parti, il en était certain. Avec un petit pincement au cœur, il se demanda si elle avait amené quelqu'un avant lui.

Mais à quoi bon spéculer ainsi.

— Bien, maintenant que les choses sont claires, nous pouvons nous montrer au grand jour, pas vrai? dit-il.

— Pourquoi pas?

Elle était tendre et chaleureuse, comme elle l'était avec tout le monde.

— Le grand chemin ou le raccourci?

Il lui laissait le choix.

— L'itinéraire touristique.

Ils traversèrent le champ qui menait au Vieux Rocher, et prirent ensuite par les bois, puis passèrent devant la maison de Maddy Ross. Celle-ci était devant son petit bureau, peut-être en train d'écrire à ce jeune prêtre parti dans les missions, celui pour qui elle avait eu un faible jadis. Richard éprouva une profonde sympathie pour elle. Quel gâchis cela avait dû être. A côté de l'immense passion qu'il avait vécue avec Gloria...

Ils arrivèrent au pont, où des enfants étaient en train de jouer, comme cinq ans plus tôt, lorsque Richard était arrivé à Shancarrig.

C'était d'autres enfants aujourd'hui, et d'autres jeux.

Etait-ce possible? Une heure plus tôt, il était encore en train de faire des projets pour envoyer les enfants de Gloria à l'école à Dublin. Il croyait qu'il avait hérité d'une famille.

Et à présent tout s'était envolé.

Maintenant qu'ils étaient libres de se parler, il n'y avait plus rien à dire.

Il laissa errer ses pensées jusqu'à la vieille école, en haut du raidillon, jusqu'au grand hêtre pourpre tout couvert d'initiales et de noms.

La première semaine où lui et Gloria s'étaient rencontrés, il était allé là-haut en secret pour y graver *Gloria in excelsis*.

Ce n'était pas un blasphème, simplement une célébration.

Les gens qui le verraient, dans les années à venir, penseraient qu'il s'agissait d'une grâce rendue à Dieu. Ils penseraient peut-être que c'était un prêtre qui l'avait gravée. Il n'irait jamais l'effacer. Ce serait infantile. Il pourrait rajouter quelque chose, bien sûr. Il pourrait dire que la gloire du monde était passée, *Sic transit gloria mundi*. Seuls quelques rares initiés comprendraient, et de toute façon ils ne feraient jamais le lien avec Gloria Darcy, tendre épouse de Mike Darcy, commerçant de son état.

Mais, là encore, ce serait infantile.

Tandis qu'ils se trouvaient sur le pont, Gloria et Richard, qui ne s'adresseraient plus jamais la parole, rencontrèrent Maura O'Sullivan et son fils Michael.

— Bonjour, madame Darcy, bonjour, monsieur Hayes, dit Maura.

— Mon papa?

Michael se précipita aussitôt vers lui et lui agrippa la jambe.

Richard s'agenouilla pour le prendre dans ses bras.

— Va-t'en, Gloria, dit-il.

Elle s'en alla sans un mot. Il entendit le claquement de ses talons rouges sur la route qui menait au centre de Shancarrig.

— Comment vas-tu, Michael? Tu commences à devenir un grand garçon, dis-moi, dit-il en enfouissant la tête dans l'épaule de l'enfant pour qu'on ne voie pas les larmes dans ses yeux.

LEO

Lorsque Leonora Murphy n'était encore qu'un bébé, son père la prenait sur ses genoux pour lui raconter l'histoire de la fillette qui avait une bouclette juste au milieu du front. Chaque fois qu'il disait « juste », il lui tapotait le milieu du front avec l'index pour montrer où se trouvait la bouclette. Puis il continuait : « Quand elle était gentille elle était très gentille, mais quand elle se fâchait c'était un démon ». Lorsqu'il arrivait au dernier mot, il faisait une affreuse grimace et répétait en rugissant « démon, démon ». Chaque fois, Leo était terrorisée, bien qu'elle sût que cela se terminerait bien, que son père lui ferait un gros câlin avant de la lancer en l'air.

Ce n'était pas son papa qui lui faisait peur, c'était la comptine. Elle avait l'air tellement menaçant, comme si quelqu'un d'autre la disait.

De toute façon elle n'avait pas qu'une seule bouclette sur la tête, comme la fillette de la comptine. Elle en avait des quantités, d'un blond roux, et qui s'emmêlaient chaque fois qu'on essayait de les peigner. Combien de fois sa mère n'avait-elle pas renoncé à la coiffer. « C'est un vrai sac de nœuds, ma parole, une vraie tignasse de bohémienne. » Leo savait que c'était une insulte. Les gens avaient peur des bohémiens qui venaient parfois camper dans les bois de Barna, lorsqu'ils se rendaient aux courses de Galway.

Lorsque Leo n'était pas gentille, qu'elle ne voulait pas manger son riz ou attacher ses chaussures correctement, Biddy la menaçait de la donner aux bohémiens la prochaine fois qu'ils passeraient par le village. Une horrible destinée.

Mais plus tard, lorsqu'elle grandit et qu'elle commença à explorer le monde autour d'elle, Leo Murphy se dit qu'elle aurait bien aimé vivre au milieu des bohémiens. Ils faisaient de grands feux de joie autour desquels leurs enfants à demi-nus s'amusaient à se pourchasser. Ils allaient dans les bois attraper des lapins.

Il lui arrivait d'aller les observer en secret, avec ses camarades d'école, Nessa Ryan, Niall Hayes et Eddie Barton. Sans un mot, tapis derrière un arbre ou un fourré, ils observaient de loin ce peuple fascinant qui avait choisi la liberté, et qui vivait sans contraintes et sans attaches.

Leo n'arrivait pas à comprendre pourquoi ils lui faisaient si peur jadis.

Mais jadis, elle était enfant. Lorsqu'elle eut onze ans elle commença à voir les choses autrement. Elle réalisa qu'il y avait des quantités de choses qu'elles n'avaient pas comprises lorsqu'elle était enfant.

Elle n'avait pas compris qu'elle habitait dans la maison la plus opulente de Shancarrig, par exemple. Le manoir du Glen était une demeure de style géorgien, avec un vaste hall d'entrée au bout duquel se trouvaient la cuisine et l'office, et, de part et d'autre du hall, deux pièces aux proportions majestueuses — la salle à manger, où l'on recevait rarement, et dont la table était le plus souvent encombrée de livres et de papiers, et le salon, avec le piano qui n'avait pas été accordé depuis des années, où les chiens dormaient sur des coussins, derrière le gros tas de bûches à côté de la cheminée.

Il y avait aussi une salle à manger plus petite, où ils prenaient leurs repas, et une salle de sport où étaient entreposés les imperméables, les fusils de chasse et le matériel de pêche. C'était là que Leo rangeait son vélo quand elle y pensait, mais le plus souvent elle le laissait dehors, à côté de la porte de la cuisine. Parfois, les chats errants à qui Biddy donnait à manger, sur le rebord de la fenêtre, venaient se percher sur sa bicyclette. Un jour, une des chattes apporta ses petits, et les déposa un à un dans le panier de la bicyclette, pensant qu'ils y seraient en sûreté.

Ce même jour, Leo, livide, regarda son père noyer les petits dans le tonneau de la gouttière.

— C'est mieux ainsi, dit son père. Dans la vie il faut savoir être raisonnable. Il arrive qu'on soit obligé de faire des choses à contrecœur.

Le père de Leo était le major Murphy. Il avait servi dans l'armée britannique. En fait, il était à la guerre quand Leo était née. Elle le savait parce que chaque année, au moment de son anniversaire, il lui racontait qu'il était à Dunkerque à l'époque et qu'il ne savait pas si le bébé était un garçon ou une fille. Et comme ils avaient déjà deux garçons, lorsque la nouvelle lui parvint que c'était une fille, il fut fou de joie.

Les frères de Leo étaient en pension. Ils n'allaient pas à l'école de Shancarrig, comme les autres garçons, ils allaient au pensionnat depuis qu'ils étaient tout petits. Un pensionnat en Angleterre, là où vivait grand-père. Grand-père voulait avoir ses petits-fils près de lui. C'était lui qui payait la pension, qui était, paraît-il, très chère. C'était un collège très réputé, où des ministres faisaient leurs études.

Leo savait que ce n'était pas un pensionnat catholique, et que Harry et James n'allaient pas à la messe le dimanche. Elle savait aussi qu'il ne fallait pas le dire à Nessa Ryan, à Mlle Ross, ou à Mme Kelly, et surtout pas au père Gunn. Il n'y avait rien de bizarre ou d'anormal à cela, simplement c'était une chose qu'on ne voulait pas crier sur les toits.

Elle savait que par certains côtés elle était différente. Contrairement aux autres pères de famille, le major Murphy ne travaillait pas. Il n'avait pas de commerce, pas d'exploitation agricole, il n'avait que le Glen. Il n'allait pas à l'hôtel des Ryan, le soir, pour boire un verre, comme les autres hommes, ni chez Johnny Finn réputé-pour-ses-boissons-de-qualité. Il allait quelquefois se promener avec le père de Niall Hayes, et se rendait à Dublin en train pour la journée. Mais il ne travaillait pas.

Sa mère ne faisait pas son marché le matin. Elle n'allait jamais chez Dunne ou chez le boucher. Elle ne se faisait jamais faire une jupe ou un chemisier par la mère d'Eddie Barton. Elle ne proposait jamais au père Gunn de faire des guirlandes de fleurs pour décorer l'autel, ou de donner un coup de main pour la vente de charité. La mère de Leo était une très belle femme qui donnait toujours l'impression de flotter de pièce en pièce et d'être très occupée. Elle était réellement très belle, tout le monde le disait. Mme Murphy avait les mêmes cheveux blond roux que sa fille, mais les siens n'étaient pas rebelles et crépus. Ils étaient lisses, brillants et souples, et semblaient se mettre en place naturellement. Une fois par mois, Mère se rendait à Dublin, chez le coiffeur, du côté de St. Stephen's Green.

Leo savait que lorsqu'ils sortiraient du collège Harry et James ne reviendraient pas à Shancarrig. Depuis toujours on parlait de les envoyer à Sandhurst. Tous deux avaient été admis. Le cœur de son père débordait de fierté.

— Il faut que nous l'annoncions à tout le monde, dit-il lorsqu'arriva la lettre.

— Qui ça, tout le monde? demanda sa femme, à demi perdue dans ses rêves, à l'autre bout de la table.

Père semblait déçu.

— Aux Hayes, par exemple, je suis sûr qu'ils vont être enchantés.

— Ton ami Bill Hayes est probablement le seul à jamais avoir entendu parler de Sandhurst, dit Mme Murphy d'un ton grinçant.

— Allons, tu exagères. Ils ne sont tout de même pas aussi ignorants que cela.

— Mais si, Frank. Moi je suis née ici, toi, tu es arrivé de fraîche date.

— Dix-huit ans, si on peut appeler cela de fraîche date... dit-il avec un sourire affectueux à l'adresse de sa femme.

La mère de Leo était née au Glen. Elle aussi avait joué dans les bois de Barna, étant enfant, et pêché dans la rivière Grane, et pique-niqué au Vieux Rocher d'où Shancarrig tenait son nom. Elle se trouvait ici quand la révolte de Pâques puis la guerre civile avaient éclaté. En fait, les soulèvements étaient si nombreux, à l'époque, que ses parents avait préféré l'envoyer en pension en Angleterre.

Peu de temps après avoir quitté le pensionnat, elle avait fait la connaissance de Frank Murphy. C'était au début des années trente, et les deux jeunes Irlandais, qui se rencontraient lors de parties de tennis ou de croquet dans le sud de l'Angleterre, se sentaient naturellement attirés l'un vers l'autre. Frank n'avait qu'un souvenir vague et romantique de l'Irlande. Il rêvait de retourner au pays un jour et de s'y installer. Miriam Moore était plus réaliste. Elle avait une maison qui tombait en ruine, disait-elle. Et il aurait fallu beaucoup plus d'argent qu'ils n'en auraient jamais pour en faire une maison de rêve.

Les parents de Miriam étaient très âgés. Ils accueillirent leur gendre à bras ouverts. Ils comptaient sur lui pour retaper leur belle propriété qui tombait en ruine. Ils comptaient sur lui pour faire le bonheur de leur belle et impétueuse enfant.

— Est-ce que Sandhurst se trouve au bord de la mer? demanda Leo intéressée.

Si on envoyait Harry et James à la plage, l'année prochaine, et non pas à l'école, Leo aurait été très très jalouse.

Ses parents lui sourirent avec indulgence. Ils lui dirent que Sandhurst se trouvait dans le Surrey et que cela n'avait aucun rapport avec Sandycove ou Sandymount ou n'importe quelle autre ville de bord de mer où elle était allée. C'était un grand honneur d'être admis là-bas. Ses frères allaient devenir des officiers de haut rang.

— Plus hauts placés que papa s'il y avait la guerre? demanda Leo.

— Il n'y aura pas de guerre, plus maintenant.

Il avait l'air triste en disant cela. Leo regrettait d'avoir abordé le sujet. Son père marchait avec une canne et souffrait beaucoup. Elle le savait car elle l'entendait gémir de temps en temps, lorsqu'il se croyait seul. Sans doute n'aimait-il pas parler de la guerre qui avait endommagé sa colonne vertébrale.

— Tu devrais leur écrire, Leo, dit sa mère. Je suis sûre qu'une lettre de leur petite sœur leur ferait plaisir.

C'était comme écrire à des étrangers, mais elle le fit tout de même. Elle leur dit qu'elle était installée dans le salon, et que Lance et Jessie étaient allongés devant le feu. Elle leur dit qu'on avait donné un concert à l'école et qu'ils avaient tous voulu chanter « J'ai une belle paire de noix de coco », mais que Mme Kelly avait déclaré que c'était une chanson indécente. Elle leur raconta qu'Eddie Barton lui avait appris à dessiner les différentes sortes de feuilles, de poissons et d'oiseaux, et ajouta qu'elle leur ferait un beau dessin pour Noël s'ils le lui commandaient à l'avance.

Elle leur dit qu'elle était contente qu'ils deviennent un jour des officiers de haut rang dans l'armée, même s'il n'y avait plus jamais de guerre. Elle leur dit qu'ils seraient sûrement contents d'apprendre que papa marchait un peu mieux et que mère avait l'air moins triste.

A sa grande surprise ils lui répondirent presque aussitôt, et lui dirent qu'ils avaient adoré sa lettre. Cela faisait un drôle d'effet de n'être ni civil ni officier, ajoutaient-ils.

La chambre de Leo donnait sur le jardin. C'était une des quatre grandes chambres ouvrant sur le palier carré aux dimensions imposantes. Nessa Ryan était béate d'admiration chaque fois qu'elles montaient à l'étage.

— C'est comme une très grande pièce, ce palier s'émerveillait-elle. C'est tellement exigu à l'hôtel, et puis il y a des numéros sur les portes.

Leo lui dit qu'au Glen, quand sa mère était petite, on servait le déjeuner sur le palier. Vous imaginez les domestiques qui montaient tous les plats au premier pour que la famille ne soit pas obligée de descendre. Parfois même, ils déjeunaient en robe de chambre, lui avait dit sa mère.

Nessa fut très étonnée d'apprendre que le major Murphy et sa femme dormaient dans des chambres séparées. Ses parents à elle dormaient dans le même lit.

— Vraiment?

Leo était stupéfaite. Elle en parla à Biddy.

Mais Biddy eut l'air de trouver sa question trop directe.

— En voilà une question! Ça ne te regarde absolument pas.

— Mais pourquoi, Biddy?

— Parce que les gens dorment où ça leur plaît. Si tes parents dorment chacun à un bout de la maison, c'est leur problème. N'en parlons plus.

— Et tes parents à toi, où dormaient-ils?

— Chez nous on dormait tous ensemble, dans la même pièce.

Avec ça elle n'était guère avancée.

Lorsque Harry et James revinrent pour une visite éclair, elle leur posa la question. Les deux hommes échangèrent un regard embarrassé.

— Oui, bien, vois-tu... avec la blessure de papa, et tout ça...

— Plus rien n'est comme avant, dit James.

— Plus rien, comme quoi ? demanda Leo.

Ils se regardèrent à nouveau, sans savoir que dire.

— Beaucoup de choses, toutes sortes de choses, dit Harry.

Et elle comprit qu'il valait mieux ne pas insister.

Mère ne parlait jamais à Leo des choses de la vie. S'il n'y avait pas eu Biddy ou Nessa, elle aurait été complètement désemparée quand arrivèrent ses premières règles. Elle savait comment naissaient les chats, les chiens et les lapins, et par déduction les bébés humains, mais elle n'avait pas la moindre idée de la façon dont on les fabriquait. Elle espérait que ça n'avait rien à voir avec ce que faisaient les chiens et les chats à certaines périodes. De toute façon elle ne voyait pas comment cela eût été possible pour des humains, même s'ils eussent été d'accord pour faire une chose pareille. Elle était jalouse de Nessa Ryan qui savait tant de choses, et ne l'aurait interrogée pour rien au monde. Quant à Biddy, chaque fois qu'on abordait le sujet, elle devenait rouge comme une pivoine...

Lorsque Leo Murphy eut quatorze ans elle avait réussi à élucider ce mystère et, même si les réponses ne la satisfaisaient pas entièrement, tout au moins avait-elle le sentiment d'avoir compris l'essentiel de ce qu'il y avait à comprendre en consultant journaux et magazines.

Pas plus que Nessa ou Maura Brennan, cependant, elle ne comprenait comment les parents avaient pu se livrer à ce genre d'exercices, même si autour d'elle les preuves vivantes étaient suffisamment nombreuses pour leur démontrer que cela s'était bel et bien produit.

Maura Brennan parvint à apporter un complément d'information, cependant : cela se produisait généralement quand l'homme était ivre. Leo ajouta qu'il était profondément injuste que la femme ne soit pas autorisée à boire, elle aussi, dans la mesure où il devait s'agir d'une situation extrêmement pénible.

Maura était très gentille. Elle ne cherchait jamais à se faire valoir aux yeux des autres. Et, par certains côtés, Leo la préférait à Nessa Ryan qui piquait des colères quand on la contredisait. Mais Maura habitait la plus misérable des chaumières. Souvent, on trouvait son père, Paudie, sur le pas d'une porte, une bouteille à la main, au lendemain d'une nuit d'ivresse.

Maura n'irait pas au collège, l'année prochaine, comme Leo et Nessa qui prendraient le bus chaque jour pour se rendre à l'école en ville. Et pourtant, à quatorze ans, Maura avait l'air d'en savoir beaucoup plus sur la vie que ses camarades de classe.

Pour Leo, il y avait quelque chose de profondément injuste à ce que des familles comme celles de Maura Brennan ou de Foxy Dunne soient obligées de vivre dans des chaumières misérables, au bord de la rivière, et de porter des haillons. Foxy Dunne était beaucoup plus intelligent que Niall Hayes, et beaucoup plus vif, en classe, lorsqu'il s'agissait de trouver les réponses. Mais Foxy n'avait pas de vélo, pas de vêtements convenables, pas même une paire de chaussures à sa taille. Maura Brennan était beaucoup plus gentille et infiniment plus douce que Nessa Ryan, mais elle n'avait jamais eu une jolie robe comme celle que Nessa avait reçue pour son anniversaire, et elle n'avait pas de manteau d'hiver.

Leo savait qu'elle n'était pas censée aller jusqu'aux chaumières, c'est pourquoi elle n'y allait pas. Personne ne le lui avait jamais dit expressément, mais c'était une chose qui allait sans dire.

Une fois, cependant, Foxy lui lança un défi.

— Auras-tu un jour le loisir de rendre visite à la famille Dunne? demanda-t-il.

Ils avaient appris le mot « loisir » à l'école le jour même. Mme Kelly l'avait écrit sur le tableau et avait expliqué ce que cela voulait dire.

— Pas aujourd'hui, en tout cas, on m'attend à la maison, dit Leo.

— Mais pourrais-je à loisir rendre visite à la famille Murphy? demanda-t-il.

Cette fois, Leo put lui donner satisfaction.

— Oui, bien sûr, tant que tu veux. Tu es le bienvenu.

C'était un premier pas.

Ils s'admiraient l'un l'autre depuis toujours, depuis la maternelle...

Quand arrivèrent les vacances d'été, Leo et Nessa prirent le bus ensemble pour se rendre à leur nouvelle école. Elles devaient rencontrer la mère supérieure et recevoir la liste des livres et des fournitures dont elles allaient avoir besoin, ainsi que des précisions sur leur uniforme, et probablement tout un chapelet de recommandations. Elles pensaient qu'on allait leur faire visiter le collège, mais ce ne fut pas le cas. Elles se seraient volontiers attardées pour savourer leur liberté et recenser les plaisirs que pouvait offrir une ville dix fois grande comme Shancarrig, mais elles avaient peur que cela se sache. Quelqu'un irait sûrement raconter à l'hôtel des Ryan qu'on les avait aperçues en train de plaisanter avec des garçons, ou de manger des glaces en pleine rue.

Mieux valait se montrer raisonnable et s'en retourner à la maison par le premier bus. Nessa rentra à l'hôtel, et fut déçue par l'accueil peu enthousiaste de ses parents.

— Déjà de retour? s'étonna Mme Ryan.

— J'espère que vous avez pris le temps de faire tout ce que vous aviez à faire, ajouta son père.

Leo sourit à son amie.

— Ça va être la même chose chez moi. Les chiens auront déjà mangé et il ne restera rien pour moi.

En reprenant le chemin du Glen, elle fit une halte chez Eddie Barton pour lui raconter comment était sa nouvelle école. Lui était inscrit chez les frères. Une perspective qui ne le réjouissait guère. Ils ne pensaient qu'à faire du sport.

— Dans mon école à moi, les sœurs ne pensent qu'à prier, grommela Leo. Et il y a des statues de saints absolument partout.

Elle traînait péniblement son sac à bandoulière derrière elle, lorsqu'elle passa devant la vieille maison des gardiens. Les dernières personnes à qui ils l'avaient louée la leur avaient rendue dans un état épouvantable. Depuis ils avaient condamné toutes les issues avec des planches, de façon à empêcher les rôdeurs d'y pénétrer.

On était jeudi, et, en franchissant le seuil, Leo se souvint que Biddy était de congé. Elle avait certainement laissé quelque chose pour elle dans le garde-manger. Il y avait généralement un dîner froid quand Biddy n'était pas là. Leo savait qu'elle devait se servir toute seule, étant donné que personne n'était là pour l'accueillir. Le major Murphy était parti pour Dublin le matin même. Il avait pris le premier train. Sa mère était sans doute allée se promener dans les bois de Barna. Leo décida de monter son dîner dans sa chambre et d'écouter quelques disques. Dans sa dernière lettre à James et à Harry elle avait parlé de la chanson « J'aime Paris au printemps ». Elle ne se lassait pas de l'entendre. Un jour, elle irait voir Paris au printemps ou à l'automne avec quelqu'un qui lui chanterait cette chanson-là. Elle était certaine qu'elle ne se démoderait jamais. Elle s'enferma dans sa chambre et, avant même de commencer à boire son lait ou à mordre dans son sandwich au poulet, elle alla mettre le disque sur le pick-up.

Installée sur la banquette devant la fenêtre, elle était en train de chanter avec le disque lorsque, à sa grande surprise, elle entendit une porte claquer violemment et les pas de quelqu'un qui montait ou descendait précipitamment l'escalier.

Pensant qu'elle avait mis la musique trop fort elle se leva pour arrêter le pick-up, lorsqu'au même moment elle aperçut un jeune homme qui traversait la pelouse en courant en direction du bosquet. Tout en courant, l'homme enfilait sa chemise.

Leo était terrorisée. C'était probablement un voleur. Y en avait-il d'autres en bas ? Elle ne savait s'il fallait appeler à l'aide ou au contraire faire semblant de ne pas être là.

Les pensées se bousculaient dans sa tête. Ils savaient certainement qu'elle était là s'ils avaient entendu la musique. Peut-être l'un d'eux l'attendait-il, tapi derrière la porte de sa chambre ? Son cœur battait à tout rompre. Soudain un grincement retentit dans la maison silencieuse. Elle avait vu juste.

Quelqu'un était tapi derrière la porte. Elle se mit à prier comme jamais elle ne l'avait fait.

Et, comme si Dieu avait aussitôt répondu à sa prière, elle entendit la voix de sa mère qui appelait :

— Leo? Leo? C'est toi, Leo?

Mère se tenait sur le seuil de la porte, toute rouge et l'air embarrassée.

Leo courut vers elle.

— Mère, il y a des voleurs qui sont entrés dans la maison... ils ne t'ont rien fait?

— Mais bien sûr que non... que veux-tu dire?

— Je les ai entendus qui couraient dans les escaliers... ensuite ils se sont enfuis dans le jardin.

— Mais non, Leo. Jamais de la vie.

— Mais , si, mère, je t'assure. Je les ai entendus, je les ai vus... j'en ai vu un, en tout cas.

— Tu as vu quoi, au juste?

— J'ai vu un homme qui ôtait ou qui enfilait une chemise. Mère, je l'ai vu. Il courait en direction des lilas, il a sauté par-dessus la barrière.

— Mais que fais-tu à la maison, de toute façon? Je croyais que tu devais visiter ta nouvelle école?

— Oui, mais nous n'avons pas pu la visiter. Je l'ai vu, mère, je t'assure. Peut-être y en a-t-il d'autres qui se cachent encore dans la maison.

Jamais Leo n'avait vu sa mère faire preuve d'autant de sang-froid.

— Viens avec moi, descendons. Tu vas voir qu'il n'y a absolument rien à craindre.

Une à une elle ouvrit toutes les portes à la volée.

— Alors, où se cachent-ils, les voleurs qui sont venus voler l'argenterie et le cristal? A moins qu'ils n'aient emporté les fusils de ton père, dans la salle de sport? Regarde, rien n'a bougé. Tu vois, ils n'ont même pas emporté notre dîner, ne parlons plus de cambrioleurs, veux-tu?

— Mais le bruit de pas, dans l'escalier?

Elle commençait à se demander si elle n'avait pas eu la berlue.

— Je suis descendue puis remontée dans ma chambre. Je ne savais pas que tu étais rentrée.

— Mais j'avais mis un disque...

— Oui, c'est pour cela que je suis venue dans ta chambre. Je me demandais pourquoi tu l'avais mis aussi fort et pourquoi tu l'avais arrêté subitement.

Mère avait l'air agitée. Elle n'était pas comme d'habitude.

Sans savoir pourquoi au juste, Leo avait le sentiment qu'il y avait du danger dans l'air. Elle marchait sur la pointe des pieds, comme si un voleur était toujours caché dans la maison.

Elle ne dit rien de l'incident à son père ou à Biddy. Lorsque Nessa Ryan lui demanda si ses parents l'avaient accueillie aussi chaleureusement que les siens, Leo répondit simplement qu'elle s'était fait un sandwich et qu'elle avait écouté « J'aime Paris ».

Nessa Ryan déclara que la vie était injuste. Qu'aussitôt qu'elle était rentrée ses parents l'avaient obligée à astiquer l'argenterie.

Leo était libre comme l'air, elle, dans sa grande maison. Quelle chance. Elle ne remarqua même pas que Leo avait frissonné, Leo dont la peur allait grandissant à mesure qu'elle essayait de l'occulter.

Foxy Dunne vint lui rendre visite le lendemain. Il approchait d'un pas tranquille et assuré que bien des adultes qui venaient au Glen lui auraient envié.

Cependant, Foxy ne voulut pas tenter le diable. Il se présenta à la porte de la cuisine.

Biddy se montra on ne peut plus désagréable.

— Oui? demanda-t-elle sur un ton glacial.

— Merci, Biddy, comme je dis toujours, ça fait chaud au cœur d'être reçu à bras ouverts.

— Ah, toi et les fainéants de ton espèce, vous ne savez rien faire si ce n'est vous moquer des braves gens qui travaillent.

Sans se démonter le moins du monde, Foxy répondit :

— Je dois être différent du reste de mon espèce, Biddy. Vu que j'ai la ferme intention de travailler.

— Tu serais bien le premier Dunne à mettre la main à la pâte, dit-elle, contrariée de le voir prendre ses aises dans sa cuisine.

— Il y a un début à tout, pas vrai? Où est Leo?

— Qu'est-ce que ça peut te faire?

Au même instant, Leo entra dans la cuisine. Elle était contente de voir Foxy Dunne. Elle lui offrit un des petits gâteaux de Biddy qui refroidissaient sur une grille.

— C'est bien, vu de l'intérieur?

Il voulait parler du nouveau collège de Leo.

— Oui, pas mal. Un peu monastique sur les bords, mais bon.

— Il y en a plus d'un, par ici, à qui la vie monastique ne ferait pas de mal, dit Biddy.

Leo rit. Tout semblait redevenu normal.

— Tu vas travailler dur, n'est-ce pas? demanda Foxy qui s'inquiétait pour sa camarade.

— Le jour où un des fils de Dinny Dunne mettra du cœur à l'ouvrage, les poules auront des dents, dit Biddy avec un petit ricanement méprisant.

Foxy l'ignora.

— C'est aussi important pour toi que pour moi de travailler, dit-il à Leo. Moi, il faut que je travaille, parce que je ne suis rien. Et toi parce que tu es tout.

— Je ne comprends pas ce que tu veux dire, dit Leo.

— Ce serait facile, pour toi, de ne rien faire, de te la couler douce en attendant de te trouver un mari.

— Il n'en est pas question.

Leo était indignée.

— Quoi qu'il en soit, tu as intérêt à travailler.

— Mais j'aurai peut-être envie de me marier un jour.

— Oui, bien sûr. Mais il vaut mieux pour toi que tu aies un travail, mariée ou non.

— Je n'ai jamais rien entendu de plus ridicule, dit Biddy dans un tintamarre de casseroles pour bien marquer sa désapprobation.

— Viens, Foxy, allons nous promener dans le verger, dit Leo.

Ils cueillirent des groseilles qu'ils mettaient au fur et à mesure dans un panier que la mère de Leo avait abandonné sous un arbre.

— Ça ne sera pas toujours comme cela, tu sais, dit Foxy.

— Non. Bientôt ce sera la rentrée, j'ai déjà une liste de bouquins longue comme ça.

— Non, je voulais parler de la maison, de ce style de vie.

Elle lui jeta un regard affolé. Elle se sentait à nouveau assaillie par l'angoisse, comme l'autre soir. Plus rien n'était comme avant, elle ne se sentait plus en sécurité.

— Que veux-tu dire?

Elle avait l'air si préoccupée qu'il s'empressa de la rassurer. Il lui dit que, s'il arrivait à se faire passer pour un garçon de seize ans ou plus, il pourrait peut-être se faire embaucher par un homme qui recrutait de la main-d'œuvre pour un entrepreneur anglais — il cherchait des gars d'ici, des Irlandais. Il commencerait par faire des petits boulots, mais peu à peu il ferait son chemin.

— C'est dommage que tu t'en ailles, dit Leo. Je sais que c'est idiot, mais j'ai l'impression qu'il va se passer quelque chose de terrible ici.

Trois semaines plus tard sa prédiction se réalisait, par une chaude soirée d'été. La maison était silencieuse. Biddy était, comme chaque année, en vacances chez ses parents. Leo venait de finir une lettre à Harry et James, dans laquelle elle expliquait que le dos de papa allait beaucoup mieux; le Dr Jims lui avait dit que la marche à pied ne pouvait pas lui faire de mal — en tout cas pas plus de mal que ne lui en avait fait la guerre — et que s'il continuait à passer sa vie dans un fauteuil, comme un vieillard, avec un plaid sur les genoux, il se transformerait en vieillard pour de bon.

Si bien que le major s'était mis à faire des promenades avec M. Hayes, et qu'il leur arrivait même de monter jusqu'au Vieux Rocher. C'est là qu'ils étaient allés aujourd'hui. Leo avait décidé de se rendre à pied au village pour mettre sa lettre à la boîte. Lorsqu'elle avait fini d'écrire une lettre elle aimait bien que celle-ci parte aussitôt. Sans quoi elle pouvait rester des jours entiers sur le bureau. Elle mit un timbre sur l'enveloppe et se mit en route. Mme Barton était en train de repasser, Leo l'aperçut par la fenêtre. Elle ne s'installait jamais dans son petit jardin. Pourtant il y avait certainement des travaux de couture qu'elle aurait pu faire dehors, par une belle soirée comme celle-là. Leo regarda si elle apercevait Eddie Barton à la fenêtre. Il écrivait presque autant qu'elle. Parfois ils se rencontraient à la poste, et Katty Morrissey disait qu'avec eux les PTT ne risquaient pas de chômer.

Mais il n'y avait nulle trace d'Eddie. Sans doute était-il parti à la recherche de bouts de bois aux formes insolites ou de fleurs à dessiner. Elle rencontra Niall Hayes, cependant, qui faisait les cent pas devant la Terrasse, comme une âme en peine.

— Si tu voyais l'école où ils veulent m'envoyer, c'est une vraie forteresse, dit Niall. Comme celle du *Comte de Monte Cristo*.

— Mon collège à moi n'est pas trop mal. Il y a un peu trop de statues, cependant, toutes avec un air sévère.

— Bah, si ça n'était que les statues. Mais il faut voir la tête des profs, tous en soutane noire.

— Mais le père Gunn porte une soutane lui aussi, de même que le père Barry. Et tu n'en fais pas toute une histoire.

Leo trouvait que Niall exagérait.

— Oui, mais ils n'ont pas des têtes de bourreaux.

— Est-ce que ton père est allé dans cette école?

— Bien sûr, et tous mes oncles aussi. Mais ils ont oublié comme c'est horrible. Ils n'arrêtent pas de me dire qu'ils s'amusaient comme des fous.

— Ton père est parti se promener avec mon père.

Leo était fatiguée d'entendre ses jérémiades.

— Ils n'ont pas dû sortir longtemps, alors. Parce que mon père est à la maison, il est en train de rédiger un testament. Tu sais, Leo, je ne crois pas que je pourrais être notaire ici, à Shancarrig.

— Tu pourras toujours aller t'installer ailleurs, dit Leo.

Rien ne semblait pouvoir remonter le moral de Niall aujourd'hui.

Elle fut navrée d'apprendre que la promenade avait été ajournée, mais peut-être était-il allé s'asseoir en compagnie de sa mère, dans le verger. Elle les avait déjà aperçus ensemble, là-bas, avec un gros pichet de limonade, et ils avaient l'air heureux.

Elle rencontra le père Gunn qui lui dit que le temps passait décidément bien vite. Voilà que toute une classe s'apprêtait à quitter l'école de Shancarrig pour s'en aller découvrir le vaste monde. C'était extraordinaire, tous ces adultes qui trouvaient que le temps passait trop vite. Leo avait l'impression qu'il ne passait pas, au contraire.

En franchissant le portail du Glen, elle entendit des cris qui venaient de la maison des gardiens, et au même moment elle vit son père qui arrivait en courant aussi vite qu'il le pouvait par la grande allée. Leo tressaillit en entendant un fracas de meubles suivi de hurlements.

Immédiatement et sans l'ombre d'un doute elle reconnut la voix de sa mère. Celle-ci criait :

— Non, non, arrêtez !

Suivit une longue plainte.

— Oh, mon Dieu, mon Dieu, Miriam.

Son père arrivait en traînant la jambe. Dans sa hâte, il avait fait tomber sa canne. Il se pencha pour la ramasser.

Leo le regardait, c'était comme de voir un film au ralenti.

Puis il y eut des coups de feu. Trois en tout. A cet instant la mère de Leo sortit toute chancelante de la petite maison, son chemisier couvert de sang, les cheveux défaits, les yeux hagards.

— Mon Dieu... il a essayé de... il essayait de... il voulait me tuer, cria-t-elle. (Elle tournait sans cesse la tête en direction d'une forme qui gisait à terre.) Frank, hurla-t-elle. Oh, Frank, fais quelque chose, je t'en supplie ! Il a failli me tuer.

Leo reculait de plus en plus devant la scène qui se déroulait sous ses yeux.

Avec une lenteur quasi surnaturelle, son père s'approcha de sa mère et la prit dans ses bras. Il la berçait comme un bébé.

— C'est fini, Miriam, c'est fini, dit-il.

— Il est mort ?

La mère de Leo ne voulait pas regarder.

Horrifiée, Leo vit son père se pencher au-dessus de la forme qui gisait à terre et la retourner. C'était un homme aux cheveux noirs. Il y avait une énorme tache rouge sur le devant de sa chemise.

C'était ce même homme qu'elle avait vu courir en direction du bosquet, trois semaines plus tôt, le jour où elle avait cru entendre des cambrioleurs.

Et maintenant, son père et sa mère étaient en train de pleurer.

— C'est fini, Miriam, chérie. C'est fini. Il est mort, répétait son père encore et encore.

Plus tard ils servirent un brandy à Leo. Avec un peu d'eau. Mais c'était beaucoup tard, longtemps après avoir regagné la maison.

Ils avaient fermé la porte de la maison des gardiens. Puis, bras dessus bras dessous, ils avaient repris l'allée qui mène à la maison, et Mère était montée se changer.

— Peut-être ferais-tu mieux de ne toucher à rien, de ne pas te changer, avait dit son père, mais sa mère avait roulé des yeux horrifiés.

— Tu veux dire... que je dois garder ça ? Sur ma peau ? Tout ce sang ? Mais pourquoi, Frank, dis-moi ? Pourquoi ?

Elle était au bord de la crise de nerfs.

— Je vais t'aider à te laver, dit-il.

— Non, je t'en prie. J'ai besoin d'être seule un petit moment.

Mère avait un lavabo dans sa chambre, avec un miroir et une lampe au-dessus, et des petits rideaux roses à fleurs.

Leo ne voulait pas rester toute seule, elle suivit sa mère dans la chambre. Leurs regards se croisèrent dans le miroir.

— Tu te sens bien, maman ?

Elle l'appelait rarement maman.

Le visage de Mère se radoucit.

— Ça va, Leo. C'est fini, maintenant.

Elle répétait les mots de Père comme un perroquet.

— Qu'allons-nous faire ? Que va-t-il se passer maintenant ?

— Chhhuut. Laisse-moi me changer, veux-tu ? Nous allons oublier tout cela. Bientôt ce ne sera plus qu'un mauvais rêve.

— Mais...

— C'est mieux ainsi, Leo, crois-moi.

Mère avait l'air incroyablement jeune ainsi, en combinaison et en jupe. A l'aide d'un gant et de savon elle se lava le cou et les bras à l'eau chaude jusqu'à ce que toute trace de sang ait disparu. Puis elle jeta le chemisier jaune tout couvert de sang coagulé dans la corbeille à papier.

Mère se lava les dents, après quoi elle versa du talc dans le creux de sa main, qu'elle étala sur sa peau.

— Allons, ma chérie. Descends voir ton père. Je voudrais finir de m'habiller.

Sa mère avait juste un chemisier à mettre, pensa Leo. Et un soutien-gorge, naturellement. Leo réalisa soudain que sa mère ne portait pas de soutien-gorge lorsqu'elle avait fait sa toilette dans le lavabo. Juste une combinaison. Sa combinaison soyeuse, couleur pêche.

Tout lui semblait étrange, et comme irréel. Le fait que sa mère lui ait demandé de quitter la pièce à cet instant précis ne faisait qu'ajouter encore un peu plus à la confusion qui régnait dans son esprit.

Leo descendit au salon. Elle estimait qu'un sujet aussi grave que celui-ci ne pouvait être débattu dans la petite salle à manger où ils se réunissaient habituellement. Sans doute son père avait-il eu la même idée. Car il avait allumé un feu dans la cheminée. Les deux chiens, Lance et Jessie, semblaient ravis. Ils étiraient de tout leur long leurs grandes pattes beiges devant le feu.

Leo venait de réaliser que Lance et Jessie ignoraient ce qui s'était passé. Elle venait de réaliser que personne ne savait ce qui s'était passé — ni Niall Hayes, avec qui elle avait parlé une demi-heure plus tôt, ni Mme Barton, qui lui avait fait bonjour de la main, ni le père Gunn, qui lui avait dit que le temps passait trop vite.

Le père Gunn? Pourquoi n'était-il pas là?

Quand une personne mourait, on allait aussitôt chercher le prêtre. Et le Dr Jims le père d'Eileen et de Sheila, il aurait dû être là, lui aussi. C'est ce qui se passait habituellement quand quelqu'un mourait ou tombait malade : le père Gunn et le Dr Jims arrivaient en voiture.

Mère apparut sur le seuil. Elle se frottait les bras en frissonnant.

— C'est une bonne idée d'avoir fait du feu, dit-elle.

Tous deux la regardèrent, Leo et son père. Mère avait l'air tellement normale — tellement paisible. Comme si rien ne s'était jamais passé, là-bas, dans la maison des gardiens.

C'est à ce moment-là que Père leur avait servi du brandy.

— Donnes-en un peu à Leo, aussi.

Mère avait dit cela comme quelqu'un qui vous propose de la soupe, le soir, au dîner.

— Viens donc t'asseoir près du feu. Viens te réchauffer les mains. Je vais appeler le sergent Keane. Il sera là dans cinq minutes.

— Non.

La voix de sa mère avait claqué comme un coup de fouet.

— Mais, il faut l'appeler. Nous aurions dû le faire immédiatement.

Leo était en train de boire l'abominable brandy à petites gorgées. Elle ne comprenait pas comment des gens comme le père de Maura Brennan pouvaient boire de l'alcool jour et nuit. C'était dégoûtant.

— Non, c'est au-dessus de mes forces, Frank. Je suis suffisamment ébranlée comme ça.

— Mais le sergent Keane est très gentil. Je suis sûr que cela ira très vite. Ce n'est qu'une formalité.

— Je ne veux pas entendre parler de formalités. Il est inutile d'insister.

— Un homme a essayé de te tuer, avec un de mes pistolets. Il aurait pu te *tuer*, dit son père d'une voix cassée par l'émotion.

Mère, au contraire, était de glace.

— Mais il ne l'a pas fait. Il se trouve que c'est moi qui l'ai tué.

— Tu t'es défendue... et le coup est parti. Il s'est tué lui-même.

— Non. J'ai pris le pistolet et j'ai tiré.

Le major Murphy fit un pas en direction du hall d'entrée, comme s'il s'apprêtait à téléphoner.

Mère n'eut pas besoin de hausser le ton pour lui faire comprendre qu'elle ne plaisantait pas.

— Appelle-le, Frank, et je franchis cette porte. Ni l'un ni l'autre, vous ne me reverrez plus jamais.

Il fit un geste dans sa direction, comme s'il voulait la prendre à nouveau dans ses bras, comme il l'avait fait pour la ramener à la maison, pour la consoler, pour lui dire que tout était fini.

Mère semblait croire que tout était vraiment fini.

Leo ne cessait de faire tourner son verre entre ses mains tandis qu'elle écoutait ses parents discuter de l'homme qui gisait mort dans la maison des gardiens.

La voix de sa mère était étrange et surnaturelle. On aurait dit un bruit, plutôt qu'une voix, un petit bruit monocorde, sans aigus et sans graves.

Elle parlait comme quelqu'un en parfaite possession de ses moyens.

Frank lui avait dit que c'était terminé, oublié. Pourquoi faire venir la police à présent, et ressasser le drame encore et encore, et répondre à toutes leurs questions? L'homme l'avait menacée. Il s'était fait tuer. C'était la loi du talion : œil pour œil, dent pour dent. Justice avait été faite. Ainsi soit-il.

A chaque fois qu'il l'interrompait, elle réitérait son irréelle menace :

— Je franchis cette porte et tu ne me reverras jamais plus.

C'était comme si ses parents avaient oublié qu'elle était là. Littéralement hypnotisée, Leo regardait sa mère qui, à force de marteler ses idées, commençait à faire reculer les arguments rationnels. Elle vit peu à peu l'époux rassurant dont la femme venait de vivre une terrible tragédie se transformer en homme traqué et hésitant. Elle le vit se mordre nerveusement la lèvre et rouler des yeux épouvantés chaque fois que Miriam le menaçait de quitter la maison pour toujours.

Elle aurait voulu l'interrompre, lui demander où elle irait. Pourquoi voulait-elle abandonner sa maison, son foyer?

Mais elle n'osa pas broncher.

C'est à ce moment-là que son père avait dit :

— Je ne pourrais pas vivre sans toi, Miriam, tu ne peux pas me faire ça...

— Je t'en prie...

Un instant elle avait regardé sa fille de quatorze ans, comme s'il venait de dire quelque chose d'indécent. Un homme ne devait pas dire qu'il avait besoin de sa femme, il ne devait pas avouer ses faiblesses, pas devant un enfant.

Le major Murphy s'approcha de la fenêtre où Leo était assise.

— Leo, ma chérie.

— Que va-t-il se passer, papa?

— Tout ira bien. Comme dit ta mère, c'est fini, il faut oublier. Il ne faut plus...

— Est-ce qu'on va appeler le Dr Jims, ou le père Gunn?

— Leo, viens avec moi, je vais t'accompagner jusqu'à ta chambre.

— Mais je veux rester ici, papa, je t'en prie...

— Tu veux nous aider? Alors, sois une grande fille et monte te coucher.

— Non, je veux rester ici. J'ai peur.

Dehors, la nuit était tombée sur le grand jardin. Les arbustes formaient des ombres incolores à présent, ils ne ressemblaient plus aux arbustes qu'ils avaient vus en remontant l'allée tout à l'heure, serrés les uns contre les autres, lorsqu'ils avaient laissé derrière eux la tragédie survenue dans la maison des gardiens.

Il la poussa vers la porte du salon et l'entraîna vers la cuisine où il mit un peu de lait à chauffer dans une casserole. Il saisit le grand poivrier en argent et en saupoudra légèrement le lait après l'avoir versé dans une tasse.

Puis il monta avec elle et l'accompagna dans sa chambre.

— Mets ta chemise de nuit, à présent, sois mignonne, dit-il.

Il se retourna tandis que sa fille ôtait sa robe de coton vert, sa camisole d'été et sa petite culotte, avant d'enfiler la chemise de nuit rose qui se trouvait dans son porte-pyjama en forme de lapin. Leo se souvint avec horreur que, lorsqu'elle l'avait rangée là, ce matin, rien de tout cela ne s'était encore produit. Le cauchemar n'avait pas encore commencé.

Elle se mit au lit et commença à boire son lait.

Son père s'assit sur le lit et lui caressa la tête.

— Tout ira bien, Leo, dit-il.

— Comment est-ce possible, papa?

— Je ne sais pas. Je me posais ce genre de questions pendant la guerre. Et tout a fini par s'arranger.

— Pas vraiment. Tu as été blessé, et tu ne peux plus marcher normalement.

— Mais si, je le peux.

Il se leva. Il avait l'air si triste que Leo avait envie de hurler. Elle aurait voulu ouvrir la fenêtre de sa chambre, s'agenouiller sur la banquette et hurler pour qu'on vienne les aider.

Au lieu de cela elle se mordit la lèvre.

— Il faut que je redescende, Leo, dit-il.

C'était comme s'ils étaient complices, elle et lui. Des complices qui protégeaient une mère étrangement calme et qui ne parlait pas avec sa voix normale.

Elle jouait souvent au jeu des « si ».

Si j'arrive en haut de l'escalier avant que l'horloge du hall ait fini de sonner, Mme Kelly sera de mauvaise humeur toute la journée demain. Si les crocus fleurissent devant la maison d'ici mardi, je recevrai une lettre de James et Harry.

Aujourd'hui, dans sa chambre, elle était assise dans le noir, les bras passés autour des genoux. Si je ne me lève pas, tout ira bien. Le Dr Jims viendra et il dira que l'homme n'est pas mort du tout. S'il est mort, le père Gunn dira que ce n'est pas la faute de Mère.

Si je ne sors pas du lit et si je passe toute la nuit dans cette position, sans bouger, demain on découvrira qu'il ne s'est rien passé du tout.

Le lendemain elle se réveilla, les membres engourdis et la tête lourde. Elle n'avait pas réussi à rester éveillée. Le charme n'allait donc pas opérer. Tout s'était réellement passé, tout.

A quoi bon rester dans cette position, les bras autour des genoux, plus longtemps? Cela ne servait à rien. Aujourd'hui ne serait pas une journée comme les autres — une journée ensoleillée, avec Lance et Jessie en train de s'ébattre gaiement sur la pelouse, avec Mattie, le facteur, qui remonterait l'allée sur son vélo, avec une bonne odeur de petit déjeuner qui flotterait dans la maison.

Leo se leva et se regarda dans la glace de la penderie. Son visage était couleur de cendre, avec des cernes foncés sous ses yeux gris-vert affolés. Sa chevelure était tout hérissée.

Elle enfila les affaires qu'elle avait jetées à terre, la nuit dernière, quand papa se tenait ici même, le visage dévoré par l'inquiétude.

Juste à ce moment-là la porte s'ouvrit et Mère parut, différente de la nuit dernière. Elle portait un ensemble de lin bleu, ses cheveux étaient soigneusement peignés, et elle avait mis du rouge à lèvre rose. Mère avait l'air en pleine forme et d'excellente humeur.

— J'ai de très bonnes nouvelles pour toi, dit-elle.

Leo sentit les couleurs revenir à ses joues. L'homme n'était pas mort. Le Dr Jims l'avait soigné.

Sans lui laisser le temps de dire un mot, Mère ouvrit la penderie et commença à sortir des robes.

— Nous partons en vacances, tous les trois, annonça-t-elle. Ton père et moi en sommes venus à la conclusion que c'était la meilleure chose à faire pour tout le monde. Alors, qu'en dis-tu? N'est-ce pas une bonne surprise?

— Mais...

La voix de Leo s'étrangla dans sa gorge.

— Nous allons partir tout de suite après le petit déjeuner. La route est longue.

— Nous allons nous enfuir? dit Leo dans un murmure.

— Pendant une bonne semaine, oui... voyons, où sont tes affaires de plage? Nous allons descendre dans un charmant petit hôtel, tout en haut d'une falaise, et nous pourrons aller nous baigner chaque jour avant le petit déjeuner. Tu te rends compte?

Tout au long du petit déjeuner, son père esquiva son regard, et Leo comprit qu'il ne fallait pas qu'elle revienne sur les événements de la veille au soir. Père avait en quelque sorte réussi à convaincre Mère de les laisser s'enfuir avec elle. C'était tout bonnement ce qui était en train de se produire.

Quelqu'un frappa à la porte de la cuisine. Tous trois échangèrent soudain un regard affolé, mais ce n'était que Ned, le jardinier. Leo entendit son père lui dire qu'ils partaient subitement en vacances, et lui donner des instructions. Les serres étaient dans un état épouvantable — si Ned pouvait les vider entièrement et voir ce qu'on pouvait faire...

— Et la rocaille, major?

— Surtout n'y touchez pas. Un expert des jardins botaniques de Dublin doit passer la voir. Il a bien insisté pour qu'on ne touche à rien jusqu'à ce qu'il la voie.

— Tant mieux. (Ned avait l'air soulagé.) Et le trou que nous avons creusé, dois-je le combler?

— C'est déjà fait.

Si Ned était surpris d'entendre qu'un invalide de guerre et sa frêle épouse avaient réussi à combler à eux deux un trou qu'il avait mis deux jours à creuser, il ne le montra pas.

— Je n'y touche pas, donc, c'est bien ça?

— C'est cela, Ned. N'y touchez surtout pas.

Leo sentit un frisson glacial la parcourir.

Le souvenir de la nuit dernière, qu'elle avait passée recroquevillée, les bras autour des genoux. Le bruit de pas, les murmures de conspirateurs, le bruit d'un fardeau qu'on traîne et qu'on pousse. Mais sa mère écoutait la conversation de son père et du jardinier, dans la pièce voisine, avec un calme olympien, elle eut même un petit rire lorsque papa revint dans la salle à manger.

— Bien, j'imagine que Ned était ravi. Moins il en fait, ce cher Ned, et mieux il se porte.

Leo refoula l'angoisse qui l'assaillait.

Parfois, elle avait l'impression que ses rêves étaient réels... plus réels que la vie elle-même. C'était sans doute ce qui était en train de se produire. On frappa à nouveau à la porte. Nouveau regard de panique autour de la table.

Cette fois, c'était Foxy Dunne.

— Oui, Foxy? dit son père d'une voix peu enthousiaste.

— Comment allez-vous?

Foxy n'appelait jamais les gens par leurs titres. Il n'appelait pas le curé « mon père », pas plus qu'il n'appelait « major » le père de Leo.

— Je vais bien, merci, Foxy. Et toi, comment vas-tu?

— Très bien aussi. Je suis venu dire au revoir à Leo.

Brusquement son père se raidit.

— Et comment sais-tu qu'elle part en vacances?

— Je ne le savais pas, dit Foxy, jovial. C'est moi qui m'en vais, je viens lui faire mes adieux.

— Eh bien, entre donc, mon garçon.

D'un pas tranquille, Foxy traversa l'office et la cuisine et pénétra dans la salle à manger.

— Salut la compagnie! lança-t-il avec un petit signe de tête à la mère de Leo.

Elle sourit au petit rouquin dont le visage était parsemé de taches de son, le seul fils Dunne que la pauvreté n'avait jamais réussi à abattre.

— Et où vas-tu donc? demanda-t-elle poliment.

Ignorant sa mère, Foxy s'adressa directement à Leo.

— Ça y est, je vais à Londres, Leo. Je ne pensais pas que j'allais y arriver. Je pensais que j'allais être obligé de rester au village, comme un plouc, à faire des petits boulots pour les uns et les autres.

— Mais tu es trop jeune pour partir en Angleterre.

— Ils ne m'ont rien demandé. Ils ont besoin de quelqu'un pour s'occuper du ravitaillement sur un chantier.

— Et tu n'as pas peur?

— Peur? Avec un père comme le mien et celui de Maura Brennan qui me couraient après pour me mettre une raclée chaque fois qu'ils rentraient soûls à la maison? Comment pourrais-je avoir peur?

Il parlait comme si les parents de Leo n'étaient pas là. Ce n'était pas de la grossièreté délibérée de sa part, simplement il ne les voyait pas.

— Tu reviendras à Shancarrig un jour?

— Je reviendrai à Noël, avec du flouze plein les poches, comme tous les gars qui travaillent dans le bâtiment.

Le major Murphy demanda à Foxy s'il comptait se mettre en apprentissage.

— Je vais apprendre à me débrouiller, bien sûr, dit Foxy.

— Non, je voulais parler d'un métier, d'un métier honnête, comme maçon, par exemple... ce serait une bonne chose, tu sais.

— Mais oui, mais oui.

Foxy ne regardait même pas le père de Leo, et il se souciait encore moins de ses conseils.

— Tu écriras, j'espère, pour raconter comment ça marche pour toi, là-bas?

Leo savait que sa voix tremblait et qu'elle ne se montrait pas aussi curieuse qu'il l'aurait souhaité.

— Je n'ai jamais été très porté sur la correspondance, mais nous nous verrons chaque année à Noël. Et je te raconterai tout à ce moment-là.

— Alors, bonne chance à vous, là-bas.

La mère de Leo s'était levée de table. Elle voulait mettre un terme à la conversation.

Foxy la dévisagea longuement.

— Ouais, je crois que je vais en avoir besoin. Mais ce qui compte, c'est de travailler dur et de montrer aux gens qu'ils peuvent compter sur vous.

— Mais tu n'es encore qu'un enfant. Il ne faut pas que tu te tues à la tâche. N'accepte pas de faire des travaux trop pénibles, dit le major, paternel.

Mais Foxy ne voulait rien savoir.

— Je vais leur dire que j'ai dix-sept ans. Sinon je n'arriverai à rien. Dix-sept ans et un poil rachitique.

Il partirait quand il en aurait envie, pas quand Mme Murphy l'aurait décidé.

— A Noël, alors, dit-il à Leo, puis il sortit.

Leo le vit caresser les oreilles de Lance et jeter un bâton à Jessie.

Tous les autres gens étaient intimidés par les deux gros labradors. Mais pas Foxy Dunne.

Elle pensa à lui souvent pendant les vacances, ces étranges vacances dans un petit hôtel perdu où il n'y avait rien à faire, sinon lire les livres qui se trouvaient dans la bibliothèque. Parfois elle accompagnait son père et sa mère en promenade, le long de la grève, et ramassait des coquillages. Mais le plus souvent elle laissait ses parents se promener tout seuls, avec les chiens. Ils semblaient très proches l'un de l'autre, il leur arrivait même de se tenir la main, son père claudiquant et sa mère ramassant de temps à autre un bâton qu'elle lançait à la mer pour que les chiens le lui ramènent.

Elle dormait mal la nuit, dans la petite chambre à la fenêtre aux carreaux en forme de losanges, avec le grondement incessant de l'océan, au pied des falaises. Ici, les étoiles étaient différentes de celles de Shancarrig, qu'elle observait la nuit, depuis la fenêtre de sa chambre — avec le jardin du Glen en contrebas, les lilas, le bosquet qui descendait jusqu'à l'imposante grille de fer et la maison des gardiens.

Cette dernière pensée la fit frissonner. Elle avait détourné la tête en passant devant la maison des gardiens, le matin où ils étaient partis. Elle était terrorisée à l'idée de la revoir, lorsqu'ils rentreraient à la maison, mais en même temps elle avait hâte de quitter ce lieu étrange et comme hors du temps, hâte de voir se terminer des vacances qui n'auraient jamais dû avoir lieu.

Biddy serait à la maison lorsqu'ils retourneraient au Glen. S'était-il passé quelque chose entre-temps? Avait-elle découvert quelque chose? Père et mère ne semblaient pas s'inquiéter le moins du monde, ils n'avaient même pas cherché à lui téléphoner.

Leo avait la gorge serrée. Elle était incapable d'avaler une seule bouchée de la nourriture qu'on lui présentait.

— Ma fille n'est pas très bien ces derniers temps. Cela n'a rien à voir avec votre délicieuse cuisine.

Leo n'en croyait pas ses oreilles. Comment sa mère pouvait-elle mentir avec autant d'aplomb, sans la moindre trace d'émotion dans la voix? Si elle était capable de mentir pour cela, alors elle était capable de mentir pour tout. Rien n'était plus comme avant, plus rien.

Leo avait très peur. Elle aurait voulu se confier à une amie. Mais pas à Nessa, qui aurait roulé des yeux terrorisés. Ni à Eddie Barton, qui se serait réfugié derrière ses fleurs et ses croquis. Pas à Niall Hayes, non plus, qui aurait dit que c'était typique des adultes — qu'on ne pouvait jamais compter sur eux.

Elle ne pouvait pas en parler au père Gunn, non plus, même pas à confesse. Quant à Maura Brennan, elle aurait eu aussi peur qu'elle.

L'espace d'un instant elle pensa à Foxy Dunne, mais même s'il avait été là, ce n'était pas le genre de personne à qui on pouvait raconter cela. Elle se demandait comment cela marchait pour lui, là-bas, à Londres, sur le chantier. Croyait-il sincèrement pouvoir se faire passer pour un garçon de dix-sept ans? Cela dit, il était tellement culotté et sûr de lui qu'il y arriverait peut-être.

Elle regarda de l'autre côté lorsque la voiture franchit la grille du Glen. Elle avait peur que la porte de la maison des gardiens ne s'ouvre brusquement et qu'apparaisse le sergent Keane en compagnie d'une escouade de policiers.

Mais la maison était exactement comme ils l'avaient laissée. Les chiens se pourchassaient gaiement, heureux d'être enfin de retour après un long trajet en voiture. Biddy s'agitait autour d'eux, posant mille questions sur leurs vacances improvisées. Le vieux Ned, qui était tranquillement en train de fumer dans la serre, fit soudain mine de s'activer.

Il n'y avait rien de nouveau, leur dit Biddy. Tout s'était très bien passé. Une lettre de MM. Harry et James était arrivée, et un autre colis insuffisamment affranchi et pour lequel Mattie avait réclamé une surtaxe.

Elle avait aussi eu des mots avec le boucher qui était venu livrer son rôti de bœuf du dimanche et qui avait trouvée porte close parce que les Murphy étaient en vacances. Le sergent Keane était passé pour demander si personne n'avait vu le bohémien qui était porté disparu dans la région.

Mais Biddy les avait joliment remis à leur place, les uns et les autres.

Elle avait dit à Mattie qu'avec tout l'argent que l'on dépensait en timbres dans cette maison, il aurait dû avoir honte de venir réclamer une surtaxe. Ce dernier était reparti en rasant les murs, sans demander son reste. Biddy n'avait pas été très tendre non plus avec le boucher. Elle lui avait dit que sa nouvelle devanture avait été entièrement financée par les deniers des Murphy qui lui achetaient toujours sa meilleure viande et qu'il aurait dû avoir honte de venir se plaindre.

Enfin, elle avait demandé au sergent Keane s'il croyait vraiment qu'on aurait laissé un bohémien mettre ne serait-ce que la pointe du pied sur les pelouses du Glen.

Au début, Leo ne voulut voir personne. Elle voulait rester assise sur la banquette, à la fenêtre de sa chambre, et regarder jouer les chiens dans le jardin, regarder le vieux Ned faire mine de retourner la terre, regarder son père partir en claudiquant à la rencontre de M. Hayes et sa mère déambuler en rêvant dans le bosquet, au-delà des lilas.

Aucun expert du jardin botanique de Glasnevin ne se présenta jamais pour faire les plans de la rocaille qu'ils projetaient d'installer au-dessus du grand trou qui avait été comblé.

Lorsque M. O'Neill, le commissaire-priseur de la ville voisine, se présenta chez eux pour savoir s'ils voulaient vendre la maison des gardiens, le père et la mère lui répondirent que non, pas dans l'immédiat, plus tard peut-être, mais que pour le moment ils n'étaient pas décidés — qu'un de leurs garçons voudrait peut-être l'occuper un jour.

Il n'avait jamais été question que Harry ou James revienne vivre à la maison. Leo réalisa qu'une fois de plus il s'agissait d'un mensonge, comme lorsque sa mère avait dit aux patrons de l'hôtel que sa fille était souffrante et qu'elle ne pouvait rien manger.

Un jour, Maura Brennan se présenta au Glen pour savoir s'ils avaient besoin d'une femme de ménage. Elle avait dit qu'elle avait besoin de travailler et qu'elle avait pensé à Leo, parce qu'elle l'aimait bien. Affolée, Leo l'avait mal reçue. C'était une autre preuve de ce que le monde allait mal : Maura, qui jusqu'ici avait été sa camarade de classe, voulait venir astiquer les parquets chez eux parce qu'elle ne trouvait rien de mieux à faire...

Mais, à mesure que les jours se transformaient en semaines,

Leo reprit peu à peu son courage, au point d'oser se hasarder hors du Glen. Elle alla voir Eddie Barton et sa mère. Ils parlèrent de choses et d'autres, comme si tout était normal. Elle finit par se dire que tout était normal. Elle reçut une carte postale à l'écriture malhabile, disant « Tu me manques ». Elle savait que c'était Foxy qui la lui avait envoyée, même s'il n'y avait pas de signature. Et un samedi, alors qu'elle était à confesse, le père Gunn lui demanda si quelque chose la tourmentait.

Le cœur de Leo fit un bond dans sa poitrine.

— Pourquoi me demandez-vous cela, mon père? demanda-t-elle dans un murmure.

— Tu n'as pas l'air dans ton assiette, ces temps-ci. Y a-t-il quelque chose que tu voudrais me dire? Tu sais que tu t'adresses à Dieu par mon intermédiaire?

— Je sais, mon père.

— Alors, si tu as un problème, quel qu'il soit...

— J'ai un problème, mais ce n'est pas exactement mon problème, c'est le problème de quelqu'un d'autre.

— Est-ce ton péché, mon enfant?

— Non, mon père. Non. Pas du tout. C'est simplement que je n'arrive pas à comprendre. Voyez-vous, cela a à voir avec les adultes.

Il y eut un moment de silence.

Le père Gunn était en train de digérer cette dernière information. Il pensait que cela avait un rapport avec la sexualité des adultes, sujet on ne peut plus délicat et embarrassant.

— Sans doute les choses finiront-elles par s'éclaircir d'elles-mêmes, dit-il, réconfortant.

— Vous pensez que j'ai tort de m'en faire, mon père?

— Oui, dans la mesure où c'est une chose que tu ne contrôles pas, mon enfant, une chose dans laquelle tu n'es pas directement impliquée, dit le prêtre.

Après cela, Leo se sentit beaucoup mieux. Elle dit ses trois « Je vous salue Marie » pour ses petits péchés à elle, puis s'efforça d'enfouir le plus gros problème au plus profond d'elle-même. Après tout, le prêtre lui-même ne lui avait-il pas dit que Dieu éclaircirait la situation en temps voulu? Dans l'immédiat elle ne devait plus y songer.

En même temps qu'elle se préparait à intégrer sa nouvelle école, en ville, elle s'efforçait de donner un semblant de normalité à sa vie au Glen. Elle se mit à jouer le jeu, elle aussi. Elle faisait comme si rien ne s'était passé, ce soir d'été, lorsque le monde s'était brusquement arrêté de tourner.

Leo recommença à aller au village pour rencontrer ses anciens camarades de classe — sa copine Nessa Ryan, dont la mère trouvait toujours quelque chose à lui faire faire, Sheila et Eileen Blake qui étaient revenues de leur pensionnat ultra-chic et lui avaient demandé si elles pouvaient venir jouer au tennis au Glen. Leo leur dit que le court avait besoin d'une sérieuse rénovation. Elle réalisa qu'elle s'était mise à mentir avec autant d'aplomb que sa mère. Elle rencontra Niall Hayes, qui lui dit qu'il pensait qu'il était amoureux.

— Pourquoi êtes-vous tous si pressés de faire les choses? dit-elle d'un ton de reproche. Foxy est trop jeune pour partir travailler en Angleterre, et toi tu es trop jeune pour tomber amoureux. Qui est-ce?

Mais il ne répondit pas. Leo se dit qu'il s'agissait probablement de Nessa. Mais non, c'était impossible. Il habitait juste en face de chez Nessa, il la connaissait depuis toujours. Ce n'était pas cela, tomber amoureux. Tout ceci était terriblement compliqué.

Elle rencontra Nancy Finn, du pub. Nancy était ce qu'on appelait une « drôlesse », à Shancarrig. Elle n'avait que quinze ans, mais déjà on l'accusait de faire de l'œil aux garçons. Parfois elle aidait son père, derrière le comptoir. C'était un endroit peu recommandable.

Nancy lui dit qu'elle rêvait de partir en Amérique et de devenir serveuse là-bas. C'était son rêve, mais son père disait que c'était de la folie. Nancy dit que son père, Johnny Finn réputé-pour-ses-boissons-de-qualité, en avait ras la casquette de toutes leurs histoires. La police se présentait au pub tous les soirs, depuis trois semaines, pour savoir s'il n'y avait pas eu une bagarre entre les gitans et quelqu'un d'autre. Et son père avait déclaré qu'il n'aurait jamais laissé un de ces foutus romanichels franchir le pas de sa porte. Le sergent Keane avait dit que son attitude n'était pas digne d'un chrétien, mais le père de Nancy avait rétorqué que la police aurait fait des tas d'histoires s'il avait accepté l'argent des romanichels. Bref, ils avaient échangé des mots, tant et si bien que la police rappliquait tous les soirs chez Johnny Finn, prête à lui retirer sa licence s'il s'avisait de baisser le rideau de fer trente secondes après l'heure réglementaire.

L'été s'acheva et une nouvelle vie commença pour Leo. Une vie où il fallait prendre le bus chaque jour pour se rendre à l'école dans la ville voisine. Le bus allait cahin-caha, traversant villages et forêts, et s'arrêtait à des croisements pour prendre les gens venus jusqu'à la grand-route par les petits chemins de traverse. Leo et Nessa apprenaient leurs leçons au rythme des cahots. Elles s'entendaient l'une l'autre répéter leurs récitations, elles méditaient sur les théorèmes et les problèmes d'algèbre. Bien souvent, elles ne voyaient même pas le paysage qui défilait par la fenêtre.

Parfois, Leo avait l'air de regarder le paysage au-dehors. Quiconque l'aurait observée aurait cru que l'écolière contemplait en rêvant les animaux dans les prés, les haies vives et les fourrés qui changeaient de couleur avec les saisons.

Mais les yeux de Leo Murphy étaient perdus dans le vague et ne voyaient rien de tout cela. Elle pensait à sa mère. Sa mère pâle et délicate, qui passait ses journées à errer dans le jardin, qu'il pleuve ou non, l'œil éteint, en se parlant à elle-même.

Leo avait vu sa mère assise sous un lilas, en train d'effeuiller les grandes fleurs mauves étalées sur ses genoux et de chanter d'un air absent : « Tu avais les yeux mauves, Danny. Des yeux mauves et profonds. Des yeux fermés à présent. »

Il lui arrivait aussi de parler de Danny quand elle était allongée sur la rocaille. Elle s'y rendait chaque jour, qu'il pleuve ou qu'il vente, et les mauvaises herbes n'avaient pas le temps de pointer le bout de leur nez qu'elle les arrachait d'un coup sec.

— Au moins, tu ne pourras pas dire que je ne m'occupe pas de ta tombe, Danny, soupirait-elle. Tu ne pourras pas dire que je ne l'ai pas fleurie, ta tombe. Il n'y a pas un homme en Irlande qui ait plus de fleurs sur sa tombe.

La première fois que Leo entendit sa mère tenir ce genre de propos, son sang se glaça dans ses veines. C'était un fait bien connu que le bohémien qui avait disparu s'appelait Danny. Les parents du jeune homme avaient dit qu'il avait certainement une amoureuse à Shancarrig. Ce dernier avait pris l'habitude de s'absenter du camp des heures durant, et quand il revenait il avait toujours le sourire mais ne disait rien. On commençait à se demander s'il n'avait pas pris la clé des champs avec une fille du village. Mais le sergent Keane était formel : aucune disparition soudaine n'avait été rapportée dans la commune. Il avait interrogé tous les gens des environs, et il ne manquait personne.

— Personne, excepté Danny, avait dit Mme McDonagh, la mère de Danny, une femme triste, au visage sombre et tout ridé.

Tout ceci, Leo l'avait appris par les autres. L'affaire avait fait beaucoup de bruit à l'hôtel, et Nessa Ryan lui rapportait mot pour mot tout ce qui s'y disait. Pour une fois qu'il se passait quelque chose d'un peu palpitant dans leur vie! Nessa ne comprenait pas pourquoi son amie Leo ne s'intéressait pas à l'affaire, pourquoi elle ne se perdait pas en conjectures sur les circonstances de la disparition, comme tous les autres.

A mesure que les mois passaient, la mère de Leo semblait perdre de plus en plus contact avec la réalité.

Leo avait renoncé à lui raconter ce qu'elle faisait à l'école, et même à lui parler des petites choses du quotidien. Elle s'était mise à la traiter un peu comme une infirme.

— Comment vas-tu, Mère, aujourd'hui?

— Euh... je ne sais pas, je ne sais vraiment pas.

Elle parlait d'une voix sans timbre. Cette femme naguère si gracieuse et distinguée, cette mère qui organisait des pique-niques et poussait des hauts cris à la moindre faute de grammaire, au moindre mot écorché... cette femme avait à jamais disparu.

Elle ne touchait pour ainsi dire plus à la nourriture, elle se contentait de sourire vaguement à Père, à Leo et à Biddy, comme à des gens qu'elle aurait connus jadis. Elle parlait aux chiens, Lance et Jessie, les deux jeunes chiots tout fous qui, au fil des ans, étaient devenus deux grands chiens imposants. Elle leur parlait de Danny, qu'ils avaient connu, et leur ordonnait de monter bonne garde autour de sa tombe.

Biddy l'avait *certainement* entendue. Il aurait fallu qu'elle soit sourde pour ne pas savoir de quoi elle parlait.

Mais la conspiration continuait.

Mme Murphy n'était pas au meilleur de sa forme ces derniers temps, mais maintenant, avec les jours qui rallongeaient, et le soleil qui allait revenir, ou avec un bon hiver bien froid et bien sec... peu importait la saison... tout finirait par s'arranger.

Le vieux Ned était parti à la retraite. Eddie Barton passait de temps en temps pour tondre la pelouse, mais il n'y avait plus personne pour entretenir le jardin comme il l'aurait fallu. Parfois, Leo et son père décidaient d'en mettre un bon coup, mais ils étaient vite dépassés. Seule la rocaille fleurissait. Mme Murphy, sécateur en poche, faisait le tour du Glen, prenant ça et là des boutures, ou parfois même de jeunes plants, pour les repiquer sur la rocaille.

Dans le jardin de plus en plus sauvage et désordonné du Glen, la rocaille fleurissait comme un monument, un monument aux morts.

Dans ses efforts pour maintenir sa mère loin des regards et des oreilles indiscrets, Leo avait fini par reconstituer le puzzle de la monstrueuse tragédie qui s'était déroulée au Glen lorsqu'elle avait quatorze ans et qu'elle ne connaissait encore rien de la vie. Une tragédie qui avait bouleversé à jamais son existence.

Mère ne se souvenait pas seulement des yeux mauves de Danny, elle se souvenait aussi de ses bras puissants, de son corps jeune et ferme. Elle se souvenait de son rire et de sa fougue quand il la possédait encore et encore. L'estomac retourné, Leo écoutait sa mère ressasser ses souvenirs et pleurer son amour perdu. Elle ne supportait pas la coquetterie et l'enthousiasme infantile qui se lisaient sur son visage lorsqu'elle parlait de l'amant à qui elle s'était donnée sur la terre humide, dans sa chambre, sur le tapis, sous les lilas, et dans la maison des gardiens.

Mais chaque fois qu'elle évoquait la maison des gardiens, son visage se durcissait, et ses questions se faisaient plus pressantes. Pourquoi était-il aussi avide ? Pourquoi voulait-il emporter l'argenterie ? Pourquoi insistait-il pour qu'elle lui donne leurs trésors ? Que voulait-il dire par « quelque chose de bon à écouler » lorsqu'il se mettrait en route pour Galway ? Ne lui avait-elle pas donné le plus précieux des trésors, en se donnant à lui? Le regard de Miriam Murphy devenait dur comme la pierre chaque fois qu'elle évoquait leur dernière rencontre dans la maison des gardiens... l'argenterie qu'il avait emballée dans un torchon tandis qu'il courait d'une pièce à l'autre, soupesant ceci, attrapant cela, délaissant autre chose. Elle l'avait supplié, imploré.

— Tu n'as qu'à dire que des voleurs se sont introduits dans la maison... et que lorsque tu es revenue tout était parti.

Il y avait un sourire dans ses yeux mauves.

— Je lui ai dit de ne pas partir, que c'était Dieu qui me l'avait envoyé, et qu'il n'avait pas le droit de s'en aller.

Leo connaissait la chanson par cœur, elle aurait pu la raconter en même temps que sa mère, cette femme qui caressait sans cesse la terre de la rocaille.

— Tu ne m'as pas écoutée, Danny. Tu m'as traitée de vieille. Tu m'as dit que j'avais eu ma part de rigolade et d'amour et que j'aurais dû me montrer reconnaissante. Tu as dit que tu allais prendre un ou deux pistolets, que nous n'en avions pas besoin, mais qu'ils pouvaient te servir à toi pour chasser dans la forêt. Je t'ai demandé de m'emmener avec toi... mais tu t'es mis à rire, et tu m'as traitée de vieille. Je ne pouvais pas te laisser partir, je voulais que tu restes avec moi, et c'est pour cela que... (Sa mère souriait chaque fois qu'elle arrivait à ce point du récit, et se mettait à caresser la terre.) Et tu es ici à présent, mon Danny. Avec moi pour toujours.

Cela faisait des années que Leo avait compris pourquoi son père s'était fait violence ce soir-là, pourquoi il avait traîné et tiré le corps, en dépit de ses blessures et de sa jambe paralysée. Il savait qu'il devait protéger sa femme, et l'empêcher de raconter une histoire abracadabrante à la police. Et Leo le savait aussi.

A l'école, ses professeurs la trouvaient tendue. Ils en parlèrent à son père, puisque Mme Murphy, la mère, ne montrait jamais le bout de son nez.

Mère Dorothy, qui connaissait les souffrances du monde, en vint à la conclusion que la mère de Leo devait être alcoolique. Il n'y avait pas d'autre explication. Sinon on l'aurait vue au collège de temps en temps. C'était terrible pour la gosse, une brave petite, mais qui s'était forgé une carapace dure comme le roc.

Leo dit au père Gunn que sa mère n'allait pas bien du tout, et qu'il ne fallait surtout pas qu'il se vexe s'il ne la voyait pas à la messe, car cela ne partait nullement d'un mauvais sentiment.

Le père Gunn lui demanda si elle voulait recevoir les sacrements à domicile.

— Je n'en suis pas sûre, mon père, dit Leo en se mordant la lèvre.

Le père Gunn connaissait, lui aussi, les souffrances du monde.

— Dans ce cas, je crois qu'il serait plus sage d'en rester là pour le moment, suggéra-t-il. Et si tu constates un changement quelconque, tu n'auras qu'à m'en avertir.

Après cela, Leo s'était dit qu'en fin de compte il n'était pas bien difficile d'avoir un secret à Shancarrig.

Mais peut-être cela n'avait-il été possible que parce qu'ils habitaient au Glen, une vaste maison entourée par une haute muraille, avec un parc, un bosquet et des dépendances.

Cela n'aurait peut-être pas été aussi facile s'ils avaient vécu dans une des chaumières, au bord de la rivière, ou à la Terrasse, où les gens vous voyaient entrer et sortir, ou encore à l'hôtel, où la moitié de Shancarrig se rendait chaque jour.

Certes, elle devait surveiller sa mère, mais elle ne se sentait tout de même pas sur le qui-vive. Elle n'était pas rongée par l'anxiété au point que ce fût intolérable. Il se passait des heures sans que Leo ne pense à sa mère et à son interminable rengaine. Il y avait les sorties avec l'école, il y avait les surprise-parties, quand Niall Hayes l'embrassait et que leurs nez s'entrechoquaient, et plus tard, il y avait eu Richard Hayes, le cousin de Niall, qui était brusquement apparu à Shancarrig et qui l'avait embrassée, mais cette fois-là leurs nez ne s'étaient pas cognés.

Richard Hayes était très beau, et son arrivée à Shancarrig avait causé pas mal de turbulences. Leo avait de la peine pour Niall, parce qu'elle savait qu'au fond Niall en pinçait pour Nessa, mais Nessa n'avait d'yeux que pour le nouveau venu.

Et le fait est que Richard s'intéressait beaucoup à Nessa. Ils partaient se promener tout les deux, à pied ou en voiture, et il l'emmenait au cinéma dans la ville voisine. Au départ, Leo s'était dit que c'était quelqu'un de dangereux, et puis elle avait haussé les épaules. Qu'en savait-elle, au fond? Sa vision de l'amour et du désir de séduction était passablement déformée.

A l'école, il y avait des filles qui voulaient devenir infirmières. Elles avaient posé leur candidature pour entrer dans un hôpital à Dublin ou en Grande-Bretagne.

— Est-ce que je devrais faire des études d'infirmière, papa? demanda-t-elle.

Ils étaient en train de se promener, comme souvent le soir. Mère était en train de parler à la rocaille, loin des oreilles indiscrètes, et si Biddy continuait d'observer la loi du silence comme elle le faisait depuis trois longues années, alors il n'y avait vraiment personne pour entendre la mélopée maternelle.

— Tu aimerais devenir infirmière?

— Seulement si ça pouvait nous faciliter les choses.

Son père était vieux et blanchi. Il passait son temps à dissuader ses fils de revenir à Shancarrig, à leur dire que la santé mentale de leur mère s'était détériorée.

Naturellement, ils avaient écrit pour savoir s'il n'y avait rien à faire. Ils avaient écrit au Dr Jims, intervention que le major Murphy avait jugée abusive. Mais, fort heureusement, Jims Blake était tombé d'accord avec lui pour dire que les jeunes gens s'imaginaient bien souvent qu'ils savaient tout. Si Frank Murphy disait que sa femme allait bien, c'est qu'elle allait bien. Le docteur avait aperçu le visage blême et les yeux exagérément brillants de Miriam Murphy, une femme qui lui avait toujours semblé un tant soit peu obsessionnelle, qui vérifiait systématiquement que les lampes étaient bien éteintes et ne jetait jamais aucun papier. Il l'avait remarqué quand il venait en visite au Glen. Mais, comme beaucoup de femmes de tempérament anxieux, Mme Murphy ne lui demandait jamais rien, si bien qu'il n'y avait rien à répondre. Le Glen n'était pas le genre de maison où on lui aurait demandé de faire examiner la mère par un psychiatre afin de déterminer la cause de son mal. Tout au moins ne lui demandait-on pas de prescrire des doses de plus en plus élevées de tranquillisants ou de somnifères. Ce qui était déjà une bonne chose en soi.

Foxy Dunne revenait chaque année pour Noël, comme il

l'avait promis. La première fois qu'il s'était présenté à la porte de la cuisine, dans son nouveau blouson à fermeture Eclair, doublé écossais, il avait été surpris par l'accueil glacial de Biddy. Non pas qu'elle l'ait jamais accueilli à bras ouverts par le passé, mais cette fois c'était vraiment le bouquet.

— Bien, vous direz à mon amie Leo que je suis passé. Elle sait où j'habite, dit-il sèchement à Biddy.

— Bien sûr qu'elle le sait. Tout le monde sait où habitent les Dunne, mais personne ne voudrait y aller, rétorqua-t-elle.

Leo avait tout entendu. Elle se présenta chez les Dunne le jour même.

— Je suis passée pour te proposer d'aller te promener aux bois de Barna avec moi, dit-elle.

Foxy avait l'air ravi. Il ne trouvait pas ses mots. Son sens de la répartie semblait l'avoir brusquement abandonné.

— Bon, je ne vais pas t'inviter à entrer, dit-il. Allons nous promener dans les bois comme deux amoureux.

Il lui raconta qu'il vivait dans une maison avec onze gars de son pays. Il lui parla des cuites, et des gars qui buvaient jusqu'au dernier sou l'argent qu'ils avaient gagné en se tuant presque à la tâche.

— Pourquoi restes-tu là-bas?

— Pour apprendre... pour gagner de l'argent. Mais surtout pour apprendre.

— Que peut-on apprendre de vieux types qui passent leur vie à boire comme des trous?

— Je peux apprendre à ne pas faire la même chose, je peux apprendre à faire mieux.

Foxy s'assit sur un tronc d'arbre et lui parla de ses chances, des hommes qui avaient fait leur place au soleil, des petits entrepreneurs qui travaillaient vite et bien. Il lui expliqua qu'il fallait trouver un bon électricien, un bon plombier, un ou deux maçons pas trop bêtes, et un menuisier qui touchait sa bille. Ensuite il n'y avait plus qu'à trouver un chef d'équipe et le tour était joué — un chef d'équipe qui ait le sens des affaires, quelqu'un qui sache faire un devis et rédiger un contrat.

— Et qui est-ce qui pourrait faire ça?

Leo semblait très intéressée.

— Moi, bien sûr. C'est tout l'intérêt de la chose.

Elle s'en voulut de ne pas y avoir songé, de n'avoir pas plus confiance en lui.

— Est-ce que tu savais que mon père est allé en taule? demanda-t-il, soudain sur la défensive.

— J'en ai entendu parler. Par Biddy, je crois.

— Ça m'aurait étonné.

Elle ne savait s'il fallait compatir ou lui dire que ça n'avait pas d'importance.

— Ça n'a pas dû être marrant pour lui.

— Je n'en sais rien, il ne me parle pas. Ils auraient dû le garder plus longtemps. Il a frappé un type avec une planche pleine de clous. Il est dangereux.

— Mais toi, tu n'es pas comme lui, dit-elle soudain.

— Je sais, mais je ne voulais pas que tu oublies d'où je viens.

— Tu es ce que tu es, et je suis ce que je suis.

— Et toi, tu n'as rien à raconter? demanda-t-il.

— Non, pourquoi? dit-elle d'une voix étranglée.

Il haussa les épaules. C'était comme s'il lui avait proposé un échange de confessions. Mais il ignorait que leurs confessions n'étaient pas de même nature. Ce que son père avait fait était connu du pays tout entier. Ce que sa mère avait fait, seules trois personnes le savaient.

Il la contempla un petit moment en silence, comme quelqu'un qui attend. Puis il dit :

— Il n'y a aucune raison, vraiment aucune.

Les mains enfoncées dans les poches de son imper, elle sentait son regard sur elle, le vent qui lui rosissait les joues, ses boucles blond-roux hérissées comme un buisson autour de son visage. Elle avait l'impression qu'il arrivait à voir tout au fond d'elle-même, qu'il voyait tout, qu'il savait tout.

— Je déteste mes cheveux, dit-elle soudain.

— On dirait une auréole, dit-il.

Et elle sourit.

Chaque Noël il revenait au village. Il se présentait au Glen et elle l'emmenait faire une balade. Pendant la semaine qu'il passait à Shancarrig, ils se voyaient tous les jours.

Nessa Ryan n'était pas d'accord.

— Tu sais que son père a fait de la prison? dit-elle à Leo.

— Je sais, dit Leo avec un soupir.

Elle l'avait appris par Biddy qui n'arrêtait pas de le lui seriner.

— Et tu acceptes de te promener avec lui?

— J'étais sûre que tu trouverais à y redire.

Son père lui avait fait la même réflexion, mais pour une fois elle s'était rebiffée.

— Si les gens connaissaient notre secret, papa, il est probable qu'aucun d'eux ne voudrait plus se promener avec nous. (Son père l'avait regardée comme quelqu'un qui a reçu un coup. Elle se repentit aussitôt.) Je suis navrée, je ne le pensais pas vraiment... c'est juste que Foxy se sent seul quand il revient au village. Je ne l'ai pas invité ici. J'ai dix-sept ans, papa, presque dix-huit. Pourquoi faut-il toujours se soucier du qu'en-dira-t-on? Pourquoi?

Son père avait les larmes aux yeux.

— Va, va te promener dans les bois avec qui bon te semble, dit-il d'une voix étranglée.

Ce Noël-là, Foxy lui annonça qu'il était prêt pour la grande aventure. Il avait formé une équipe avec deux autres gars. Ils avaient passé des contrats, et allaient embaucher des hommes, former une équipe. Fini de se faire exploiter par des truands qui empochaient tous les bénéfices.

— Je vais bientôt avoir suffisamment d'argent pour rentrer au pays la tête haute, dit-il. Ce jour-là, je remonterai la grande allée du Glen au volant d'une grosse bagnole, je tendrai mon pardessus et mes gants à Biddy et je demanderai ta main à ton père. Ta mère sortira le service à sherry et nous parlerons de ta robe de mariée.

— Je ne me marierai jamais, dit Leo.

— Tu vois, tu aurais dû m'écouter, lorsque je t'avais dit d'apprendre un métier, dit-il.

— Je ne peux pas quitter le Glen.

— Et pourquoi cela?

Il la regardait à nouveau comme s'il avait vu tout au fond d'elle-même et qu'il savait tout.

Cette année, tout au moins, elle avait une adresse où lui écrire. Elle lui écrivit, il lui répondit par un tout petit mot.

« Pourquoi n'apprends-tu pas à taper à la machine, Leo?

Ton écriture est encore pire que la mienne. Imagine, le jour où nous aurons notre propre boîte, si ni l'un ni l'autre n'est capable d'écrire une lettre convenablement. »

Elle rit.

Elle ne dit pas à Nessa Ryan que Foxy Dunne lui avait en quelque sorte demandé sa main.

Elle n'en parla pas à ses parents.

Sa mère mourut un soir d'automne. On dit qu'elle avait pris froid. A cause de l'air humide de la nuit, elle avait contracté une infection pulmonaire... Il n'y avait aucun espoir de guérison pour une femme à la santé aussi fragile.

On l'avait retrouvée en chemise de nuit, étendue sur la rocaille, dans le jardin.

L'église était bondée. Le major Murphy avait invité les gens à se rendre à l'hôtel des Ryan, après la cérémonie, pour y prendre boissons et sandwichs. C'était tout à fait inhabituel. On n'avait jamais rien vu de tel à Shancarrig. Mais le major avait dit que le Glen était trop triste pour Leo et pour lui en ce moment, et il était sûr que les gens comprendraient.

Ensuite, Leo s'était rendue à la ville chaque jour par le bus, pour prendre des cours de dactylo à l'école de secrétariat où Nessa avait fait ses études.

— Tu aurais pu te décider avant, avait ronchonné Nessa.

— C'était trop tôt.

Foxy Dunne ne lui avait pas écrit quand sa mère était morte. Elle ne lui écrivit pas non plus pour le lui dire. Il y avait sûrement un membre de son abominable famille qui était resté en contact avec lui et qui lui avait annoncé que Mme Murphy du Glen avait perdu la raison et qu'on l'avait retrouvée morte dans sa chemise de nuit. Tout le monde était au courant.

Mais lorsqu'il revint, à Noël, il était clair qu'il ne savait rien. Il était désolé et triste de l'apprendre.

Elle l'invita à entrer, non pas dans la cuisine, mais au salon. Ensemble ils allumèrent du feu dans la cheminée.

Les vieux chiens se couchèrent par terre, heureux de voir qu'on rouvrait le salon.

Biddy n'avait même plus la force de ronchonner. Il s'était passé tant de choses dans cette maison. Que Foxy Dunne soit invité dans le salon du major ne l'étonnait même plus.

Foxy parla de ses projets à Leo. En Angleterre, il avait appris comment mettre une propriété en valeur. Prenez le Glen, par exemple. Ils auraient pu en faire des lots et vendre ainsi la plus grande partie du terrain. Ils auraient pu construire quelque chose comme huit maisons, tout en gardant la leur.

— Je pense que c'est une idée qui pourrait intéresser ton père, dit-il.

Dehors, ils apercevaient la silhouette triste et solitaire du major Murphy qui montait et descendait l'allée dans le jour finissant.

— Jamais nous ne vendrons le terrain, dit Leo.

— Est-ce que cela fait partie du secret que tu m'as dit que tu me révélerais un jour?

— Oui.

— Es-tu prête à me le révéler aujourd'hui?

— Non, Foxy, pas encore.

— Est-ce que la mort de ta mère a changé quelque chose?

Elle avait à nouveau le sentiment qu'il savait tout.

— Non. Vois-tu, papa habite encore ici. Et rien ne pourrait être... entrepris ici.

Elle se représentait les énormes pelleteuses, les excavations, la rocaille démolie, comme elle le serait un jour, lorsque le Glen disparaîtrait, comme disparaissaient beaucoup de vieilles demeures en Irlande pour faire place à de nouvelles maisons, pour les Irlandais qui revenaient au pays après avoir travaillé dur chez les autres.

Des gens comme Foxy qui retournaient à leurs racines.

Le corps de Danny McDonagh qui avait reposé si longtemps sous son mausolée de fleurs serait découvert. On se poserait des questions.

— Nous avons vingt et un ans passé toi et moi. Nous pouvons faire ce qui nous plaît, dit-il.

— J'ai toujours pu faire ce qui me plaisait, mais pour ce que ça m'a servi...

— Moi aussi, dit-il, enthousiaste. Et ça m'a énormément servi. J'ai toujours voulu que tu sois ma femme, depuis que nous sommes enfants. Et toi?

— Moi, j'ai toujours voulu me sentir en sécurité, dit-elle.

Il lui promit qu'il allait y veiller dorénavant. Ils parlèrent un petit peu ce soir-là, et davantage le lendemain dans les bois de Barna. En la laissant à la porte du Glen, il vit qu'elle détournait la tête de la maison des gardiens.

— Il s'est passé quelque chose, ici, dit-il.

— J'ai toujours su que tu avais le don de double-vue.

— Dis-moi, Leo. Nous n'avons pas de secrets l'un pour l'autre.

A travers la fenêtre du salon, ils apercevaient son père, assis au coin du feu. Sans doute l'idée lui était-elle venue de s'y installer lorsqu'il les y avait vus la veille. Elle raconta toute l'histoire à Foxy.

— Allons chercher la clé, dit-il.

Elle alla à la cuisine et prit la clé au porte-clés dans le hall. Ensemble, une bougie à la main, ils pénétrèrent dans la maison des gardiens, un endroit irréprochable qui avait oublié ce qui s'était passé.

Il la prit par le menton et plongea ses yeux dans les siens.

— Voilà que tes cheveux ressemblent à nouveau à une auréole. Tu le fais exprès pour me rendre fou, dit-il.

— Tu ne vois donc pas le problème, le terrible problème ?

— Je ne vois rien qui ne puisse s'arranger avec une bonne dalle de ciment à l'endroit où se trouve la rocaille, dit Foxy Dunne.

UNE MAISON EN PIERRE
ET UN GRAND ARBRE

La décision de fermer l'école fut rendue publique en 1969. Dans toute l'Irlande les écoles nationales allaient être remplacées par des écoles communales implantées au cœur des villes. N'empêche, ce fut un choc lorsque, au cours de l'été 1970, ils apprirent que le bâtiment avait été mis en vente.

A VENDRE

Maison traditionnelle en pierres du pays, construite en 1899, comprenant un bâtiment principal composé de trois grandes salles de classe, un water-closet et un préau et une petite maison d'habitation avec deux chambres à coucher et un salon/cuisine équipé d'une cuisinière à gaz.

Il sera procédé à une vente aux enchères le 24 juin, si une vente à l'amiable n'a pas été conclue d'ici-là. Commissaires-priseurs : MM. O'Neill et Blake.

Nessa et Niall Hayes lurent la nouvelle pendant le petit déjeuner.

Depuis leur salle à manger ils avaient vue sur l'hôtel Ryan de Shancarrig et les autocars du matin qui s'apprêtaient à emmener les touristes en excursion. Nessa travaillait dans l'entreprise familiale à temps partiel. Ni l'une ni l'autre de ses deux sœurs ne semblait très attirée par le travail hôtelier.

— Cela viendra un jour, quand elles s'apercevront que cela peut rapporter de l'argent, avait dit sa mère d'un ton lugubre.

— Tu te rends compte, l'école a été mise en vente. Je n'aurais jamais cru que cela arriverait un jour.

Niall avait trente ans maintenant. Plus personne ne l'appelait le jeune M. Hayes. A l'étude, son père le laissait mener la barque presque entièrement seul.

— Quoi donc?

Danny Hayes, âgé de quatre ans, était très curieux.

— Que tu n'ailles pas à la même école que nous, dit Nessa en essuyant d'une main experte le jaune d'œuf qui coulait sur le menton de son fils. Toi, c'est un gros autobus jaune qui va t'emmener à l'école. Tu ne traverseras pas le pont, comme ton père et moi.

— Est-ce que je peux y aller aujourd'hui? demanda Danny.

— Après Noël, promit Nessa.

— Tu ne crois pas qu'il est encore un peu jeune?

Niall avait l'air soucieux.

— Si ta mère avait eu son mot à dire, elle ne t'aurait pas mis à l'école de Shancarrig avant l'âge de vingt ans.

Il y avait de l'ironie dans la voix de Nessa, mais aussi une pointe d'amertume.

S'installer à la Terrasse n'avait pas été aussi facile qu'elle l'avait cru au départ. Car si son beau-père avait passé le flambeau à son fils de bon cœur, Ethel Hayes, en revanche, n'avait pas volontiers lâché les rênes du pouvoir.

Elle avait agité le spectre de la pneumonie, des rhumatismes articulaires, et des enfants gâtés, et fait subir ses sautes d'humeur à Nessa. Danny et Brenda en pâtiraient plus tard, telle était la prédiction de Mme Hayes — les enfants jouissaient de beaucoup trop de liberté, la discipline leur faisait défaut, de même que l'huile de foie de morue.

— Crois-tu que nous devrions l'acheter? demanda soudain Nessa.

— Mais pourquoi faire, mon Dieu?

Niall semblait surpris.

— Pour y habiter. Ce serait un endroit fantastique pour les enfants... l'arbre, la cour. Ce serait merveilleux.

— Je ne sais pas.

Niall se mordit la lèvre. C'était ce qu'il faisait, généralement, lorsqu'il se trouvait en face d'une idée nouvelle et totalement inattendue.

Nessa le connaissait bien cependant.

— Bah, n'y pensons plus pour le moment. Il reste encore un mois avant la vente aux enchères, dit-elle.

Adroitement, elle obligea Danny à terminer son œuf et son toast en le coupant en tout petits morceaux qu'elle mangeait alternativement avec lui. Elle installa Brenda dans son porte-bébé. Niall n'avait pas bougé, il était en train de digérer la nouvelle.

— Ce n'était qu'une suggestion, dit Nessa d'un ton anodin. Mais si jamais tu vois Declan Blake, demande-lui qu'elle sera la mise à prix.

Niall regarda par la fenêtre. Nessa se rendait à l'hôtel de ses parents. A l'entrée, le portier lui prit le porte-bébé des mains. Danny partit en courant en direction du jardin de l'hôtel où Nessa et sa mère avaient installé un bac à sable et des balançoires pour l'agrément des enfants de la clientèle.

Une idée excellente, du point de vue commercial, pour l'hôtel Ryan de Shancarrig.

Jim et Nora Kelly étaient à Galway lorsqu'ils lurent la nouvelle. Ils se trouvaient chez Maria et Hugh. Ils ne voulaient pas être à Shancarrig lorsqu'on annoncerait la mise en vente, et, par le plus heureux des hasards, Maria les avait appelés à l'aide juste à ce moment-là. Elle s'apprêtait à accoucher de son premier bébé et voulait que ses parents soient avec elle.

— C'est la fin d'une époque, dit Maria. Il y a sans doute des gens aux quatre coins de l'Irlande qui se disent la même chose.

— Oh, pas seulement en Irlande — il y a des gens de chez nous aux quatre coins du monde, dit Jim Kelly.

Il avait cinquante ans aujourd'hui, et avait été nommé dans une école communale à la ville. Ce n'était pas la même chose, bien sûr. Plus rien ne serait jamais comme avant. Mais il connaissait déjà un grand nombre d'élèves et jouissait du respect de tous. Car un homme qui avait été directeur d'école, fût-ce dans un petit village, n'en demeurait pas moins un personnage important.

Nora, pour sa part, avait pris sa retraite anticipée. Elle prenait souvent le train pour rendre visite à Maria sur la côte atlantique. Elles faisaient de longues promenades ensemble sur la plage, la fille enceinte et la femme qui avait été comme une mère pour elle. Elles avaient des tas de choses à se dire. Jim était soulagé de voir que sa femme prenait plutôt bien la fermeture de l'école. Si elle avait dû enseigner en ville, peut-être ne l'aurait-elle pas supporté.

Maria tapota son gros ventre.

— Ça me fait drôle de penser qu'elle ne connaîtra pas l'école, dit-elle.

— Ou il. N'oublie pas que tu pourrais avoir un garçon.

Jim Kelly savait que fille ou garçon cela n'avait pas d'importance.

Ils s'étaient réjouis lorsque Maria avait rencontré un garçon solide comme Hugh, après avoir brisé le cœur d'une ribambelle de fougueux jeunes gens. Hugh savait combien Maria avait besoin de Shancarrig, et il trouvait toujours tout un tas de prétextes pour l'y emmener.

— N'empêche, quand elle... ou il sera né, je l'emmènerai voir l'école dans son landau, et je lui dirai que son grand-père et sa grand-mère habitaient là autrefois, que tous les enfants allaient à cette école-là autrefois. (Maria avait l'air triste.) Bah, c'est idiot de s'attendrir ainsi, dit-elle en se ressaisissant. Et puis, de toute façon, vous êtes bien mieux dans votre nouvelle maison. Maintenant vous n'avez plus à monter et à descendre la colline.

Les Kelly avaient choisi une ancienne chaumière entièrement rénovée, avec tout le confort moderne. La rangée de chaumières qui bordait la rivière Grane et qui avait autrefois abrité les Brennan et les Dunne était aujourd'hui considérée comme ce que le jeune Declan Blake appelait « la fine fleur du patrimoine irlandais ».

— C'est dommage de penser qu'il n'y aura plus d'enfants, là-bas, dit Nora Kelly. Ce n'est sûrement pas une famille nombreuse qui pourrait se permettre d'acheter une maison comme celle-là. Mais c'est tout de même la vocation de cette maison d'accueillir des enfants, non? Voilà que je me mets à faire du sentiment, moi aussi.

— Dans le village, je ne vois personne qui pourrait racheter l'école.

Mentalement, Jim passait en revue toutes les familles de Shancarrig.

— Peut-être que si Hugh fait fortune un jour nous pourrons la racheter... et peut-être la petite Nora pourra-t-elle jouer sous le grand hêtre pourpre comme je l'ai fait moi-même.

Tous avaient une boule dans la gorge. Maria ne leur avait pas dit qu'elle voulait appeler son enfant Nora, en hommage à Nora Kelly.

— Je croyais que tu allais l'appeler Helen, comme ta mère.

Nora pensait qu'il fallait le lui dire de toute façon.

— La deuxième s'appellera Helen! dit Maria.

Le sujet était clos.

Chris Barton lut la nouvelle à sa belle-mère. Elle l'appelait Una. Cela créait un autre lien entre les deux femmes, le fait qu'elle considérât sa belle-mère un peu comme sa sœur.

— Eh bien, Una, est-ce la chance de notre vie? demanda Chris. Est-ce l'occasion ou jamais de réaliser notre centre artisanal... en demandant à Foxy de construire une petite annexe avec des chambres que nous pourrions louer... ou est-ce de la folie pure?

— C'est toi, la fonceuse. Si tu n'étais pas venue à Shancarrig, je crois bien que j'en serais encore à faire des ourlets et à rallonger les manteaux d'hiver.

Mme Barton disait qu'elle ajoutait une dizaine supplémentaire chaque soir sur son rosaire pour remercier le ciel de leur avoir envoyé Chris.

— Je ne sais pas, je ne sais vraiment pas. Je vais demander à Eddie. Il a beaucoup de flair pour ce genre de choses. Ça pourrait marcher du tonnerre comme cela pourrait être un fiasco total. Je préfère m'en remettre à lui.

Et c'était vrai. Mme Barton savait que sa belle-fille avait une confiance aveugle en Eddie. Elle ne faisait pas juste semblant de le consulter, comme Mme Ryan, de l'hôtel, ou sa fille, Nessa, qui essayait par tous les moyens de donner confiance à Niall Hayes. Chris pensait sincèrement qu'Eddie était un cerveau. Et le cœur de Una Barton débordait de gratitude.

Elle pensait de moins en moins au mari qui l'avait quittée toutes ces années auparavant — un quart de siècle —, mais parfois elle regrettait que Ted Barton ne soit pas là pour voir comme son fils s'en était bien tiré en dépit de son absence.

Eddie entra, il tenait les jumeaux par la main. Il rit en voyant sa femme et sa mère se précipiter aussitôt pour ôter de la table tout ce qui risquait de tomber par terre.

— Est-ce que nous pouvons te les laisser un petit moment, Una ? J'aimerais bien avoir deux mots avec Eddie dans les bois de Barna.

— La dernière fois que tu m'as emmené là-bas, c'était pour me demander en mariage. J'espère que cette fois, ce n'est pas pour m'annoncer que tu t'en vas, dit-il en riant, sachant que ce n'était sûrement pas le cas.

La grand-mère était aux petits soins pour les jumeaux installés dans leurs chaises hautes. Chris et Eddie marchaient épaule contre épaule, comme ils le faisaient souvent, l'un finissant les phrases de l'autre. A Shancarrig, plus personne ne remarquait que Chris avait l'accent écossais, pas plus qu'on ne remarquait son pied-bot et sa chaussure à semelle compensée. Elle était au village depuis qu'elle avait dix-sept ou dix-huit ans. Elle faisait partie du paysage.

Ils s'assirent dans les bois et elle lui parla du centre d'artisanat. Etait-ce le bon moment ? Ou était-ce de la folie ? Elle scrutait son visage, impatiente de connaître sa réponse, et vit que celui-ci s'illuminait. Cela ne lui serait jamais venu à l'idée, dit-il... pour lui, c'était l'école où il avait grandi, où il était allé tous les jours, les beaux et les mauvais, où il avait joué et étudié. C'était une excellente idée.

— Nous irions habiter là-bas, ou serait-ce juste pour y travailler ? demanda Chris.

— Ce serait formidable pour les gosses.

— Nous pourrions revendre la maison rose.

Chris l'avait toujours appelée ainsi, depuis le premier jour.

— Mais, et maman ?

— Elle m'a dit qu'elle s'en remettait entièrement à nous.

— Où irait-elle ? Elle est tellement habituée à vivre avec nous...

Mme Barton vivait dans sa partie à elle de la maison rose, elle vivait avec eux, mais sans les envahir.

— Eh bien, elle viendrait vivre avec nous, grosse bête. Nous construirions une annexe avec plusieurs appartements, elle n'aurait que l'embarras du choix. Après tout ce qu'elle a vécu, je ne pense pas que ce serait très dur pour elle de s'adapter.

Les yeux d'Eddie se mirent à pétiller.

— Nous pourrions inviter des amis... comme le couple de potiers, ou les tisserands...

— Nous pourrions ouvrir une petite boutique, là-bas, pour vendre les créations des uns et des autres. Pas seulement les nôtres, mais celles de tout le monde.

— Nessa nous enverrait des clients depuis l'hôtel, pour commencer, et puis Leo a des tas de contacts dans la région.

— Alors, on se lance ou non?

Ils s'embrassèrent, comme ils s'étaient embrassés dans ce même bois, des années auparavant, à l'idée de se marier et de vivre heureux pour toujours.

Richard vit l'annonce.

Il se demanda si le nouvel acquéreur allait abattre l'arbre qui se trouvait dans la cour. Qu'adviendrait-il des choses qui étaient gravées sur le tronc? Il y en avait sûrement plus d'une qui racontait une histoire.

Il y avait pensé toute la journée, au bureau.

Sur le chemin du retour il fut pris dans les embouteillages. Il avait chaud, il était fatigué. Il espérait que Vera n'avait rien prévu pour ce soir. Ce qu'il avait envie de faire... il fit une pause. Il ne savait pas vraiment ce qu'il avait envie de faire. Cela faisait longtemps qu'il s'interdisait de penser ainsi.

En tout cas, il savait exactement ce qu'il n'avait pas envie de faire : il n'avait pas envie d'aller au club. Vera avait peut-être organisé une petite soirée, un ou deux verres au bar suivis d'un dîner. Il le saurait dès qu'il la verrait. Si elle était allée chez le coiffeur, c'est qu'elle avait prévu de sortir.

Il gara sa voiture juste à côté de celle de Vera, dans le garage.

Jimmy, le jardinier, était en train de tondre la pelouse.

— Bonsoir, monsieur Hayes, dit-il avec un petit salut poli.

— C'est superbe, Jimmy, beau travail.

Richard sentait que sa voix sonnait faux, il ne savait pas ce que l'homme avait fait, pas plus qu'il ne savait ce qu'il était censé faire. Personnellement, il considérait qu'un jardinier à temps complet à Dublin, c'était de l'argent jeté par les fenêtres.

Mais enfin, Vera l'avait voulu ainsi. Après tout, c'était elle qui avait acheté la maison, et qui l'avait meublée. C'était Vera qui décidait comment ils dépensaient l'argent du ménage, argent qui, pour l'essentiel, venait de son coté à elle.

Elle était assise sous la véranda. Déçu, il remarqua qu'elle était allée chez le coiffeur.

— Tu es superbe, dit-il.

— Merci, chéri. J'avais pensé que nous pourrions retrouver les autres au club... tu comprends, plutôt que de rester ici à nous regarder en chiens de faïence toute la soirée.

Elle lui sourit.

Elle était très élégante dans sa robe jaune vif, avec ses cheveux blonds parfaitement coiffés et son bronzage impeccable.

Pas plus que Richard, elle n'avait l'air d'aller sur la quarantaine. Mais, contrairement à lui, elle n'avait jamais le sentiment que leur vie était vide. Elle la remplissait avec des sorties, des invitations lancées ou reçues, avec un groupe d'amis du club de golf qu'elle appelait « des gens du même monde ».

Vera prenait le fait qu'ils n'avaient pas d'enfants avec une désinvolture qui dérangeait Richard. Lorsqu'il leur arrivait d'en parler, entre eux ou en présence d'autre gens, elle répétait toujours la même chose. Elle disait que si cela arrivait tant mieux, et que si cela n'arrivait pas tant pis. Il n'était pas question de subir tout une série de tests fastidieux pour savoir à qui revenait la faute, comme s'il fallait absolument qu'il y ait un fautif.

Richard savait par expérience (et il ne le savait que trop bien, depuis le scandale avec Olive Kennedy) qu'il n'y avait pas de problème de son côté, c'est pourquoi il aurait voulu que Vera se fasse examiner. Mais elle refusait catégoriquement.

Elle tenait le journal ouvert devant elle.

— Regarde! Il y a une maison absolument adorable à vendre à Shancarrig, le village où tu as passé tant d'années.

— Je sais, j'ai vu l'annonce.

— Qu'en penses-tu? Crois-tu que nous devrions l'acheter?

Il y a de quoi en faire quelque chose de très bien. Ce serait un endroit idéal pour les week-ends. On pourrait inviter des amis. Ce serait amusant, non?

— Non.

— Comment cela, *non*?

— Je dis non, Vera.

Elle devint cramoisie.

— Je ne vois vraiment pas pourquoi tu t'en prends à moi, dit-elle. C'était une suggestion, je pensais que ça te plairait. Je fais tout ce que je peux pour te faire plaisir. Mais tu n'es jamais content.

Il voulut s'approcher d'elle, mais elle s'esquiva.

— Vraiment, Richard. Tu es impossible. Il n'y a pas une femme au monde qui pourrait te satisfaire. Tu n'aurais jamais dû te marier, tu aurais dû rester célibataire et jouer les play-boys toute ta vie.

Elle était profondément vexée, il le voyait bien.

— Je t'en prie, excuse-moi. J'ai eu une journée atroce. Je suis fatigué, voilà tout. Je suis un mufle.

Elle se radoucit.

— Tu devrais prendre un bain et boire un verre avant de sortir. Ensuite tu te sentiras mieux.

— Oui, oui, bien sûr. Je regrette de t'avoir parlé sur ce ton.

Il parlait d'une voix monocorde, il le savait.

— Alors, tu ne penses vraiment pas que nous pourrions acheter cette petite maison pour les week-ends?

— Non, Vera. Non, je n'étais pas heureux lorsque j'étais là-bas. Je ne crois pas que j'aimerais y retourner.

— Très bien. Dans ce cas, le sujet est clos, dit-elle.

Et il savait qu'elle allait se mettre à chercher autre chose, une maison où ils pourraient inviter des amis pour le week-end — et remplir leur vie avec encore un peu plus de monde. Peut-être même choisirait-elle un village où Gloria s'était installée? Il savait que les Darcy avaient quitté Shancarrig peu après son départ.

Assise dans la cuisine du Glen, Leo était en train d'essayer de passer un peigne dans la crinière de Moore, sans grand succès. Il avait hérité de la chevelure crêpelée de sa mère, mais avec la couleur de son père. Il avait six ans, et pour le dernier spectacle de l'école de Shancarrig on lui avait donné le rôle du buisson ardent. C'était lui-même qui l'avait choisi, disait-il.

Foxy était enchanté. Leo l'était moins.

Moore Dunne n'était vraiment pas un gamin facile, c'était le moins qu'on puisse dire. Foxy avait insisté pour qu'ils l'appellent Moore. Lorsqu'il travaillait en Angleterre, il avait remarqué que les gens bien portaient deux noms de famille accolés côte à côte. La mère de Leo s'appelait Miriam Moore, et ceci était le fief de la famille Moore.

La sœur cadette de Moore, Frances, était beaucoup plus docile.

— Mais nous allons la dégourdir un peu, avait annoncé Foxy.

Contrairement à la plupart des entrepreneurs revenus au pays dans la prospérité des années soixante, et qui ne pensaient qu'à tout bétonner, Foxy Dunne, lui, avait choisi de travailler en bonne intelligence avec les architectes plutôt que de se les mettre à dos.

C'est pourquoi les huit petites maisons qu'il avait construites au Glen avaient un style et un caractère qui faisaient cruellement défaut aux lotissements du même type dans d'autres villages. Une énorme haie d'arbres semi-adultes avait été plantée, de façon à donner une certaine intimité aux maisons nouvellement construites et à garder la perspective de la grande allée qui menait au Glen.

Le major Murphy avait vécu assez vieux pour voir naître ses petits-enfants, mais il était aujourd'hui enterré aux côtés de sa femme, dans le petit cimetière.

C'est depuis le grand salon du Glen que Leo dirigeait l'empire sans cesse grandissant que Foxy avait bâti. Tous les cousins de Foxy travaillaient pour lui, aujourd'hui, ces mêmes cousins qui autrefois interdisaient l'accès de leur maison ou de leur boutique à son père. Même Brian et Liam lui obéissaient au doigt et à l'œil, et son oncle lui faisait des salamalecs.

Le père de Foxy n'était plus là pour voir le résultat de son absence totale d'éducation. Le vieux Dinny était mort dans une maison de retraite, plusieurs années auparavant. Les frères de Foxy, qui n'avaient jamais su garder un boulot bien longtemps, et qui, pour la plupart, avaient purgé des peines de prison, étaient aujourd'hui considérés comme des sursitaires. Il leur était versé une petite pension à condition qu'ils ne remettent pas les pieds à Shancarrig.

Les principales rénovations qui avaient permis à l'hôtel Ryan de Shancarrig d'accéder au rang d'hôtel de tourisme avaient été réalisées par Foxy Dunne. C'était aussi Foxy qui avait rénové les chaumières au bord de la rivière Grane. Nostalgie ou revanche, il avait tenu à assister personnellement à la démolition de la maison dans laquelle il avait grandi.

Le hall de l'église, qui faisait la fierté du père Gunn, avait été construit par Foxy Dunne, et pour un prix si dérisoire qu'on pouvait dire que c'était un cadeau consenti à la paroisse.

Foxy était un homme d'affaires consciencieux. Régulièrement, il faisait réviser la comptabilité de Leo par un expert. Son ami Niall Hayes était chargé de superviser toutes les transactions immobilières. Maura venait chaque jour de la maison des gardiens pour faire un peu de ménage et s'occuper des enfants. Comme toujours, son fils Michael l'accompagnait. Michael était de plus en plus grand et costaud, mais il avait gardé l'esprit et le cœur d'un enfant.

Moore Dunne était particulièrement attaché à lui.

— Il est beaucoup plus intéressant que les grandes personnes, disait-il.

Et Leo s'empressait de le répéter à Maura.

— Je l'ai toujours pensé, moi aussi, acquiesçait Maura.

Chaque matin, Leo et Maura prenaient une tasse de thé ensemble avant de commencer la journée — qui consistait pour Leo à s'occuper des contrats de Foxy, et pour Maura à briquer et à astiquer le Glen. Ensemble, elles virent l'annonce concernant l'école.

— Pourquoi l'acheter, si ce n'est pas pour en faire une autre école? demanda Maura.

— J'ai bien peur que Foxy ait envie de la racheter, dit Leo.

Il ne lui avait encore rien dit, mais elle savait que l'idée lui trottait dans la tête. C'était comme s'il ne pouvait oublier les humiliations de son passé tant qu'il n'avait pas racheté toute la ville.

Elles entendirent sa voiture qui s'arrêtait devant la porte.

— Comment va messire Dunne? demanda-t-il à son fils.

— Ça va, dit Moore, indécis.

— Pas plus que ça? Mais ça devrait aller du tonnerre, dit Foxy.

— Oui, mais, c'est que je crois qu'il y a encore un petit chat dans le ventre de Flossie.

Moore avait l'air ravi.

— Formidable, dit Foxy. Nous allons avoir un chaton, ou même cinq.

— Mais comment est-ce qu'on va les faire sortir?

Moore était inquiet. Maura se mit à rire.

— Ta mère s'en occupera, dit Foxy en se dirigeant tout droit vers le bureau. Moi, je dois voir un permis de construire qui m'attend, fiston.

— Pour l'école? demanda Leo.

— Ah, ah, tu es déjà au courant à ce que je vois, dit-il.

Leo le regarda, petit et vif, toujours plein d'énergie, aujourd'hui habillé sur mesure, mais toujours le même bon vieux Foxy de leur enfance. Elle le suivit dans la pièce qui était autrefois le salon, où son père avait marché, où sa mère avait déliré, où Lance et Jessie s'étaient assoupis devant le feu.

— En avons-nous vraiment besoin, Foxy?

— Comment ça, besoin?

Il passa les bras autour de ses épaules et la regarda dans les yeux.

— N'avons-nous pas déjà assez? demanda-t-elle.

— Mais c'est une mine d'or, ma chérie. Cette maison est faite pour nous. Une maison de caractère, avec beaucoup de classe, exactement le genre de truc que les riches Dublinois veulent se payer pour passer l'été ou les week-ends. Il suffit de décorer l'ensemble avec goût, pour cela on peut faire confiance à Chris et Eddie. Le sol en ardoise, tout ça...

Il était complètement emballé. C'était un pari qu'il voulait gagner.

Peut-être avait-il raison, c'était exactement ce qu'il leur fallait. Pourquoi s'obstinait-elle à penser qu'il faisait les choses pour frimer? Pour frimer devant des gens invisibles et anonymes qui s'en fichaient éperdument.

Maddy Ross pensait que le Seigneur se manifestait toujours quand il le fallait. Regardez, il avait décidé de fermer l'école juste au bon moment pour Maddy.

Maintenant elle allait pouvoir se consacrer à plein temps à la Famille. La merveilleuse Famille de l'espoir. Madeleine Ross était membre de la Famille de l'espoir depuis trois ans maintenant. Et ça n'avait pas toujours été facile.

D'abord il y avait eu cette abominable campagne de dénigrement dans les journaux, lorsqu'on leur avait fait don d'un château, et tous les mensonges qu'on avait racontés sur la façon dont l'affaire avait été menée.

Il n'y avait jamais eu malversation ni abus de confiance de leur part, mais les journaux avaient présenté l'affaire de telle façon qu'on aurait dit que la Famille de l'espoir était une organisation internationale de truands.

Et puis il y avait l'attitude du père Gunn. Celui-là, Maddy ne l'avait jamais vraiment porté dans son cœur, surtout depuis qu'il avait cherché à briser son amitié avec le père Barry, des années auparavant. Si le père Gunn s'était montré plus compréhensif, moins rigide dans sa conception de l'amour divin, il est probable que les choses se seraient passées autrement.

De toute façon, l'eau avait coulé sous les ponts depuis. Le vrai problème était l'attitude du père Gunn aujourd'hui.

Il avait déclaré que la Famille de l'espoir n'était pas digne de colporter la parole divine sur terre, qu'il s'agissait d'une secte dangereuse qui pratiquait le lavage de cerveau pour convertir des gens comme Maddy, et que Dieu voulait recevoir l'amour et le respect de ses enfants par le biais de l'église conventionnelle.

Mais de la part du père Gunn cela n'avait rien de surprenant. N'était-ce pas exactement ce que la foule avait dit à Notre Seigneur lorsqu'il avait voulu chasser les marchands et les Pharisiens du Temple ? Les gens lui avaient dit qu'Il agissait mal. Mais ils se trompaient, tout comme le père Gunn se trompait. Mais qu'importe, le père Gunn ne pouvait pas décider à sa place. On était en 1970, aujourd'hui, et à notre époque on n'aurait pas pu envoyer le pauvre père Barry en mission contre sa volonté.

Heureusement, le père Gunn n'était pas au courant de

l'assurance-vie que sa mère lui avait laissée, argent qu'elle s'apprêtait à envoyer aux habitants de Vieja Piedra lorsque la mission avait été brusquement rappelée et les travaux suspendus.

Maddy Ross continuait à se promener toute seule dans les bois de Barna en pensant à l'argent qu'elle allait donner à la Famille de l'espoir.

La Famille voulait acheter une propriété pour y installer son siège.

Longtemps elle s'était demandé s'il n'y avait pas un endroit qui aurait pu leur convenir dans les environs. Elle voulait vivre dans la maison de Mère, près des bois et de la rivière qui lui étaient si chers et qui contenaient tant de souvenirs. Et voilà qu'enfin elle avait trouvé l'endroit idéal.

L'école était à vendre.

Maura montra la photo de l'école à Michael, ce soir-là, dans leur petite maison — la maison des gardiens du Glen.

— Tu sais ce que c'est? demanda-t-elle à Michael.

Il tenait la photo des deux mains.

— C'est l'école à moi, dit-il.

— Oui, Michael. C'est ton école, dit-elle en lui caressant la tête.

Michael n'avait jamais été en classe là-bas, mais il y était allé parfois pour jouer avec les autres enfants, dans la cour. Et Maura l'avait regardé, une boule dans la gorge, tandis qu'il ramassait les feuilles de hêtre comme l'avait fait sa mère avant lui, et ses oncles et ses tantes — tous les Brennan qui étaient partis.

— Nous pourrions y aller ce soir, Michael, pour y jeter un coup d'œil. Ça te dirait?

— Mais on va manger de bonne heure? demanda-t-il, inquiet.

— D'accord, on va dîner de bonne heure.

Elle lui donna une assiette et une timbale en bakélite, incassables. Il arrivait que Michael renverse les choses. Il ne touchait jamais à la porcelaine de sa mère. Il y en avait un peu dans la petite vitrine suspendue au mur, le reste était emballé dans du papier de soie.

Maura O'Sullivan allait dans les ventes aux enchères quelquefois, pour acheter de la porcelaine. Elle n'avait jamais réussi à avoir un service complet, mais cela n'avait pas d'importance étant donné qu'elle ne recevait jamais personne à dîner. Il n'y avait qu'elle qui s'en servait.

Ils passèrent devant la maison rose, et saluèrent les Barton au passage.

— Est-ce que je peux aller jouer avec les jumeaux? demanda Michael.

— Tu ne veux pas aller voir ton ancienne école?

Ils traversèrent le pont où les enfants saluèrent Michael avec des cris joyeux, comme ils le faisaient depuis des années. Et comme ils le feraient toujours. Tant que Maura serait là pour veiller sur lui. Imaginez si Maura venait à disparaître!

Elle eut un petit frisson.

A l'école, elle vit le Dr Jims et son fils Declan. La pancarte *A vendre* était illuminée par le soleil couchant. Partout ailleurs elle aurait semblé énorme, mais ici, sous le hêtre pourpre, elle avait l'air minuscule.

— Bonsoir, docteur, dit-elle sur un ton formel.

— Bonsoir, Declan...

Michael embrassa le fils du docteur qu'il avait connu tout bébé.

— Les temps changent, dit le Dr Jims. Je n'aurais jamais cru que cela pouvait arriver un jour.

— Mais il faut bien que je gagne ma vie, papa... dit Declan en riant.

Ils s'entendaient si bien à présent, pensa Maura. C'était sûrement grâce à Ruth, cette charmante jeune femme que Declan avait épousée. Certaines personnes avaient beaucoup de chance en amour. Mais n'avait-elle pas reçu beaucoup d'amour et de bonheur, elle aussi?

Michael examinait les noms sur l'arbre.

— Il y est, mon nom à moi, maman? demanda-t-il.

— S'il n'y est pas, il devrait y être, dit le Dr Jims. N'as-tu pas passé autant de temps ici que les autres enfants de Shancarrig?

— Je vais le graver pour toi, si tu veux, proposa Declan.

— Qu'est-ce que tu vas écrire?

— Voyons. Je vais le mettre à côté de mes initiales. Ici, tu vois, D-B 1961? C'est mon nom.

— Mais il n'y a pas de cœur gravé à côté, protesta Michael.
— Je n'étais amoureux de personne à l'époque, dit Declan.
Sa voix semblait chargée d'émotion. Puis, lorsque Declan eut sorti son canif de sa poche, les deux garçons se mirent en quête d'un endroit approprié.

Le Dr Jims dit à Maura :

— Vous vous sentez bien? Vous êtes un peu pâle.

— Oh, vous savez ce que c'est, docteur, je me fais toujours du souci. Pour rien peut-être...

— Cela fait une paye que vous n'êtes pas venue me voir.

— Non, docteur. Ce n'est pas ma santé, c'est l'avenir.

— Ah, mais l'avenir, on ne peut rien y faire, dit Jims Blake en souriant.

— C'est-à-dire... Parfois, je me demande ce qui se passerait s'il m'arrivait quelque chose... vous savez?

Maura regarda dans la direction de Michael.

— Allons, mon enfant, vous n'avez pas trente ans!

— Mais si. Je les ai eu la semaine dernière.

— Maura, tout ce que je peux vous dire, c'est qu'il n'y a pas une mère en Irlande qui ne se fasse pas de souci pour ses enfants. C'est à la fois merveilleux et inutile. La vie continue malgré tout.

— Pour les gens normaux, sans doute.

Michael poussa un cri de joie et, tirant sa mère par la manche, il dit :

— Viens voir, maman, il l'a écrit. Regarde.

Declan Blake avait gravé un cœur, avec d'un côté *M O'S*. De l'autre, il annonça qu'il allait mettre *Tous ses amis de Shancarrig*...

— Vous voyez ce que je vous disais? dit le Dr Jims.

Maddy Ross invita sœur Judith de la Famille de l'espoir à venir jeter un coup d'œil à l'école de Shancarrig. Sœur Judith dit que c'était parfait. Elle demanda combien cela allait coûter. Maddy dit qu'elle avait entendu parler de cinq mille livres. Mais, avec l'assurance-vie de sa mère, il y aurait de quoi acheter la maison et même beaucoup plus. Elle irait trouver le notaire pour faire dresser l'acte de vente. Pas Niall Hayes. Après tout, elle avait été son institutrice, ce ne serait pas convenable.

Le bébé de Maria naquit à Galway. C'était une fille. Ils appelèrent Nora. Nora Kelly téléphona à Una Barton pour lui annoncer la nouvelle. Les vieilles habitudes ont la dent dure; après toutes ces années les deux femmes continuaient à s'appeler madame.

— Madame Kelly, je suis absolument ravie. Je vais faire une robe pour la petite, avec des smocks sur le devant, dit-elle.

— Maria va l'amener à Shancarrig pour lui faire faire la tournée triomphale, et vous serez la première de la liste, madame Barton, s'écria-t-elle.

Les Kelly s'informèrent de la vente de l'école. Y avait-il eu des offres d'achat?

Mme Barton fit une pause. Peut-être les enfants auraient-ils préféré qu'elle n'ébruite pas la nouvelle, elle l'ignorait. Pourtant, elle ne pouvait pas mentir à une femme comme Mme Kelly.

— De vous à moi, Eddie et Chris sont en train d'essayer de rassembler les fonds nécessaires, les subventions, etc. Ils voudraient en faire un centre artistique. (Il y eut un silence.) La nouvelle n'a pas l'air de vous enchanter, on dirait?

— Si, si. Simplement, nous avions espéré qu'il y aurait des enfants là-bas.

— Mais il y en aura. Ils vont y habiter avec les jumeaux, et moi aussi. Mais ce n'est qu'un rêve, madame Kelly, il se peut qu'il ne se réalise jamais.

— C'est une idée formidable, madame Barton. Je vais dire une prière à sainte Anne pour vous. Ce serait merveilleux de voir vos petits-enfants et les miens jouer sous le grand arbre.

Les Dixon venaient juste d'entrer dans Shancarrig lorsqu'ils aperçurent l'école. Ils eurent aussitôt le coup de foudre, et se rendirent chez Niall Hayes pour en savoir plus.

Ils le trouvèrent étrangement laconique.

— Vous trouverez le nom et le numéro de téléphone du commissaire-priseur sur la pancarte, leur dit-il d'un ton sec.

— Mais, étant donné que vous êtes le notaire du village, nous avions pensé nous adresser directement à vous.

Les Dixon étaient un couple de riches Dublinois à la recherche d'une maison de campagne. Ils avaient pour habitude d'aller droit au but.

— Impossible, nous sommes concurrents, lui et moi, dit Niall Hayes.

— Si vous avez l'intention de l'acheter, pourquoi laissez-vous la pancarte ?

— Bonsoir, dit Niall Hayes.

— C'est épouvantable ce que ces ploucs peuvent être mal embouchés, dit Mme Dixon suffisamment fort pour être entendue du notaire.

— Nous ne nous sommes jamais disputés, Foxy, n'est-ce pas ? lui dit Leo, tandis qu'ils étaient au lit.

— Que veux-tu dire ? La vie n'est qu'une longue lutte, au contraire !

— Je ne veux pas que nous achetions l'école.

— Donne-moi une bonne raison pour cela.

— Nous n'en avons pas besoin, Foxy. Vraiment, ce ne serait qu'un casse-tête de plus.

Il lui caressa la joue, mais elle se leva et s'assit au bord du lit.

— La vie tout entière est un casse-tête, c'est ce qui la rend intéressante. Et tu le sais bien.

— Non, cette fois il s'agit d'autre chose. Il y a des tas d'autres gens qui la convoitent.

— Et alors ? C'est nous qui allons l'acheter.

— Non, je ne parle pas de concurrents. Je parle de gens bien. Chris et Eddie, Nessa et Niall, Mlle Ross, et Maura aussi, je crois.

— Mlle Ross ! (Il partit d'un éclat de rire et roula dans le lit.) Mlle Ross vit sur une autre planète, avec les fées. Ce serait lui rendre un service que de l'empêcher de l'acheter.

— Mais les autres ! Je ne plaisante pas.

— Écoute. Niall et Nessa sont dans les affaires, ils savent ce que c'est. Niall ne fait que ça à longueur de journée. Même chose pour Chris et Eddie, je suis sûr qu'ils comprendront. Lorsqu'on tente quelque chose, on ne réussit pas forcément.

Leo commença à faire les cent pas dans la chambre. Elle se souvint de ses parents. Eux aussi avaient fait les cent pas dans cette maison.

Elle frissonna à cette pensée. Foxy était sorti du lit, il avait l'air soucieux. Il mit une robe de chambre sur les épaules de sa femme.

— Je te l'ai dit. Donne-moi une bonne raison, une vraie raison, et je renonce.

— Maura.

— Oh, là, tu exagères, Leo ! Maura n'a pas un sou vaillant. Nous lui avons pratiquement donné la maison des gardiens. Où veux-tu qu'elle trouve l'argent ? Et que ferait-elle de l'école ?

— Je n'en sais rien, mais elle emmène Michael là-haut tous les soirs, pour la regarder. Elle a une idée derrière la tête, c'est évident.

— Nessa, tu peux venir une minute, s'il te plaît ?

— Je me sens comme une gosse, et non pas comme ton bras droit quand tu me parles sur ce ton, dit Nessa en riant.

Brenda Ryan leur servit un verre de sherry à chacune, signe que quelque chose d'important était en train de se préparer.

— Papa est encore parti se soûler, c'est ça ?

— Non, espèce de cynique.

Elles s'assirent comme deux vieilles amies. Nessa attendait. Elle sentait que sa mère avait quelque chose à lui dire.

Elle avait vu juste. Sa mère lui dit qu'elle voulait simplement lui donner un conseil, après quoi elle se retirerait et laisserait Nessa méditer en paix. Elle avait entendu dire que Nessa et Niall voulaient racheter l'école de Shancarrig pour s'y installer. Bien. Il était inutile de lui demander comment elle l'avait appris, tout comme il était inutile que Nessa se rebiffe et lui dise que cela ne regardait qu'elle. Brenda ne voulait lui dire qu'une chose, elle en ferait ce qu'elle voulait.

Ce serait de la folie de quitter la Terrasse, d'abandonner une aussi belle maison parce que la vieille Ethel était une teigne et que Nessa ne se sentait pas maîtresse chez elle. La solution à ce problème était simple : il n'y avait qu'à reléguer les parents à l'entresol.

Naturellement, il ne fallait pas poser les choses aussi crûment. Il fallait leur dire que Foxy Dunne et son architecte étaient passés et qu'ils avaient eu une idée fantastique : créer un appartement indépendant pour les parents de Niall.

Nessa écoutait, impatiente.

— Ce n'est qu'une question de temps, lui dit sa mère. Imagine que vous vous installiez à l'école et que ses parents décèdent l'année d'après, tu t'en mordrais les doigts. Perdre une aussi belle maison bêtement. Non, garde-la, et arrange-toi pour qu'il ne la partage pas avec ses sœurs. C'est la plus belle maison du village.

— Je me demande si tu as raison.

Nessa lui parlait d'égale à égale.

— J'ai raison, dit sa mère.

Eddie revint de tournée. Il avait trouvé suffisamment de gens pour pouvoir mettre sur pied le centre artisanal. Exactement le genre de personnes avec qui ils voulaient travailler. Certains d'entre eux les connaissaient déjà de réputation. C'était flatteur pour Chris et Eddie de savoir qu'ils commençaient à être connus en Irlande.

La deuxième étape consistait à aller trouver le banquier. Et à faire un avant-projet.

Eddie avait demandé aux associés éventuels de lui soumettre leurs projets, afin de procéder à une estimation des coûts. De même il leur avait demandé s'ils avaient fait partie d'un centre du même type dans le passé, et si l'expérience avait été satisfaisante.

Chris et lui lurent leurs rapports.

Certains racontaient que le projet avait échoué car le centre était trop éloigné du centre ville, d'autres disaient que les autocars de tourisme ne s'y arrêtaient jamais, faute de temps. Ils apprirent aussi qu'il était important de fonctionner à l'intérieur de la commune et non pas en marge de celle-ci. Et tandis qu'ils dépouillaient le courrier, ils découvrirent que, par bien des côtés, l'école de Shancarrig n'était pas l'endroit idéal pour ce qu'ils avaient en tête.

— Uniquement si nous tenons compte de leur avis, dit Chris.

— Il le faut, Chris. C'est tout l'intérêt de notre enquête.

Eddie avait l'air triste.

— Dans un sens c'est aussi bien de le savoir maintenant plutôt que de payer les pots cassés ensuite, même si c'est triste de voir s'envoler un rêve comme celui-là.

— Comment cela? Notre rêve ne s'est pas envolé. Il y a toujours la boutique de Nellie Dunne qui pourrait convenir. Son arrière-cour est un véritable dédale de petites échoppes.

Elle vit le sourire sur les lèvres d'Eddie et fut soulagée.

— Viens. Allons le dire à Una.

Elle se leva d'un bond et s'en fut trouver la mère d'Eddie dans ses appartements.

— Je veux bien aller n'importe où, du moment que je suis avec vous, dit Mme Barton.

Elle leur dit aussi qu'elle avait entendu dire que Foxy Dunne et Niall Hayes avaient tous les deux un œil sur l'école.

— Dans ce cas, il vaut mieux rester en bons termes avec de bons amis qui sont aussi de bons clients, dit Chris.

Les deux femmes partirent d'un éclat de rire complice.

Le père Gunn se tournait et se retournait dans son petit lit étroit. Il était en train d'écrire mentalement une lettre à l'évêque, en vue d'obtenir carte blanche concernant la Famille de l'espoir. Il était clair que Madeleine Ross avait fait un don d'argent à cette clique de vauriens afin de leur permettre d'acheter l'école de Shancarrig et d'en faire leur quartier général. Ils allaient envahir la paroisse, lui voler ses ouailles, et prêcher en grandes robes de cérémonie au bord de la rivière.

Il ne lui restait plus qu'à espérer que l'évêque recevrait l'inspiration divine.

Pourquoi avait-il remué ciel et terre, naguère, pour étouffer le scandale ? Ah, si seulement ce demi-fêlé de père Barry et cette folle à lier de Maddy Ross étaient partis ensemble au bout du monde, Dieu et la paroisse n'en seraient pas là aujourd'hui. Avec cette foutue Famille de l'espoir qui venait jusqu'ici pour les narguer.

De retour à Dublin après leur petite excursion, Terry et Nancy Dixon passèrent voir Vera et Richard Hayes.

— Nous avons vu la plus adorable petite école de campagne. Je crois que nous devrions l'acheter ensemble, dit Terry. C'est dans ce village où tu as travaillé quelque temps, Shancarrig.

— Nous avons vu l'annonce, dit Vera avec un coup d'œil en direction de Richard.

— Et alors ?

Les Dixon échangèrent un regard. Richard avait les yeux dans le vague.

— Richard dit qu'il n'était pas heureux à Shancarrig.

Vera parlait pour son mari.

— Ça ne m'étonne pas, dit Nancy Dixon. Mais nous ne serions pas obligés de nous mélanger aux gens du cru. Ce serait l'endroit rêvé pour se détendre. Il y a un arbre absolument superbe.

— Un hêtre pourpre, dit Richard.

— Oui, c'est cela. Nous devrions pouvoir l'acheter pour une bouchée de pain. Nous avons parlé au notaire du village, mais il n'est pas vraiment aimable.

— C'est mon oncle, dit Richard.

Les Dixon étaient embarrassés.

— Il s'agissait d'un homme jeune, son fils peut-être? Quelqu'un d'assez nonchalant... dirent-ils.

Richard ne répondit pas.

— Ils ont tous gravé leur nom sur le tronc de l'arbre, ajoutèrent-ils.

— Aha! Et toi aussi, sans doute, et c'est pour cela que tu ne veux pas y retourner, dit Vera avec une pointe de coquetterie.

— Non, je n'y ai jamais gravé mon nom, dit Richard, les yeux perdus dans le lointain.

— Avez-vous reçu beaucoup de réponses de Dublin? demanda le Dr Jims à son fils.

— Non, pas autant que je l'aurais cru. Peut-être devrions-nous passer une autre annonce?

Les deux hommes faisaient régulièrement le tour de Shancarrig ensemble. Declan et Ruth étaient en train de se faire construire une maison là-bas. Ils ne voulaient pas habiter à la Terrasse. Ils voulaient de l'espace, avec un jardin, pour pouvoir y mettre des lapins et un âne lorsqu'ils auraient des enfants. Ruth était enceinte. Ils voulaient aussi ouvrir une succursale d'O'Neill et Blake Agents Immobiliers, à Shancarrig. Nombreux étaient les clients de l'hôtel Ryan de Shancarrig qui cherchaient à acheter un terrain dans le coin. Et Foxy Dunne ne demandait qu'à leur construire des maisons.

— Combien crois-tu qu'elle va se vendre?

Le Dr Jims pensait beaucoup à l'école ces derniers temps.

— On nous en a offert cinq mille livres. Tu sais ça?

Declan Blake fit un petit signe de la tête en direction de la maison de Maddy Ross, de l'autre côté de la rue.

— Nous ne voulons pas d'eux ici, Declan.

— Je ne suis pas le bon Dieu, papa. Mon client m'a chargé d'en tirer le meilleur prix.

— Ton client est cette bonne vieille Education nationale, mon garçon. Quand ils ne se font pas avoir jusqu'à la gauche, ils roulent les autres dans la farine. Ces gens-là ne comptent pas.

— Tu fais ton métier correctement. Laisse-moi faire le mien.

— Mais j'essaye de le faire humainement.

Il y eut un silence.

Si à cet instant l'un ou l'autre se souvint que, des années auparavant, le Dr Jims avait pris des risques pour aider son fils, il n'en dit rien.

— Peut-être qu'on va nous faire une meilleure offre, qui sait?

Declan n'avait pas l'air très convaincu.

— Niall Hayes a renoncé?

— Oui. Et Foxy Dunne, aussi — tant mieux, dans un sens. Et Eddie aussi. Je n'aurais pas aimé les voir faire monter les enchères l'un contre l'autre.

— Ah, tu vois que tu as un cœur. (Le Dr Jims était content.) Et personne d'autre?

— Non, personne de sérieux.

— Que veux-tu dire par sérieux?

— Bon, il y avait Maura, papa. La mère de Michael. Elle a dit qu'elle voulait acheter l'école pour en faire un centre pour les enfants handicapés, comme Michael, avec du personnel spécialisé. Et elle donnerait un coup de main. Un centre pour les enfants comme Michael mais qui n'ont plus de mère... c'est ce qu'elle voudrait faire.

— Je crois que c'est ce que nous aimerions tous faire, non? dit le Dr Jims. Et si nous le voulons, nous le pouvons.

On ne sut jamais précisément ce qui s'était négocié en coulisses, ni comment on avait réussi à convaincre la Famille de l'espoir de ne pas croiser le fer avec une commune qui voulait créer un centre pour enfants handicapés — et qui était parvenue à réunir les fonds nécessaires. Maddy Ross avait déclaré que c'était aussi bien que sœur Judith ne soit pas obligée d'affronter la bêtise, la superstition et la bigoterie de Shancarrig.

Foxy et Leo avaient fabriqué une petite sœur pour Moore et Frances, Chris et Eddie un petit frère pour les jumeaux, Nessa et Niall un frère pour Danny et Breda, M. et Mme Hayes avaient décidé de leur propre gré de s'installer à l'entresol de la Terrasse, avec leur porte d'entrée indépendante, Declan et Ruth Blake avaient construit leur maison et appelé leur fils James, la petite-fille des Kelly, Nora, avait fait ses premiers pas, lorsque le Home d'enfants de Shancarrig ouvrit ses portes.

Il y avait des photos plein les journaux, avec de charmantes petites légendes.

Mais il était difficile de lui faire entièrement justice, parce qu'on ne voyait malgré tout rien de plus qu'une maison en pierres et un grand arbre.